MARGARET ROGERSON

Rabenprinz

Margaret Rogerson

Rabenprinz

Aus dem Amerikanischen
von Claudia Max

cbt

Bei diesem Buch wurden die durch das verwendete Material und die Produktion entstandenen CO_2-Emissionen ausgeglichen, indem der cbj Verlag ein Projekt zur Aufforstung in Brasilien unterstützt.
Weitere Informationen zu dem Projekt unter:
www.ClimatePartner.com/14044-1912-1001

Penguin Random House Verlagsgruppe
FSC® N001967

1. Auflage 2022
Erstmals als cbt Taschenbuch Mai 2022

Die amerikanische Originalausgabe erschien 2017 unter dem Titel
»An Enchantment of Ravens« bei Margaret K. McElderry Books,
an imprint of Simon & Schuster Children's Publishing Division, New York, USA.
Dieses Werk wurde vermittelt durch die
Literarische Agentur Thomas Schlück GmbH, 30161 Hannover
Aus dem Englischen von Claudia Max
Umschlaggestaltung und Artwork: © Isabelle Hirtz, Inkcraft unter Verwendung
mehrerer Bilder von © Shutterstock (Marcin Perkowski; Sahara Prince)
sh · Herstellung: LW
Satz: KCFG – Medienagentur, Neuss
Druck: GGP Media GmbH, Pößneck
ISBN 978-3-570-31493-7
Printed in Germany

www.cbj-verlag.de

Für meine Eltern, in Liebe

Eins

Der Geruch nach Leinöl und Breitblättrigem Lavendel erfüllte die Stube, auf der Leinwand glänzte ein Tupfer Bleizinngelb. Ich hatte den Farbton von Gadflys seidenem Gehrock fast perfekt getroffen.

Das wahre Kunststück bei Gadfly bestand allerdings darin, ihn davon zu überzeugen, bei jeder Sitzung dieselben Kleider zu tragen. Die Ölfarbe brauchte Tage, bis sie trocken war, und es wollte ihm nicht in den Kopf, dass ich nicht auf eine Laune von ihm sämtliche Kleidungsstücke ändern konnte. Selbst für einen Elf war er ungewöhnlich eitel – also in dem Sinne, als würde man einen Teich als ungewöhnlich nass bezeichnen oder einen Bären als überraschend haarig. Für ein Geschöpf, das mich umbringen konnte, ohne deshalb seinen Tee verschieben zu müssen, war es allerdings eine charmante Eigenschaft.

»Vielleicht lasse ich die Manschetten noch mit Silberstickereien verzieren«, sinnierte er. »Was meint Ihr? Das ließe sich doch noch nachträglich hinzufügen, oder?«

»Selbstverständlich.«

»Und wenn ich ein anderes Halstuch wählen würde …«

Innerlich verdrehte ich die Augen. Äußerlich schmerzte mein Gesicht schon von dem höflichen Dauerlächeln, das ich seit zweieinhalb Stunden aufrechterhielt, doch Unhöflichkeit zählte zu den Fehlern, die ich mir nicht erlauben durfte. »Solange das Tuch ungefähr gleich groß ist, kann ich es ändern, allerdings wäre dazu eine weitere Sitzung nötig.«

»Ihr seid wahrhaftig ein Ausnahmetalent. Viel besser als der letzte Porträtmaler – dieser Warzenbursche, den wir kürzlich hier hatten. Wie hieß er doch gleich? Sebastian Manywarts? Oh, ihn mochte ich ganz und gar nicht, er roch immer ein wenig streng.«

Es dauerte einen Moment, bis ich begriff, dass Gadfly von Silas Merryweather sprach, einem Meister der Malkunst, der schon vor dreihundert Jahren gestorben war. »Vielen Dank«, sagte ich. »Ein sehr aufmerksames Kompliment.«

»Es ist fesselnd zu sehen, wie sich die Kunst im Laufe der Zeit verändert.« Er hörte kaum zu und wählte von dem Tablett neben der Chaiselongue ein Törtchen. Doch er verzehrte es nicht sofort, sondern saß erst einen Moment da und starrte es wie ein Insektenforscher an, der einen Käfer mit nach hinten zeigendem Kopf entdeckt. »Man denkt immer, man habe bereits das Beste gesehen, was Menschen zu bieten haben, doch dann gibt es plötzlich eine neue Methode, Porzellan zu glasieren, oder diese fantastischen kleinen Törtchen mit Zitronencremefüllung.«

Mittlerweile war ich an die Eigenarten der Elfen gewöhnt. Ohne den Blick von seinem linken Ärmel zu heben, tupfte ich weiter an dem glänzenden gelben Schimmer der Seide. Nur allzu gut konnte ich mich an die Zeit erinnern, als mich das Verhalten der Elfen verunsichert hatte. Ihre Bewegungen waren anders als die der Menschen: geschmeidig, abgezirkelt, ihre Haltung hatte bis in die Fingerspitzen etwas seltsam Steifes. Sie konnten stundenlang dasitzen, ohne zu blinzeln, oder sich mit derart furchterregender Geschwindigkeit bewegen, dass sie einen am Wickel hatten, bevor man auch nur überrascht nach Luft schnappen konnte.

Ich lehnte mich mit dem Pinsel in der Hand zurück und betrachtete das fast vollendete Porträt als Ganzes. Dort war Gadflys starres Ebenbild, ebenso unveränderlich wie er selbst. Warum die Elfen so versessen auf Porträts waren, gab mir Rätsel auf. Vermutlich hatte es mit ihrer Eitelkeit zu tun und ihrem unersättlichen Durst, sich mit menschlicher Kunst zu umgeben. Sie würden nie an ihre Jugend zurückdenken, denn sie kannten nichts anderes, und wenn sie starben, falls dies überhaupt je geschah, wären ihre Porträts längst verrottet.

Gadfly wirkte wie ein Mann von Mitte dreißig. Wie alle seinesgleichen war er groß, schlank und schön. Seine Augen leuchteten im klaren Blau eines Himmels, von dem der Regen die Sommerhitze weggespült hat, sein Teint war so blass und makellos wie Porzellan, sein Haar besaß das strahlende Silber-Gold von Tau, der von der aufgehenden Sonne angestrahlt wird. Ich weiß, es klingt lächerlich, aber Elfen verlangen nach solchen Vergleichen. Man kann sie nicht anders beschreiben. Ein verschrobener Dichter starb einst aus Verzweiflung, weil er außerstande war, die Schönheit eines

Elfen in einem Vergleich einzufangen. Ich halte es zwar für wahrscheinlicher, dass er mit Arsen vergiftet wurde, aber so wird es erzählt.

Doch ihr müsst wissen: Ihr Äußeres ist nur Glimmer, schöner Schein, darunter sehen Elfen nicht wirklich so aus.

Sie sind begabte Heuchler, jedoch unfähig zu lügen. Außerdem hat ihr Glimmer immer einen Makel. Bei Gadfly waren es die Finger, die entschieden zu lang waren, um menschlich zu sein, und an manchen Tagen wirkten die Gelenke merkwürdig miteinander verbunden. Blickte jemand zu lange darauf, verschränkte er die Hände und schob sie wie zwei Spinnen hastig unter eine Serviette, um sie zu verbergen. Er war von den Elfen, die ich kannte, der sympathischste und was Manieren anbelangte, sehr viel entspannter als die anderen, trotzdem war es nicht ratsam, ihn anzustarren – es sei denn, man hatte wie ich Grund dazu.

Nach einer Weile aß Gadfly sein Törtchen. Ich sah ihn nicht kauen, bevor er einen Bissen herunterschluckte.

»Für heute sind wir fast fertig«, ich wischte meinen Pinsel an einem Lappen ab und ließ ihn in das Glas mit Leinöl neben meiner Staffelei fallen. »Möchtet Ihr einen Blick darauf werfen?«

»Warum fragt Ihr überhaupt? Isobel, Ihr wisst doch, dass ich mir keine Gelegenheit entgehen lasse, Eure Kunst zu bewundern.«

Ehe ich mich's versah, beugte sich Gadfly über meine Schulter. Obwohl er einen Höflichkeitsabstand einhielt, wurde ich von seinem unmenschlichen Duft umhüllt: einem farnähnlichen grünen Wohlgeruch nach Frühlingslaub, dem süßen Parfüm von Feldblumen. Darunter etwas Wildes – etwas, das seit Jahrhunderten durch den Wald streifte und dessen lange, spinnenähnliche Finger eine menschliche Kehle zusammenpressen konnten, während ihr Besitzer ein freundliches Lächeln zur Schau trug.

Mein Herzschlag setzte aus. *Hier im Haus bin ich sicher,* rief ich mir in Erinnerung.

»Ich glaube, dieses Halstuch ist wirklich mein liebstes«, sagte er. »Exquisit gemalt, wie immer. Welche Bezahlung hatten wir doch gleich vereinbart?«

Ich musterte verstohlen sein elegantes Profil. Aus dem blauen Band, das seine Haare im Nacken zusammenhielt, war wie zufällig eine Strähne herausgerutscht. Ich fragte mich, ob es Absicht war. »Wir hatten uns auf einen Zauber für die Hennen geeinigt«, erinnerte ich ihn. »Jede soll für den Rest ihres Lebens sechs Eier pro Woche legen und sie sollen lange leben.«

»Pragmatisch wie immer.« Er seufzte, als sei es eine Katastrophe. »Ihr seid die am meisten bewunderte Künstlerin Eurer Zeit. Stellt Euch all die Dinge vor, die ich Euch geben könnte! Ich könnte Perlen statt Tränen aus Euren Augen fallen lassen. Ich könnte Euch ein Lächeln verleihen, dem die Herzen der Männer verfallen, oder ein Kleid zaubern, das niemand, der es einmal gesehen hat, je wieder vergessen wird. Doch Ihr verlangt nach Eiern.«

»Ich finde Eier sehr schmackhaft«, erwiderte ich standhaft, wohl wissend, dass die Zauber, die er vorschlug, irgendwann alle seltsam und schal würden, am Ende sogar tödlich. Und was in aller Welt sollte ich mit irgendwelchen

Männerherzen anfangen? Daraus ließ sich kein Omelett zubereiten.

»Nun denn, wenn Ihr darauf besteht. Der Zauber wird morgen in Kraft treten. Und jetzt, fürchte ich, muss ich mich wohl verabschieden – und mich um die Stickereien kümmern.«

Als ich mich erhob, knarzte mein Stuhl; Gadfly blieb an der Tür stehen und ich machte einen Knicks, den er mit einer eleganten Verbeugung quittierte. Wie die meisten Elfen war er ein Meister darin, so zu tun, als erwidere er die Höflichkeit aus freien Stücken, nicht aus diesem strengen inneren Zwang heraus, der für ihn ebenso notwendig wie Atmen war.

»Ach«, fügte er hinzu und richtete sich auf. »Beinahe hätte ich es vergessen. Am Frühlingshof kursierte das Gerücht, der Herbstprinz wolle Euch einen Besuch abstatten. Stellt Euch nur vor! Ich freue mich schon zu hören, ob er es schafft, eine ganze Sitzung still zu halten, oder ob er gleich nach seiner Ankunft wieder der Wilden Jagd hinterherstürmt.«

Mein Gesichtsausdruck entgleiste, als ich die Neuigkeit vernahm. Ich stand da und starrte Gadfly an, bis ein verdutztes Lächeln über seine Lippen huschte und er eine bleiche Hand nach mir ausstreckte, vielleicht, um herauszufinden, ob ich im Stehen gestorben war. Keine unbegründete Sorge, aus seiner Sicht schienen Menschen schon aus nichtigstem Anlass zu sterben.

»Der Herbst…« Meine Stimme war rau. Ich schloss den Mund und räusperte mich. »Seid Ihr ganz sicher? Ich dachte, er besuche Whimsy nicht mehr. Seit Hunderten von Jahren hat ihn niemand mehr …« Ich fand keine Worte.

»Ich darf Euch versichern, dass er am Leben und wohlauf ist. Ich habe ihn erst gestern auf einem Ball getroffen. Oder war es letzten Monat? So oder so, er soll morgen hier eintreffen. Richtet ihm Grüße von mir aus.«

»Es … Es wird mir eine Ehre sein«, stammelte ich und krümmte mich innerlich, weil ich so derart die Fassung verlor. Mit einem Mal hatte ich das Bedürfnis nach frischer Luft, ich öffnete die Tür. Nachdem ich Gadfly hinausbegleitet hatte, blieb ich stehen und beobachtete über das Feld mit Sommerweizen hinweg, wie sich seine Gestalt auf dem Weg entfernte.

Eine Wolke zog unter der Sonne vorbei und warf Schatten auf das Haus. In Whimsy blieb die Jahreszeit stets gleich, doch als erst ein Blatt von dem Baum an der Straße fiel und dann noch eines, wurde mir unmissverständlich klar, dass sich Veränderungen anbahnten. Ob ich sie gutheißen würde oder nicht, war abzuwarten.

Zwei

»Morgen! Gadfly sagte morgen. Aber ihr kennt ja ihr Verhältnis zur Zeit von uns Sterblichen. Was, wenn er eine halbe Stunde nach Mitternacht aufkreuzt und verlangt, dass ich im Nachthemd arbeite? Mein bestes Kleid hat einen Riss, so schnell kann ich es nicht flicken – das blaue wird genügen müssen.« Während ich sprach, massierte ich Leinöl in meine Hände und rieb sie mit einem Waschlappen ab, bis meine Finger wund waren. Normalerweise machte ich mir nicht die Mühe, sie von Farbe zu säubern, aber normalerweise arbeitete ich auch nicht für eine Hoheit des Elfenvolks. Ich konnte nicht einschätzen, welche banalen Kinkerlitzchen ihn womöglich beleidigen würden. »Und zu allem Übel habe ich auch kaum noch Bleizinngelb und werde deshalb heute Abend noch in die Stadt müssen – Mist. Mist! Tut mir leid, Emma.«

Ich hob meinen Rock, um dem Wasser zu entgehen, das sich auf dem Boden ausbreitete, dann bückte mich nach dem Henkel des umgestürzten Eimers.

»Himmel, Isobel, es wird schon alles gut werden.

March« – meine Tante schob die Brille nach unten und kniff die Augen zusammen – »nein, May, würdest du das bitte für deine Schwester aufwischen? Sie hat einen schwierigen Tag.«

»Was bedeutet *Mist* eigentlich?«, fragte May verschmitzt und sprang mit einem Lappen um meine Füße.

»Es ist das Wort dafür, wenn man aus Versehen einen Eimer Wasser umstößt.« Mir war klar, dass sie die Wahrheit gefährlich inspirierend finden würde. »Wo ist March?«

May grinste mich mit ihrer Zahnlücke an. »Auf den Schränken.«

»March! Komm sofort da runter!«

»Aber sie hat *Spaß* dort oben, *Isobel*«, erwiderte May und spritzte Wasser über meine Schuhe.

»Der Spaß hat ein Ende, wenn sie tot ist«, gab ich zurück.

Mit einem fröhlichen Meckern sprang March von den Schränken, stieß einen Stuhl um und kam durchs Zimmer auf uns zu gehüpft. Ich hob abwehrend die Hände. Doch sie hatte es nicht auf mich abgesehen, sondern auf May, die genau in dem Moment aufstand, damit ihre Köpfe gegeneinanderstießen. Dass sie von der leichten Gehirnerschütterung benommen herumstolperten, gab mir einen kleinen Aufschub. Ich seufzte. Emma und ich versuchten, ihnen diese Angewohnheit auszutreiben.

Genau genommen waren meine Zwillingsschwestern keine Menschen. Sie hatten ihr Leben als Ziegenlämmer begonnen, doch dann hatte eines Tages ein Elf zu viel Wein getrunken und sie aus Spaß verzaubert. Sie machten nur langsam Fortschritte, aber ich redete mir immer wieder zu, dass sie zumindest Fortschritte machten. Letztes Jahr um diese Zeit waren sie noch nicht einmal stubenrein gewesen. Der Verwandlungszauber hatte allerdings auch seine guten Seiten, er hatte sie nahezu unverwüstlich gemacht. March hatte vor meinen Augen unbeschadet einen zerbrochenen Topf gegessen, außerdem Gifteiche, tödlichen Nachtschatten und mehrere unglückliche Salamander. Ich mochte besorgt sein, aber March war, wenn sie von den Schränken sprang, eine größere Gefahr für die Kücheneinrichtung als für sich selbst.

»Isobel, komm mal her.« Die Stimme meiner Tante riss mich aus meinen Gedanken. Sie beobachtete mich über ihre Brille hinweg, bis ich ihrer Aufforderung nachkam, dann rieb sie einen Fleck von meiner Hand, den ich übersehen hatte.

»Du wirst das morgen gut machen«, sagte sie entschieden. »Bestimmt ist der Herbstprinz wie alle anderen Elfen, und selbst wenn er es nicht ist, denke daran, in diesem Haus kann dir nichts passieren.« Sie nahm meine Hände in ihre und drückte sie. »Denke daran, was du für uns erreicht hast.«

Ich erwiderte ihren Händedruck. Vielleicht hatte ich es verdient, dass sie wie mit einem kleinen Mädchen zu mir sprach. Als ich ihr antwortete, versuchte ich, das Jammern in meiner Stimme zu unterdrücken. »Ich kann es einfach nicht leiden, wenn ich nicht weiß, was mich erwartet.«

»Das mag ja sein, aber du bist auf eine solche Situation besser vorbereitet als jeder andere in Whimsy. Das wissen wir, und die Elfen wissen es ebenfalls. Auf dem Markt gestern habe ich Leute sagen hören, dass du, wenn du so weitermachst, schnurgerade auf den Grünen Brunnen zusteuerst.«

Ich zog erschrocken die Hand zurück.

»Nein, natürlich nicht. Ich weiß, dass du dich niemals dafür entscheiden würdest. Ich wollte nur sagen – wenn die Elfen irgendeinen Menschen für unentbehrlich halten, dann dich, und das ist viel wert. Es wird alles *gut* gehen morgen.«

Ich atmete tief aus und strich meinen Rock glatt. »Wahrscheinlich hast du recht«, sagte ich, innerlich nicht überzeugt. »Wenn ich vor Einbruch der Dunkelheit zurück sein will, sollte ich mich jetzt besser auf den Weg machen. March, May, treibt Emma nicht in den Wahnsinn, während ich weg bin. Ich erwarte, dass die Küche tadellos aussieht, wenn ich nach Hause komme.«

Beim Hinausgehen warf ich einen vielsagenden Blick auf den umgekippten Stuhl.

»Wenigstens haben wir nicht überall auf dem Boden Mist zurückgelassen!«, rief mir May hinterher.

Als ich ein kleines Mädchen gewesen war, hatte jeder Gang in die Stadt ein Abenteuer für mich bedeutet. Nun konnte ich nicht schnell genug von dort wegkommen. Bei jedem Passanten, der vor dem Fenster vorbeiging, zog sich mein Magen ein wenig fester zusammen.

»Nur Bleizinngelb?«, fragte der Junge hinter dem Verkaufstresen und wickelte das Pigmentstäbchen ordentlich in

Kraftpapier. Phineas arbeitete erst seit einigen Wochen hier, aber er kannte bereits meine Gewohnheiten.

»Wenn ich es mir recht überlege, nehme ich noch ein Stück Grüne Erde und zweimal Zinnoberrot. Oh! Und außerdem bitte sämtliche Zeichenkohle, die ihr vorrätig habt.« Während ich ihm beim Zusammensuchen meiner Bestellung zusah, wurde ich immer verzweifelter, wenn ich an all die Arbeit dachte, die an diesem Abend noch auf mich wartete. Ich musste die Pigmente mahlen und mischen, meine Palette vorbereiten und einen neuen Keilrahmen mit Leinwand bespannen. Ich würde zwar aller Wahrscheinlichkeit nach bei der Sitzung morgen nicht mehr als eine Skizze des Prinzen schaffen, aber ich wollte trotzdem auf alle Möglichkeiten vorbereitet sein.

Als Phineas sich unter den Tresen bückte, spähte ich aus dem Fenster. Die Scheibe war mit einer Staubschicht bedeckt, die Lage zwischen zwei größeren Gebäuden verlieh dem Laden etwas Düsteres, Heruntergekommenes und Entlegenes. Kein einziger simpler Zauber sorgte dafür, dass die Lampen heller schienen oder beim Öffnen der Tür eine Glocke bimmelte oder sich kein Staub in den Ecken festsetzte. Man sah dem Laden an, dass das Elfenvolk ihn nie eines zweiten Blickes gewürdigt hatte. Die Materialien, aus denen Kunstwerke gefertigt wurden, interessierten sie nicht, nur die fertige Arbeit.

Mit den Geschäften auf der anderen Straßenseite verhielt es sich völlig anders. Als der Rock einer Frau in Firth & Maester's verschwand, genügte mir ein kurzer Blick, um zu wissen, dass sie eine Elfe sein musste. Die Spitzengewänder, die dort verkauft wurden, konnte sich kein Sterblicher leisten. Ebenso wenig kauften Menschen in der Zuckerbäckerei nebenan ein, deren Schild für Marzipanblumen warb, einem Konfekt aus Mandeln, das mit großem Kostenaufwand aus der Anderwelt importiert wurde. Für Kunstwerke dieses Kalibers waren Zauber, und wirklich nur Zauber, die einzig angemessene Bezahlung.

Als Phineas sich aufrichtete, hatten seine Augen den allzu bekannten Glanz. Nein – »bekannt« war nicht das richtige Wort. Ich verabscheute diesen Glanz. Als Phineas sich verlegen eine Locke aus der Stirn strich, wurde mir schwerer und schwerer ums Herz. *Bitte,* dachte ich, *nicht schon wieder.*

»Miss Isobel, würde es Euch etwas ausmachen, einen Blick auf meine Kunst zu werfen? Ich weiß, ich kann Euch nicht das Wasser reichen«, fügte er hastig hinzu und nahm seinen ganzen Mut zusammen, »aber Master Hartford hat mich ermuntert – nur deshalb hat er mich eingestellt – und ich habe all die Jahre geübt.« Er hielt ein Bild mit der Rückseite nach außen vor sich, als sei es keine Leinwand, sondern sein Innerstes, das er zu entblößen fürchtete. Obwohl ich das Gefühl nur allzu gut kannte, machte es den nächsten Schritt nicht einfacher.

»Aber gern«, erwiderte ich. Wenigstens hatte ich ausgiebig Erfahrung damit, ein Lächeln aufzusetzen.

Er reichte mir das Bild und ich drehte es um, im schwachen Licht des Ladens erkannte ich eine Landschaft. Erleichterung überkam mich. Zum Glück war es kein Porträt. Bestimmt klinge ich entsetzlich arrogant, wenn ich das sage, aber meine Kunst wurde von den Elfen so hoch geschätzt, dass sie, bevor ich nicht tot wäre – und sie es tatsächlich bemerken würden, dass ich tot war, was allerdings etliche Jahrzehnte in Anspruch nehmen konnte –, nie jemand anderen beauftragen würden. Mir tat jeder neue Porträtmaler leid, der im Kielwasser meines Ruhms auftauchte. Doch vielleicht hatte Phineas ja eine Chance.

»Das ist sehr gut«, erklärte ich ihm ehrlich, als ich ihm sein Bild zurückgab. »Du hast ein hervorragendes Gefühl für Farben und Komposition. Übe weiter, aber vielleicht ist deine Kunst« – ich zögerte – »sogar schon jetzt verkäuflich.«

Er bekam rote Wangen und wurde ein paar Zentimeter größer, als er da vor mir stand. Meine Erleichterung verschwand. Oft war das, was danach kam, noch schlimmer. Ich wappnete mich, als er genau die Frage stellte, die ich fürchtete. »Könntet Ihr … Könntet Ihr mich vielleicht einem Eurer Auftraggeber empfehlen, Miss?«

Mein Blick wanderte zum Fenster zurück, wo Mrs. Firth im Schaufenster von Firth & Maester's höchstpersönlich ein neues Kleid drapierte. Als Kind war ich felsenfest überzeugt gewesen, dass sie eine Elfe war. Ihre Haut war makellos, ihre Stimme lieblicher als Vogelgezwitscher und ihre dunkelbraune Lockenpracht glänzte zu sehr, um echt zu sein. Sie musste auf die fünfzig zugehen, sah aber kaum einen Tag älter als zwanzig aus. Erst später, als ich lernte, die Glimmer zu durchschauen, wurde mir klar, dass ich mich geirrt hatte. Im Laufe der Jahre verloren die Zauber, die nichts weiter als Lügen waren, ihre Magie für mich. Ganz gleich wie ausgefeilt sie formuliert waren, bis auf die ausgesprochen weltlichen, pragmatischen bekamen sie alle mit der Zeit einen schalen Beigeschmack. Und so hatte Mrs. Firth zwar eine Wespentaille, konnte jedoch kein Wort aussprechen, das mit einem Vokal begann. Letzten Oktober hatte der Meister der Zuckerbäckerei drei Jahrzehnte seines Lebens gegen blauere Augen eingetauscht und seine Frau zur Witwe gemacht. Und trotzdem wurden die Verlockungen von Reichtum und Schönheit, das Bild des Grünen Brunnens, der wie der Inbegriff des Paradieses am Ende wartete, in Whimsy begeistert aufgenommen.

Als Phineas mein Zaudern spürte, fügte er hastig hinzu: »Keinem wichtigen Auftraggeber, natürlich. Dieser Swallowtail könnte vielleicht der Richtige sein. Ich sehe ihn manchmal in der Stadt Kunstwerke auf der Straße kaufen. Außerdem stehen die Elfen des Frühlingshofes im Ruf, freundlicher im Umgang zu sein.«

Was das anbelangte, lautete die Wahrheit, dass kein Elf, ganz gleich welchem Hof er angehörte, freundlich war. Sie taten nur so.

Bei der Vorstellung, Swallowtail könne auch nur in die Nähe von Phineas kommen, kam mir die Galle hoch. Er war bei Weitem nicht der schlimmste Elf, der mir einfiel, aber er würde dem armen Jungen so lange die Worte im Mund herumdrehen, bis dieser seinen Erstgeborenen gegen ein paar Pickel weniger eintauschte.

»Phineas … Du weißt bestimmt, dass ich durch meine Kunst mehr Zeit mit den Elfen verbracht habe als jeder andere in Whimsy.« Ich schaute ihm über den Verkaufstresen in die Augen. Seine Miene verdüsterte sich; bestimmt dachte er, ich wolle ihm seine Bitte abschlagen, doch ich kämpfte mich weiter durch sein Elend. »Vertrau mir deshalb, wenn ich dir rate, im Umgang mit ihnen vorsichtig zu sein. Ihre Unfähigkeit zu lügen macht sie noch lange nicht ehrlich. Sie werden auf Schritt und Tritt versuchen, dich zu betrügen. Wenn etwas, das sie dir anbieten, einfach zu gut klingt, um wahr sein zu können, dann ist es genau so. Der Wortlaut des Zaubers darf keinen Platz für Streitigkeiten enthalten. Absolut keinen.«

Phineas' Miene hellte sich dermaßen auf, dass ich schon dachte, meine Anstrengungen seien vergeblich gewesen. »Bedeutet das, dass Ihr mich empfehlen werdet?«

»Vielleicht, aber nicht Swallowtail. Lass dich nicht auf Geschäfte mit ihm ein, bevor du nicht ihre Gewohnheiten verstanden hast.« Ich biss mir in die Wange, aus dem Augenwinkel sah ich einen Mann aus Firth & Maester's kommen. Gadfly. Selbstredend ließ er seine Stickereien dort anfertigen. Obwohl ich hier im dunklen Laden auf der anderen Straßenseite eigentlich unsichtbar sein sollte, blickte er zielsicher in meine Richtung und hob mit einem strahlenden Lächeln die Hand zum Gruß. Jeder auf der Straße – einschließlich der schnatternden Schar junger Frauen, die vor dem Geschäft auf ihn gewartet hatte – drehte eifrig den Hals, um herauszufinden, wer wichtig genug war, um Gadflys Aufmerksamkeit zu verdienen.

»Er ist der Richtige«, erklärte ich. Ich legte meine Münzen auf den Tresen und schwang die Tasche über meine Schulter, ohne mich weiter um die freudige Erregung zu kümmern, die sich auf Phineas' Gesicht abzeichnete. »Gadfly ist mein meistgeschätzter Auftraggeber und er genießt es, als Erster neue Kunst zu entdecken. Bei ihm wirst du die besten Chancen haben.«

Davon war ich aus mehr als einem Grund überzeugt. Bei Gadfly würde Phineas am sichersten sein. Wäre ich im zarten Alter von zwölf nicht an ihn geraten, hätte ich, selbst mit Emmas Unterstützung, meinen siebzehnten Geburtstag wohl kaum erlebt. Trotzdem wurde ich das Gefühl nicht los, dass ich Phineas mit der Erfüllung seines innigsten Wunsches einen zwiespältigen Gefallen tat. Am Ende würde er ihn entweder zerstören oder enttäuschen. Schuldgefühle trieben mich ohne Abschiedsgruß zur Tür. Doch als ich die Hand auf den Türknauf legte, erstarrte ich.

An der Wand neben dem Eingang hing ein Gemälde. Im Laufe der Zeit verblasst, stellte es einen Mann auf einem Hügel dar, der von Bäumen in seltsamen Farben umgeben war. Sein Gesicht war nicht zu erkennen, doch er hielt ein Schwert, das selbst im grauen Licht hell glänzte. Im Sprung dargestellte helle Jagdhunde kamen den Hügel hinauf auf ihn zu. Auf meinen Armen stellten sich die Härchen auf. Ich kannte diese Gestalt. Der Mann war bis vor über dreihundert Jahren ein beliebtes Motiv für Gemälde gewesen, dann hatte er ohne Erklärung aufgehört, Whimsy zu besuchen. In jedem Bild, das noch von ihm existierte, kämpfte er stets in der Ferne gegen die Wilde Jagd.

Morgen würde er in meiner Stube sitzen.

Ich stieß die Tür auf, knickste vor Gadfly und eilte mit gesenktem Kopf durch die Menge neugieriger Gaffer. Hinter mir waren Ausrufe zu hören. Jemand rief meinen Namen, vielleicht erhoffte er sich den gleichen Gefallen wie Phineas.

Nachdem Emma es angesprochen hatte, sah ich bei jedem die Wahrheit auf der Stirn geschrieben. Sie beobachteten mich, warteten darauf, dass ich eine Einladung annähme, aber ich wäre lieber gestorben, als nur eine halbe Sekunde darüber nachzudenken. Niemals könnte ich einem von ihnen erklären, dass ich den Lohn des Grünen Brunnens nicht als Paradies betrachtete. Sondern als Hölle.

Als ich mich auf den Heimweg machte, stand die Sonne bereits tief am Himmel. Ich tappte im Takt der rhythmisch zirpenden Heuschrecken den Pfad hinunter; der spitze Winkel des Lichts machte die Sommerhitze noch glühender, nach einer Weile klebte mein Nacken von Schweiß, blies der Wind meine Haare zur Seite wurde er kühl. Die windschiefen, leuchtend bunt gestrichenen Dächer der Stadt verschwanden hinter den sanften Hügeln, die wie das Haar einer Frau von einem schmalen Pfad geteilt wurden. Wenn ich schnell lief, konnte ich es in haargenau zweiunddreißig Minuten nach Hause schaffen.

In Whimsy war immer Sommer. Die Jahreszeiten wechselten hier nicht wie in der Anderwelt – allein die Vorstellung überstieg meine Fantasie. Während ich meinen immer gleichen Weg lief, verfolgten mich die seltsam gefärbten Bäume des Gemäldes wie ein vor Kurzem geträumter Traum. Der Herbst war dem Hörensagen nach eine trostlose Zeit, ein Verwelken der Welt, die Vögel zogen davon und das Laub verlor seine Farbe und fiel wie tot von den Ästen. Was wir in Whimsy hatten, war eindeutig besser. Sicherer. Endlos blaue Himmel und ewig goldener Weizen mochten langweilig sein, doch ich redete mir – nicht zum ersten Mal – zu, dass es kindisch war, sich nach etwas anderem zu sehnen. Es gab schlimmere Schicksale für einen Menschen als Langeweile – ein Leben in der Anderwelt.

Ein Hauch von Fäulnis riss mich aus meinen düsteren Gedanken. Dieser Teil des Pfades schlängelte sich am Waldrand entlang, ich spähte wachsam in den Schatten. Wie eine Schranke wucherten dichtes Geißblatt und Dornengebüsch unter den Ästen. In längst vergangenen Tagen, in weniger friedlichen Zeiten, bevor Eisen geächtet worden war, hatten Bauern ihr Leben riskiert, als sie gegen die Niedertracht der Elfen Eisennägel in die äußersten Bäume geschlagen hatten. Beim Anblick der alten krummen Nägel, die verrostet und fast bis zur Unkenntlichkeit verbogen waren, überkam mich jedes Mal ein unbehagliches Kribbeln.

Doch auch bei einem zweiten Blick auf das Unterholz konnte ich nichts Außergewöhnliches entdecken. Bestimmt wurden meine Wahnvorstellungen nur von einem toten Eichhörnchen ausgelöst, das irgendwo in der Nähe verweste. Halbherzig beruhigt überprüfte ich zum vierten oder fünften Mal meine Tasche, ob ich auch nichts im Laden vergessen hatte – ein seltsamer Tick von mir, derartige Fehler unterliefen mir nie. Als ich aufblickte, stimmte irgendetwas nicht. Auf dem Hang des nächsten Hügels stand neben der einsamen Eiche, die die Hälfte des Heimwegs markierte, ein Geschöpf.

Zunächst hielt ich es für einen Hirsch. Einen unglaublich großen zwar, aber die Gestalt passte mehr oder weniger:

vier Beine, zwei Geweihstangen. Doch als sich das Wesen drehte und in meine Richtung blickte, wusste ich sofort, dass es kein Hirsch war.

Von einem Moment auf den anderen breitete sich ein irritierendes Gefühl aus. Der Wind ließ nach und die Luft glühte drückend heiß. Die Vögel hörten auf zu singen und die Heuschrecken zirpten nicht mehr, selbst der Weizen hing schlaff in der stehenden Luft. Der Verwesungsgestank wurde unerträglich. Ich kniete mich auf den Boden, doch es war zu spät.

Der Nicht-Hirsch stand da und beobachtete mich.

Trotz der Hitze lief ein Fieberschauer über meine Haut und bildete Kristalle in meinem Magen. Ich wusste, was er war, dieser Nicht-Hirsch. Und ich wusste auch, dass ich so gut wie tot war. Vor einer Elfenbestie konnte man sich nicht verstecken, es gab kein Entkommen. Dieses Geschöpf hatte sich aus einem Grabhügel erhoben, es war eine groteske Verbindung aus Elfenmagie und steinzeitlichen menschlichen Überresten. Einige von ihnen verhielten sich ihren Herren gegenüber wie Sklaven und Wächter. Andere krochen unaufgefordert aus der Erde. Als ich ein kleines Mädchen gewesen war, hatte ein solches Monster meine Eltern auf so bestialische Weise getötet, dass Emma mir nicht erlaubt hatte, ihre Leichen zu sehen. Ich würde denselben Tod sterben. Mein Gehirn schien mit der Vorstellung überfordert, mir ging durch den Kopf, dass ich das Geld für den Kauf von Pigmenten hätte sparen können; nun würde ich sie nie benutzen.

Die Elfenbestie senkte den Kopf und brüllte über das

Feld, es war ein tiefes, gewaltiges und abstoßendes Geräusch – als habe jemand in ein uraltes, einst exquisites Jagdhorn voller Moos gestoßen. Die Bestie warf, die Geweihstangen voraus, ihren massigen Körper hin und her und kam den Hügel heruntergesprungen.

Ich schnellte aus der Hocke hoch und rannte los. Nicht auf unser sicheres Haus zu, das einen knappen Kilometer entfernt war, sondern in die entgegengesetzte Richtung, ins Feld. Wenn ich meine letzten Momente sinnvoll nutzen wollte, musste ich versuchen, die Bestie so weit wie möglich von meiner Familie wegzulocken.

Der Weizen teilte sich um meinen hochgerafften Rock. Stängel knackten unter meinen Stiefeln und juckende Ähren kratzten beim Vorbeilaufen Striemen auf meine nackten Arme. Die Tasche auf meinem Rücken schlug sperrig gegen meine Oberschenkel und bremste mich. Heuschrecken sprangen beiseite, als würden sie von unsichtbarer Hand aus dem Feld geschnipst. Anfangs hörte ich nur meinen eigenen rasselnden Atem. Die ganze Situation fühlte sich unwirklich an. Ich hätte an diesem schönen Tag ebenso gut aus Spaß unter makellos blauem Himmel über das Feld rennen können.

Doch dann berührte die Kühle eines Schattens meinen verschwitzten Nacken und Dunkelheit hüllte mich ein. Der Weizen peitschte wie Wellen in einem tosenden Ozean. Ein Huf schlug neben mir auf und grub sich tief in die Erde. Ich machte einen Satz nach hinten, stolperte und stürzte und lag strampelnd zwischen den Stängeln. Die Elfenbestie richtete sich drohend vor mir auf.

Wie eine im Wasser widergespiegelte Sonne schimmerte die Gestalt eines stolzen Hirsches auf ihr. In den dunklen Zwischenräumen des Trugbildes lag eine skelettierte Gestalt aus faulender Rinde, die von Ranken zusammengehalten wurde, die sich wie Sehnen bewegten: ein ausgemergeltes totenkopfähnliches Gesicht, Geweihstäbe, die nicht wirklich ein Geweih waren, sondern zwei gebogene Äste, umrankt von Dornengestrüpp, jeder von ihnen so lang wie ein Mann. Das Geschöpf verströmte etwas Krankes; als es schnaubte und ein zitterndes Bein hob, löste sich Rinde ab und verteilte sich auf der Erde. Glänzende Käfer schwärmten aus den Borkenstücken und krabbelten bei ihrer Flucht über meine Strümpfe. Der Geschmack von Fäulnis breitete sich in meinem Mund aus und ließ mich würgen.

Die Elfenbestie bäumte sich auf und verdeckte die Sonne. Schon glaubte ich, die Gruppe Maden, die aus ihrem Bauch krabbelte, sei das Letzte, was ich von der Welt sehen würde. Als das Monster einfach vor meinen Augen zu einem weichen, wimmelnden Haufen wurmstichigen Holzes zusammenfiel, wusste ich deshalb nicht, was ich tun sollte. Tausendfüßler, länger als meine Hand, wanden sich ins Gras. Zwei große gefleckte Motten flatterten davon. Die Heuschrecken begannen augenblicklich wieder zu zirpen, als sei nichts geschehen, ich jedoch lag schweißnass und zitternd auf der Erde, das Blut pochte in meinen Ohren. Mit einem angewiderten Schrei trat ich nach dem Haufen. Außer der Borke flogen Knochenstücke auf die Erde. Der menschliche Leichnam, der der Bestie Leben verliehen hatte, war zerbrochen.

»Ich habe diese Bestie zwei Tage lang verfolgt und hätte sie vermutlich nie eingeholt, wenn Ihr nicht ihre Aufmerksamkeit erregt hättet«, sagte eine freundliche, lebhafte Stimme. »Man nennt diese Wesen Thane oder Gehörnte, falls es Euch interessiert.«

Ich blickte von den Überresten der Elfenbestie auf. Vor mir stand ein Mann, doch die Sonne hinter ihm tauchte ihn in Schatten, sodass ich seine Gesichtszüge nicht erkennen konnte, sondern nur, dass er groß und schlank und im Begriff war, ein Schwert in die Scheide zu stecken.

»Ihre Aufmerksamkeit ...«, ich sprach nicht weiter, ich war verwirrt und ziemlich gekränkt. Er redete, als ginge es hier um Sport und mein Leben sei ohne jede Bedeutung; doch es verriet mir alles, was ich wissen musste. Er mochte wie ein Mann aussehen, aber er war keiner.

»Habt Dank«, erwiderte ich einlenkend und schluckte meine Empörung herunter. »Ihr habt mich gerettet.«

»Habe ich das? Vor dem Thane? Vermutlich schon. Wenn dem so ist, gern geschehen. Ich weiß übrigens gar nicht, wie Ihr heißt.«

Ein Schauer durchfuhr mich wie ein Donnerschlag in der Nacht. Dass er mich nicht erkannte, ließ vermuten, dass er noch nicht oft in Whimsy gewesen war, vielleicht sogar noch nie. Wer immer er auch sein mochte, er war bestimmt gefährlicher als die Elfen, mit denen ich normalerweise zu tun hatte. Und wie alle seiner Art konnte er der Versuchung nicht widerstehen, meinen wahren Namen herausfinden zu wollen. Ich sprach nicht weiter, sondern verließ mich auf meinen Verstand und meine Sinne und kam zu dem erleichternden Schluss, dass er mich mit keinem bösartigen Zauber belegt hatte, der mich veranlassen würde, offener zu sprechen oder Geheimnisse preiszugeben, die ich besser für mich behalten sollte. In Whimsy benutzte niemand seinen Geburtsnamen. Es machte einen anfällig für die Zauberei, mit der ein Elf – und zwar einzig durch die Macht dieses einen geheimen Wortes – Körper und Seele eines Sterblichen für immer beherrschen konnte, ohne dass dieser es mitbekam. Es war die hinterhältigste Form von Elfenmagie und die gefürchtetste.

»Isobel.« Ich rappelte mich auf und knickste.

Falls er merkte, dass ich ihm meinen falschen Namen genannt hatte, ließ er es sich nicht anmerken, sondern stieg mit einem langbeinigen Schritt über den Haufen und ergriff mit einer tiefen Verbeugung meine Hand. Er hob sie an die Lippen und küsste sie. Ich unterdrückte ein Stirnrunzeln. Wenn er mich schon anfassen musste, hätte ich es vorgezogen, dass er mir aufhalf.

»Sehr erfreut, Isobel«, sagte er.

Seine Lippen fühlten sich kühl an auf meinen Fingerknöcheln. Weil er den Kopf gesenkt hielt, sah ich nur seine Haare, sie waren zerzaust – wellig, nicht richtig lockig, und dunkel, mit einem rötlichen Schimmer, wenn die Sonne darauf fiel. Das Unbändige erinnerte mich an Falken- oder Rabenfedern, die ein starker Wind gegen den Strich gepustet hatte. Und wie bei Gadfly nahm ich seinen Geruch wahr: die Würzigkeit von hartem trockenem Laub, von kalten Nächten unter einem klaren Mond, eine Wildheit, eine Sehnsucht. Mein Herz pochte – von der Angst vor der

Elfenbestie, aber auch von der Gefahr, einem Elfen allein auf dem Feld zu begegnen. Entschuldigt deshalb meine Dummheit, wenn ich sage, dass ich diesen Geruch mit einem Mal mehr wollte, als ich je etwas gewollt hatte. Ich wollte ihn mit einem erschreckenden Durst. Nicht direkt ihn, sondern eher die große, geheimnisvolle Veränderung, für die er stand – das Versprechen einer *anderen* Welt.

Nein, es war nicht nur das. Ich hisste meinen Ärger von Neuem – wie eine Flagge am Mast. »Mir wäre nicht bekannt, dass ein Handkuss jemals so lange gedauert hat, Sir.«

Er richtete sich auf. »Einem Elfen erscheint nichts lang«, erwiderte er mit der Andeutung eines Lächelns.

Ich schätzte, dass er ein oder zwei Jahre älter war als ich, doch sein wahres Alter konnte natürlich hundertmal mehr betragen. Er hatte feine aristokratische Gesichtszüge, die nicht zu seinem unbändigen Haar passen wollten, und einen ausdrucksvollen Mund, den ich am liebsten auf der Stelle gemalt hätte. Die Schatten in seinen Mundwinkeln, das leichte Grübchen auf der einen Seite, das sein Lächeln schief wirken ließ …

»Ich sagte«, bemerkte er, »dass einem Elfen nichts lang erscheint.«

Als ich aufblickte, wurde mir bewusst, dass er mich mit verblüffter Faszination anstarrte, auf seinem Gesicht lag immer noch dieses erstarrte Lachen. Und nun sah ich auch seinen Makel: die Farbe seiner Augen, sie hatten einen merkwürdigen Amethystton, der von seinem goldbraunen Teint abstach und mich an Sonnenlicht auf heruntergefallenen

Blättern am späten Nachmittag erinnerte. Seine Augen machten mich sofort unruhig, es lag nicht an ihrer ungewöhnlichen Farbe, doch ich konnte den Grund beim besten Willen nicht benennen.

»Verzeiht mir. Ich bin Porträtmalerin und habe die Angewohnheit, Menschen anzustarren und dabei alles um mich herum zu vergessen. Ich habe gehört, was Ihr gesagt habt. Mir fällt nur keine Antwort darauf ein.«

Der Blick des Elfen wanderte zu meiner Tasche. Als er sich danach wieder zu mir wandte, war sein Lächeln verschwunden. »Natürlich. Unser Leben übersteigt vermutlich die menschliche Vorstellungskraft.«

»Wisst Ihr, warum der Thane aus dem Wald nach Whimsy kam, Sir?« Er schien zu erwarten, dass ich auf seine geheimnisvollen Andeutungen einging, aber ich wollte das Gespräch sowohl kurz als auch sachlich halten. Elfenbestien wurden hier so gut wie nie gesichtet, ihr plötzliches Auftauchen war höchst beunruhigend.

»Das kann ich nicht sagen. Vielleicht wurde der Thane von der Wilden Jagd aufgescheucht, vielleicht hatte er einfach bloß Lust umherzulaufen. In letzter Zeit sind mehrere von ihnen unterwegs und sie sind äußerst unerfreulich.«

»In letzter Zeit« konnte bei einem Elfen alles einschließen, auch den Tod meiner Eltern. »Ja, tote Menschen neigen dazu, unerfreulich zu sein.«

Zwischen seinen leicht gerunzelten Augenbrauen bildete sich eine Falte, sein Blick wurde prüfend. Ihm war bewusst, dass er mich irgendwie verärgert hatte, doch wie alle Elfen konnte er den Grund nicht erahnen. Er war ebenso wenig in der Lage, den Schmerz über den Tod eines Menschen nachzuvollziehen, wie ein Fuchs bedauern konnte, eine Maus getötet zu haben.

Ich wusste nur eines: Ich wollte nicht so lange verweilen, dass er seine Verwirrung irgendwann als Kränkung auffassen würde, deren Verursacherin Rache in Form eines unangenehmen Zaubers verdient hatte.

Ich senkte den Kopf und knickste noch einmal. »Die Bewohner von Whimsy sind dankbar für Euren Schutz. Ich werde niemals vergessen, was Ihr heute für mich getan habt. Guten Tag, Sir.«

Ich wartete seine nächste Verbeugung ab, dann wandte ich mich wieder zum Pfad.

»Wartet«, sagte er.

Ich erstarrte.

Hinter mir war das Wogen des Weizens zu hören. »Ich habe etwas Unpassendes gesagt. Ich entschuldige mich.«

Als ich langsam über meine Schulter blickte, stellte ich fest, dass er mich seltsam verunsichert beobachtete. Was sollte ich davon halten? Elfen waren bekannt dafür, Entschuldigungen gelegentlich in die Länge zu ziehen – sie hielten viel auf gute Manieren –, die meiste Zeit jedoch maßen sie mit zweierlei Maß und erwarteten von den Menschen Höflichkeit, während sie ihr eigenes Fehlverhalten geflissentlich ignorierten. Ich war verblüfft.

Ich sagte deshalb das Einzige, was mir in den Sinn kam. »Ich nehme Eure Entschuldigung an.«

»Sehr gut.« Sein schwaches Lächeln kehrte zurück und von einem Moment auf den anderen wirkte er nicht mehr unsicher, sondern ziemlich selbstzufrieden. »Dann sehe ich Euch morgen, Isobel.«

Es dauerte einen Moment, bis ich die Bedeutung der Worte begriff. Ich wirbelte noch einmal herum, doch der Elf, der kein anderer sein konnte als der Herbstprinz, war bereits verschwunden: Weizen wiegte sich entlang des einsamen Pfades, und ein einzelner Rabe auf dem Feld, der auf den Wald zuflog, war das einzige Anzeichen von Leben; das schwindende Licht verlieh seinen Federn einen rötlichen Schimmer.

Drei

Da ich nach wie vor nicht wusste, wann der Prinz erscheinen würde, und meine Tante einen Hausbesuch in der Stadt machte, lag es an mir, die Ziegenkinder aus der Küche zu scheuchen.

»Er fand es seltsam, dass wir nach Monaten benannt sind! Man könne nicht einfach Mai und März heißen«, quiekte May, während March neben dem Ofen leise vor sich hin schluchzte. Noch nie hatte ich solche Abscheu für den Bäckerjungen empfunden, der mit seiner Meinung durchaus recht hatte.

Ich ging in die Hocke und nahm die beiden in den Arm. »Wisst ihr, als Tante Emma und ich euch eure Namen gaben«, sagte ich vernünftig, »da wart ihr Ziegen. Ihr habt damals schon auf March und May gehört und da wir nicht sicher waren, ob ihr für immer verzaubert wart, beschlossen wir, sie nicht zu ändern.«

March gab ein ersticktes Schluchzen von sich. Ich musste eine andere Taktik anwenden. »Hört mal, ich muss euch etwas Wichtiges fragen. Was macht ihr am liebsten?«

»Leuten einen Schreck einjagen«, antwortete May nach kurzer Überlegung.

March öffnete den Mund und deutete hinein.

Oh je. »Das sind seltsame Vorlieben, findet ihr nicht?«

May beäugte mich misstrauisch. »Kann sein …«

»Ja, sie sind eindeutig seltsam«, erklärte ich entschieden. »Also ist seltsam nicht wirklich schlimm, oder? Es ist gut, genau wie Leute zu erschrecken oder Salamander zu essen. Harold hat euch ein Kompliment gemacht.«

»Hmmm«, erwiderte May. Sie schien nicht überzeugt. Doch March hatte zumindest zu weinen aufgehört und um nicht vollends den Verstand zu verlieren, erklärte ich diese Runde zum Teilsieg.

»Und jetzt sputet euch. Solange unser Gast hier ist, müsst ihr beiden draußen spielen. Denkt daran, geht nicht weiter als bis zum Rand des Weizenfelds.« Als ich sie auf die Tür zuschob, hatte ich ein ungutes Gefühl. Wenn noch eine Elfenbestie aus dem Wald käme …

Doch derartige Vorfälle waren äußerst selten, und ich musste daran denken, mit welcher Leichtigkeit der Prinz das Monster gestern getötet hatte. Solange er sich bei uns aufhielt, waren wir sicher. Allerdings änderte es nichts an meinem unguten Gefühl und so fügte ich hinzu: »Sobald ihr hört, dass die Heuschrecken nicht mehr zirpen, kommt ihr sofort ins Haus zurück.«

May sah mit gerunzelten Augenbrauen zu mir auf. »Warum?«

»Darum.«

»Warum können wir nicht einfach im Haus spielen?«

Ich trieb sie die Verandatreppe hinunter, die altersschwache Küchentür knallte hinter mir zu. Mit Erleichterung stellte ich fest, dass draußen alles völlig normal aussah. Die Hühner stolzierten gackernd durch den Hof, die Bäume bogen sich im lebhaften Wind und über die sanften Hügel fegten Schatten. May starrte mich trotzdem weiter an. Offenbar sah man mir an, dass sich mein Magen noch immer wie eine geballte Faust zusammenkrampfte.

»Du weißt ganz genau, warum«, sagte ich energisch und verdrängte mein ungutes Gefühl.

Ehrlich gesagt, gab es mehrere Gründe. May hatte mehr als einmal meine Staffelei umgerannt. March zeigte einen unersättlichen Appetit auf Preußischblau. Vor allem aber hatten die Elfen die beiden nicht gern um sich. Vermutlich waren ihnen die Zwillinge peinlich, schließlich waren sie ein sichtbarer Beweis einer ihrer Fehler, noch dazu ein unbeabsichtigt kräftiger Beweis. Ich war mir sicher, dass sie nicht verzaubert werden konnten: March und May waren ihre richtigen Namen. Hätten die Elfen dieses Wissen gegen sie einsetzen können, hätten sie es längst getan.

March ließ ein erfreutes Meckern hören und sprang in großen Sätzen zum Holzstoß, doch May wandte den Blick nicht ab. »Mach dir keine Sorgen, uns passiert schon nichts«, sagte sie schließlich ruhig und tätschelte mir das Knie. Dann hüpfte sie ihrer Schwester hinterher.

Meine Augen brannten. Geschäftig strich ich meinen Rock glatt und schob einige lose Haarsträhnen hinters Ohr. Sie sollten nicht sehen, wie sehr mich das alles mitnahm, ich wollte es mir nicht einmal selbst eingestehen. Wenn ich mich darauf konzentrierte, dass alles seine Ordnung hatte, brauchte ich nicht darüber nachzudenken, was meinen Eltern widerfahren war, oder warum mich der Vorfall, den ich weder persönlich miterlebt, noch gehört oder gesehen hatte, auch zwölf Jahre später noch in Panik versetzte. Doch offenbar verbarg ich meine Furcht nicht gut genug. Selbst May konnte sie sehen.

Aus dem Baum, der im Garten Schatten spendete, kam das heisere Krächzen eines Raben.

»Kschsch!« Ich rief es, ohne aufzublicken. Raben erschreckten die Singvögel, die in unserem Gebüsch nisteten, und Emma und ich gaben unser Bestes, uns dafür bei ihnen zu revanchieren.

Die warme Sonne und der Anblick von March und May, die auf den Holzscheiten herumturnten, sorgten dafür, dass mein ungutes Gefühl nachließ. Aus der Ferne konnte man sie nur an den weißen Flecken auf ihrer ansonsten rosigen Haut auseinanderhalten; bei May lief der Fleck über die linke Wange und die halbe Nase. Sie hatten beide dasselbe lockige schwarze Haar, dieselbe Lücke zwischen den Vorderzähnen und dieselben auffallend unmenschlichen Augenbrauen. Sie sahen aus wie ein Puttenpärchen, das beschlossen hatte, statt mit Liebespfeilen lieber mit echten Pfeilen auf Menschen zu schießen. Sie waren schrecklich. Ich hatte sie so lieb.

Doch ich musste unablässig daran denken, dass der Prinz kommen würde, dunkle Vorahnungen plätscherten unablässig gegen die Ufer meines Unterbewusstseins.

Der Rabe krächzte noch einmal.

Dieses Mal blickte ich auf. Der Rabe drehte den Kopf und beäugte meine gerunzelte Stirn. Er plusterte die Federn und hüpfte geschickt den Ast entlang. Als er ins Licht kam, stockte mir der Atem. Sein Rücken hatte einen rötlichen Schimmer und seine Augen schienen von ungewöhnlicher Farbe.

Ich verbeugte mich prompt mit einem Knicks und eilte ins Haus, hin und her gerissen zwischen der Hoffnung, der Rabe möge doch nicht der Prinz sein, und dem Wissen, dass falls dem so war, ich soeben vor einem Vogel geknickst hatte und gleich darauf vor ihm geflüchtet war. Die klapprige Küchentür hinter mir knallte mit einem dumpfen *Klong, Klong, Klong* zu.

Ein viertes Klong war zu hören, aber es war nicht die zuschlagende Tür. Es war ein Klopfen.

»Herein!«, rief ich. Doch als ich mich in der Küche umblickte, wünschte ich sogleich, ich hätte es nicht getan.

Ich ergriff aufs Geratewohl einen Topf und schleuderte ihn in den Ausguss, auch wenn ich nicht einmal sicher war, ob er tatsächlich schmutzig war. Doch zu mehr blieb mir keine Zeit, denn schon öffnete sich die Tür und der Herbstprinz trat herein.

Er musste sich bücken, um sich nicht den Kopf am Türsturz anzuschlagen, der nur für durchschnittlich große Menschen gedacht war.

»Einen schönen Nachmittag, Isobel«, grüßte er und verbeugte sich galant.

Noch nie zuvor war ein Elf in unserer Küche gewesen. Es war ein kleiner Raum mit unbehauenen Steinwänden und vom Alter ausgetretenen Dielen, die sich in der Mitte durchbogen, einem hohen Fenster, das ein wenig Licht hereinließ, jedoch genug, um besondere Aufmerksamkeit auf die ungespülten Teller neben dem Schrank und den trostlos aussehenden Torfbrocken zu lenken, der noch in unserem kleinen, brusthohen Herd glomm.

Der Prinz hingegen sah aus, als sei er gerade aus einer vergoldeten Kutsche gestiegen, die von einem halben Dutzend weißer Hengste gezogen wurde. Ich konnte mich zwar nicht mehr genau erinnern, was er am Vortag getragen hatte, doch wenn er so ausgesehen hätte, wäre es mir bestimmt in Erinnerung geblieben. Sein gut sitzender dunkler Seidenmantel, der mit kupferfarbenem Samt gefüttert war, schleifte fast wie ein Umhang über den Boden. Um die Stirn trug er einen dazu passenden Kupferreif und obwohl seine wilde Haarmähne ein Eigenleben entwickelt zu haben schien und den größten Teil des Reifs verdeckte, sah ich, dass dieser aus ineinander verschlungenen Blättern bestand und mit Grünspan gesprenkelt war. Der Kragen wurde von einer Fibel in Rabenform zusammengehalten, zweifellos ein Relikt eines anderen Zeitalters. An seiner Taille hing noch das Schwert vom Vortag.

Ja, da stand er, nur Zentimeter von der schimmeligen Zwiebelschale entfernt, die ich morgens nicht weggräumt hatte.

Ich hatte bereits gegen die Etikette verstoßen. Meine nächsten Worte mussten wohlüberlegt sein und selbstsicher klingen. Stattdessen platzte ich heraus: »Was tut Ihr eigentlich, wenn Ihr eine Verbeugung nicht erwidern könnt?«

Während ich meinen Mut zusammennahm, hatte der Prinz eingehend eine Schöpfkelle angestarrt. Nun starrte er mich an.

Was bist du?, schienen seine verwirrten Amethystaugen zu fragen. »Ich glaube, das verstehe ich nicht.«

Irgendwann mussten die durchhängenden Dielenbretter doch nachgeben. Vielleicht taten sie mir ja den Gefallen, es genau in diesem Moment zu tun.

»Wenn sich jemand vor Euch verbeugt oder knickst, und Ihr könnt es nicht umgehend erwidern«, hörte ich mich erklären.

Seine Miene hellte sich auf, er verstand, was ich meinte, sein gewohntes leichtes Lächeln kehrte zurück. Er beugte sich zu mir vor und blickte mir in die Augen, als würde er mir ein großes Geheimnis verraten. Vielleicht tat er das ja. »Das ist schrecklich unangenehm«, erwiderte er ruhig. »Wir müssen so lange nach demjenigen suchen, bis wir ihn finden, vorher können wir an nichts anderes denken.«

Oh. »Vermutlich habe ich das gerade getan, als ich ins Haus gerannt bin. Es tut mir leid.«

Er richtete sich auf und schien mich für einen Moment zu vergessen. »Nach Euch zu suchen war mir ein Vergnügen«, antwortete er freundlich, wenn auch recht distanziert und hob einen Fleischspieß hoch. »Ist das eine Waffe?«

Ich nahm ihm den Spieß vorsichtig aus der Hand und legte ihn wieder hin. »Zumindest ist er nicht dafür gedacht.«

»Verstehe«, antwortete er, und bevor ich ihn aufhalten konnte, durchmaß er mit drei großen Schritten die Küche, um eine Kasserolle zu inspizieren, die an einem Nagel an der Wand hing. »Aber das hier ist doch mit an Sicherheit grenzender Wahrscheinlichkeit eine Waffe.«

»Nein, ist es nicht …« So sprachlos war ich einem Elfen gegenüber noch nie gewesen. »Nun ja – man könnte die Kasserolle sicher als solche benutzen, aber sie ist eigentlich zum Kochen gedacht.« Er blickte an mir vorbei. »So nennt man die Kunst, Essen zuzubereiten«, erklärte ich, denn die höfliche Bestürzung, mit der er die Stirn runzelte, grenzte schon an Angst.

»Ja, ich weiß, was Kochen bedeutet«, sagte er. »Ich war nur erstaunt, wie viele Werkzeuge Eurer Kunst gleichzeitig als Waffen eingesetzt werden können. Gibt es etwas, das ihr Menschen nicht einsetzt, um euch gegenseitig umzubringen?«

»Vermutlich nicht«, räumte ich ein.

»Wie eigenartig.« Er hielt inne, um die Decke zu betrachten. Voll Sorge vor seinem nächsten Kommentar räusperte ich mich und knickste.

Er drehte sich mit einem leichten Stirnrunzeln um und antwortete mit einer Verbeugung.

»Normalerweise empfange ich meine Kunden in der Stube, bitte hier entlang. Wollen wir anfangen? Ich möchte Eure Zeit nur ungern übermäßig in Anspruch nehmen.«

»Ja, selbstverständlich«, erwiderte er, doch als wir den Flur hinunterliefen, spähte er weiter an die Decke, bis er schließlich abrupt stehen blieb und die Hand auf die weiße verputzte Wand legte. Ich blieb ebenfalls stehen und wartete darauf, dass er seinen Satz beenden würde. Das angestrengte Lächeln auf meinem Gesicht war nur ein Mittel, mich von einem verzweifelten Schrei abzuhalten.

»Auf diesem Haus liegt ein sehr starker Zauber, noch dazu ein sehr seltsamer«, stellte er schließlich fest.

»Das ist richtig.« Ich begann weiterzugehen und war erleichtert, als ich das Rascheln seines Mantels hinter mir vernahm. »Es war das Erste, worauf ich hinarbeitete, als ich diese Porträts zu malen begann – der Zauber ist der Verdienst eines ganzen Jahres. Kein Elf ...«

»Kann, solange Ihr am Leben seid, den Bewohnerinnen dieses Hauses Schaden zufügen«, beendete er vor sich hinmurmelnd. »Beeindruckende Arbeit. Von Gadfly?«

Ich nickte und widerstand dem Bedürfnis, über die Schulter zu blicken. Als mir der charakteristische Geruch der Stube entgegenschlug, nahm ich aus Gewohnheit einen formelleren Ton an. »Ich genieße seit vielen Jahren sein Vertrauen. Darf ich fragen, warum Ihr ihn seltsam findet?«

»Ich habe noch nie zuvor einen solchen Zauber gesehen. Abgesehen davon hätte ich Gadfly nichts dergleichen zugetraut.«

Nun war ich knapp davor, abrupt stehen zu bleiben. Ich musste mich körperlich anstrengen weiterzugehen, und als ich in die Stube trat, legte ich mechanisch die Zeichenkohle bereit, die ich für die Skizze an diesem Tag benötigen würde. Hatte der Zauber einen Haken? Hatte ich vor all den Jahren etwas Falsches zu Gadfly gesagt und versehentlich ein Schlupfloch in unseren Vereinbarungen zugelassen? Die Vorstellung löste solche Übelkeit bei mir aus, dass meine Hände und Füße taub zu werden begannen.

»Als Prinz kann ich, wenn ich will, die meisten Zauber aufheben«, fuhr er fort und musterte weiter etwas, das ich nicht sehen konnte. »Doch als ich sagte, dass dieser Zauber stark sei, meinte ich das auch so. Er übersteigt sogar meine Macht. Gadfly muss über gewaltige Kräfte verfügt haben, um ein solches Werk zu vollbringen. Das ist wirklich außergewöhnlich, vor allem, weil er sich sonst nur aus seinem Sessel erhebt, wenn es sich nicht mehr vermeiden lässt. Er muss von Eurer Malkunst außerordentlich angetan sein. Allmählich verstehe ich, warum er mir mit solchem Nachdruck empfohlen hat, mein Porträt malen zu lassen.«

Ich atmete aus, um mich zu beruhigen.

Ein Punkt, den der Prinz angesprochen hatte, klang merkwürdig – Gadfly hatte sich mir gegenüber den Anschein gegeben, er habe mit dem Termin nichts zu tun gehabt – doch ich war so erleichtert, dass ich den Gedanken nicht weiter verfolgte.

»Davon wusste ich nichts«, sagte ich. »Ihr seid der Erste, der mir das erzählt – bisher hat es noch nie jemand erwähnt.«

Als der Prinz an mir vorbeiging, liebkoste sein Ärmel meinen Arm. Die Stube schien ihn sehr zu interessieren. Sie war der größte Raum im Haus und, trotz aller Mühe, sie ordentlich zu halten, der unaufgeräumteste. Im Augenblick war die Chaiselongue am Fenster das einzige Möbelstück, auf dem nichts herumlag. In der Ecke links von mir standen auf einem lackierten Beistelltischchen eine Kristallvase mit zwei Pfauenfedern, ein Service von importiertem Porzellan, ein Stapel in Leder gebundener Bücher sowie ein leerer Vogelkäfig. Auf den Brokatstühlen daneben stapelte sich ein Sammelsurium von Vorhängen, Teppichen und Gardinen in jeder erdenklichen Farbe und jedem erdenklichen Muster. Auch im Rest des Raums war jeder Winkel ein Kuriositätenkabinett, die Stube sah aus wie ein kleines eklektisches Museum menschlicher Handwerkskunst. In der Mitte standen bescheiden mein Stuhl und meine Staffelei.

Da der Prinz zu abgelenkt wirkte, um mir eine Antwort zu geben, fuhr ich fort: »Bei der Arbeit mit menschlichen Auftraggebern reist der Porträtmaler normalerweise zu ihnen nach Hause und malt sie dort. Da ich das bei den Elfen natürlich nicht kann, haben wir Möbel und Dekorationen ausgesucht und arrangieren sie je nach Geschmack hier im Raum.«

»Er schränkt uns ein«, murmelte der Prinz und berührte vorsichtig mit den Fingerspitzen die dünnen Metallstäbe des Vogelkäfigs. Mir fiel der Rabe ein, der draußen gesessen hatte, und ich wünschte mir, ich hätte die Geistesgegenwart besessen, den Käfig in einen anderen Raum zu stellen. Nichtsdestotrotz fragte ich mich, wovon er redete. Bisher waren alle Elfen äußerst zufrieden gewesen, sich mit den protzigen Requisiten der Stube zu umgeben.

Er zog die Finger zurück und drehte sich zu mir um. Seine Nachdenklichkeit verschwand in einem Lächeln – es sah aus, als würde die Sonne Morgennebel wegbrennen. »Ich meine Gadflys Zauber. Warum hat ihn noch keiner von uns Euch gegenüber erwähnt? Man hat das Gefühl, Handschellen zu tragen, zwar leicht wie Spinnenseide, trotzdem so stark wie Eisen. Kein Elf spricht gern über die eigene Schwäche.«

»Und Ihr seid eine Ausnahme, Sir?«

»Nein, ganz und gar nicht. Ich tue es auch nicht gern.« Sein Lächeln wurde breiter und auf seiner Wange zeigte sich wieder das schiefe Grübchen. »Wie Euch vielleicht schon aufgefallen ist, halte ich nur nicht viel von Zurückhaltung.«

Es war mir in der Tat aufgefallen. Er war ganz anders als die Elfen, die ich bislang kennengelernt hatte.

»Gibt es eine korrekte Anrede, wie ich Euch als Prinz ansprechen soll?« Ich durchquerte den Raum und ging die Stoffe durch, die als Hintergrund zu seiner Kleidung passen würden.

»Wir befolgen keine derartigen Formalitäten«, erklärte er und sah mich an. »Ich dachte, das wüsstet Ihr bereits.« *Woher?*, fragte ich mich. Es war ja nicht so, dass Elfenhoheiten bei mir zu Abend speisten. »Wie dem auch sei, ich heiße Rook.«

Ich musste lächeln. »Sehr erfreut, Sir.«

Seine Augen musterten forschend mein Gesicht, und es kam mir vor, als würde sein Lächeln noch vertrauter, vertraulich auf eine Art, die ich einem Elf nicht zugetraut hätte. Als ich so neben ihm stand, wurde mir bewusst, dass mein Scheitel ihm bis zur Brust reichte. Meine Wangen begannen zu glühen.

Meine Güte! Ich hatte eine Aufgabe zu erledigen.

»Ich glaube, dieser Brokat würde gut zu Euch passen«, sagte ich und hielt eine schwere rostfarbene Seide mit kupferfarbenen Stickereien hoch.

Als er stehen blieb, um sie zu betrachten, wirkte er fast ungeduldig. Diesen Part fand ich immer interessant. Man erfuhr herzlich wenig über die Elfen, doch gelegentlich öffneten ihre ästhetischen Vorlieben Fenster zu ihren Seelen (so sie denn welche hatten – das ist ja immer die Streitfrage bei der Kirche). Gadfly liebte es, den Hintergrund mit möglichst viel teuer aussehendem Nippes auszustaffieren. Ein anderer Auftraggeber, Swallowtail, bevorzugte benutzte Alltagsgegenstände: halb abgebrannte Kerzen und eselsohrige Bücher mit gebrochenem Rücken.

Rook schüttelte den Kopf zu dem Brokat und beugte sich vor, um sich einige mundgeblasene Vasen anzusehen. Er inspizierte Statuetten und Spiegel, Körbe voller Wachsfrüchte, Laborflaschen, Gänsekiele, sein Schweigen und die ernsthafte Konzentration waren eigenartig faszinierend. Ich hatte keine Vorstellung, was in seinem Kopf vor sich gehen mochte. Nach einer Weile kehrte er zu dem Vogelkäfig zurück und bemerkte beim Aufblicken, dass ich ihn beobachtete. Sein launisches Lächeln kehrte zurück.

»Ich möchte keine Requisiten in meinem Porträt«, erklärte er und ging zur Chaiselongue hinüber. Er setzte sich und legte einen Arm über die Rückenlehne, sein Blick machte mir klar, dass er haargenau wusste, warum ich ihn beobachtet hatte. »Wenn Ihr schon stundenlang auf etwas starren müsst, würde ich es vorziehen, wenn es sich dabei ausschließlich um mich handelte.«

Es fiel mir nicht leicht, meine ernste Miene beizubehalten. »Wie freundlich von Euch, Sir. Ich werde wesentlich weniger Zeit für Euer Porträt benötigen, wenn ich nur Euch male.«

Er setzte sich ein wenig aufrechter und runzelte die Stirn, ein Anflug von Missmut verdüsterte seine aristokratischen Züge.

Was tat ich da? Es passierte so leicht – so leicht –, dass die Verstimmung eines Elfen in Zorn umschlug. Dieses Verhalten entsprach mir überhaupt nicht. So viele Jahre war ich vorsichtig gewesen und nun leistete ich mir innerhalb von Minuten einen Schnitzer nach dem anderen. Ich schluckte meine Worte herunter, ging zu meinem Stuhl, richtete meinen Rock und wählte ein Stück Zeichenkohle. Und verdrängte jeden anderen Gedanken.

Was vor sich geht, wenn ich ein Stück Zeichenkohle oder einen Pinsel in die Hand nehme, lässt sich nur schwer beschreiben. Ich kann euch nur sagen, dass die Welt eine andere wird. Wenn ich nicht arbeite, sehe ich die Dinge auf eine Art, und wenn ich arbeite, auf eine völlig andere. Gesichter verwandeln sich in Nicht-Gesichter, Strukturen aus Licht und Schatten, Formen und Winkeln und Oberflächen. Das tiefe glänzende Schimmern einer Iris, wenn das Licht vom Fenster darauf trifft, bekommt etwas außerordentlich Fesselndes. Ich warte sehnsüchtig auf den Schatten, der diagonal über den Kragen meines Objekts fällt, die feinen helleren Strähnen, die wie Goldfäden in den Haaren aufleuchten. Meine Gedanken und meine Hand sind plötzlich wie besessen. Ich male nicht, weil ich es will, nicht, weil ich es gut kann, sondern weil ich muss, weil ich dafür lebe und atme, weil es meine Bestimmung ist.

Als die Kohle über das Papier kratzte, verflüchtigten sich meine Ängste. Ich bemerkte die weichen schwarzen Flocken nicht, die herunterschwebten und meinen Schoß bestäubten. Zuerst ein Kreis, locker, schwungvoll, der die Form von Rooks Gesicht einfing. Danach kräftigere, stärkere Linien, als ich seinen verführerischen Haarschopf skizzierte, seine Krone.

Nein.

Ich riss den Papierbogen von meiner Staffelei und ließ ihn auf den Boden fallen, dann begann ich von Neuem. Gesicht, Haare, Krone. Augenbrauen, dunkel und geschwungen. Ein angedeutetes schiefes Lächeln. Seine breiten Schultern. Gut. Besser. Nun waren zwei Rooks im Raum, beide beobachteten mich. Keiner der beiden war realer als der andere.

Auf der anderen Seite meiner Staffelei legte der echte Rook den Kopf schief. Er veränderte seine Haltung. Ich spürte, dass er mich beobachtete, aber es war mir gleichgültig, ich war im Fieberrausch meiner Kunst verloren. Nur mit dem kleinen Teil meines Verstands, der anderen Dingen vorbehalten war, fiel mir auf, dass er unruhig wurde, und ich musste an Gadflys Bemerkung am Vortag denken, dass Rook nicht still sitzen könne.

»Wartet«, sagte er und meine Hand mit der Zeichenkohle hielt mit einem Kratzen inne. Ich sah ihn an, sah ihn wirklich an, meine Augen gewöhnten sich wieder an die reale Welt. Hatte ich gerade zu intensiv auf ein optisches Trugbild gestarrt? Er wirkte irgendwie unruhig. Einen kurzen Moment lang befürchtete ich, er könne die Sitzung beenden.

»Steht schon« – er sah mich fragend an und suchte nach Worten – »alles fest? Bei dem Porträt? Könnt Ihr es noch verändern?«

Ich stieß den Atem aus, den ich angehalten hatte. Das war es also. »In diesem Stadium kann ich jede Änderung vornehmen, die Ihr wünscht. Sobald ich in Öl male, wird es schwieriger, trotzdem kann ich bis zum Schluss Dinge ändern.«

Einen Moment lang erwiderte Rook nichts. Er sah mich an, dann drehte er sich weg und löste die Rabenfibel. Er schob sie in seine Jackentasche. »Wunderbar«, sagte er. »Das ist schon alles.«

Es wäre gelogen, wenn ich behauptete, ich wäre nicht neugierig gewesen. Die Fibel war natürlich, ebenso wie alles andere, was er am Leib trug, ein Gegenstand menschlicher Handwerkskunst. Vor langer Zeit war Rook in Whimsy wohlbekannt gewesen. Doch dann hatte er, so wurde erzählt, eines Tages seine Besuche eingestellt. Dabei gab es nichts, was Elfen sehnlicher begehrten als Kunst. Welches Unglück mochte jemanden dazu bringen, diese Gewohnheit abzulegen, und hatte es etwas mit dem Gegenstand zu tun, den er gerade abgenommen hatte?

Oder vielleicht – wahrscheinlicher, fast mit Sicherheit – war die Fibel einfach aus der Mode gekommen oder er war ihrer überdrüssig, vielleicht war er auch zu dem Schluss gekommen, dass sie nicht mit den Farben der Knöpfe harmonierte, und wollte sie umarbeiten lassen. Er war ein Elf, kein Sterblicher. Ich durfte nicht in die Falle tappen, Mitgefühl für ihn zu empfinden. Es war der älteste, beliebteste und gefährlichste Trick von seinesgleichen.

Ich vertiefte mich wieder in meine Arbeit. Obwohl sein Abbild gute Fortschritte machte, begann mich bei der Ausarbeitung der Skizze ein Makel zu stören. Irgendetwas stimmte nicht mit seinen Augen. Ich wischte mit dem angefeuchteten Brotbrocken, den ich auf meinem Beistelltischchen bereithielt, Kohle vom Blatt und begann von Neuem, doch die Augen wurden bei keinem neuen Anlauf besser. Von der Augenfalte bis zum Schwung der Wimpern entsprach jedes Detail exakt seinem Aussehen – doch der Summe der Einzelheiten gelang es nicht … wie soll ich sagen, seine Seele einzufangen. Was in aller Welt war bloß mit mir los?

Meine Zeichenkohle brach ab. Eine Hälfte rollte über die Dielen und verschwand unter der Chaiselongue. Ich wollte aufstehen, doch Rook bückte sich und hob sie für mich auf. Bevor er an seinen Platz zurückkehrte, blieb er stehen und betrachtete meine Arbeit. Ich meinte, einen kaum hörbaren Atemzug zu vernehmen.

Er beugte sich vor, um das Bild genauer zu betrachten. »So seht Ihr mich also?«, fragte er ruhig und mit einem Staunen in der Stimme.

Ich wusste nicht, was ich darauf antworten sollte. Für mich beherrschte der unbenennbare Makel die ganze Zeichnung und machte sie unansehnlich. Ich entschied mich für: »So seht Ihr aus, Sir. Aber es ist noch viel zu verbessern. Ich würde gern daran weiterarbeiten, bevor wir für heute Schluss machen.«

Leicht verunsichert berührte Rook seine Krone und setzte sich wieder. Er zögerte einen Moment, doch dann legte er den Arm wieder an dieselbe Stelle wie zuvor. Kurz darauf bewegte er ihn noch einmal, um ihn perfekt zu platzieren.

Der Rest der Sitzung verlief schweigend. Nicht in diesem

steifen Schweigen, das ich normalerweise in der Anwesenheit seinesgleichen empfand, sondern in einer freundlicheren und vorsichtigeren Stille. Sie erinnerte mich an die Zeit, als ich mich in der Stadt unter meinen Lieblingsbaum gesetzt hatte, um im Schatten zu lesen, und ein anderes Mädchen dort vorgefunden hatte, das genau dasselbe tat. Nach einer kurzen Begrüßung verbrachten wir dort Stunden nebeneinander. Und obwohl wir nur ein einziges schüchternes Wort miteinander gewechselt hatten, ging ich mit dem Gefühl nach Hause, dass wir Freundinnen waren. Später fand ich heraus, dass sie mit ihren Eltern in die Anderwelt fortgegangen war.

Als zwei gelockte Köpfe hinter dem Fenster auftauchten, wurde mir bewusst, wie spät es bereits war. Rook bemerkte die hereinspähenden Zwillinge erst, als May ihr Gesicht wie einen Saugnapf an die Scheibe presste und die Wangen aufplusterte. Er drehte sich um, doch sie duckten sich so schnell weg, dass er nur noch die immer kleiner werdende beschlagene Stelle auf der Fensterscheibe zu sehen bekam. Die Sonne war kurz vor dem Untergehen. Und noch immer hatte ich nicht herausgefunden, was mit Rooks Augen nicht stimmte.

Als ich die Sitzung für beendet erklärte, hob sich seine Stirn mit einem Anflug von Enttäuschung.

»Kann ich morgen wiederkommen?«, fragte er.

Ich blickte vom Aufbinden meiner Schürze auf. »Da ist Gadfly für eine Sitzung angemeldet. Übermorgen?«

»Wie Ihr meint«, erwiderte er verärgert – doch ich spürte, es war nicht meinetwegen.

Ich kann nicht sagen, was mich dann ritt. Als er die Tür öffnete, ging er nicht sofort nach draußen, sondern zögerte einen Moment, als wolle er noch etwas hinzufügen, sei sich aber noch nicht sicher. Mir ging es genauso. Unsere Blicke trafen sich und schmiedeten quer durchs Zimmer ein Band zwischen uns. Und obwohl ich mich im selben Augenblick dafür schalt, holte ich Luft und fragte dreist: »Werdet Ihr als Rabe zurückkommen?«

»Wohl eher nicht.«

»Bevor Ihr geht – darf ich Euch bei der Verwandlung zusehen?«

Diese Frage hatte er nicht erwartet. Auf seinem Gesicht spiegelten sich mehrere Gefühle gleichzeitig: Hoffnung, Wachsamkeit, Freude. Keines davon war richtig menschlich, trotzdem spürte ich, dass sie mehr Substanz besaßen als die reservierten Gefühlsnachbildungen, die andere Elfen wie Hüte anprobierten, und die nichts als blasse Imitationen waren, ebenso unecht wie ihre Glimmer.

»Es wird Euch keine Angst machen?«, fragte er.

Ich schüttelte den Kopf. Keiner von uns löste den Blick vom anderen. »Mir macht man nicht so leicht Angst.«

In Rooks Augen blitzte ein Funke auf. Rascheln erfüllte das Haus, dann das Geräusch eines weit entfernten Windes, der trockene Blätter aufwirbelt. Er wurde immer lauter und lauter, und irgendwann spürte ich den kalten Wind um mich, der mit der wilden berauschenden Würze eines nächtlichen Waldes an meinen Kleidern zerrte und mich aufs Neue mit diesem unsagbaren Durst nach Veränderung erschreckte. Die verworfenen Kohleskizzen flatterten auf ihrem Platz und wehten durchs Zimmer. Als die Sonne unter den Horizont sank, leuchtete der Vogelkäfig für einen Moment blendend golden auf, dann breitete sich Dunkelheit über die Stube.

Rook schien größer zu werden und dunkler und wilder. Seine violetten Augen brannten ungestüm, das hintergründige leise Lächeln berührte sie nicht. Ein Wirbelwind schwarzer Federn erhob sich vom Boden und hüllte ihn ein.

Ich scheine geblinzelt zu haben, denn im nächsten Moment lehnten die Skizzenblätter reglos an der Wand und von der Spitze des Vogelkäfigs beobachtete mich ein Rabe mit halb ausgebreiteten Flügeln. Die letzten erlöschenden Lichtstrahlen fielen auf seine glänzenden Federn und ließen seine Augen glitzern.

Der Wind hatte die Luft aus meinen Lungen geraubt. Mir fehlten die Worte, um zu beschreiben, was ich soeben gesehen hatte. »Das war fantastisch«, flüsterte ich schließlich und knickste vor dem Raben.

Der Vogel senkte leicht amüsiert den Kopf und flatterte durch die Tür.

Vier

Der September verflog so schnell, dass er mir wie ein Traum vorkam. Ich beendete Gadflys Porträt, kurz danach gewann ich eine weitere Auftraggeberin, Vervain vom Sommerhof. Trotzdem schien es mir, als würde ich meine Tage nur mit Rook und ausschließlich Rook verbringen.

Die Hälfte des Monats war verstrichen und ich hatte das Thema Bezahlung solange wie möglich hinausgezögert. Normalerweise machten meine Kunden den ersten Vorstoß, weil sie begierig waren, mich mit ihren heikelsten Verlockungen zu umgarnen, der Prinz hatte jedoch vermutlich so lange nicht mit Sterblichen zu tun gehabt, dass er aus der Übung war. Das Thema selbst ansprechen zu müssen, machte mich unerklärlich nervös. Ich redete mir ein, es sei die Angst, mich einer Abweichung von meiner üblichen Routine stellen zu müssen. Der wahre Grund war jedoch, dass ich nicht hören wollte, wie Rook mir Rosen anbieten würde, deren Geruch mich all meine Kindheitserinnerungen vergessen machen könnte, oder Diamanten, die mich von da an nur noch nach Edelsteinen trachten ließen, oder Gänsedaunen, die meine Träume stehlen würden. Ich wusste, dass es ein Teil dessen war, was ihn ausmachte, aber ich wollte ihn nicht anerkennen. Doch dieses Gefühl war gefährlicher als die Kombination sämtlicher Zauber, die er mir anbieten konnte.

Bis ich beim vierten Anlauf endlich den Mut aufbrachte, es anzusprechen, legte ich dreimal den Pinsel beiseite. Er blickte von der Tasse Tee auf, die er gerade – recht misstrauisch, wie ich fand – musterte und hörte mich an.

»Ja, selbstverständlich«, sagte er, als ich fertig war. Dann überraschte er mich mit der Frage: »Welche Art Zauber würde Euch gefallen?«

Ich schwieg und ließ es mir noch einmal durch den Kopf gehen. Vielleicht sah er Sterblichen lieber dabei zu, wie sie ihren eigenen Untergang inszenierten. In diesem Fall müsste ich besonders vorsichtig sein. Ich wog jedes Wort auf der Goldwaage ab. »Ein Zauber, der mir und meinen Familienmitgliedern ein Warnzeichen gibt, wenn Gefahr im Verzug ist.« Ich wartete einen Moment und überdachte die Schwächen meiner Bitte, dann fuhr ich fort. »Was den Zauber anbelangt, meine Familie besteht aus meiner Tante Emma und meinen Adoptivschwestern March und May. Das Zeichen müsste unauffällig sein, um keine unerwünschte Aufmerksamkeit zu erregen, gleichzeitig aber so eindeutig, dass ich es im gegebenen Fall nicht übersehe.«

Er stellte seine Teetasse auf das Beistelltischchen, verschränkte die Arme und grinste mich mit seinem schiefen Lächeln an. Ich wappnete mich. »Raben«, schlug er vor und nahm mir ein weiteres Mal den Wind aus den Segeln.

Raben? Ich war unschlüssig, ob die Idee auf Eitelkeit zurückzuführen war, einen niederschmetternden Mangel an Einfallsreichtum oder auf beides.

»Verzeiht meine Direktheit«, erwiderte ich, »Aber Raben können ziemlich laut sein. Wenn ich gerade« – ich zögerte und änderte die Taktik – »vor einem Straßenräuber flüchten würde, wäre es vermutlich nicht zu meinem Vorteil, wenn ein Schwarm Vögel über meinem Versteck zanken würde.«

»Ah, ich verstehe. In diesem Fall also gesittete Raben. Sie werden sich zu benehmen wissen.«

»Ihr seid seltsam hartnäckig, Sir. Hat es mit diesen Raben etwas auf sich, das ich irgendwann bereuen werde?« Enttäuschung machte meine Stimme hart. Ich wurde nicht klug aus ihm. Irgendwo musste ein Haken sein. Mein Gott, es *musste* einen Haken geben, der mir in Erinnerung rief, was er war. »Sie werden mich nicht mit Todesvoraussagungen quälen oder mich nachts vom Schlafen abhalten oder scharenweise herabstoßen, wenn ich Gefahr laufe, mir einen Zeh anzustoßen?«

»Nein!«, rief Rook und richtete sich auf seinem Platz auf. Als es ihm bewusst wurde, schob er sein Schwert beiseite und ließ sich mit verunsichertem Blick zurücksinken. Ich starrte ihn an. »Ich habe nicht vor, Schaden anzurichten«, fuhr er fort. Er klang genauso enttäuscht wie ich. »Ihr macht auch nicht den Eindruck, als würdet Ihr einen solchen Versuch meinerseits zulassen.«

In meiner Kehle steckte ein Kloß unterdrückter Worte. Ein Elf log nicht. Ich wandte den Blick von ihm ab, von diesem Ausdruck in seinen Augen, den ich weder benennen – noch auf die Leinwand bannen konnte.

»Nein, das würde ich nicht. Wenn Ihr mir Euer Wort gebt, wären Raben – akzeptabel.« Verärgert über meinen steifen Ton ballte ich die Fäuste, bis sich meine Fingernägel in meine Handflächen bohrten. »Die restlichen Fragen können wir morgen besprechen.«

Bei der Erwähnung von »morgen« hellte sich seine Miene auf und er nickte zustimmend. »Ich freue mich darauf«, erwiderte er eifrig, und mir nichts, dir nichts war alles wieder gut. Ich musste ein Lächeln unterdrücken und ergriff statt des Pinsels versehentlich das Malmesser.

Als er fort war, wurde ich den Eindruck nicht los, dass es einen Grund gab, warum er auf Raben bestanden hatte. Als mir die Erklärung dafür endlich einfiel, hatte ich schon fast alle Utensilien aufgeräumt. Meine Wangen wurden heiß und ein sehnsüchtiger Schmerz schlug eine süße traurige Saite in meinem Magen an. Es war wirklich simpel. Er wollte nicht, dass ich ihn vergaß, wenn er weg war.

Die letzten Wochen verschwammen miteinander. Die Jahreszeit blieb immer die gleiche. Und doch durchlebte ich, während die Felder draußen in der Sommersonne simmerten, in meiner Stube eine grundlegende Änderung. Wenn Rook nicht da war, dachte ich an ihn. Während unserer Sitzungen pochte mein Herz, als wäre ich gerade eine Meile gerannt. Ich warf mich die halbe Nacht schlaflos hin und her, gequält von der geheimen Sprache seiner unmalbaren

Augen, ruhelos und halbirre von dem Mondschein, der durch mein Fenster hereinfiel; ich hätte schwören können, dass er heller leuchtete als jeder Mond zuvor. So stellte ich mir das Erwachen des Frühlings vor. Ich war auf eine Art lebendig, wie ich es noch nie zuvor gewesen war, und das in einer Welt, die sich nicht länger schal anfühlte, sondern vor atemlosen Versprechen nur so knisterte.

Oh, ich wusste, dass meine Gefühle für Rook gefährlich waren. Unglaublicherweise machte die Gefahr alles noch *schöner*. Vielleicht hatten mich all die Jahre, in denen ich immer ein höfliches Lächeln aufgesetzt hatte, ein wenig aus dem Gleichgewicht gebracht, und meine Verrücktheit kam erst jetzt, als ich den Geschmack von etwas Neuem bekam, zum Vorschein. Es bedeutete jedes Mal einen Balanceakt auf Messers Schneide, wenn wir einen Knicks oder eine Verbeugung austauschten, aber zu wissen, dass mich ein falscher Schritt in tödliche Gefahr bringen konnte, ließ das Blut in meinen Adern singen. Ich jubilierte über meine eigene Gerissenheit. Von allen Künstlerinnen und Künstlern in Whimsy kannte ich die Elfen am besten. Während mir die Tage wie Wasser durch die Finger rannen und mich dem unvermeidlichen Ende eines Moments entgegenschleuderten, von dem ich mir wünschte, er würde ewig dauern, wurde meine Gewissheit, dass ich mit Rook fertigwerden würde, hart wie Eisen.

Und hätte ich bei unserer letzten Sitzung nicht herausgefunden, was mit seinen Augen nicht stimmte, dann hätte ich an diesem Glauben vermutlich auch festgehalten.

»Gadfly erzählte mir, dass Eure Füße, als Ihr zum ersten

Mal ein Porträt von ihm gezeichnet habt, noch nicht bis zum Boden reichten«, erwähnte Rook und so begann es. »Er sagte es, als sei es nichts weiter als … Isobel, wie alt seid Ihr? Ich habe nie daran gedacht, Euch das zu fragen.«

»Siebzehn«, antwortete ich und unterbrach das Malen, um seine Reaktion zu beobachten.

Während unserer ersten Sitzungen hatte er steif wie ein Stock dagesessen, offenbar hatte er gedacht, er würde meine Arbeit stören, wenn er auch nur ein Haar bewegte. Nachdem ich ihm jedoch versichert hatte, dass das Porträt weit genug vorangeschritten und seine Haltung nicht mehr ausschlaggebend war, streckte er sich auf der Seite liegend auf der Chaiselongue aus, um ständig aus dem Fenster blicken zu können. Es schien ihm Kummer zu bereiten, auch nur eine Wolke oder einen vorbeifliegenden Vogel zu verpassen. Trotzdem verbrachte er die meiste Zeit damit, mich anzusehen. Unser Verhältnis war gefährlich zwanglos geworden.

Seine Reaktion entsprach nicht ganz der, die ich erwartet hatte. Eine ganze Weile starrte er einfach vor sich hin, sein Gesicht drückte Schock aus oder sogar Niedergeschlagenheit. »Siebzehn?«, wiederholte er. »Das ist viel zu jung, um eine Meisterin der Malkunst zu sein. Und Ihr seid bereits ausgewachsen, oder?«

Ich nickte. Hätte er nicht diesen Gesichtsausdruck gehabt, hätte ich vielleicht gelächelt. »Ja, ich bin jung. Die meisten in meinem Alter arbeiten nicht auf diesem Niveau. Ich habe mit dem Malen angefangen, sobald ich einen Pinsel halten konnte.«

Er schüttelte den Kopf und starrte auf den Boden. Gedankenverloren betastete er seine Jackentasche.

»Wie alt seid Ihr?«, erkundigte ich mich, perplex von der Melancholie, die ihn überkommen zu haben schien.

»Ich weiß es nicht. Ich kann nicht …« Er blickte aus dem Fenster. Ein Kiefermuskel zuckte. »Die Elfen nehmen die Jahre kaum wahr, sie vergehen so schnell. Ich glaube nicht, dass ich es Euch auf eine Art und Weise erklären kann, die Ihr versteht.«

Wie mochte es sein? Eine Frau zu treffen, sich näherzukommen, alles im Laufe eines goldenen Nachmittags – nur, um dann herauszufinden, dass für sie jede verstreichende Minute ein Jahr bedeutete. Jede Sekunde eine Stunde. Sie würde tot sein, wenn die Sonne am nächsten Tag aufging. Ein heftiger stummer Schmerz zerrte an meinem Herzen.

Und in diesem Moment entdeckte ich das Geheimnis, das tief hinter seinen Augen verborgen lag. Unglaublich, es war Trauer. Nicht die flüchtige Trauer eines Elfen, sondern *menschliche* Trauer, trostlos und unendlich, ein gähnender Abgrund in seiner Seele. Kein Wunder, dass ich den Makel nicht hatte benennen können. Dieses Gefühl passte nicht zu seinesgleichen. Konnte nicht passen.

Die Zeit blieb stehen. Selbst die in der Luft schimmernden Staubkörnchen schienen sich nicht mehr zu bewegen.

Ich musste mich vergewissern, was ich dort gesehen hatte. In Trance lief ich durchs Zimmer und legte meine Hand so leicht auf seine Wange, dass ich ihn kaum berührte. Er hatte mich nicht kommen sehen und wich leicht zurück – fast war es ein Zusammenzucken –, bevor er mich ansah. Ja, die Traurigkeit war wirklich da. Zusammen mit Verletztheit und Verwirrung, und zwar in einem Maß, dass ich mich fragte, ob er seine Empfindung begriff oder ob das Gefühl für ihn so fremd war, wie es viele Seiten der Elfen für uns waren.

»Habe ich Euch beleidigt?«, fragte er. »Das tut mir leid. Ich wollte damit nicht …«

»Nein, das habt Ihr nicht.« Aus irgendeinem Grund klang meine Stimme normal. »Mir ist nur gerade etwas aufgefallen, an dem ich noch arbeiten muss, bevor Euer Porträt fertig ist. Könntet Ihr Euren Kopf eine Weile so halten?«

Im Bewusstsein, dass ich mir eine sehr große Freiheit herausnahm, umfasste ich mit der anderen Hand sein Gesicht und drehte es in einem Winkel zu meiner Staffelei, der das Licht genau auf seine Augen fallen ließ. Er nahm es schweigend hin; sein Atem wärmte meine Handgelenke, er sah mich die ganze Zeit dabei an.

Es war unser letzter gemeinsamer Tag. Das erste und letzte Mal, dass ich ihn je berühren würde. Das Wissen darum pulsierte wie ein Herzschlag zwischen uns. Während wir uns in die Augen blickten, wurde eine weitere Wahrheit unübersehbar. Ich spürte ein Band zwischen uns, das ebenso greifbar war wie ein Handschlag oder wenn mich jemand an der Schulter fasste. Ich wusste, dass er es ebenfalls spürte.

Benommen trat ich zurück und schlug die Tür zu, bevor dieses Band fester werden konnte. Dunkle Flecken trieben am Rande meines Sichtfelds und kalte Panik presste die Luft aus meinen Lungen. Was immer es war, es musste aufhören. Sofort.

Auf Messers Schneide zu balancieren macht nur Spaß, solange das Messer eine Metapher ist.

Sterbliche scherten sich wenig um die undurchsichtigen Erlasse des Geltenden Gesetzes, doch eine der Regeln galt für uns alle: Elfen und Menschen war es untersagt, sich ineinander zu verlieben. Fast ein Scherz, ehrlich gesagt. Es war etwas, worüber Künstlerinnen und Künstler Lieder schrieben oder was sie in Gobelins woben. Es geschah niemals, durfte nicht geschehen, denn trotz ihrer Koketterie und ihrer Vorliebe, Aufmerksamkeit zu erregen, konnten die Elfen nichts empfinden, das so real wie Liebe war. Zumindest hatte ich das angenommen. Nun stellte ich alles in Zweifel, was man mir über Rook und seinesgleichen erzählt hatte, alles, was ich beobachtet hatte, die ordentlichen, vernünftigen Regeln, die ich mein ganzes Leben lang für selbstverständlich gehalten hatte. Für Gesetze gab es einen Grund – oder Präzedenzfälle.

Und die Strafe, die darauf stand? Oh, ihr wisst, wie solche Geschichten ausgehen. Bis auf eine Ausnahme natürlich mit dem Tod. Wenn sie ihr Leben retten will – oder ihrer beider Leben – muss die Sterbliche aus dem Grünen Brunnen trinken. Allerdings nur, wenn die Elfen sie bis dahin nicht erwischt haben.

»Wenn Ihr bitte ruhig sitzen würdet«, ermahnte ich ihn. Meine Aufforderung kam kühl heraus und mein Stuhl schien aus weiter Ferne zu knarren. Als ich den Pinsel hob, wagte ich es nicht, Rook anzuschauen. Ich wollte seine Reaktion auf mein verändertes Verhalten nicht sehen.

Wenn ich von der Welt enttäuscht war, hatte ich mich

immer in meiner Arbeit verlieren können. Ich zog mich an diesen Zufluchtsort zurück, wo all meine anderen Sorgen hinter den fordernden Druck meiner Kunst zurücktraten. Ich konzentrierte mich auf Rooks Augen, den satten, dezenten Geruch der Ölfarbe, die sinnliche, glänzende Spur, die mein Pinsel auf der groben Leinwand hinterließ, weiter nichts. Das war meine Kunst, mein Lebensinhalt. Wir waren bloß der Kunst wegen hier. Seinen verschleierten Blick konnte nur eine Meisterin der Malkunst darstellen und ich war entschlossen, ihm gerecht zu werden. Die Technik bestand in den Schatten auf seinen Iriden – tief, geheimnisvoll und trüb, ähnlich wie die Dunkelheit, die ein Boot auf den Grund eines klaren Sees wirft. Es ging nicht um den Gegenstand, sondern um die Form des Schattens, den er zurückließ.

Während ich arbeitete, war ich von Fieber erfüllt, der Eifer meines Talents, dem Bewusstsein, dass ich im Begriff war, ein Porträt zu vollenden, wie es noch nie eines gegeben hatte. Ich vergaß, wer ich war, und wurde mitgerissen von dieser Kraft, die von innen wie außen durch mich zu strömen schien.

Das Licht wurde schwächer, aber das fiel mir erst auf, als der Raum so düster wurde, dass die Farben auf meiner Leinwand an Leuchtkraft verloren. Emma war zu Hause; sie hantierte leise in der Küche und versuchte, die Zwillinge so unauffällig wie möglich die Treppe hinauf zu schmuggeln. Mein Handgelenk schmerzte. An meinen verschwitzten Schläfen klebten einige wirre Haarsträhnen. Ohne Vorankündigung hielt ich inne, um meinem Pinsel Form zu geben. Und stellte fest, dass ich fertig war. Rook blickte mich vom Bild an, seine Seele war zweidimensional eingefangen.

In der Ferne blies ein Horn.

Rook durchmaß den dämmrigen Raum mit großen Schritten, die Anspannung zeigte sich in jeder Linie seines Körpers. Seine Hand wanderte zu seinem Schwert. Mein erster konfuser Gedanke war, dass es sich um eine weitere Elfenbestie handelte, doch das Geräusch passte nicht: hoch und nasal, ein reiner Ton. Als das Horn ein zweites Mal ertönte, vibrierte, verstummte, war ich sicher.

Ein Schauder lief mir über den Rücken. Auch wenn man sie selten hört in Whimsy, den Ruf der Wilden Jagd vergisst man nie.

»Isobel, ich muss gehen«, erklärte Rook und schnallte sein Schwert um. »Die Wilde Jagd ist ins Herbstland eingedrungen.«

Ich sprang so schnell auf, dass ich meinen Stuhl umwarf. Er knallte wie ein Musketenschuss auf den Dielen, aber ich zuckte nicht. »Wartet. Euer Porträt ist fertig.«

Er blieb mit der Hand an der halb geöffneten Tür stehen. Schrecklich, er sah mich nicht an. Nein – er konnte nicht. Da wusste ich ohne den geringsten Zweifel, dass er wieder einmal vorhatte, gänzlich und – was mein sterbliches Leben anbelangte – für immer aus der menschlichen Welt zu verschwinden. Keiner von uns konnte es sich leisten, das Schicksal herauszufordern. Wenn er ging, würden wir uns nie wiedersehen.

»Bereitet es für den Versand an den Herbsthof vor«,

sagte er mit hohler Stimme. »In zwei Wochen wird es ein Elf namens Fern abholen.« Er zögerte. Doch dann ertönte das Horn noch einmal und er fügte hinzu: »Ein Rabe für unbestimmte Gefahr. Sechs, wenn ganz sicher Gefahr im Verzug ist. Ein Dutzend für Tod, aber nur, wenn es sich nicht vermeiden lässt. Der Zauber gilt.«

Er duckte sich unter dem Türsturz hindurch und stürmte hinaus. Und einfach so war er für immer verschwunden.

Nun muss ich euch erzählen, wie dumm ich bin. Vor dieser grauen und leblosen Zeit, die auf Rooks Verschwinden folgte, hatte ich für Geschichten über Jungfern, die sich nach ihren abwesenden Verehrern verzehrten – Jungen, die sie kaum eine Woche lang gekannt hatten und bei denen es keinen Anlass gab, ihnen zu verfallen – nichts als Spott übrig gehabt. War ihnen nicht klar, dass ihr Leben mehr wert war als die zweifelhafte Zuneigung eines albernen jungen Mannes? Dass es Dinge zu tun gab in der Welt, die sich nicht ausschließlich um Herzschmerz drehten?

Doch dann passiert es einem selbst und man versteht, dass man genauso ist wie alle anderen Mädchen. Oh, sie erscheinen einem immer noch gleich absurd – man hat sich ihnen bloß angeschlossen, und zwar auf recht demütigende Art. Doch besteht ein Teil des Menschseins nicht aus Absurdität? Wir sind keine alterslosen Geschöpfe, die die Jahrhunderte aus der Ferne vergehen sehen. Unsere Welt ist klein, unser Leben kurz und schnell vorbei.

Zwei Tage später stellte ich in Gedanken eine Liste von

Rooks unangenehmen Eigenschaften auf und machte mich bereit, in vernichtender Kritik zu schwelgen. Er war arrogant, egozentrisch und beschränkt – in jeder Hinsicht meiner unwürdig. Doch noch während ich innerlich über unser erstes Treffen tobte, musste ich daran denken, wie umgehend er sich bei mir entschuldigt hatte, obwohl er überhaupt nicht wusste, wofür er sich eigentlich entschuldigte. Ich konnte noch genau seinen Gesichtsausdruck vor mir sehen. Am Ende der Übung fühlte ich mich nur noch elender.

Drei Tage später packte ich das halbe Dutzend vorbereitender Kohleskizzen, das ich von ihm angefertigt hatte, zwischen Wachspapierbögen, rollte sie zusammen und versteckte sie hinten in meinem Schrank; ich würde sie erst wieder anschauen, wenn ich mich nicht mehr danach sehnte, sein Gesicht zu sehen – genau wie man es bei einer frischen Wunde machte, in die man immer wieder den Finger legt. Der goldene Nachmittag war vorbei. Falls Rook sich irgendwann an mich erinnerte (wenn es überhaupt je der Fall sein sollte), würde ich längst tot sein.

Ich aß. Ich schlief. Ich stieg morgens aus dem Bett. Ich malte, ich wusch ab, ich kümmerte mich um die Zwillinge. Jeder Tag erwachte strahlend und blau. Während der heißen Nachmittage verschwamm das Zirpen der Heuschrecken zu einem monotonen Gebrumm. Es war besser so, redete ich mir ein und schluckte das Mantra wie eine bittere Medizin.

Es war besser so.

Zwei Wochen später kam wie versprochen Fern vorbei und holte das Porträt ab, das ich mit Lappen und Stroh in eine Kiste gepackt hatte. Nach der dritten Woche begann ich mich wieder ein wenig wie ich selbst zu fühlen, aber es fehlte nun etwas in meinem Leben und ich hatte den Verdacht, dass ich nie wieder sein würde wie früher. Vielleicht gehörte das zum Erwachsenwerden.

Als ich eines Abends nach Einbruch der Dunkelheit in die Küche ging, fand ich Emma dort, sie schlief am Tisch und hielt ein Arzneifläschchen in der Hand, das jeden Moment umkippen konnte, an ihrem Mörser und ihrem Stößel klebten streng riechende, halb zerstoßene Kräuter. Es war keine ungewöhnliche Entdeckung.

»Emma«, flüsterte ich und berührte sie an der Schulter.

Sie murmelte etwas Unverständliches vor sich hin.

»Es ist schon spät. Du solltest ins Bett gehen.«

»Bin schon unterwegs«, nuschelte sie in ihre Arme, rührte sich jedoch nicht. Ich nahm ihr die Tinktur aus der Hand und schnupperte daran, dann suchte ich den Stopfen und stellte das Fläschchen beiseite. Ich wusste, wonach Emmas Atem riechen würde.

»Komm.« Ich legte mir ihren schlaffen Arm um die Schultern und zog sie hoch. Ihre Knöchel knickten ein, doch dann fand sie Halt. Die Treppe hinaufzusteigen stellte sich als genauso interessant heraus, wie ich erwartet hatte.

Emma wurde ständig für meine Mutter gehalten. Meistens von Kindern und Leuten, die nicht aus der Stadt kamen – und weder wussten, was mit meinen Eltern geschehen war, noch dass Emma als Ärztin von Whimsy diejenige gewesen war, die vergeblich versucht hatte, das Leben meines Vaters zu retten. Im Gegensatz zu meiner Mutter war er nicht gleich tot gewesen. Nach allem, was ich gehört hatte, wäre es allerdings besser für ihn gewesen.

Auch wenn sie mir auf diese Weise gelegentlich eher die Mutterrolle abverlangte, als diese für mich zu übernehmen, konnte ich Emma wegen ihres Lasters nicht böse sein. Wahrscheinlich war heute ein Patient gestorben. Als ich den Zusammenhang begriff, hatte ich schon vor langer Zeit aufgehört, Fragen zu stellen. Außerdem war ich der Grund, warum sie noch immer in Whimsy lebte. Wäre ich nicht gewesen und hätte sie nicht die Verantwortung gehabt, die Tochter ihrer Schwester großzuziehen, das Kind des Mannes, der in ihren Armen gestorben war, wäre sie so schnell wie möglich in die Anderwelt gegangen. An einem Ort, wo Zauber uneingeschränkte Macht besaßen und die Geschöpfe, die damit Geschäfte machten, keine Verwendung für menschliche Heilkunst hatten … dort konnte sie ihren Lebenstraum nicht verwirklich.

Emma fehlte auch etwas, und ich tat gut daran, mir das in Erinnerung zu rufen.

»Kannst du deine Schuhe ausziehen?«, fragte ich sie, als ich sie auf die Bettkante setzte.

»M' geht's gut«, nuschelte sie mit geschlossenen Augen, ich zog ihr die Schuhe deshalb lieber aus und schob sie unter die Betthusse, damit sie nicht darüber stolpern würde, falls sie nachts aufstand. Dann bückte ich mich und küsste meine Tante auf die Stirn.

Sie öffnete die Augen einen Spaltbreit. Sie waren dunkelbraun, beinahe schwarz, wie meine – groß und durchdringend. Sie hatte denselben hellen sommersprossigen Teint und dasselbe dicke weizenfarbene Haar. Ich konnte mich noch erinnern, wie meine Mutter und sie vor dem Unglück Scherze darüber machten, dass die Frauen in unserer Familie die uneingeschränkte Herrschaft hatten: Sie vererbten ihr Aussehen weiter, ohne dass einer der Männer irgendeinen Einfluss darauf hatte.

»Es tut mir leid wegen Rook«, sagte sie und hob die Hand, um liebevoll an einer Strähne meines identischen Haars zu zupfen.

Ich erstarrte. »Ich weiß nicht, was …«

»Isobel, ich bin nicht blind. Ich wusste, was da vor sich ging.«

Säure brannte in meinem Magen. Meine Stimme klang dünn und gepresst, bereit, schrill zur Verteidigung anzusetzen. »Warum hast du nichts gesagt?«

Ihre Hand sank auf die Tagesdecke. »Weil ich dir nichts hätte sagen können, was du nicht ohnehin schon wusstest. Ich vertraute darauf, dass du die richtige Entscheidung treffen würdest.« Emmas Verständnis verursachte mir ein schlechtes Gewissen, meine Feindseligkeit ließ nach. Doch die Leere, die zurückblieb, war noch viel, viel schlimmer. »Außerdem bin ich besorgt deinetwegen. Deine Kunst lässt dich so viel arbeiten und macht dich so einsam, dass du keine Gelegenheit hattest … nun ja, so vieles zu erleben. Ich wünschte …«

Ein dumpfer Knall ließ die Decke beben, dann folgte wildes Gekicher. Die Unterbrechung kam mir höchst gelegen. Je länger Emma sprach, umso mehr musste ich gegen die Tränen ankämpfen, die mir in den Augen brannten.

»Ach verdammt. Die Zwillinge.« Ihre Stimme kratzte wie Schmirgelpapier. Sie warf einen resignierten Blick an die Deckenbalken.

Ich erhob mich hastig. »Schon gut. Ich werde nach ihnen sehen.«

Die alte Treppe zum Dachboden knarrte unter meinem Gewicht. Als ich ins Schlafzimmer der Zwillinge trat, eine winzige Nische mit schräger Decke und kaum groß genug für zwei Betten und eine Kommode, stellten sie sich bereits schlafend, worauf ich allerdings selbst ohne das unterdrückte Kichern nicht hereingefallen wäre.

»Ich weiß, dass ihr irgendetwas ausheckt. Heraus mit der Sprache.« Ich ging zu May und kitzelte sie. Ohne ein wenig Quälerei gab sie selten etwas zu.

»March!«, quiekte sie und strampelte unter der Decke. »March möchte dir etwas zeigen!«

Ich ließ von ihr ab und musterte March mit in die Hüfte gestemmten Händen, wobei ich versuchte, gelassen auszusehen. Ihren aufgeblasenen Backen nach zu urteilen, würde sie mir Wasser ins Gesicht spucken, vielleicht sogar noch etwas Unangenehmeres. Ich durfte keine Schwäche zeigen. Ich klopfte mit dem Fuß und zog ungeduldig eine Augenbraue hoch.

»Määähh«, rief sie und spuckte eine lebende Kröte auf ihre Steppdecke.

May brach in hysterisches Gelächter aus und ich schüttelte den Kopf. »Na, wenigstens hast du sie nicht verschluckt.« Ich stürzte mich auf die glitschige traumatisierte Kreatur und packte sie, bevor sie in ihrem Freiheitsdrang die Treppe hinunterhüpfen konnte. »Und jetzt gebt Ruhe, ja? Emma hat mal wieder eine ihrer Nächte.« Was das bedeutete, wussten sie nicht, nur dass es ernst war und ich mir ein Bestechungsmittel einfallen lassen würde, damit sie sich gut benahmen.

»Schön.« May drehte sich seufzend auf dem Bett um und musterte mich mit einem Auge. »Und was wirst du mit der Kröte machen?«

»Ich werde sie irgendwo aussetzen, wo sie möglichst weit weg von Marchs Mund ist.« *Und sich hoffentlich von ihren Albträumen erholt,* dachte ich, als ich die Tür hinter mir zuzog.

Ich wanderte im Haus umher, das Mondlicht verwandelte das Durcheinander der Stube in seltsame Gestalten. Von der Staffelei lächelte mich kühl eine halb fertige Vervain an, ihr Gesichtsausdruck hätte ebenso gut in den Frisierkopf eines Perückenmachers geschnitzt sein können. Obwohl mir klar war, dass mit ihr zu arbeiten die Rückkehr zur Normalität bedeutete – was immer das in meinem Fall sein mochte –, war es ein Schock nach Rook.

Ich schlich durch die Küche nach draußen, wo ich die Kröte auf dem feuchten Gras freiließ. Sie sprang ins Unkraut und auf den Wald zu. Von hier aus sahen die Baumspitzen über dem mondsilbrigen Feld wie eine Wolkenbank am Horizont aus.

Ein Wind ließ den Weizen wogen, er seufzte durch das Gras und ließ den Tau auf meinen Zehen klamm werden. Er blies vom Wald her und einen Augenblick lang bildete ich mir ein, ich hätte eine Spur des frischen, wilden, wehmütigen Geruchs wahrgenommen, Rooks Geruch. Den

Duft, der mir ans Herz ging und es nicht mehr losließ. Ich wusste, was er bedeutete. Herbst.

Von einem Moment zum anderen schwoll meine Brust mit unermesslicher Sehnsucht, tief in meiner Kehle saß ein Schmerz, er war wie ein stummer Schrei. Dort draußen warteten Leben auf mich, die gelebt werden wollten, weit weg von der Sicherheit meines vertrauten Zuhauses und dem beengenden Alltag. Die ganze Welt wartete auf mich. Sehnsucht durchbohrte mich. Ach, wenn ich doch eines der Mädchen gewesen wäre, die schreien konnten.

Ich wischte meine krötenschleimigen Hände am Gras ab und trat einen Schritt zurück.

Aus der alten Eiche war flatterndes Flügelschlagen zu hören.

Als ich mich umdrehte, blies der Wind meine Haare hoch, und ich entdeckte einen Raben im Baum. Doch was war er – ein Rabe, der Gefahr anzeigte, oder der Rabe, den ich liebte?

Bevor ich mich rühren konnte, stand Rook vor mir. Mir blieb gerade noch Zeit, um *beides* zu denken. Denn dies war nicht der Rook, den ich kannte. Als die Federn von ihm abfielen und sich in einen weiten Mantel verwandelten, wurde ein zorniges Gesicht sichtbar. Diese harte, starre Maske wurde von keinem Lächeln gemildert, die Amethystaugen loderten wie eine Feuersbrunst.

»*Was habt Ihr getan?*«, knurrte er.

Fünf

Rooks verwirrende Frage sorgte dafür, dass es mich eiskalt durchlief. Ich schüttelte stumm den Kopf. Ich musste ins Haus.

Doch er erahnte meine Absicht, drängte mich gegen die Hauswand und hielt mich fest. Er rührte mich nicht an, doch seine Arme, die meine Schultern einschlossen, und die kräftigen Hände, die das Holz neben meinem Gesicht umklammerten, waren eine deutliche Drohung. Flucht war keine Option und ich merkte, dass ich den Blick nicht von ihm abwenden konnte. Er wartete auf meine Antwort, sein normalerweise ausdrucksvoller Mund war zu einer dünnen, blutleeren Linie zusammengepresst. Jede, selbst eine noch schlimmere Änderung seiner eisigen Miene wäre mir willkommen gewesen, Hauptsache, sie hätte mir irgendeinen Hinweis gegeben, was in seinem Kopf vor sich ging.

»Rook, ich weiß nicht, wovon Ihr redet«, sagte ich und klang genauso eingeschüchtert, wie ich mich fühlte. »Ich habe nichts getan.«

Er richtete sich zu seiner vollen Größe auf. Ich hatte

völlig vergessen, wie groß er war – selbst wenn ich den Kopf weit zurücklegte, konnte ich ihn kaum ansehen. »Hört auf, die Dumme zu markieren. Ich weiß, dass Ihr das Porträt sabotiert habt. Warum? Arbeitet Ihr für einen anderen Elfen? Was haben sie Euch gegeben, dass Ihr mich verratet?«

»Gegeben – wovon *redet* Ihr?«

In seinen Augen flackerte etwas auf. Doch falls ich zu ihm durchgedrungen war, wappnete er sich schnell gegen seine Zweifel. »Zwischen der letzten Sitzung und dem Zeitpunkt, als es zu mir gesandt wurde, habt ihr irgendetwas daran verändert. Irgendetwas ist nun seltsam. Jeder, der es betrachtet, kann es sehen.«

»Ich habe Euch gemalt. Das ist alles. Mehr beinhaltet meine Kunst nicht, wie kann es sein ...« Oh. Oh, nein.

»Ihr habt etwas getan«, zischte er, seine Finger krallten sich in die Wand.

»Nein! Ich wollte sagen, ja, aber es war kein ... Komplott oder ... auch keine Sabotage. Ich schwöre es Euch. Ich habe Euch genauso gemalt, wie Ihr seid. Ich habe alles gesehen, Rook. Ihr könnt versuchen, es zu verbergen, aber ich habe alles gesehen.«

Tja. Ich mag ein kunstbegabtes Wunderkind sein, aber ich habe nie von mir behauptet, ein Genie zu sein. Erst in diesem Moment wurde mir bewusst, dass Rook seinen heimlichen Schmerz vielleicht aus gutem Grund verbarg. Vielleicht war er auch für ihn selbst ein Geheimnis.

»Ihr habt alles gesehen?« Seine Stimme wurde bedrohlich leise. Er beugte sich über mich, sperrte mich von allen

Seiten mit seinem Körper ein. »Was meint Ihr denn mit Euren Sterblichenaugen gesehen zu haben, Isobel? Habt Ihr jemals die Herrlichkeiten des Sommerhofs erblickt oder Elfen getroffen, die so alt sind wie die Erde selbst, ermordet in den Glasbergen des Winterlands? Habt Ihr ganze Generationen lebendiger Dingen schneller sprießen, gedeihen und sterben sehen, als Ihr für einen einzigen Atemzug braucht? Erinnert Ihr Euch noch, was ich bin?«

Ich sank gegen die Bretter, die sich in meine Wirbelsäule bohrten. »Ich könnte es ändern«, schlug ich vor und fragte mich sogleich, ob es eine Lüge war. Auch wenn mein Leben davon abhängen mochte, die Aussicht, mein perfektes Werk zu zerstören, war unvorstellbar. Es war das einzige Beispiel seiner Art auf der ganzen Welt.

Rook ließ ein bellendes bitteres Lachen hören. »Das Porträt wurde öffentlich am Herbsthof enthüllt. Mein ganzer Hofstaat hat es gesehen.«

In meinem Kopf herrschte Leere. »Mist«, stimmte ich nach einer Pause redegewandt zu.

»Es gibt nur einen Weg, meinen Ruf wiederherzustellen. Ihr kommt mit mir und verantwortet Euch im Herbstland für Euer Verbrechen. Heute Nacht.«

»Wartet!«

Rook gab mich frei. Geblendet vom Mond, der mir direkt in die Augen schien, merkte ich, wie ich ihm durch den Garten in Richtung des schulterhohen Weizens hinterherlief. Meine Beine folgten mit abgehackten Bewegungen, sie sahen wie die Beine einer Marionette aus, die von einem Puppenspieler gelenkt werden. Mich überkam sinnlose

Panik. Sosehr ich auch über die Treulosigkeit meines Körpers wetterte, ich konnte nicht aufhören zu laufen.

»Rook, das dürft Ihr nicht tun. Ihr kennt meinen richtigen Namen nicht.«

Als er mir antwortete, machte er sich nicht einmal die Mühe, sich umzudrehen. Das Rascheln seines Mantels war mein einziger Anhaltspunkt. »Hätte ich Euch mit einem Zauber belegt, wüsstet Ihr das nicht – Ihr würdet mir willig folgen und glauben, Eure Entscheidung käme aus freiem Willen. Aber das hier ist nur ein lapidarer Trick. Ihr scheint vergessen zu haben, wer ich bin. Es gibt auf der ganzen Welt nur einen Elfen, der stärker ist als ich, und zwei, die genauso stark sind.«

»Der Erlkönig«, murmelte ich. In der Ferne wiegten sich die Bäume.

Rook blieb wie angewurzelt stehen. Er wandte mir sein Profil zu, doch er sah mich nicht wirklich an, offenbar wollte er etwas anderes im Blick behalten. »Sobald wir im Wald sind«, sagte er, »sprecht diese Worte nicht mehr aus. Ihr dürft sie nicht einmal denken.«

Mich überlief ein Schauder. Ich wusste über den Erlkönig nur, dass er der Herrscher über den Sommerhof war und die Elfen seit Ewigkeiten regierte. Sein Einfluss reichte weit und band Whimsy an seinen ewigen Sommer. In diesem Augenblick schienen sich die Bäume aneinander zu lehnen und zu flüstern. Sie warteten darauf, dass ich an jenen verrosteten krummen Nägeln vorbeilief und unter ihren Ästen hindurch, damit sie mich beobachten und belauschen konnten. Ich war fast am Rand des Gartens angekommen, es kam mir vor, als würde ich aus dem Kegel eines Laternenlichts in eine endlose Dunkelheit eintreten, wo es vor Grässlichem nur so wimmelte. Nein, es kam mir nicht nur so vor – es war genau so.

Ich konnte nicht schreien. Was würde mit Emma geschehen, wenn sie herausgerannt käme? Bei der Vorstellung, die Zwillinge könnten es sehen, überkam mich Übelkeit. Aber ich konnte auch nicht einfach wie eine willenlose Marionette hinter ihm her in den düsteren Wald hineinmarschieren.

Ich schluckte kräftig, raffte meinen Rock zusammen und knickste steif und nur mit dem Oberkörper vor seiner Rückseite.

Er drehte sich augenblicklich um und verbeugte sich, aber er funkelte mich an, als überlege er, mich auf der Stelle zu töten. Sobald er sich wieder umgedreht und den nächsten Schritt gemacht hatte, knickste ich noch einmal. Dieses seltsame Ritual wiederholten wir viermal, seine Miene wurde immer zorniger, aber dann spürte ich, wie der Zaubertrick, der meine Beine lenkte, in meinem Körper hochkroch und meine Taille versteinerte, bis sie so steif war wie die einer Porzellanpuppe. So viel zu diesem Plan.

Wir tauchten in das Feld ein. Rings um mich raschelte der Weizen, er kitzelte und kratzte und blieb an dem rauen Stoff meiner Kleider hängen. Als ich über die Schulter blickte, sah ich kein Licht im Haus. War es das letzte Mal, dass ich mein Zuhause sah? Meine Familie? Die silbrigen Linien der Schindeln und Traufen und die große alte Eiche vor der Küchentür erschienen mir mit einem Mal so kostbar, dass mir ungebetene Tränen in die Augen traten. Rook bemerkte meine Verzweiflung nicht. Würde es ihn überhaupt kümmern, mich weinen zu sehen? Vielleicht, vielleicht nicht. Es konnte in keinem Fall schaden, es herauszufinden.

Ich spreizte die Finger. Gut – meine Arme waren noch nicht von dem Zauber befallen. Ich fand die in den lockeren Falten meines Rockes versteckte Tasche und begann mit den Fingernägeln an der Naht zu zupfen.

»Rook, wartet«, sagte ich. Eine weitere heiße Träne rollte über meine Wange und tropfte in meinen Kragen. »Wenn ich Euch irgendetwas bedeute oder jemals bedeutet habe, bleibt einen Moment stehen, damit ich mich beruhigen kann.«

Er verlangsamte seinen Schritt und blieb schließlich stehen. Ich hielt erst an, als ich knapp hinter ihm stand; genau darauf hatte ich gehofft.

»Ich«, setzte er an, aber ich bekam keine Chance zu hören, was er sagen wollte.

Als ich seine Hand nahm und sie kräftig drückte, achtete ich darauf, dass der Ring, den ich aus der Naht herausgenestelt hatte, sich auf seine nackte Haut presste. Es war nicht irgendein Ring. Er war aus kaltem, reinem Eisen geschmiedet.

Rook begann zu schwanken, als habe sich der Boden unter ihm aufgetan. Dann riss er seine Hand aus meiner; er wich erschrocken zurück und stürzte sich, die Zähne fletschend, mit einem wilden Knurren auf mich. Mir drehte sich der Magen um. Nachdem ich jahrelang die individuellen Makel im Glimmer der Elfen beobachtet hatte, hatte ich mir ein Bild zurechtgelegt, wie sie darunter aussahen. Doch ich musste feststellen, dass ich trotzdem nicht auf den Anblick vorbereitet war.

In seiner wahren Gestalt ähnelte Rook einem Höllengeschöpf, das dem Herzen des Waldes entsprungen war – nicht direkt hässlich, aber furchterregend unmenschlich. Das Leben war aus seiner goldenen Haut gewichen, zurück blieb ein ungesundes talgiges Grau, hohle Wangen und Haare, die ihm wie die Schatten eines Dornengebüschs ins Gesicht fielen. Seine leuchtenden Augen erinnerten mich an einen Falken, sie durchbohrten meine Seele und zeigten weder Gnade noch Gefühl. Seine Finger waren ungewöhnlich lang und die Gelenke seltsam verbunden, und so wie seine Kleider an ihm schlotterten, war er darunter mager wie ein Skelett. Am schlimmsten waren seine Zähne, von denen jeder nadelspitz unter der geschürzten Oberlippe herausragte.

Fast im gleichen Augenblick machte sein zurückkehrender Glimmer seine Wangen wieder voll, bändigte seine Haare und brachte Farbe in sein aschgraues Gesicht. Doch das erschreckende Bild hatte sich für immer in mein Gedächtnis gebrannt.

»Wie könnt Ihr es wagen, Eisen gegen mich einzusetzen«, krächzte er, unerträgliche Schmerzen erstickten jede Silbe. »Ihr wisst ebenso gut wie ich, dass das in Whimsy verboten ist. Ich sollte Euch auf der Stelle töten.«

Meine Stimme ruhig klingen zu lassen, fiel mir schwer, mein Herz pochte gegen meine Rippen. »Ich weiß, dass Ihr und die Euren durch euer Wort gebunden seid. Ihr schätzt Gerechtigkeit sehr hoch. Würdet Ihr mich umbringen, weil ich Eisen bei mir trage, wäre es dann nicht gerecht und notwendig, dieselbe Strafe bei jedem anzuwenden, der sich desselben Vergehens schuldig macht?«

Er zögerte. Mit starrem Blick nickte er.

»Wenn ich getötet werde, muss bis zum letzten Kind jeder in Whimsy getötet werden. Wir alle tragen heimlich Eisen bei uns, vom Tag unserer Geburt bis zu unserem Tod.«

»Ihr erbärmliche …« Unter anderen Umständen wäre seine Bestürzung komisch gewesen. »Erst verratet Ihr mich und nun – nun erzählt Ihr mir …« Er suchte nach Worten. Er war es eindeutig nicht gewohnt, mit seinen eigenen Waffen geschlagen zu werden. Denn natürlich konnten die Elfen nicht sämtliche Bewohner Whimsys töten, ihr Verlangen nach Kunst war viel zu groß, um es auch nur in Erwägung zu ziehen.

Ich holte noch einmal Luft, um mich zu stärken. »Ich weiß, dass ich Euch nicht entkommen kann. Mich mit einem Zaubertrick zum Laufen zu bringen, ist unnötig. Ihr vergeudet damit nur Kraft, die Ihr anderweitig verwenden könntet.« Es war, das gebe ich zu, reines Glücksspiel, aber die Art, wie Rook die Lippen aufeinanderpresste, verriet mir, dass ich ins Schwarze getroffen hatte. »Lasst mich freiwillig laufen, lasst mich mein Eisen behalten und ich werde bereitwillig mit Euch mitkommen – mit meinem Körper, nicht aus Überzeugung.«

Während wir durch den Weizen liefen, ging er einmal, zweimal, dreimal auf Abstand zu mir, plötzlich drehte er ab und stolzierte auf die Bäume zu. Ich stolperte hinter ihm her, der Zauber war gelöst, es war seine einzige Antwort.

Mein Kopf verlangte lautstark nach Flucht. Doch mir war klar, dass ich meine Chance schmälern, sie vielleicht sogar ein für alle Mal zerstören würde, wenn ich versuchte wegzulaufen. Mir blieb nichts anderes übrig, als ihm durch das Feld zu folgen, durch das Unkraut und in den Wald, der dahinter wartete und in den nur wenige Menschen bislang einen Fuß gesetzt hatten – keiner von ihnen war zurückgekehrt.

Jeder Muskel meines Körpers war angespannt und wartete auf weitere Elfenteufeleien, doch meine Anfangsschwierigkeiten erwiesen sich überraschenderweise als unangenehm weltlich. Ich trottete, meinen keuchenden Atem in den Ohren, durch das Unterholz, mein Rock blieb an meinen schweißnassen Beinen kleben. Kletten bohrten sich in meine Strümpfe und ich stolperte bei jedem zweiten Schritt über Wurzeln und Steine. Rook hingegen war so gut wie unsichtbar, so geschmeidig glitt er durch die Pflanzenwelt. Von Zeit zu Zeit blieb ein Ast an seiner Schulter hängen, nur um sich wieder zu lösen und mir ins Gesicht zu schlagen; vermutlich machte er das mit Absicht.

»Rook.«

Er gab keine Antwort.

»Es wird zu dunkel – das Mondlicht ist weg. Ich kann nichts mehr sehen.«

Über seiner erhobenen Hand erschien ein Irrlicht. Es war ebenso violett wie seine Augen, ungefähr so groß wie eine Faust und schimmerte verschwommen. Es schwebte herab und umrandete die Blätter, während es mit einem gespenstischen Leuchten über den Boden glitt. Die Warnung meiner Mutter, niemals solchen Lichtern zu folgen, gehörte zu meinen frühesten Kindheitserinnerungen.

Wir stapften immer weiter.

»Ähm.« Ich hatte es so lange wie möglich herausgezögert. »Ich, ähm, müsste mich mal erleichtern.« Als er kein Zeichen gab, dass er mich gehört hatte, fügte ich hinzu: »Und zwar jetzt.«

Er drehte leicht den Kopf, das Irrlicht erleuchtete sein Profil. »Beeilt Euch.«

Als ob ich mit heruntergelassener Unterwäsche und in der Nähe eines Elfenprinzen im dunklen Wald herumtrödeln würde! Er schien von mir zu erwarten, dass ich mich genau dort, wo ich stand, hinhockte und pinkelte, was in Anbetracht dessen, dass wir sowieso keinem Pfad folgten, vermutlich auch keinen Unterschied gemacht hätte. Aber da ich wenigstens den Anschein von Würde bewahren wollte, kämpfte ich mich ein paar Schritte durch ein Geißblattgebüsch und ließ mich auf der anderen Seite nieder. Das Licht folgte mir gehorsam.

Als ich über die Schulter blickte und Rook hinter mir stehen sah, hätte ich fast aufgeschrien.

»Dreht Euch *um!*«, stieß ich hervor.

Wieder dieser verwirrte Blick, mit dem er mich zum ersten Mal in der Küche angeschaut hatte, allerdings verschwand er so schnell, dass ich nicht sicher sein konnte, ihn wirklich gesehen zu haben. »Warum sollte ich?«, fragte er im hoheitsvollen Ton eines Prinzen.

»Weil das etwas Intimes ist? Nachdem Ihr mir die ganze Zeit beim Laufen den Rücken zugedreht habt, werdet Ihr es ja wohl jetzt auch noch ein paar Minuten schaffen. Außerdem kann ich nicht, wenn Ihr mir zuseht.«

Zumindest das schien ihm einzuleuchten. Doch als ich wie eine nistende Henne mit geschürztem Rock im Unterholz herumkroch, streifte der feine Stoff von Rooks Mantel bei jeder seiner Bewegungen meine Haare und machte meine Blase gänzlich unkooperativ. Noch schlimmer wurde es, als ich, um mich abzulenken, in den Wald spähte und einen Hexenring in der Nähe entdeckte. Jeder der Schirmlingshüte war so groß wie ein Essteller und das Moos dazwischen mit winzigen Blumen übersät. Die Legende besagte, dass Elfen solche Portale benutzten, um sich auf Elfenpfaden fortzubewegen. Bei der Vorstellung, dass plötzlich noch ein Elf aus dem Nichts auftauchen könnte, krampfte sich mein Inneres noch stärker zusammen.

Ein Horn ertönte. Bei der hohen trillernden Melodie richteten sich sämtliche Härchen auf meinem Körper auf und ich muss zu meiner Schande gestehen, dass ich das Geißblatt auf der Stelle wässerte.

Rook zog mich am Arm hoch, während ich noch meine Kleider zurechtzupfte.

»Die Wilde Jagd«, erklärte er. Er hielt sein Schwert vor mich und zog mich, den anderen Arm über meine Brust gelegt, als wolle er Lösegeld für mich fordern, ins Gebüsch zurück. »Sie hätte uns hier eigentlich nicht finden sollen, vor allem nicht so schnell. Irgendetwas stimmt nicht.«

Da Beschwerden in einem Moment wie diesem unangebracht waren, hielt ich den Mund, aber ich konnte mir nicht verkneifen, mich aus Protest in seinen Arm zu krallen.

Er trug wieder seine Rabenfibel und sie saß genau auf der richtigen Höhe, um mir in den Hinterkopf zu piken.

»Lasst das. Sobald uns die Jagdhunde entdecken, werden sie sich auf Euch stürzen. Sie zu töten, ist ein Kinderspiel, aber gleichzeitig einen Menschen zu beschützen … Ihr müsst alles tun, was ich Euch befehle, und dürft nicht zögern.«

Ich nickte mit trockener Kehle.

Eine gespenstische Gestalt kam durchs Unterholz auf uns zugesprungen, sie verströmte ein schwaches Licht. Dies war kein lebendiger Hund, sondern eine Elfenbestie. Sie war als weißer Jagdhund mit langen Beinen und wallendem Fell verkleidet, aber ich wusste, wie man hinter die Oberfläche schauen konnte, und schon bald flackerte der Glimmer so schnell, dass mir nur der Eindruck von etwas Altem darunter blieb, etwas Totem, dunkel und mit Ranken und toten Blättern bedeckt. Die Bestie warf sich stumm auf das Geißblatt, ihre weichen feuchten Augen waren auf mich gerichtet. Ich roch den Gestank von Holzfäule, da schnellte Rooks Schwert vor und verwandelte die Bestie in einen prasselnden Regen aus Zweigen und menschlichen Knochen. Als sie starb, gab sie ein leises musikalisches Geräusch von sich, es klang fast wie das Seufzen einer Frau.

Der heulende Chor durch den Wald wurde lauter. Ich zitterte in Rooks Armen. Das winterliche Klagelied war so einsam, so quälend traurig, dass ich kaum glauben konnte, dass diese Stimmen Bestien gehörten, die mir nach dem Leben trachteten.

Rook lauschte und gab ein verächtliches Schnauben von

sich; ich spürte die Vibration in seiner Brust. Er zog das Schwert und drehte mich um.

»Es gibt über ein Dutzend dieser Kreaturen und sie werden alle gleichzeitig über uns herfallen. Widerstand ist sinnlos. Wir müssen davonlaufen.« Die Vorstellung von Flucht wurmte ihn ganz offensichtlich.

»Ich kann nicht.«

»Ja, ich weiß«, sagte er und warf mir einen Blick zu, den ich nicht deuten konnte. »Tretet einen Schritt zurück.«

Wind peitschte durch die Bäume und fegte einen schwindelerregenden Blätterwirbel durch den Wald, der sich wie eine Welle an Rook brach. Plötzlich war er verschwunden und an seiner Stelle stampfte und schnaubte ein riesiges Pferd, das mich mit verstörend blassen Augen ansah. Es war ebenso eindeutig er, wie es der Rabe gewesen war. Das Irrlicht schwebte nun über meiner Schulter und beleuchtete einen rotbraunen Schimmer in dem ansonsten schwarzen Fell. Die Mähne und der Schweif waren wild, dicht und zerzaust. Mit einer ungeduldigen Kopfbewegung ließ sich der Hengst neben mir auf die Knie sinken.

Ich war im Begriff, eine weitere Regel von Whimsy zu brechen.

Wenn einem nachts ein unbekannter Hund folgt, nicht stehen bleiben, um ihn zu betrachten. Wenn man aufwacht und im Garten sitzt eine Katze, die man nicht kennt, und beobachtet das Haus, nicht die Tür öffnen. Und am allerwichtigsten, wenn man ein schönes Pferd in der Nähe eines Sees oder am Waldrand sieht, niemals, niemals versuchen, darauf zu reiten.

Wie Emma sagen würde: *Oh verdammt.*

Ich zerrte den Ring vom Finger und steckte ihn wieder in meine Rocktasche. Sosehr ich auf Rache sann, schien es mir doch eher kontraproduktiv, Rook just in dem Moment, in dem es die Hunde auf mich abgesehen hatten, dazu zwingen zu wollen, wieder seine normale Gestalt anzunehmen. Ich holte noch einmal Luft, um Kraft zu schöpfen, dann kletterte ich mit um die Schenkel gerafftem Rock rittlings auf seinen breiten Rücken und vergrub meine Finger in seiner Mähne.

Das Pferd erhob sich schwankend und verfiel in einen Galopp, mit dem wir schnell Abstand gewannen, unter seinem Fell wölbten sich kraftvolle Muskeln. Obwohl ich mich an ihm festklammerte, als hinge mein Leben davon ab – nun ja, mein Leben hing davon ab –, konnte ich mich kaum oben halten: Jedes Mal, wenn seine Hufe aufschlugen, wurde ich auf seinem Rücken hochgerissen, danach knallte ich mit derart schmerzhafter und steißbeindurchrüttelnder Wucht wieder nach unten, dass mein Hinterteil schon ganz taub war. Sobald er zur Seite sprang, um einem Baum auszuweichen, kam ich gefährlich ins Rutschen. Er atmete wie der Blasebalg eines Schmiedes zwischen meinen Beinen und mit jeder Bewegung seiner Muskelstränge wurde ich daran erinnert, dass ich auf einer Kreatur saß, die zehnmal größer war als ich, vielleicht sogar noch mehr. Der Waldboden war sehr weit weg.

Ich beschloss, dass ich nicht gern auf Pferden ritt.

Das Geheul folgte uns, es kam sogar näher. Bald schon konnte ich die eleganten weißen Gestalten links und rechts von uns durch den Wald sprinten sehen. Zwei Hunde neben uns beschleunigten und hielten auf uns zu, um uns den Weg abzuschneiden. Durch eine Lücke im Laubdach fiel ein Mondstrahl und als die Hunde durch den Lichtschimmer rannten, sah man unter dem gespenstischen Fell die ausgemergelten rindenhäutigen Körper. Die dornigen Mäuler waren weit aufgerissen und wo ihre Augen hätten sein sollen, starrten leere Löcher.

Rook ließ ein ungestümes Schnauben hören und schloss mit einem Sprung den Abstand zwischen den Hunden und uns. Sie drehten sich um und fletschten die Zähne, allerdings viel zu spät – er zertrampelte sie mit den Hufen zu Kleinholz.

Ich bemerkte einen Anflug von Selbstgefälligkeit in seinem leichten Galopp und den Blicken zu den anderen Hunden, die nun immer weiter hinter uns zurückblieben, die Ohren lagen flach an seinem Schädel, er provozierte sie näherzukommen. Aber wie man so schön sagt: Hochmut kommt vor dem Fall. Wir galoppierten auf eine Lichtung, auf der Rook zwar schlingernd anhielt, aber trotzdem mit der Gestalt zusammenprallte, die mitten auf unserem Weg stand.

Ich hatte noch nie einen Elfen des Winterhofs gesehen. Sie kamen nicht nach Whimsy. Manchmal fragte ich mich, wie sie wohl aussehen mochten so ganz ohne menschliche Kunst, sie trugen nicht einmal Kleider. Nun erhielt ich meine Antwort.

Das Wesen war außerordentlich groß, größer noch als Rook, und verhüllte seinen Körper nicht mit einem Glimmer. Die knochenweiße Haut spannte sich straff über ein dünnes kantiges Gesicht, das von einer schwerelosen Krone ebenso weißer Haare umrahmt wurde. Da seine Augen meine ganze gebannte Aufmerksamkeit auf sich zogen, nahm ich seine Züge nur undeutlich wahr. Die Augen waren jadegrün und sahen aus wie polierte Steine, unergründlich und magnetisch zugleich, in ihnen flackerte das grausam leuchtende Interesse einer Hauskatze, die einer verletzten Maus beim Todeskampf zusieht. Ich sah ein Geschöpf an, das so weit von allem Menschlichen entfernt war, dass es, selbst wenn es den Wunsch verspürte, nicht in der Lage sein würde, uns nachzuahmen.

Es steckte von den Zehen bis zum Hals in einem schwarzen Rindenpanzer, der einfach über seinen Körper gewachsen zu sein schien, gewunden und vom Alter zerfurcht, nur der Kopf war unbedeckt. Die gestelzte elegante Geste, mit der es eine Hand vor die Brust legte, lenkte die Aufmerksamkeit auf seine gelblichen, zentimeterlangen Klauen. Rook stieß mit dem Kopf nach unten, was man vermutlich als missmutige Verbeugung deuten konnte.

»Oh, Rook!«, rief das Geschöpf mit einer hohen Stimme, die dem gespenstischen Geheul der Jagdhunde nicht unähnlich war. »Ich wusste gar nicht, dass Ihr in Begleitung seid! Ist das nicht interessant? Wie sollen wir damit umgehen?«

Die grässlichen Augen fixierten mich und der Elf lächelte, allerdings bewegte sich nur sein Mund, das übrige Gesicht blieb unverändert.

Rook scharrte in der Erde, dann bäumte er sich leicht auf, es kam unerwartet für mich. Als er den Kopf zurückwarf, konnte ich gerade noch die Arme um seinen Hals schlingen und mich festhalten. Ich spürte seinen pochenden Puls, sein seidiges Fell war schweißfeucht.

»Keine Angst, ich werde nichts tun.« Mein gelähmtes Hirn nahm verspätet wahr, dass es – sie – weiblich war, zumindest klang sie so. »Das Spiel hat sich geändert. Wir müssen nur neue Regeln festlegen. Es wäre unfair, auf dieser Lichtung bis zum Tod zu kämpfen, nachdem Ihr von einer Sterblichen aufgehalten wurdet. Hallo übrigens«, fügte sie hinzu und lehnte sich zur Seite, um mich besser sehen zu können. Das liebenswürdige Lächeln war – wie ein Hut, den man auf der Garderobe vergessen hat – unverändert an seinem Platz.

»Guten Abend«, erwiderte ich, gute Manieren waren – außer Rook – nun mein einziger Schutz.

»Ich bin Hemlock vom Winterhof.« Lautloser als eine fliegende Eule kamen die Hunde von allen Seiten in die Mitte der Lichtung gesprungen. Sie drängten sich um ihre Füße und pressten ihre schmalen Köpfe an ihre Hände. »Ich war schon die Anführerin der Wilden Jagd, bevor der älteste Baum in diesem Wald seine erste Wurzel getrieben hat.«

Geschah es nur in meiner Einbildung? Oder hörte ich die Jagdhunde tatsächlich miteinander flüstern – ein sanftes Murmeln, wie Frauen, die gedämpft und ängstlich hinter einer geschlossenen Tür tuschelten?

Ich schluckte und versuchte, nicht daran zu denken, was unter ihrem Glimmer war. »Sehr erfreut, Euch kennenzulernen. Ich heiße Isobel. Ich bin, nun ja, Porträtmalerin.«

»Ich habe nicht die leiseste Vorstellung, was das bedeutet«, erwiderte Hemlock lächelnd. »Also, Rook …«

Rook tänzelte seitwärts und wieherte sie an, dass einem das Blut in den Adern gefror.

»Oh, seid doch nicht so unhöflich! Wir müssen uns nicht schlecht benehmen, nur weil wir im Zwist miteinander liegen. Bevor Ihr mich unterbrochen habt, wollte ich gerade vorschlagen, dass wir für gleiche Chancen sorgen sollten, indem wir Euch einen Vorsprung geben. Wenn meine Hunde Euch nochmals einholen können, darf ich Euch mit Fug und Recht in Stücke reißen. Was meint Ihr dazu?«

Rook schob den Kopf vor und schnappte nach der Luft zwischen ihnen. Voller Angst wurde mir klar, dass er sich behaupten wollte. Ich schmiegte mein Gesicht in seine Mähne, damit Hemlock nicht sah, dass ich mit ihm sprach.

»Lauft bitte davon«, hauchte ich. »Ihr mögt es vielleicht überleben, aber ich würde es nicht schaffen und ohne mich werdet Ihr Euren Ruf nie wiederherstellen können.«

Die Haut auf seinen Schultern zuckte, als wolle er eine Fliege verscheuchen.

»Sind die Fehden an Eurem Hof es wirklich wert?«

Er drehte den Kopf und schaute mich mit einem Auge an, das Wissen in diesem Blick war schrecklich anzusehen, es passte überhaupt nicht zu seiner Tiergestalt.

»Bitte«, flüsterte ich.

Rook machte einen Satz, als hätte ich ihn mit der Reitpeitsche geschlagen, und galoppierte an Hemlock und ihren Hunden vorbei in die wartende Dunkelheit.

»Sputet Euch, Rook!«, schrie uns Hemlock hinterher, es

war ein schriller, fast verzweifelter Ausruf. »Ich werde Euch gleich auf den Fersen sein! Lauft, so schnell Ihr könnt!«

Ich wickelte Rooks lange Mähne um meine Handgelenke und wagte einen Blick über die Schulter. Hemlocks Panzer verschmolz so perfekt mit dem Wald, dass ich nur noch ihr gespenstisch weißes Gesicht sah, bis auch dieses irgendwann von Zweigen und Blättern verdeckt wurde. Von Neuem ertönte das Horn der Wilden Jagd. Ich hatte Hemlock ausgiebig gemustert, sie hatte keines dabeigehabt.

Rook galoppierte, als sei der Teufel hinter ihm her. Ich war nur damit beschäftigt, nicht herunterzufallen, für die vorbeifliegende Landschaft hatte ich keine Augen. Eine Zeitlang nahm ich nur den stampfenden Rhythmus seiner Hufe und die Gluthitze wahr, die von seinem Rücken aufstieg, die harten schmerzenden Brocken aufgescharrter Erde, die gegen meine Beine geschleudert wurden. Doch dann zischte etwas Helles an meinem Gesicht vorbei und verfing sich in meinem Kragen. Zuerst erkannte ich das flatternde gelbe Ding nicht als Blatt. Doch sobald ich mir dessen bewusst war, veränderte sich alles.

Ich hob den Kopf. Mir blieb die Luft weg. Ehrfurcht – heller als die aufgehende Sonne, wenn sie am Horizont aufsteigt, und berauschender als ein Glas perlender Champagner – überkam mich.

Wir waren im Herbstland.

Trotz der Düsternis strahlte der Wald. Die vorbeifliegenden goldenen Blätter glühten wie Funken, die vom Aufwind eines Feuers hochgewirbelt werden. Unter uns war ein scharlachroter, samtähnlicher Teppich ausgerollt, schwer und prachtvoll. Die schwarzen verschlungenen Wurzeln, die sich aus dem Waldboden streckten, verströmten einen bläulichen Nebel, der die weiter entfernten Baumstämme in gespenstische Silhouetten verwandelte, die glänzende Farbigkeit des Laubs jedoch nicht berührte. Das leuchtende Moos, das die Äste sprenkelte, erinnerte an oxidiertes Kupfer. Die frische Würze von Kiefernharz erfüllte die kühle Luft und überlagerte den modrigen Geruch trockenen Laubs. Ich spürte einen Kloß im Hals. Ich konnte den Blick nicht abwenden. Es war zu viel und es kam zu schnell. Niemals würde ich in der Lage sein, dies alles in mich hineinzutrinken – ich musste jedes Blatt aufnehmen, jedes Borkenstückchen, jedes Moosfetzchen. In Rooks Mähne festgekrallt, sehnte ich mich nach meinem Pinsel, nach meiner Staffelei. Ich richtete mich auf, ließ den Wind über mich streichen und füllte meine Lungen, bis sie fast platzten. Aber es war noch immer nicht genug. Nach siebzehn Jahren in einer Welt, in der sich niemals etwas änderte, kam es mir vor, als hätte ich gerade einen kratzigen Wollpullover abgestreift und würde zum allerersten Mal eine Brise auf meiner Haut spüren. Nie wieder würde irgendetwas genug sein.

Als Rook langsamer lief, fühlte ich mich ohne den Wind, der an meinen Kleidern zerrte, und die Bewegung des stampfenden Galopps irgendwie seltsam verlassen. Meine Gedanken waren in Aufruhr, das Blut in meinen Adern pochte. Nach dem wilden Ritt erschien mir jedes Geräusch gedämpft – Rooks Hufe flogen nur so über den weichen Waldboden; sein dampfender Atem trat als stummer Schwall aus seinen Nüstern. Schließlich ließ er sich auf einer Lichtung auf die Knie fallen. Ich glitt herunter – meine Beine waren so schwach, dass sie fast zitterten – und drehte eine langsame, wacklige Pirouette.

In der Ferne war kein Horn zu hören, kein Hundegebell störte die neblige Luft. Hier gab es keine zirpenden Heuschrecken, sondern nur die Musik der Grillen, das wohltönende Quaken der Frösche und das leise Plop der herunterfallenden Eicheln. Über mir war kein einziger Rabe in den Bäumen zu entdecken. Die Gefahr war vorüber.

Ich erblickte Rook wieder in seiner normalen Gestalt mit gezogenem Schwert und erstarrte in meiner Drehung.

Als er die Klinge gegen sich selbst richtete, konnte ich überhaupt nicht mehr denken.

Sechs

Ich protestierte nicht. Ich schrie nicht. Was immer er da gerade tat, ich war weder willens noch in der Lage, ihn davon abzuhalten.

Wie er dort kniete, den rechten Ärmel bis zum Ellbogen hochgekrempelt, das Schwert in der Hand, sah er weder erschöpft noch zerzaust aus. Lediglich eine feuchte Haarsträhne, die ihm auf der Stirn klebte, zeugte von unserer waghalsigen Flucht und dem Schweiß, der noch eben über seinen Nacken und seine Schultern geströmt war. Er wandte ruhig den Kopf zur Seite und zog mit einem grausamen Strich die Klinge über seine Handfläche. Blut tropfte auf die moosbedeckte Erde. Es war blasser als menschliches Blut und dicker, als sei es mit Harz vermischt.

Nach dem ersten Schreck wurde mir klar, dass Rook einen Elfenzauber anwandte. Was immer es sein mochte, es tat hoffentlich weh. Vielleicht würde ihn der Zauber sogar so weit schwächen, dass ich es zu meinem Vorteil nutzen könnte.

»Ihr erwähntet, es gäbe nur noch zwei Elfen, die so viel Macht besäßen wie Ihr«, sagte ich und knickste, um seine

Aufmerksamkeit auf mich zu lenken. »Ich nahm an, es handle sich um die Regenten des Frühlings- und Winterhofes. Oder ist Hemlock eine der beiden?«

Er wischte seine Hand am Moos ab, winkelte das Knie zu einer vollendeten Verbeugung an und erhob sich. Der Schnitt war verschwunden – doch ich wusste nicht, ob er tatsächlich verheilt war oder bloß von seinem Glimmer verdeckt wurde. Falls Letzteres der Fall war, dann hatte er es bestimmt aus Stolz getan.

»Jeder von uns besitzt eine unterschiedliche Begabung, bei manchen ist sie stärker ausgeprägt als bei anderen. Ich kann meine Gestalt ändern und als Prinz befehle ich über die Mächte meiner Jahreszeit. Hemlock ist für ihre Tüchtigkeit im Kampf bekannt, doch sie gehört nicht dem Winterkönigshaus an. Wenn meine magischen Fähigkeiten erschöpft wären oder ich beschließen würde, sie nicht einzusetzen – wäre ich ihr im körperlichen Kampf wahrscheinlich ebenbürtig.« Er schürzte die Lippen. Wie oft er sich wohl wünschte, er könnte lügen?

»Dann sind ihre Elfenbestien also auch für Euch eine Gefahr«, sagte ich vorsichtig, vielleicht war dies eine Gelegenheit, mehr über seine Schwächen herauszufinden. »Ein oder zwei auf einmal vielleicht nicht, aber wenn das ganze Rudel an ihrer Seite kämpft.«

Er schob sein Schwert mit einer ruppigen Bewegung in die Scheide und kam auf mich zu. Erst als er mich fast berührte, blieb er stehen und starrte zu Boden. Ich blickte auf und spürte seinen Atem auf meinem Gesicht. Mein Herzschlag setzte aus. Er war ein wenig außer Atem.

»Sie stellen eine Gefahr für *Euch* dar, Sterbliche, nicht für mich. Ihr habt gesehen, wie ich mit dem Gehörnten fertiggeworden bin. Wie oft muss ich Euch noch daran erinnern? Ich bin ein *Prinz*.«

»Ja, das weiß ich!« Ich wich keinen Zentimeter zurück. »Ihr habt ja keine Gelegenheit ausgelassen, es zu erwähnen.«

Er straffte die Schultern und bleckte die Zähne, als hätte ich ihm gerade eine Ohrfeige verpasst.

Ich zwang mich, ruhig zu bleiben, und widerstand dem Bedürfnis, nach meinem Ring zu greifen. »Ich verstehe das nur alles nicht. Elfenbestien, die Streitigkeiten zwischen euren Höfen, warum in aller Welt die Wilde Jagd seit Jahrhunderten hinter Euch her ist, obwohl Hemlock doch weiß, dass sie nicht gewinnen kann. Vermutlich ist es für mein dummes Sterblichenhirn einfach zu kompliziert.«

Rook Anspannung ließ nach. Ärgerlicherweise entging ihm mein Sarkasmus.

»Hemlock ist die Wilde Jägerin«, erwiderte er. »Sie folgt dem Ruf des Winterhofs, der unablässig versucht, das Herbstland mit Frost zu überziehen.«

»Das Horn«, murmelte ich. »Es erteilt ihr Befehle. Sie hat keine andere Wahl.«

Er nickte. »Für sie bedeutet die Jagd alles. Sie ist ihr einziger Lebensinhalt. Sie wird jagen bis zu ihrem Tod, erst dann wird die Jagd für sie ein Ende finden.«

Der Wind raschelte durch die Baumkronen, die Blätter prasselten wie Regen auf die Lichtung. Ich dachte daran, wie Hemlocks gespenstisches Gesicht im Dunkeln verschwunden war, wie sie uns hinterhergebrüllt hatte davonzulaufen.

Ein Schauder durchlief mich. Mit einem Mal spürte ich die eisige Herbstkälte.

Stimmte das? Mittlerweile fragte ich mich, ob es wirklich ein Schaudern gewesen war, denn das Zittern hörte nicht auf und der Boden unter meinen Füßen hob und senkte sich. Ich taumelte zurück, doch es gab kein Entkommen vor der seltsamen Beschleunigung, die darauf folgte. Eine Mooswelle mit winzigen blassblauen Blumen, die nicht größer waren als die Spitze meines kleinen Fingers, wogte von der Stelle, auf die Rook sein Blut hatte tropfen lassen, vorwärts, sie rollte sich über die Lichtung, schäumte gegen Baumstämme – und meine Beine. Ich kreischte und zog meine Stiefel heraus. Als ich energisch meinen Rock schüttelte, flogen Moosstücke in alle Richtungen.

»Dreht Euch um«, sagte Rook reserviert und musterte mich von der Seite. Für einen Moment hatte er wieder seinen alten Tonfall angenommen, so, als wären wir wieder die Freunde, die wir in meiner Stube gewesen waren, doch offenbar fand er nun eine Richtigstellung angebracht.

Ich drehte mich trotzdem um, ich konnte nicht anders. Die Bäume auf der Lichtung wuchsen, reckten sich höher und höher, die Äste streckten sich über unseren Köpfen einander entgegen und verschlangen sich unter dem funkelnden Nachthimmel in der Mitte miteinander. Kleinere Bäumchen kämpften sich zwischen den größeren Bäumen aus dem Moos hervor, um die Lücken zu schließen, trieben zitternde neue Blättchen in prächtigen Herbstfarben. Bis auf das leise Knarren, Stöhnen und Knacken des sich ausdehnenden Holzes geschah die Veränderung beinahe lautlos.

Es war, als habe ich der Lichtung dabei zugesehen, wie sie innerhalb von Sekunden um ein Jahrhundert alterte. Auf natürliche Weise würde das nie geschehen: Die Bäume bildeten über der offenen Fläche, auf der ich stand, eine Art Kathedrale. Ihre Äste waren so fest miteinander verwoben, dass sie Strebebögen ähnelten, kein handwerkliches Können konnte die Erhabenheit und das Wunder dieses lebendigen Gewölbes erfassen. Mich überkam Schwindel, wenn ich nach oben blickte. Aus den stummen Höhen schwebten zwischen Mondstrahlen scharlachrote Blätter herab.

Ich wirbelte herum. »Das hat Euer Blut bewirkt.«

Rook stand da und beobachtete mich, in seinen Augen kämpften widerstreitende Gefühle miteinander: Faszination über meine menschliche Reaktion. Hoffnung, dass mir sein Werk gefallen würde. Darunter Traurigkeit, offen wie eine frische Wunde.

Verzweiflung huschte über seine Züge. Er rang um Fassung, aber es gelang ihm nicht. Schließlich drehte er sich auf dem Absatz um und wandte mir mit einem theatralischen Flattern seines Mantels den Rücken zu. Er zog sein Schwert ein Stück weit heraus und tat, als inspiziere er die Klinge.

»Heute Nacht werdet Ihr hier in Sicherheit sein«, erklärte er herrisch. »Auf einer Ebereschenlichtung kann uns die Wilde Jagd nicht aufspüren; selbst wenn Hemlock zufällig auf diesen Ort stieße, könnte keine Elfenbestie und kein lebender Elf den Zauber durchbrechen, den ich gerade gewirkt habe.«

Das Wissen, dass er mir die nackte ungeschönte Wahrheit erzählte, ließ meinen Atem stocken. Er war arrogant, fast unausstehlich, aber welche Macht er besaß! Und da stand er, verwirrt von seinen Gefühlen wie ein Kind, und schleifte mich wegen eines Gemäldes vor Gericht. Ich konnte es nicht fassen, dass ich noch an diesem Morgen geglaubt hatte, in ihn verliebt zu sein. Ich schüttelte den Kopf. Unglaublich.

»Zehntausend Jahre alt, aber benimmt sich wie ein Fünfjähriger«, brummte ich und stieß den Schuh in den Boden.

»Was habt Ihr gesagt?«, erkundigte sich Rook eisig.

Natürlich besaßen Elfen ein ausgezeichnetes Gehör. »Nichts.«

»Ihr habt etwas gesagt, aber ganz gleich, was es war, es ist sowieso unter meiner Würde.« Er schob das Schwert mit einem Ruck in die Scheide zurück. »Und nun legt Euch hin und ruht Euch ein wenig aus. Bei Sonnenaufgang geht es weiter.«

Sosehr ich es leid war, Befehle zu befolgen, ich würde mir keinen Gefallen tun, wenn ich aus Sturheit wach blieb. Ich lief über die Lichtung, bis ich eine Erhebung im Moos fand, an die ich mich lehnen konnte – es schien ein überwucherter Baumstumpf zu sein. Ich legte mich auf die Seite, sodass ich Rook, der noch immer mit dem Rücken zu mir stand, im Blick hatte, und schob den Ring wieder auf den Finger. Auch wenn es so klein war, ich war dankbar, dass ich wenigstens ein Mittel hatte, um mich zu schützen. Allerdings hatte ich nun ein anderes Problem: Wie sollte ich Schlaf finden?

Emma und die Zwillinge hatten mein Verschwinden vermutlich überhaupt nicht mitbekommen. Das würden sie erst morgens bemerken, wenn sie mein leeres Bett vorfanden. Was würde Emma tun? Sie hatte alles aufgegeben, um mich großzuziehen. Sie hatte meinem Vater auf dem Totenbett versprochen, für mich zu sorgen. Und nun war ich ohne ein Wort mitten in der Nacht verschwunden. Wenn ich nicht sehr viel Glück hatte und mich sehr klug anstellte (ich musste meine Chancen realistisch einschätzen), würde sie nie erfahren, was mit mir geschehen war. Sie würde für immer auf meine Rückkehr warten. Die Vorstellung war unerträglich.

Aber sie hatte verzauberte Hühner, von denen jedes sechs Eier die Woche legen würde. Jeden zweiten Monat tauchte durch Zauberhand ein Stapel Brennholz vor dem Haus auf. Ein anderer Elf lieferte alle zwei Wochen eine fette Gans, und seltsamerweise lag aufgrund einer ungeschickt formulierten Vereinbarung jedes Mal, wenn eine Drossel in unserer Eiche sang, ein Häufchen von haargenau siebenundfünfzig Walnüssen auf unserer Türschwelle. Die Zwillinge würden ihr Kummer bereiten, aber sie würde irgendwie klarkommen. Oder?

Einige Schritte weiter hatte sich Rook endlich hingesetzt. Er stützte elegant einen Arm auf ein Knie. Vielleicht wusste er, dass ich ihn beobachtete, und hatte dementsprechend seine attraktivste Haltung eingenommen. Nein – er ging davon aus, dass ich schlief. Aus irgendeinem Grund war ich da sicher, denn er hatte seine Rabenfibel abgenommen und drehte sie in den Händen hin und her. Hinter ihm schwebten noch immer scharlachrote Blätter durch den Mondschein, sie sahen aus wie Rosenblätter, die durch Bleiglas angeleuchtet wurden.

Mit wundem Herzen fragte ich mich, ob Emma denken würde, ich sei vorsätzlich mit ihm davongelaufen. Erst vor wenigen Stunden hatte sie bewiesen, wie gut sie mich kannte. In diesem Falle musste sie davon ausgehen, dass mir ein Wiedersehen mit Rook – trotz meines grundsätzlichen Misstrauens den Elfen gegenüber – wichtiger war als alles andere auf der Welt. Vielleicht würde sie sich ewig damit herumquälen, dass es womöglich ihre bedauernden Worte gewesen waren, die mich zum Weglaufen ermutigt hatten. Und denken, dass ich beschlossen hatte, die Fürsorge für meine Familie als Last zu betrachten und sie und die Zwillinge im Stich zu lassen, ohne mir auch nur die Mühe zu machen, mich von ihnen zu verabschieden.

Doch dann wurde mir klar, dass meine Vorstellungskraft immer unrealistischere, sentimentalere Szenarien heraufbeschwor; wenn ich mich im Elend suhlte, würde ich nicht in der Lage sein, ebendiese zu verhindern.

Ich stellte mir vor, wie Emma zu viel von ihrer Tinktur nehmen und zusammenbrechen würde, ich stellte mir vor, wie die Zwillinge mein Zimmer nach einem Zeichen durchsuchten, das einen Hinweis über meinen Verbleib geben würde, und dann die Zeichnungen von Rook in meinem Kleiderschrank fänden. Eine heiße Träne rollte über meine Wange. Ich atmete durch den Mund, damit Rook nicht hörte, wie ich mit verstopfter Nase schniefte. Irgendwann war ich vom Weinen völlig erschöpft. Meine Augen fielen zu und alles verschwamm. Ich konnte mich nicht erinnern, eingeschlafen zu sein.

Als ich aufwachte, war alles golden. Goldenes Licht liebkoste mein Gesicht und auch die Wärme war golden. Ich hatte das Gefühl, in Honig oder Bernstein zu treiben. Ein Herbstduft umgab mich, umhüllte mich, er hatte einen wilden, männlichen, aber kaum menschlichen Unterton, der mich augenblicklich tröstete und wie flüssiges Gold tief in meinen Körper sank, als sei dieser ein Schmelztiegel.

Jemand kämmte mit den Fingern meine Haare.

»Hört auf damit!«, rief ich und schreckte auf. Rooks Mantel fiel von meinen Schultern und ich blickte mich um, bis ich ihn selbstzufrieden lächelnd hinter mir entdeckte. »Was nehmt Ihr Euch heraus?«

»Ihr habt immer noch Zweige im Haar«, erwiderte er und streckte die Hand aus.

Ich wehrte seine Finger mit der Hand ab, an der der Ring steckte, zumindest versuchte ich es, denn bevor ich zupacken konnte, war er bereits aufgesprungen und funkelte mich böse an.

»Rook.« Ich versuchte, gelassen zu klingen. »Bevor ich aufstehe, müsst Ihr mir versprechen, mich nie wieder ohne meine Erlaubnis anzufassen.«

»Ich kann anfassen, wen ich will.«

»Habt Ihr jemals darüber nachgedacht, ob Ihr, nur weil Ihr etwas tun *könnt,* es vielleicht nicht unbedingt tun solltet?«

Seine Augen wurden schmal. »Nein«, erwiderte er.

»Nun, das ist eine solche Situation.« Ich sah, dass er mich nicht verstand. »Unter Menschen gilt das als höflich«, fügte ich bestimmt hinzu.

Ein Wangenmuskel begann zu zucken, sein Lächeln war verschwunden. »Aber das ist völlig unsinnig. Was, wenn Ihr angegriffen würdet und ich müsste Euch anfassen, um Euer Leben zu retten, dürfte es aber nicht, weil ich Euch erst um Erlaubnis fragen muss? Euch sterben zu lassen wäre nicht höflich.«

»Gut. In diesem Fall dürft Ihr mich berühren, ansonsten müsst Ihr jedoch fragen.«

»Was bringt Euch auf die Idee, ich würde mich Euren absurden menschlichen Forderungen beugen?« Gereizt zog er seinen Mantel von mir und warf ihn sich über, ohne sich die Mühe zu machen, die Arme in die Ärmel zu stecken.

»Weil ich Euch auf dem Weg zum Herbsthof das Leben zur Hölle machen kann, und das wisst Ihr auch«, antwortete ich.

Er stolzierte über die Lichtung. Offenbar musste er erst ein bisschen toben, bevor er klein beigab. Und tatsächlich kam er kurz darauf mit wilder Miene zurück, rings um ihn herum veränderte sich das Land. Das Moos verdorrte und wurde braun, an seinen Fersen schossen Dornensträucher heraus, die wie Finger um sich griffen und schließlich zu einem schauerlich aussehenden Wirrwarr wuchsen, das mir bis zur Taille reichte. Etwas derart Dramatisches hatte ich nicht erwartet: Jeder Dorn war so lang wie mein Finger und so spitz, dass er im Morgenlicht glitzerte. Sämtliche Sinneswahrnehmungen kreischten mir zu, aufzuspringen und davonzulaufen, bevor sie mich erreichten. Doch da es genau die Reaktion war, die Rook provozieren wollte, blieb ich ruhig sitzen.

Das Dornengestrüpp wand sich um meinen Körper und krumme zuckende Ranken streckten sich nach meinen Kleidern aus. Ihre Dornen schlugen bedrohlich aneinander. Ich warf ihnen einen bösen Blick zu. Ich wusste genau, wann jemand bluffte. Irgendwann senkten sich die Dornenranken beleidigt und erstarrten. Rook blickte zu mir herunter, wie ich dort in seinem Dornenmeer eingeschlossen saß, seine vor wilder Rage blutleeren Lippen waren der ultimative Beweis, dass ich gewonnen hatte.

»Und?«, fragte ich.

»Ich gelobe, dass ich Euch nie wieder ohne Eure Zustimmung anfassen werde, es sei denn, ich muss Euch vor Schaden bewahren«, erklärte er. Zu seiner Ehre muss angemerkt werden, dass er es majestätisch sagte, nicht in dem bockigen Ton, den ich erwartet hatte.

Ich seufzte erleichtert. »Ich danke Euch, Rook.«

»Es ist mir eine Ehre«, erwiderte er automatisch und runzelte die Stirn. Es war wie mit den Verbeugungen, auf konventionelle Höflichkeitsbezeugungen musste er reagieren, ob es ihm nun gefiel oder nicht. Mit einer theatralischen Armbewegung erholte er sich von der Demütigung. Zwei Bäume zogen ihre Wurzeln heraus und schlurften hastig und verängstigt zur Seite, sie sahen wie zwei verdatterte Matronen aus, nach denen er gerade eine Billardkugel geworfen hatte. Ihre gebeugten Stämme formten einen neuen Torbogen in den Wald.

»Und nun beeilt Euch.« Er eilte auf den Torbogen zu. Eine verbliebene Wurzel schnellte eifrig bemüht zur Seite. »Eure kleinen Menschenbeine werden sowieso nur eine enttäuschend kurze Strecke zurücklegen können und wir haben bereits eine Stunde vergeudet.«

Und wessen Schuld ist das?, dachte ich. Als ich ihm geräuschvoll durch das Dornengestrüpp hinterhereilte, das sich unter meiner Berührung auflöste, fiel mein Blick auf das ordentliche Häufchen aus Zweigen und Blättern, das er aus meinen Haaren gezupft hatte – und ich musste unwillkürlich lächeln.

Wir kamen an schlanken Birken mit weißer Rinde vorbei, deren Blätter gelb schimmerten und wie Goldmünzen im Wind klirrten, wir kamen an steinigen Bächen vorbei, die sich zwischen kleinen Mooshügeln hindurch wanden und deren Wasser die Farbe von Milch mit geschmolzenem Schnee hatte. Wir kamen an Eschen vorbei, die die Hälfte ihrer Blätter auf einmal abgeworfen hatten, sie häuften sich auf den Wurzeln, als habe eine Maid ihr Unterkleid abgestreift. Ein Hirschbock und eine Hirschkuh beobachteten uns, als wir vorbeigingen, dann sprangen sie durch den hellen Nebel davon und ihr Schatten in der Luft erinnerte an einen Scherenschnitt.

Das erste Unerfreuliche auf unserem Weg war eine gespaltene Eiche. Sie war vor langer Zeit vom Blitz getroffen worden, ihr Stamm war an manchen Stellen schwarz verkohlt, die aufgeworfene Rinde glitzerte von gehärtetem Harz. An den unteren Ästen hingen immer noch einige braune Blätter. Rook blieb stehen und musterte sie. Sie sah fehl am Platz aus unter den Birken, wachsam, boshaft.

Ein unbehagliches Kribbeln warnte mich, auf Abstand zu gehen.

»Ist das der Eingang zu einem Elfenpfad?«, fragte ich und machte einen Bogen.

Rook warf mir einen kurzen Blick zu und lief weiter. »Ja, aber wir werden ihn nicht benutzen.«

»Dürft Ihr keine Menschen darauf mitnehmen?«

»Oh, doch, natürlich. Ich halte es bloß nicht für ratsam.«

Das konnte alles bedeuten. Vielleicht würde die Anstrengung seine Fähigkeiten schwächen oder die falschen Elfen auf uns aufmerksam machen. Da er nicht offen für weitere Fragen schien und ich nicht sah, wie zusätzliches Wissen mir weiterhelfen könnte, ersparte ich mir weitere Fragen.

Der Mittag kam und ging. Die Sonne schimmerte durch die Blätter und sprenkelte den Boden mit Tupfenmustern, die ich bezaubernd gefunden hätte, wenn ich nicht so sehr mit meinem Unwohlsein beschäftigt gewesen wäre. Meine Schenkel und mein Gesäß schmerzten von dem Ritt der letzten Nacht. Ich war schmutzig; meine Beine waren schlammverspritzt, mein Rock war starr vor Kletten und Pferdeschweiß. Ich wusste, dass ich widerwärtig stank. Und ich starb fast vor Hunger.

Rook hingegen sah noch genauso aus wie gestern Abend, als er mich holen gekommen war. Seine Stiefel glänzten und sein Mantel wurde von keiner einzigen Knitterfalte verunziert. Das einzig Unordentliche an ihm waren seine Haare, doch das zählte nicht, weil sie immer so aussahen.

Wir kamen zu einer langen Böschung, die in eine Schlucht

abfiel. Rook stieg anmutig hinab, während ich durch das Laub schlurfte und schlitterte, bis ich irgendwann die Möglichkeit in Erwägung zog, aufzugeben und auf dem Hintern hinunterzurutschen. Ich starrte missmutig zu Boden, da tauchte Rooks ausgestreckte Hand in meinem Blickfeld auf. Ich wollte seine Hilfe nicht, aber es war besser, als mich zu blamieren, und so legte ich meine Hand in seine. Solange die Initiative von mir ausging, konnten wir uns offenbar wortlos berühren.

Seine Haut war kühl und sein Griff trügerisch leicht. Er half mir die Böschung hinunter und auf der anderen Seite wieder den Abhang hinauf, als wöge ich nicht mehr als eine Feder. Als wir oben ankamen, knurrte mein Magen. Zu meiner Bestürzung war es kein gewöhnliches Knurren: Meine Innereien stießen ein laut dröhnendes Knurren aus, auf das eine Reihe langer, ausgedehnter Quieker folgte.

Rook wich erschrocken zurück. Doch als er begriff, was mit mir los war, lächelte er mich wissend an. Das war interessant – den meisten Elfen war die Vorstellung von menschlichem Hunger fremd, sie konnten sich zumindest nicht hineinversetzen. Andererseits hatte er zuvor angedeutet, dass er bereits versucht hatte, einen Menschen auf einem Elfenpfad mitzunehmen. War er schon einmal mit einem Menschen unterwegs gewesen?

Es hätte mir eigentlich schon früher in den Sinn kommen sollen. Der Schmerz in seinen Augen war menschlich und es konnte nur einen Grund dafür geben.

»Ich habe seit gestern Abend nichts mehr gegessen«, erklärte ich, als mein Magen zum Glück endlich verstummte.

»Ich glaube, ohne etwas zu essen, kann ich nicht weitergehen.«

»Erst gestern?«

»Ich kann Euch versichern, die meisten Menschen sind es nicht gewöhnt, einen ganzen Tag lang zu hungern.« Da er immer noch äußerst skeptisch aussah, fügte ich standhaft hinzu: »Mir geht es ziemlich schlecht. Ich kann wirklich keinen Schritt mehr weitergehen. Wenn ich nicht bald etwas zu essen bekomme, kann das meinen Tod bedeuten.«

Ihm sträubten sich sprichwörtlich die Nackenhaare. Fast tat er mir leid. »Wartet hier«, sagte er hastig und verschwand. Die Blätter, auf denen er gestanden hatte, wirbelten herum, als würden sie von einem Luftzug bewegt.

Ich blickte mich um. Mein Magen rumorte und mein Mund war trocken. Das dürre, moosbewachsene Gestrüpp ermöglichte eine klare Sicht in die Ferne. Ich konnte keine hochgewachsene Gestalt sehen, auch keinen Raben, der durch den Wald flog. Rook schien wirklich verschwunden zu sein.

Lauf weg, dachte ich. Doch der Versuch, meine Füße vorwärtszubewegen, fühlte sich an, als sei ich wieder vier und würde nach einem bösen Traum vor dem Bett meiner Mutter von einem Fuß auf den anderen treten und kein Wort herausbekommen, um sie zu wecken. Auch der Wald schlummerte. Wie leicht würde ich seine Aufmerksamkeit auf mich lenken? Und wäre ich auf *diesen* Albtraum wirklich vorbereitet?

Wie sich herausstellte, hätte ich mir derlei Gedanken sparen können. Mit einem dumpfen Aufschlag landete etwas in den Blättern hinter mir, und als ich mich umdrehte, stand Rook dort über einem toten Hasen.

»Geht weiter«, forderte er mich auf, als ich mich nicht rührte, und blickte zwischen mir und dem Tier hin und her.

Ich schlurfte zu dem Hasen und nahm ihn am Nackenfell hoch. Er war noch warm und musterte mich mit seinen glänzenden schwarzen Augen. »Hm«, sagte ich.

»Stimmt irgendwas damit nicht?« Rooks Blick wurde vorsichtig.

Ich starb fast vor Hunger. Mir tat jeder Knochen weh. Ich hatte Angst. Und trotzdem musste ich, wenn ich Rook anschaute, an eine Katze denken, die ihrem Herrn stolz ein Eichhörnchen brachte, um dann mitansehen zu müssen, wie der zweibeinige Tölpel das kostbare Geschenk am Schwanz packte und kurzerhand ins Gebüsch schleuderte. Ehe ich wusste, was ich tat, lachte ich lauthals los.

Rook trat von einem Bein auf das andere, er schwankte zwischen Besorgnis und Zorn. »Was?«, wollte er wissen.

Ich sank mit dem Hasen im Schoß auf die Knie und rang nach Luft.

»Hört auf damit.« Rook blickte sich um, als mache er sich Sorgen, jemand könnte sehen, wie er seinem Menschen hilflos gegenüberstand. Ich lachte noch lauter. »Isobel, Ihr müsst Euch zusammennehmen.«

Er mochte mit Menschen unterwegs gewesen sein, aber er hatte mit Sicherheit nicht mit einem von uns gegessen.

»Rook!« Sein Name kam fast als Wimmern heraus. »Ich kann ein Kaninchen nicht einfach so essen!«

»Ich wüsste nicht, was dagegenspricht.«

»Es … es muss zubereitet werden!«

Einen Moment lang packte ihn Entsetzen und Verwirrung, doch dann schlug er die Tür zu diesem Gesichtsausdruck zu. »Wollt Ihr damit sagen, dass Ihr nichts essen könnt, ohne zuerst irgendwelche Kunst anzuwenden?«

Ich holte keuchend Luft und beruhigte mich, doch ich wusste, dass ich bei der leisesten Provokation wieder losprusten würde. »Früchte können wir essen wie sie sind, ebenso Nüsse und das meiste Gemüse. Aber alles andere muss zubereitet werden, ja.«

»Wie kann das sein?«, sagte er leise zu sich selbst. Mehr war nicht nötig; ich stieß ein ersticktes Glucksen aus. Er ging in die Hocke und musterte prüfend mein Gesicht, das in diesem Moment bestimmt alles andere als hübsch aussah. »Was benötigt Ihr dafür?«

»Vor allem Feuer. Ein paar … Ein paar Äste als Spieß. Vielleicht könnten wir es auch zerlegt am Spieß braten? Ich habe noch nie zuvor draußen in der Natur ein Kaninchen zubereitet.« Ich hätte ebenso gut anfangen können, eine Zauberformel aufzusagen. »Holz«, wiederholte ich für ihn. »Etwas Anzündholz, ungefähr so groß« – ich spreizte die Hände – »und einen langen, dünnen, stabilen Stock mit spitzem Ende.«

»Sehr wohl.« Er stand auf. »Ich werde Euch Eure Stöcke bringen.«

»Wartet«, sagte ich, bevor er wieder verschwinden konnte. Ich hielt den Hasen in die Höhe. Rook spannte sich an. »Könnt Ihr ihn bitte für mich häuten? Ihr wisst schon, das

Fell abziehen? Und er muss zerlegt werden. Ohne Messer kann ich das nicht.«

»Wie sterblich Ihr doch seid«, sagte er verächtlich und nahm mir den Hasen aus der Hand.

»Oh, und nehmt ihn bitte zuerst aus«, fügte ich ungerührt hinzu.

Mit steifen Schultern hielt er nur kurz in seiner Bewegung inne. »Ist das dann alles?«

Eine teuflische Seite in mir fragte sich, wie weit ich bei ihm gehen konnte. Könnte ich unter dem Vorwand, es sei für meine Kunst notwendig, von ihm verlangen, dass er sich bei der Vorbereitung des Hasen auf den Kopf stellte oder dreimal im Kreis drehte? Nur die zunehmend drängenden Forderungen meines leeren Magens hielten mich davon ab, mich ein bisschen auf seine Kosten zu amüsieren. »Fürs Erste, ja«, antwortete ich.

Weniger als zwanzig Minuten später saßen wir vor einem stark qualmenden Feuer, das zunächst völlig hoffnungslos ausgesehen hatte, bis Rook es leid gewesen war, mir dabei zuzusehen, wie ich zwei Stöcke aneinanderrieb. Er hatte mit den langen Fingern geschnipst und das Anfeuerholz angezündet. Während ich eine Keule über den Flammen drehte (zumindest hielt ich es für eine Keule – wie sich herausgestellt hatte, waren Elfen nicht gerade die behutsamsten Metzger), spähte er ungeduldig zur Sonne hinauf. Das Fett tropfte zischend auf das glimmende Holz. Mir lief das Wasser im Mund zusammen und ich versuchte, nicht daran zu denken, dass ich den Geruch unter anderen Umständen eher widerwärtig als appetitlich gefunden hätte. Mir war nie aufgefallen, dass Hase so streng roch. Doch solange ich das Fleisch hier und da verkohlen ließ, würde mir wahrscheinlich wenigstens nicht übel davon werden.

Während Rook darauf wartete, dass ich endlich fertig würde, stieß er seinen siebten theatralischen Seufzer aus. Ich hatte angefangen mitzuzählen.

»Versucht es doch selbst, wenn Ihr Euch so sehr langweilt«, forderte ich ihn auf und gab ihm den Spieß. Er hielt ihn zwischen Daumen und Zeigefinger. Nachdem er das Fleisch begutachtet und hin und her gedreht hatte, hielt er es lässig über das Feuer.

Sofort veränderte er sich. Zuerst dachte ich, er habe im Wald hinter mir etwas Schreckliches erspäht, und schnellte mit Gänsehaut herum. Aber da war nichts. Sein Gesichtsausdruck war trotzdem unverändert: Die Augen groß und leidend, seine Miene vollkommen reglos, als habe er gerade eine Todesnachricht erhalten oder läge selbst im Sterben. Es war auf eine Art schrecklich, die ich nicht beschreiben kann. Einen solchen Ausdruck hatte ich trotz all der Gesichter, die ich gemalt hatte, noch nie gesehen.

Was ging da vor sich? Nach einigem Hin- und Herüberlegen wurde es mir klar – Kunst. Substanzen zu verwandeln war für uns ebenso leicht wie zu atmen, die Elfen hingegen waren unfähig zu dieser Form von Schöpfung. Sie widersprach ihrer Natur so sehr, dass sie die Macht besaß, sie zu zerstören. Erstaunlicherweise schien bei den Mächten, die seinesgleichen beherrschten, selbst das Braten eines Hasen über dem offenen Feuer als Kunst zu zählen.

Schon nach ein oder zwei Sekunden begann Rooks

Glimmer wie alte Farbe abzublättern und seine wahre Gestalt kam zum Vorschein, allerdings nicht so, wie ich sie in Erinnerung hatte. Seine Haut war lederartig und grau, seine Augen wurden immer lebloser. Es war, als würde ich dabei zusehen, wie ein Licht nach dem anderen in ihm erlosch und er mit jedem Herzschlag dunkler wurde.

Wenn ich nichts unternahm, wäre er einen Moment später tot.

Und ich frei. Ich könnte fliehen – oder es zumindest versuchen. Doch dann dachte ich an die Waldkathedrale, an die scharlachroten Blätter, die stumm herabschwebten. An seinen Gesichtsausdruck, als er sich in meiner Stube in einen Raben verwandelt hatte. An den Geruch der Verwandlung in dem stürmischen Wind und wie er zugelassen hatte, dass ich seinen Kopf drehte, während mich seine Augen schmerzerfüllt anblickten. All diese Wunder zerfielen gerade zu Staub, keine Spur von ihnen würde in der Welt zurückbleiben.

Und so beugte ich mich hastig über das Feuer und riss ihm den Stock aus der Hand.

Sieben

Er stieß einen Schrei aus, als ich ihm den Stock entwand, es war ein durchdringender, bewegender Ausdruck von Leid – von Schmerz, aber auch Verlust. Er nahm wieder Farbe an und kurz darauf kehrte sein Glimmer zurück, auch wenn er immer noch zusammengesunken dasaß und sich mit der Hand auf dem Boden abstützen musste, um nicht umzufallen.

»Isobel«, krächzte er verwirrt und sah zu mir hoch.

Meine Stimme kam aus weiter Ferne, wurde von dem Blut, das mir in den Ohren rauschte, nach unten gespült. »Es war die Kochkunst. Das Braten. Als ich Euch aufforderte, wusste ich es nicht. Ich hatte keine Ahnung.«

Er bemerkte den Stock, den ich hielt, ein Stück Holz, an dessen Ende ein Stück Kaninchenfleisch verkohlte. Ich war ebenso fassungslos wie er. Unvorstellbar, dass etwas so Gewöhnliches ihm so sehr zusetzen konnte.

»Wir sollten … Wir sollten gehen.« Seine Verstimmung ließ ihn beinahe menschlich klingen. Er rappelte sich auf und wandte sich orientierungslos erst in die eine, dann in die andere Richtung. »Wir haben nicht annähernd genug … Habt ihr gegessen? Seid Ihr noch hungrig?«

»Ich kann beim Laufen essen«, antwortete ich leise, ich war fassungslos, ihn so geschwächt zu sehen. Von Emma wusste ich, dass seine Symptome Anzeichen eines Schocks waren.

»Ihr werdet nicht sterben?«, fragte er.

Ich schüttelte den Kopf. Mit ihm zu spielen hatte seinen Reiz verloren.

»Gut.« Seine Hand wanderte zu seinem Schwert, vielleicht wollte er seine tröstende Härte spüren. Anschließend tastete er mit beunruhigter Miene seine Tasche ab, bis er auf der Brust seine Rabenfibel fand und drückte. »In diesem Fall …«

Er redete nicht weiter und schnellte herum, jeder Muskel seines Körpers war angespannt. Zuerst dachte ich, er habe den Verstand verloren. Aber dann hörte auch ich es: ein hohes, unheimliches Geräusch in der Ferne. Ein Heulen.

»Vermutlich war es nur eine Frage der Zeit, bis uns die Wilde Jagd einholen würde«, bemerkte ich ruhig, mit einem Mal hatte ich das dringende Gefühl, dass sich wenigstens einer von uns vernünftig und gelassen verhalten musste, auch wenn es sich dabei leider um mich handeln würde. »Aber es klingt, als hätten wir zumindest einen ganz guten Vorsprung.«

»Nein, es war nicht nur eine Frage der Zeit. Wir sind tief in meinem Gebiet, *meinem* Reich. Hemlock sollte uns eigentlich nicht so leicht so weit verfolgen können.«

»Vielleicht hat es damit zu tun, dass ich bei Euch bin.

Wie Euch vielleicht schon aufgefallen ist, ähm, rieche ich ein bisschen.«

Doch er würdigte mich kaum eines Blickes und ließ die günstige Gelegenheit verstreichen, meine Sterblichkeit zu bemängeln. Je länger er brauchte, um seine Fassung wiederzuerlangen, desto besorgter wurde ich. Er betrachtete die Wilde Jagd nicht als ernsthafte Bedrohung. Lag es nur an der Begegnung mit dem Tod, die er gerade gemacht hatte, dass er sich so verhielt, oder gab es noch etwas anderes – etwas, von dem ich nichts wusste?

Als er wieder er selbst wurde, ließ er die Rabenfibel los, als habe er sich daran verbrüht. »Wir müssen vor Anbruch der Dunkelheit aus dem Herbstland heraus sein.« Von einem Moment auf den anderen entschied er sich für eine Richtung und marschierte los.

Ich schnappte mir so viel von dem gebratenen Fleisch, wie ich tragen konnte, und tappte ihm durch das knöcheltiefe Laub hinterher. »Wartet, aus dem Herbstland heraus? Wie meint Ihr das? Ich dachte, wir reisen zum Herbsthof.«

»Tun wir auch. Aber nicht auf demselben Weg wie zuvor.«

»Darf ich fragen, wo wir stattdessen hingehen?«

»An den Ort, an dem Hemlocks Macht schwindet und der am weitesten vom Winterhof entfernt ist. Uns im Sommerland aufzuspüren, wird ihr wesentlich schwerer fallen, vielleicht wird es ihr sogar unmöglich sein.«

Die Landschaft veränderte sich ganz allmählich. Als die

Sonne hinter den Hügeln versank, warf sie lange gerade Schatten hinter den Bäumen und tauchte alles in rotgelbes Licht. Eichen, Ulmen und Erlen mit dickeren Stämmen verdrängten die schlanken Birnen und Eschen. Über diesem Teil des Waldes lag eine melancholische Stimmung: Die Blätter waren braun oder von stumpfem Rostrot, Pilze wucherten auf den Wurzeln und kletterten gelb und fleischig die Stämme hinauf. Aus Neugier legte ich neben einer solchen Pilzkolonie die Hand auf die Rinde. Sie löste sich ab, das Holz darunter war blass und schwammig, Landasseln machten sich in die Ritzen davon.

Als ich die Rinde fallen ließ, zerbrach sie verfault auf dem Boden. Ich eilte Rook hinterher, der mir schon etliche Schritte voraus war.

»Wir sollten bald im Sommerland sein, oder?«, erkundigte ich mich, um etwas zu sagen. Die erdrückende Stille hier war fast körperlich zu spüren. Ich wurde das Gefühl nicht los, dass etwas zuhören könnte, der Eindruck wurde umso stärker, je länger wir schwiegen.

»Wir sind im Sommerland. Seit einiger Zeit schon.«

»Aber die Bäume …«

»Das hat nichts mit dem Herbst zu tun«, erwiderte Rook. »Nein, diese Bäume sind dabei abzusterben.« Die Anspannung ließ seine Augen schmal werden, er reckte den Kiefer vor. »Ich habe … Getuschel gehört, dass mit dem Sommerland an einigen Orten etwas nicht stimmt. Ich hatte bisher noch keine Gelegenheit, die Plage mit eigenen Augen zu sehen. Aber ich muss gestehen, es ist schlimmer, als ich erwartet habe.«

»Es gibt bestimmt ein Heilmittel für den Wald. Ich habe mit eigenen Augen gesehen, wie Ihr mit einigen Tropfen Blut eine ganze Lichtung habt erstehen lassen.«

»Hier verfügt nur eine Person über derartige Macht.« Er warf mir einen Seitenblick zu, die Warnung in den Amethysttiefen seiner Augen war ebenso eindeutig wie ein Stück blanker Stahl. »Und er verwendet sein Blut, wie es ihm beliebt.«

Die Bäume wurden höher und standen weiter auseinander. Die knorrigen Wurzeln auf unserem Pfad erinnerten an Krampfadern. Von Zeit zu Zeit ragten gewaltige Steine aus dem Boden, sie waren größer als ich und dick mit Moos und blutrotem Efeu überzogen. Das späte Sonnenlicht blitzte ein letztes Mal golden auf und funkelte durch die herabfallenden Blätter, und es war in eben diesem Licht, dass ich das Gesicht entdeckte, das mich beim Vorübergehen aus einem Stein anstarrte.

Ich blieb stehen. Mir gefror das Blut in den Adern.

Es war kein lebendes Gesicht. Es war in den Stein gemeißelt. Trotzdem wirkte es so real, dass ich es, bevor sich mein Verstand wieder einschaltete, für lebendig hielt. Moosbedeckt und mit einem Bart aus Ranken war das ernste Gesicht sowohl uralt als auch nachdenklich, die geschlossenen Augen versanken in einem Netz aus Falten. Auf der unversöhnlichen Stirn saß eine Krone aus ineinanderverschlungenen Geweihenden. Ich hatte das Gefühl, einen siechen König auf seinem Totenbett zu sehen, einen Monarchen, der mit grausamem, freudlosem Bewusstsein über alle Verfehlungen seines langen Lebens nachgrübelte, ohne Reue dabei zu empfinden. Doch ich wusste sofort, dass mein Eindruck falsch war. Dieser König wusste nicht, was Tod bedeutet. Er schlief vielleicht, aber er starb nicht. Würde es nie tun.

Als ich mich umsah, entdeckte ich auf jedem Stein dasselbe Gesicht. Bei diesen Steinmetzarbeiten handelte es sich eindeutig um Handwerkskunst. Doch Menschen durften diesen Wald seit Tausenden von Jahren nicht mehr betreten. Ich hatte keine Vorstellung, wie alt sie waren und was die Menschen dieser vergangenen Ära dazu getrieben hatte, immer und immer wieder das schreckliche Antlitz des Erlkönigs in Stein zu meißeln.

Der Erlkönig.

Die Blätter, die die ganze Zeit reglos heruntergehangen hatten, wurden plötzlich von einem heißen abgestandenen Wind geschüttelt.

Der Erlkönig, flüsterten meine verräterischen Gedanken erneut und gaben der namenlosen Furcht, die mich von allen Seiten packte, einen Namen. *Der Erlkönig.* Nachdem ich einmal damit angefangen hatte, gab es kein Halten mehr.

»Isobel.« Rook kam mit großen Schritten aus dem Dickicht geeilt und schob die Zweige eines Kreuzdornstrauchs beiseite. Es war mir nicht aufgefallen, dass er weggegangen war. Er wollte mich an der Schulter packen, doch kurz über meinem Kleid erstarrte seine Hand. »Wir müssen hier weg. Schnell.«

»Es war nicht meine Absicht …« Mein Blick fiel auf das Dickicht, was ich sah, brachte mich zum Schweigen. Hinter der Hecke aus wildem Kreuzdorn lag eine Lichtung, auf der noch mehr der gravierten Steine im Kreis aufgestellt waren. In der Mitte des Kreises wölbte sich ein Hügel. Er war ungefähr fünf Meter lang und halb so breit, das abgerundete Ende war höher als die Steine. Ein Grabhügel. Rook hatte eine ganz andere Gefahr gemeint.

Ein Flügelschlag und Geflatter hallten durch die Stille. Ein Krächzen und dann noch eines. Ich blickte auf. In den Bäumen über uns wartete ein ganzer Schwarm Raben mit glänzenden Augen und beobachtete alles.

Ein Dutzend Raben bedeuteten Tod. Was mochten dann erst zwanzig, hundert oder mehr bedeuten?

»Ihr habt seinen Namen gedacht«, erklärte Rook nach einer Weile. »Ihr denkt ihn sogar jetzt.«

Ich konzentrierte mich wieder auf ihn; mir war bewusst, dass jeder Zentimeter auf meinem Gesicht Angst ausdrückte.

Er schien nicht wütend auf mich zu sein. Sein Gesichtsausdruck war neutral, eine Eisschicht, unter der unsichtbar furchterregende Strömungen dahinrasten. Es wäre mir lieber gewesen, er wäre wütend gewesen. Das hier war schlimmer. Es bedeutete, dass was auch immer geschehen mochte, so entsetzlich war, dass er keine Zeit mit Gefühlen vergeuden konnte.

»Macht Euch für einen Ritt bereit«, sagte er und trat einen Schritt zurück.

Genau wie bei seiner Verwandlung in der Nacht zuvor fegte ein Wind durch die Bäume und trieb einen Blätterstrudel vor sich her. Ich bereitete mich darauf vor, dass sich seine Gestalt ändern würde, sobald ihn der Wind traf. Doch dieses Mal verebbte er vorher und die Blätter schwebten die letzten Meter nutzlos dahin und verteilten sich um seine Stiefel. Rook musterte sie wütend. Er richtete sich auf und schon bald erhob sich ein anderer, stärkerer Wind aus den Tiefen des Waldes. Doch auch dieser legte sich, bevor er Rook erreichte.

Ich konnte den Blick nicht von dem Hügelgrab abwenden. All diese uralten Steine, zur Mitte ausgerichtet wie Wächter, die einen Gefangenen bewachten. Jahrtausende lang hatten sie ihn beobachtet, ohne den Blick abwenden zu können.

Mittlerweile war die Hitze drückend. Ein Anflug von Fäulnis hing in der Luft. Einer der Raben stieß einen einzigen grellen Schrei aus, es klang wie eine auf Metall kreischende Säge.

»Warum könnt Ihr euch nicht verwandeln?«, fragte ich, ohne auch nur einen Moment den Blick von dem Grabhügel abzuwenden.

Rook tat seinen letzten Verwandlungsversuch mit einer Handbewegung ab, in seinen Augen funkelte jedoch Trotz, es schien ihn sonst aber nicht weiter zu berühren.

»Dieser Ort erlaubt es mir nicht. Wir scheinen zufällig die letzte Ruhestätte eines Grabalbs gefunden zu haben.«

Nun, mehr musste ich nicht hören, ich würde nicht hier warten, um mir etwas namens GRABALB in Großbuchstaben vorzustellen. Ich raffte meinen Rock zusammen und wollte losrennen. Doch dann fiel mir ein, dass er »scheinen« gesagt hatte. »Oh nein. Es ist für Euch auch das erste Mal, dass Ihr auf ein solches Hügelgrab trefft, oder.«

»Man stößt selten auf sie«, gab er widerwillig zu. Doch

als er merkte, dass ich nicht lockerlassen würde, fügte er hinzu. »Nein, flieht nicht. Er ist unter der Erde schon wach – er weiß, dass wir hier sind. Man kann nicht vor ihm davonlaufen, wenn wir ihm den Rücken zudrehen, überholt er uns bloß. Dieses Mal stellen wir uns dem Kampf.« Sein Blick wanderte wieder zu mir. »Vielmehr werde ich das tun und Ihr werdet Euch Mühe geben, mir nicht in die Quere zu kommen.«

Er hatte einen Gehörnten mit einem einzigen Schwerthieb vernichtet. Er hatte es als Kinderspiel bezeichnet, die Jagdhunde der Wilden Jagd zu töten. Doch dieses Wissen war nur ein schwacher Trost, wenn ich bedachte, dass ein ganzer Schwarm Raben über mir hockte und Rook dieses Mal ohne ein Wort der Klage zum Rückzug bereit gewesen wäre.

»Was ist ein Grabalb genau?«, fragte ich.

»Das wollt Ihr in diesem Fall vielleicht lieber nicht wissen.«

»Glaubt mir, ich will immer alles wissen.«

»Wenn Ihr darauf besteht«, erwiderte er zögernd. »Die meisten Elfenbestien erheben sich mit den Knochen eines einzigen Menschen, die ihnen Leben einhauchen.« Ich nickte, das wusste ich bereits. »Grabalbe sind eine Abnormität – jeder von ihnen ist ein Sammelsurium sterblicher Überreste, die im Tod miteinander verbunden sind. Es sind gequälte zornige Geschöpfe, innerlich zerrissen. Wir unternehmen nichts, um ihr Wachstum zu fördern. Sie regen sich von selbst, an Orten, wo Sterbliche in der Vergangenheit Opfer von Kriegen und Seuchen begraben haben.«

Als habe er gehört, dass über ihn gesprochen wurde, bebte der Hügel. Aus dem Inneren kam ein groteskes Geräusch: das feuchte Saugen von etwas Nassem, das tief unter der Erde zerfiel. Was immer es war, es war größer als ein Thane. Größer als alle Jagdhunde zusammen.

Rook näherte sich dem Grabhügel mit gezücktem Schwert, die demonstrative Ruhe und das Selbstvertrauen, die er dabei zur Schau trug, erschienen mir ebenso künstlich wie sein Glimmer. Ob er es meinet- oder seinetwegen tat, konnte ich nicht sagen.

Sobald er die Außenseite des Steinkreises erreichte, begann sich der Hügel erst richtig zu heben. Wie eine Larve, die ihren Kokon sprengen will, wölbte er sich erst an einer Stelle, dann an einer anderen. Rinnsale von Aaskäfern quollen aus der Erde, außerdem sickerte eine Flüssigkeit heraus. Der Gestank feuchter Verwesung traf mich wie ein Schlag in den Magen. Ich krümmte mich hilflos zusammen und übergab mich.

Ein weiteres angespanntes Anschwellen und der Hügel spie seinen Inhalt aus. Eine verzerrte Gestalt brach hervor und warf sich über Rook, sie war doppelt so groß wie er, von allen Seiten prasselten Kaskaden von Erdklumpen herab. Kein Glimmer milderte die Missgestalt des Monsters. Es hatte die korrekte Anzahl von Gliedmaßen an den mehr oder weniger erwarteten Stellen, doch mehr ließ sich nicht zu seinen Gunsten sagen. Seine Haut bestand aus der von Krankheit und Pilzen zerfressenen Rinde eines verfaulenden Baumstamms, sein Kopf aus einem hohlen Borkenloch mit zwei leeren Augenhöhlen, aus denen Pilze wucherten, die unkontrolliert auf langen Stielen wackelten. Sie bogen sich sofort nach unten, sodass die Pilzhüte auf Rook zeigten. Augen. Es waren die Augen des Monsters.

Der Druck in meinem Schädel wurde größer. In der Ferne, vielleicht auch hinter einer geschlossenen Tür, stritten Stimmen miteinander. Ein kleines Mädchen schluchzte. Jemand schalt sie ungeduldig aus. Ein Mann schrie in wortloser Qual. Den Grabalb durchlief ein krampfartiges Zucken, fast wäre er umgekippt. Sein Körper ähnelte dem eines Bären, seine Vorderbeine jedoch – seine Arme, ging mir durch den Kopf – waren zu lang und er hatte Mühe, seine kraftlose aufrechte Haltung zu bewahren. Mir wurde klar, dass er versuchte, wieder einen Menschen zu mimen – auf die einzige Art, die ihm zur Verfügung stand.

Rooks Schwert blitzte und schlitzte der Bestie den Unterbauch auf, die faulige Haut platzte sofort. Er sprang gerade noch rechtzeitig zurück, um der glitschigen Flut von Pilzen zu entgehen, die aus der Wunde quoll und exakt zwei Zentimeter vor seinen Stiefelspitzen zum Stillstand kam.

Die Stimmen verstummten. Dann schrien sie alle gleichzeitig. Der Arm des Grabalbs holte aus und traf die Stele, vor der Rook noch vor einer Sekunde gestanden hatte, Steinsplitter und Moosfetzen flogen durch die Luft. Der Alb holte immer wieder nach ihm aus, er war besinnungslos und unberechenbar in seiner wahnsinnigen Gewalttätigkeit und zwang Rook zum Rückzug. Mit dem Rücken zur Hecke begann Rook im Kreis zu laufen, sein Schritt dabei so leicht wie der einer Katze, die unerschrocken einen Jagdhund umkreist.

Das Monster wabbelte ihm hinterher und machte Anstalten, sich über die aufrecht stehenden Steine auf ihn zu stürzen. Rook versuchte, es von mir abzulenken. Genau in dem Moment, als mir dieser Gedanke durch den Kopf ging, gellte die Stimme des kleinen Mädchens, und der Grabalb hielt inne. Ein plötzliches feuchtes Zusammenziehen und die Pilze drehten sich nach hinten, um nun mich anzusehen. Ich stolperte blind rückwärts. Ich hörte das Stöhnen und das Krachen umstürzender Bäume, aber ich hatte nur noch Augen für das Grauen, das auf mich zuraste – es war so verfault, dass durch die Erschütterung seines energischen Gangs beim Laufen Brocken seines Körpers herunterfielen.

Plötzlich stand Rook zwischen uns. Sein Schwert blitzte ein Mal auf, dann ein zweites Mal. Der Arm, mit dem mich der Grabalb hatte niederschlagen wollen, zerbarst durchlöchert auf dem Waldboden. Aus dem Loch, das er hinterließ, krabbelten Käfer. Ohne den Arm wurde das unausgeglichene Gewicht nach hinten gezogen, der Alb sackte gegen zwei der gemeißelten Steine, die Haut riss auf, die Stelen wurden umgedrückt.

Einen Moment lang glaubte ich, Rook habe gewonnen. Der Sturz hatte die Bestie in Stücke geschlagen. Glitzernder Schleim sickerte aus der zerfetzten Haut. Aber schon rappelte sie sich wieder auf, aus dem Stumpf schwappten feuchte, pilzglitschige Wurzeln und formten einen neuen Arm. Der tropfende Kopf wiegte sich von einer Seite zur anderen. Die Stimmen berieten sich in lebhaftem Flüsterton.

Rook umfasste sein Schwert fester, als er sich wieder in den Kampf stürzte, die Überreste knackten unter seinen

Absätzen. Die Klinge blitzte auf. Holzstücke flogen. Er konnte tagelang so weitermachen und ohne Ruhepause auf das Monster einschlagen. Hätte er nicht mein Leben schützen müssen, wäre der Grabalb vermutlich keine Bedrohung für ihn gewesen.

Da packte mich etwas am Knöchel.

Ich starrte nach unten.

Aus dem abgehackten Arm des Grabalbs hatte sich ein menschliches Skelett herausgekämpft, das von Pflanzensehnen zusammengehalten wurde. Es zitterte wie in einem Albtraum und streckte die andere Hand aus, um meinen Rock mit seinen Knochenfingern zu packen. Pilze wucherten zwischen seinen Rippen und stemmten seinen Kiefer auf. Es klammerte sich an mich, zog sich mit einem hart erkämpften Griff nach dem anderen an mir hoch. Eine schluchzende flehende Frau klang näher als die anderen Stimmen.

»Ich kann dir nicht helfen«, flüsterte ich völlig aufgelöst und von Grauen erfüllt. »Ich kann nicht …«

Und dann war Rook da. Er packte die Leiche am Schädel und riss sie von mir, zerdrückte den braunen, altersspröden Knochen wie eine Eierschale. Dann sah er nach hinten. Ohne zu zögern packte er mich an den Schultern und stieß mich zur Seite. Ich landete im Gebüsch, die Luft zischte aus meinen Lungen und ich konnte gerade noch sehen, wie der Grabalb nach ihm ausholte. Rook knallte gegen einen Baumstamm etliche Meter weiter und sackte zu Boden, sein Schwert flog quer über die Lichtung.

Oh nein.

Nun hatte der Grabalb nur noch Augen für mich. Er

schleppte sich vorwärts, bis ich in der stinkenden Dunkelheit seines Schattens lag. Die Raben flatterten kreischend aus den Bäumen auf, um sich in seinen Rücken zu krallen und auf ihn einzuhacken, ihm mit den Flügeln ins Gesicht zu schlagen, doch als ihre Federn an der Haut des Grabalbs hängen blieben, verwandelte sich ihr Krächzen schnell in ein schrilles, verzweifeltes Kreischen. Skeletthände kamen aus dem Körper, sie krallten gierig nach ihnen und zogen sie in das Monster. Die Vögel kämpften und wehrten sich, doch bald ragte nur noch hier und da ein Schnabel oder Flügel aus dem ranzigen Fleisch. Einige davon zuckten noch.

Der Grabalb neigte seinen Kopf zu mir herunter.

Allein sein Schädel war so dick wie ein Baumstamm, das runde Maulloch breit genug, dass ein Mensch hineinkriechen konnte. Die Pilze bogen und drehten sich. Ein heißer Windstoß zischte heraus, dann noch einer.

Ich war zu klein, zu schwach, um eine Gefahr für dieses Geschöpf darzustellen. Die Stimmen flüsterten miteinander. Das kleine Mädchen kicherte.

Ein erstickter Klagelaut entrang sich meiner Brust und ich bohrte meine Finger in sein schwammiges Gesicht. Es gab mir genug Halt, um mich hochzuziehen und mit meiner anderen eisenberingten Hand eines der Augenbüschel zu packen. Die Pilze verdorrten in Sekundenschnelle. Sie wurden grau und morsch und verschrumpelten in meiner Hand.

In dem weit entfernten Raum, den ich mir als Hölle vorzustellen begonnen hatte, stöhnten die Stimmen einstimmig auf; der Grabalb wich einen Schritt zurück, meine Beine schleiften über den Boden. Als ich die Augenstiele ein letztes Mal drückte, zerbröselten sie. Ich musste nur noch eine Sekunde länger durchhalten. Aus dem Augenwinkel sah ich Rook aufstehen.

Er hatte eine Hand unter dem Mantel und hielt sich die Brust, der Ausdruck auf seinem Gesicht war ein schrecklicher Anblick, so verzerrt war er vor Schmerz und Wut. Er schwankte, und ich fragte mich, ob er es bis zu mir schaffen würde.

Er schaffte es.

Ich ließ los und stürzte zu Boden, er wankte auf das Gesicht des Grabalbs zu, zog die blutige Hand aus dem Mantel und stieß sie dem Monster frontal ins Maul. Zuerst war ein Krachen zu hören, dann das Splittern und Bersten von Holz. Der Körper des Grabalbs zuckte und kippte steif zur Seite. Dornige Zweige vom Umfang meines Oberkörpers traten aus jedem Zentimeter seines Fleischs, durchbohrten ihn hundertfach und verankerten ihn wie eine schauerliche Stele im Boden. Ich war nicht sicher, ob er tot war. Aber vielleicht war das auch nicht wichtig.

Aus dem verbliebenen Auge kämpfte sich langsam ein letzter Zweig und direkt vor meiner Nase entfalteten sich gelbe Blätter.

»Rook«, hauchte ich. »Ihr habt ihn besiegt. Ihr …«

Doch ein dumpfer Aufschlag unterbrach mich. Als ich die Blätter beiseiteschob, sah ich, dass Rook zusammengebrochen war; er lag bewusstlos da, sein Glimmer löste sich auf.

Acht

Als ich mich neben ihn kniete, fielen mir als Erstes seine Kleider auf, sie waren schmutzig und zerrissen vom Kampf und von der Reise zerknittert. Früher am Nachmittag, als er seinen Glimmer verlor, hatte ich sie nicht weiter beachtet, doch die Veränderung war erschreckend: Von einem Moment zum anderen hatte er sich von einem Prinzen in einen Landstreicher verwandelt. Es war mir nicht in den Sinn gekommen, dass er mit seinem Glimmer auch seine Kleidung verändern konnte. Am erstaunlichsten war, dass der klaffende Riss in seinem Mantel, den der Hieb des Grabalbs hinterlassen hatte, für meine Augen bis zu diesem Augenblick unsichtbar gewesen war.

»Wie viel Magie wendet Ihr für Eure Eitelkeit auf? Um Himmels willen, Ihr konntet Euch kaum auf den Beinen halten.« Meine Hände zitterten, als ich den Ring abstreifte und wegsteckte, um seine Knöpfe zu öffnen. »Weder den Grabalb noch mich kümmerte, wie Ihr aussaht.«

Ich schlug den Mantel auf, sein Kopf kippte zur Seite. Sein Mund war leicht geöffnet. Ich wollte mir die spitzen

Zähne hinter seinen Lippen lieber nicht so genau ansehen, doch wie sich herausstellte, brauchte ich mir darüber auch keine Gedanken zu machen. Die Wunde auf seiner Brust verlangte all meine Aufmerksamkeit.

Mir fehlten Vergleichsmöglichkeiten, aber ich hatte guten Grund anzunehmen, dass seine Brust mit dem Glimmer nicht so hager ausgesehen hätte, durch die Haut war jedoch jede Rippe zu sehen. Ich hätte mir gewünscht, nicht *so viel* von seinen Rippen zu sehen, denn nicht alles Weiße in der Blutlache stammte von seinem zerfetzten Hemd.

Die Wunde war lang und grauenhaft, sie verlief von seinem linken Schlüsselbein bis hinunter zu seinen Rippen auf der rechten Seite. Ein Mensch mit einer solchen Verletzung wäre an Blutverlust gestorben. Zum Glück schien es bei ihm nicht der Fall zu sein. Trotzdem hätte ich die Situation wesentlich optimistischer eingeschätzt, wenn er bei Bewusstsein gewesen und mich blasiert darauf hingewiesen hätte, dass es sich bei der bis zum Knochen klaffenden Verletzung lediglich um eine Fleischwunde handle.

»Rook«, ich klopfte ihm auf die Wange, wobei ich ein Schaudern unterdrücken musste. Seine hervorstehenden Knochen und das hohlwangige Gesicht riefen Erinnerungen an das Skelett wach, das meine Beine hochgekrochen war. »Ihr seid ein Prinz, Ihr erinnert Euch? Wacht auf und macht mich wütend, bitte.«

Er drehte das Gesicht zu meiner Hand und stöhnte.

»Ihr werdet Euch schon ein bisschen mehr anstrengen müssen.« Ich knüllte einen Zipfel seines Mantels zusammen und presste den Stoff auf seine Brust. Dann fiel mir die

Nacht zuvor ein und ich nahm sein rechtes Handgelenk und drehte die Handfläche nach oben. Er hatte die Wunde also unter seinem Glimmer verborgen. Trotzdem verheilte seine Hand schnell – hätte ich es nicht besser gewusst, hätte ich angenommen, die Wunde sei eine Woche alt oder noch älter.

Als ich merkte, dass seine Augen geöffnet waren, zuckte ich zusammen. Er beobachtete mich. »Ihr seid immer noch da«, murmelte er, halb im Delirium.

Hastig ließ ich seine Hand los. »Wo sollte ich denn sonst sein?«

»Ihr hättet weglaufen können.«

»Falls es Euch entgangen sein sollte, dieser Wald wimmelt von Dingen, die mich umbringen wollen. Selbst abgehackte Gliedmaßen haben es auf mich abgesehen. So ungern ich es eingestehe, es ist sicherer, wenn ich mein Glück mit Euch versuche.«

»Vielleicht«, erwiderte er. Als er sich zu bewegen versuchte, verdrehte er die Augen.

»Sprecht nicht in Rätseln. Was muss ich tun, um uns hier rauszubekommen? Rook?« Ich klopfte ihm noch einmal auf die Wange.

»Helft mir aufzustehen. Nein – holt zuerst mein Schwert und dann …«

Ich erhob mich und suchte nach seinem Schwert. Die Lichtung hatte sich in der kurzen Zeit, in der ich neben ihm gekniet hatte, völlig verwandelt. Die versteinerten Überreste des Grabalbs waren mittlerweile kaum noch zu erkennen, ein riesiger Baum, der unermüdlich neue Zweige trieb, wuchs auf ihnen. Unablässig rieselten goldene Blätter herab und bildeten helle Laubhaufen, durch die ich auf meiner Suche nach Rooks Waffe schlurfte. Schließlich fand ich sie, allerdings nur, weil das Heft aus den Blättern herausragte.

Als ich zu ihm zurückkehrte, war er fast vollständig von den herabfallenden Blättern bedeckt. Die letzten Schritte rannte ich und stolperte dabei über eine verborgene Wurzel, unter seinem stummen Blick schob ich die Blätter beiseite – wahrscheinlich war er zu schwach, um mein seltsames Verhalten zu kommentieren. Ich konnte selbst nicht genau sagen, warum es mir solche Angst gemacht hatte, ihn im Waldboden verschwinden zu sehen. Höchstens, dass es mich an eine Beerdigung erinnerte. Es hatte etwas Endgültiges an sich, als würde ihn die Erde verschlucken.

Als ich fertig war, versuchte er, das Schwert zu nehmen, aber er war zu schwach. Er brauchte meine Hilfe, um es in die Scheide zurückzuschieben.

Mir brannte eine Frage auf der Zunge, wie ein Angelhaken steckte sie darin und zog die schrecklichen Worte hervor. »Werdet Ihr sterben?«, platzte ich mit seltsamer Stimme heraus, es klang fast wie ein Vorwurf.

Er sah mich fragend an. »Ist das Euer Wunsch?«

»Nein!« Meine Heftigkeit schien ihn zu überraschen, und zwar so sehr, dass ich das Gefühl hatte, meine Reaktion rechtfertigen zu müssen. »Würde ich Euren Tod wünschen, warum hätte ich Euch dann heute Nachmittag den Spieß aus der Hand nehmen sollen?«

»Aber zuerst habt Ihr ihn mir gegeben.«

»Ich wusste ja nicht, was passieren würde … Und Ihr ja

auch nicht.« Ich suchte nach Worten. »Es ist nicht richtig, was ihr mit mir tut. Natürlich will ich nicht Eure Gefangene sein. Trotzdem ist es nicht dasselbe, wie Euch den Tod zu wünschen.« Verstand er das? Sein unsteter Blick verkündete das Gegenteil. Hatten menschliche Gefühle überhaupt irgendeine Bedeutung für ihn? »Es ist jetzt vorbei, aber Ihr solltet vielleicht wissen«, fügte ich barsch hinzu, »dass ich vor zwei Tagen noch glaubte, in Euch verliebt zu sein.«

Sein Blick wurde schärfer, er versuchte, sich durch den Schleier aus Schmerz auf mein Gesicht zu konzentrieren. Plötzlich blickte er zur Seite und ließ seinen Arm auf den Boden fallen, eine vergebliche Geste, er schien etwas greifen zu wollen, das außerhalb seiner Reichweite lag. Er sah so unmenschlich aus. Aber es verschaffte mir keine Befriedigung, ihm endlich eine Reaktion entlockt zu haben – ich fühlte nur Kälte.

»Helft mir hoch.« Zu sprechen strengte ihn an. Die Luft pfiff in seinen Lungen, jeder Atemzug war ein leises Keuchen. War eine seiner Rippen gebrochen und bohrte sich in einen Lungenflügel? Diese Gefahr hatte mir Emma eines Nachts mit einer Tinktur in der Hand erläutert. Und falls dem so war, konnte ich irgendetwas tun?

Doch Rook sprach zuerst. »Wir müssen ins Herbstland zurückkehren. Hier kann ich mich nicht heilen. Irgendetwas stimmt nicht mit diesem Ort – er hat etwas Zersetzendes, das ich nicht erklären kann.« Er hielt inne, um Luft zu holen. »Mit etwas Glück hat es vielleicht auch seine gute Seite und lenkt die Wilde Jagd von uns ab.«

Ich legte seinen ausgestreckten Arm über meine Schulter

und nahm meine ganze Kraft zusammen, um ihn hochzuziehen. Er schaffte es aufzustehen, allerdings nur, indem er sich schwer gegen mich lehnte, sobald er das Gewicht verlagerte, gab er ein gequältes Stöhnen von sich, fast schon ein Schluchzen, das einen scharfen Pfeil von Mitleid durch meine Brust bohrte.

»Solltet Ihr nicht besser andere Elfen zu Hilfe rufen?«

Er schnappte nach Luft und erwiderte mit rauer, ungestümer Stimme: »Nein.«

»Es ist nicht der richtige Zeitpunkt für Dickköpfigkeit. Euer Hof kann Euch bestimmt helfen.« Ich sagte nicht »besser helfen«, denn ich hatte schließlich überhaupt nichts anzubieten. Es entging mir nicht, dass er noch immer nicht auf meine vorhergehende Frage geantwortet hatte. Er hatte nicht verneint, dass er im Sterben lag.

»Nein«, wiederholte er.

Ich biss die Zähne zusammen und schlug den Weg ein, den wir gekommen waren. Rook deutete jedoch in eine andere Richtung und so folgte ich dieser. Obwohl er vermutlich leichter war als ein menschlicher Mann, mutete er mir mehr Gewicht zu, als ich bequem tragen konnte, der signifikante Größenunterschied zwischen uns machte es zu einer sperrigen Strapaze, ihn hinter mir her zu schleifen. Ich vermied den Blick auf sein eingefallenes Gesicht und nach einer Weile war mein Kleid von seinem Blut durchtränkt. Es roch überhaupt nicht wie menschliches Blut, sondern hatte einen frischen harzigen Geruch wie ein Baum, den die Axt getroffen hatte.

Mittlerweile war es fast vollständig dunkel. Etwas zu

erkennen war hier nicht so einfach wie im Herbstland, wo die Bäume die Nacht farbig machten. Rooks Hand fuchtelte in der Luft herum, es ließ seine Finger, die nun nicht mehr von dem Glimmer geschönt wurden, noch insektenähnlicher aussehen. Einen Augenblick später wurde mir klar, was er vorhatte und nicht schaffte: Er wollte ein Irrlicht herbeirufen.

Angst sickerte meinen Rücken hinunter und sammelte sich auf meinem Steißbein. Was, wenn wir erneut angegriffen würden? Seine Macht war aufgebraucht.

»Ich kann keine Hilfe von meinesgleichen verlangen.« Nach dem langen Schweigen erschreckte mich seine belegte keuchende Stimme. »Wir behalten unsere Herrschaft nicht wegen der Liebe oder des Respekts unseres Hofstaats, sondern einzig durch unsere Macht. Wenn mein Hof sähe, wie geschwächt ich wegen eines unbedeutenden Grabalbs bin, würde er sich vielleicht fragen, ob ich abgelöst werden sollte und ob möglicherweise einer von ihnen der Richtige dafür sein könnte. Meine Eignung zum Prinzen wurde bereits infrage gestellt. Nicht nur einmal, sondern zweimal. Ich hoffte, das zweite Mal ungeschehen machen zu können.« Er hielt inne und sammelte Kraft. Mir wurde klar, dass er von dem Porträt und meinem Prozess sprach. Doch was mochte beim ersten Mal der Anlass gewesen sein? »Ein drittes Anzeichen von Schwäche würde zweifellos mein Ende bedeuten.«

Ich schüttelte den Kopf. »Wie grausam.« Damit meinte ich alles. Sein Verhalten mir gegenüber, und das seines Hofstaates ihm gegenüber.

»Es entspricht unserer Natur. Es mag grausam sein, aber es ist auch gerecht.« Er blickte auf die Erde.

Mir fiel es immer schwerer, etwas zu erkennen, aber ich nahm den Selbstzweifel in seinen markanten Zügen wahr. Ich erkannte, was die Wut, als er mich verschleppt hatte, in Wirklichkeit war – Angst. Angst, seine Macht zu verlieren. Angst, dass etwas mit ihm nicht stimmte, dass er seiner Krone nicht würdig war und dass andere es nun auch sehen konnten.

Weil ich es in seine Augen hineingemalt hatte, unübersehbar.

»Ich finde es überhaupt nicht gerecht«, erwiderte ich, meine Stimme leise vor Zorn.

»Nur, weil Ihr ein Mensch seid, das seltsamste aller Geschöpfe.« Seine Stimme war kaum mehr als ein Flüstern. »Was wäre, wenn ich Euch sagen würde, dass ich Euch nach Whimsy zurückschicken kann? Der Tod eines Elfen beinhaltet Macht, sie würde genügen, um Euch den Weg zurück zu zeigen.«

»Spielt nicht mit mir.« Meine Augen füllten sich mit Tränen.

»Das tue ich nicht«, flüsterte er. »Das tue ich nicht.«

Ich hoffte, das zweite Mal ungeschehen machen zu können, hatte er gesagt. Nicht *hoffe.*

Danach sagte ich nichts mehr, keines meiner Worte hätte irgendwelchen Sinn für ihn ergeben. Außer menschlichen Gefühlen hatte ich nichts anzubieten, und sie waren für einen Elfen bestimmt ebenso lautstark und lärmend wie ein Schwarm zankender Papageien und ebenso schwer zur Ruhe zu bringen. Als ich schließlich wieder sprach, war es nur, um ihm mitzuteilen, dass ich nicht weiterlaufen konnte. An diesem Punkt war er kaum noch bei Bewusstsein. Sobald er mich losließ, rutschte er wie ein Sack Mehl von meiner Schulter, seine hochgewachsene Gestalt fiel in sich zusammen.

Ich erschrak, doch dann sah ich, dass er sich mit den Händen abgefangen hatte. Er drehte sich stöhnend um und streckte sich auf dem Rücken aus. Eine Hand legte er wieder auf die Wunde, ich musste mich zusammennehmen, ihm nicht wie einem Kind zu erklären, er solle aufhören, sie zu berühren.

Als er die Hand wegzog und über die Erde hielt, wurde mir jedoch klar, was er tat. Er wartete und ich spürte seinen Blick.

»Wenn ich heute Nacht bei Euch bleibe?«, fragte ich.

»Dann ist die Chance vertan. Die Wilde Jagd wird Euren Geruch zu schnell aufnehmen.«

Ich schluckte, dann noch einmal. Ich musste verrückt sein. Ich spähte zu seiner blutigen Hand. »Wir sind immer noch im Sommerland.«

»Und ich bin immer noch ein Prinz«, erwiderte er, und als ich auf das unmenschliche, scharfkantige Gesicht blickte, das ruhig in einem wirren Nest aus Locken lag, und in diese vor Entschlossenheit fiebrigen Augen, da dachte ich: *Ja, das bist du, oder?*

Ich setzte mich auf einen Stein.

Es genügte Rook als Antwort.

Er legte seine Hand auf die Erde und bohrte die langen

Finger hinein. Dies war keine Opfergabe an die Erde, sondern ein Befehl, der Wald um uns herum begann zu wogen. Die Wurzeln eines Brombeergestrüpps – so dick wie die Platte eines Küchentischs hoch – stießen aus dem Boden, die Dornen an den Ranken waren länger und gefährlicher als Schwerter. Als sie ihre volle Höhe erreicht hatten, trieben sie Zweige und wucherten noch höher, verschlangen sich miteinander, bis sie uns in einer Festung umschlossen, wie sie in alten Märchen vorkommen, einem Ort, an dem eine verwunschene Prinzessin in Gefangenschaft schläft. Ich war so froh über den Anblick dieser heimtückischen Dornen, dass mir die Worte fehlten. Ob die Geschichten einen anderen Lauf genommen hätten, wenn die Prinzessinnen sie erzählt hätten?

Als sich die letzten Ranken festgezurrt hatten und den Mond über uns wie einen zersprungenen Spiegel in Stücke teilten, seufzte Rook und rührte sich nicht mehr.

An diesem Morgen aufzuwachen war Welten entfernt vom Morgen zuvor. Die gezackten Himmelsfetzen, die ich durch die Dornenranken sah, waren so wolkenverhangen, dass ich nicht sagen konnte, ob die Sonne bereits aufgegangen war oder nicht. Der nächtliche Tau hatte meine Kleider durchnässt und meine Haut war so klamm, dass ich weder meine Finger noch Zehen spürte. Ich merkte, wie zerschlagen und in welch abstoßendem Zustand ich war. Von meinem ganzen Körper fühlte sich nur meine Schulter warm an, allerdings auf eine so feuchte, unangenehme Art, dass es mich schüttelte. Als ich entdeckte, dass sie an den Stellen, wo Rooks Blut durch mein Kleid gedrungen war, mit Moos bedeckt war, riss ich es hastig in großen Stücken ab.

Dann drehte ich mich um und sah Rook tot daliegen.

Er lag ausgestreckt ein paar Meter weiter, in derselben Haltung, in der ich ihn zuletzt gesehen hatte. Seine Hand steckte noch immer in der Erde, sein Gesicht sah leblos aus. Ich hatte nicht gedacht, dass er über Nacht noch bleicher werden könnte, aber so war es.

Ich ging zu ihm hinüber, mein feuchter verdreckter Rock schlug beim Laufen gegen meine Beine. Als ich über ihm stand, starrte ich ihn einen Moment lang bloß an. Ich hatte alles darauf gesetzt, dass er überleben würde – und zwar mehr als klug gewesen war, musste ich mir nun eingestehen. Graue Trostlosigkeit hüllte mich ein, auf die jedoch ein schwacher Hoffnungsschimmer folgte.

Denn ich täuschte mich. Er musste am Leben sein. Das vergossene Blut hatte sich über Nacht in Moos verwandelt, doch sein Körper war unversehrt. Wäre er tot, würde ich ihn in diesem Moment nicht anschauen, nicht so unbeschadet, nicht so.

Ich ließ mich auf die Knie fallen und legte ihm die Hand auf die Brust. Als ich spürte, wie sie sich unter dem zerfetzten Mantel leicht hob und senkte, lachte ich erleichtert und unsicher auf. Ich griff nach dem Mantelsaum und zog ihn von der Wunde. Mein Ärmel verfing sich in der Rabenfibel, kaltes Metall stieß gegen mein Handgelenk. Ich zog sie zurück. Ich hatte einen Haken gelöst. In dem Vogel befand sich ein Geheimfach.

Es wäre ein Lüge zu behaupten, dass mich das entdeckte Geheimnis überraschte. Es gab herzlich wenige Erklärungen für Rooks Verhalten, und dies hier war der Beweis für die allerwahrscheinlichste: In dem Fach lag eine sorgfältig mit blauem Faden zusammengebundene blonde Locke Menschenhaar.

Ich erinnerte mich daran, wie er darauf bestanden hatte, die Fibel für das Porträt abzunehmen. Selbst damals hatte er ungeschickt versucht, sich und seinen Ruf vor seiner belastenden menschlichen Trauer zu schützen. Obwohl die Stumpfheit und die altertümliche Handwerkskunst der Fibel verrieten, dass sie zwei- oder dreihundert Jahre alt war, trug er sie immer noch.

Ich schloss die Fibel vorsichtig, allerdings musste ich ihm auf die Brust drücken, um die Schließe einzuhaken. Es schien schmerzhaft zu sein, seine Augen öffneten sich. Ihr gespenstischer Blick im hellen Tageslicht ließ mich unangenehm zusammenzucken. Sie waren glasig und brannten fiebrig. Als er sich bewegen wollte, begann er zu keuchen.

»Ich fühle mich seltsam«, verkündete er und starrte angestrengt auf die leere Luft neben mir.

»Ihr seht auch seltsam aus.« Ich nahm meinen Mut zusammen und legte ihm die Hand auf die Stirn, die unter meinen kalten Fingern wie ein Ofen glühte. »Ich dachte, Elfen bekommen kein Fieber«, sagte ich besorgt.

»Was ist das, Fieber?«, fragte er unfreundlich, was meine Ängste nicht minderte.

»Es passiert, wenn sich eine Wunde entzündet. Ich werde sie jetzt berühren.« Als ich auf seine Kleider zeigte, spannte er sich an, aber er nickte. Während er darauf wartete, dass ich meine Arbeit tat, zog er die Hand aus der Erde, musterte sie und suchte dann nach etwas, woran er sie abwischen konnte. Ich hatte den ärgerlichen Verdacht, dass er mein Kleid in Erwägung zog, doch dann erkor er ein Stück Moos zum Opfer.

Als ich seinen Mantel aufschlug, drehte sich mir der Magen um. Das Fleisch um die Wunde war schwarz. Ein spinnennetzähnliches Adergeflecht ging von ihr aus und verschwand unter seinen Kleidern. Wie großflächig hatte sich das Gift verteilt? Ich zerrte den Mantel und das Hemd darunter noch weiter auf und öffnete die Knöpfe bis zu seiner Taille, ohne mich um Fragen seiner Sittsamkeit zu scheren. Oder um meine, denn ich hatte mich zwar ausgiebig über das Thema informiert, aber noch nie einen Mann nackt gesehen.

Rook stützte sich auf einen Ellbogen. Trotz seiner Schwäche schien es ihn besonders zu interessieren, was ich da tat. Dann fiel sein Blick auf seine Brust. Er schrie angewidert auf, anschließend knöpfte er seine Kleider zu und stand munterer auf, als ich es für möglich gehalten hätte. Ich musterte ihn argwöhnisch. In mancher Hinsicht ging es ihm sehr viel besser. Bei Fieber war es allerdings oft ein letztes Aufflackern, bevor der Körper zu Asche verbrannte.

»Ihr könnt nicht einfach so tun, als wäre die Wunde nicht da«, erklärte ich ihm und sprang auf.

»Aber sie ist widerlich«, gab er zur Antwort, als wäre das ein akzeptabler Einwand.

»Schwärende Wunden sind immer widerlich.« Ich kümmerte mich nicht um die gekränkte Miene, die er bei dem Wort »schwärend« aufsetzte, vielleicht hielt er es für eine Beleidigung. »Könnt Ihr Euch erklären, warum das passiert?«

Er drehte mir den Rücken zu, hob eher überempfindlich den Kragen an und spähte darunter. »Mit diesem Stück Land ... stimmte etwas nicht. Der Grabalb hatte dieselben Beschwerden, offenbar hat er mich angesteckt. Natürlich nur vorübergehend.«

Das klang gar nicht gut. »Rook, ich glaube, Ihr müsst ärztlich behandelt werden.«

»Und Ihr kennt Euch mit der Behandlung aus? Nein. Dachte ich mir. Wir reisen weiter Richtung Herbstland, jetzt, wo ich wieder ohne Hilfe laufen kann, sollte es nicht allzu lange dauern.« Er wich meinem Blick aus, als er das sagte. Die vorige Nacht zählte eindeutig nicht zu seinen stolzesten Momenten. »Was immer mit meiner Wunde ist, es wird nicht weiter von Bedeutung sein, wenn ich mich ordentlich auskurieren kann. Wir sollten deshalb unverzüglich aufbrechen.«

Ich musste widerwillig einräumen, dass er sich an diesem Punkt besser auskannte als ich. Er ging auf das Dornengestrüpp zu, nur ganz leicht schwankend, und legte die Hände auf die dornigen Ranken. Sie begannen, sich wie Würmer zu winden, und zogen sich zurück, um einen Torbogen zu formen. Als ich ihm hinterherhastete und mein schmutziger Rock an meinen Beinen rieb, zuckte ich zusammen.

Der Wald, den wir betraten, wirkte nicht so unheilvoll wie die Lichtung mit den Stelen, trotzdem haftete ihm etwas Krankes an, das mir im Dunkeln nicht aufgefallen war und das ich nicht ohne Weiteres benennen konnte. Die grünen Blätter glänzten und funkelten zu intensiv, fast schien es, als litten auch sie an einem Fieber. Die Sonne versuchte mit aller Kraft, den nebligen Dunst wegzubrennen, den ich fälschlicherweise für Wolken gehalten hatte.

Unterwegs konnte ich die Erinnerungen an die letzte Nacht nicht abschütteln. Ein Hauch eingebildeter Fäulnis verfolgte mich. Als ich mich untersuchte, fand ich an der Stelle, wo die Leiche meinen Knöchel gepackt hatte, einen Fleck auf dem linken Strumpf. Ich musste mich zusammennehmen, um nicht stehen zu bleiben und mir auf der Stelle den Strumpf herunterzureißen. Es war eher eine kleinere Unannehmlichkeit, aber sie ging mir, nachdem ich die Stelle entdeckt hatte, nicht mehr aus dem Kopf. Wie sie in der Sommerhitze juckte, machte mich verrückt.

Während ich darüber nachdachte, fiel mir etwas anderes ein.

»Der Gehörnte kam ebenfalls aus dem Sommerland, oder?«, fragte ich Rook. »Die Bestie, die Ihr am Tag unserer ersten Begegnung getötet habt. Als sie auftauchte, veränderte sich die Temperatur genau wie bei dem Grabalb. Bei den Jagdhunden der Wilden Jagd passierte nichts dergleichen.«

Er nickte zögernd.

Ich musterte ihn. »Und was hat es mit der ungewöhnlichen Anzahl von Elfenbestien auf sich, von denen Ihr mir erzählt habt? Kamen die anderen auch aus dem Sommerland?«

»Ah«, erwiderte Rook. »Jetzt, wo Ihr es erwähnt, ist das in der Tat ein merkwürdiger Zufall.«

»Ich würde sehr bezweifeln, dass es sich um Zufall handelt!« Ich nahm meinen Rock hoch und schleppte mich schwerfällig zu ihm, ich kam mir mit jeder Minute schmutziger und abstoßender vor. Gut so. Er hatte es verdient. »Wollt Ihr damit andeuten, dass Euch der Zusammenhang noch nie in den Sinn gekommen ist? Seid Ihr überhaupt zu Kritischem Denken fähig?«

Er starrte voller Hochmut geradeaus. »Selbstverständlich bin ich dazu fähig. Ich bin ein …«

»Ich weiß. Ihr seid ein Prinz. Schon gut.« Ich hatte das eindeutige Gefühl, dass er in seinem ganzen Leben noch nie von Kritischem Denken gehört hatte. »Haben denn die anderen Höfe darüber gesprochen?«, bohrte ich weiter.

Er riss sich die Krone vom Kopf und fuhr sich durch die Haare. »Warum ist das so wichtig für Euch?«, rief er gereizt.

»Warum ist es so …« Ich blieb unvermittelt stehen. Als er merkte, dass ich ein ganzes Stück hinter ihm war, drehte er sich um. »Warum? Weil es vermutlich eine Elfenbestie aus dem Sommerland war, die meine Eltern getötet hat. Und weil ich schon zweimal fast von einer getötet wurde. Und weil sie noch mehr Menschen töten werden, wenn niemand den Grund herausfindet. Ihr wisst schon – bloß dumme, menschliche Gründe.«

Er blieb stehen. Ich ballte die Fäuste, als ich die Traurigkeit auf seinem Gesicht bemerkte. Er sollte sich nicht schlecht fühlen und entschuldigen, er sollte es *verstehen*.

»Wir sprechen nicht über solche Dinge«, sagte er schließlich. »Nie. Wir dürfen es nicht. Wir dürfen solche Dinge nicht *denken*. Schon dieses Gespräch bringt uns beide ernsthaft in Gefahr.«

Die verbotenen Worte stiegen wie Galle in meiner Kehle hoch. Ich schluckte sie mit einem Schaudern herunter.

Rook war nicht verantwortlich für die Elfenbestien. Und auch wenn es, das muss korrekterweise gesagt werden, ganz eindeutig seine Schuld war, weil er mich in den Wald verschleppt hatte, war er letzte Nacht fast gestorben, als er mich verteidigt hatte. Das konnte ich nicht leugnen. Seine zerfetzten Kleider hingen an ihm herunter, die Krone zitterte in seinen Händen. Er rang nach Luft. Mit mir zu streiten schien ihm zugesetzt zu haben.

»Es tut mir leid«, sagten wir beide gleichzeitig und mit ähnlich widerwilligem Unterton.

Um seinen Mundwinkel zuckte ein verblüfftes Lächeln. Nun war ich an der Reihe, seinem Blick auszuweichen. Ich holte tief Luft, bevor wir unseren Weg fortsetzten, würde ich auf jeden Fall noch etwas ansprechen.

»Wir müssen über das reden, was Ihr letzte Nacht gesagt habt.«

»Ich hasse es, wenn Leute so etwas sagen«, erwiderte er. »Das führt nie zu etwas Gutem.«

»Rook. Ihr wollt mich nicht mehr vor Gericht zerren, oder? Ihr habt Eure Meinung geändert.«

Ich bin nicht sicher, welche Reaktion ich erwartet hatte. Vielleicht, dass er sich aufrichten und erklären würde: *Ihr behauptet, die Gedanken eines Prinzen zu kennen?* Alles, aber nicht, dass er zur Seite blicken und verlegen an seiner Rabenfibel herumnesteln würde.

»Ich verstehe jetzt, dass ich – einen Fehler gemacht habe«, gestand er. »Ihr habt mich nicht absichtlich sabotiert. Was Ihr mit Eurer Malkunst getan habt, war …« Er suchte nach den richtigen Worten, konnte aber nicht beschreiben, was er nicht verstand. »Als ich Euch holen kam«, fuhr er stattdessen fort, »habe ich niemandem von meinen Plänen erzählt. Am Herbsthof wartet niemand auf uns. Ich gelobe, dass ich Euch, sobald ich wieder gesund bin, nach Whimsy zurückbringen werde.«

Meine Knie gaben nach, ich musste mich auf einen Baumstamm stützen. Ich würde nach Hause zurückkehren. Nach Hause! Zu Emma und den Zwillingen, in mein sicheres warmes Zuhause, das nach Leinöl duftete, und zu der Arbeit, die ich so sehr vermisste. Und trotzdem – zurück in den endlosen Sommer, wo alles war wie immer – zurück in ein Leben, das unter dem endlosen Zirpen der Heuschrecken im Weizen dahinfloss. Ich würde die Wunder des Herbstlandes für immer zurücklassen. Wie ein Vogel, der vom Sturm hin und her geworfen wird, schwang sich mein Herz in die Höhe, um kurz darauf in die Tiefe zu stürzen. Wenn dieses Gefühl zu lange anhalten würde, würde es mich zerreißen. Aber was konnte ich tun? Wie konnte ich einen Schlussstrich ziehen?

Und was hatte bewirkt, dass die Wahrheit endlich zu Rook durchgedrungen war?

Ich betrachtete ihn. Seine Miene war unbewegt. Doch wie er mit den Fingern über die Rabenfibel rieb und seine Augen immer glanzloser wurden, verstärkte die Unruhe noch, die mich niederdrückte.

»Was ist mit Euch?«, fragte ich. »Eurem Ruf? Was werdet Ihr danach tun?«

Er nahm seinen Mut zusammen und antwortete: »Ich werde mir etwas ...« Er hielt unvermittelt inne. Seine Kieferknochen arbeiteten. »Lasst uns nicht davon reden«, sagte er schließlich in sonderbarem Ton. »Seht Ihr den Hügel dort vorne? Sobald wir auf seiner Kuppe stehen, sind wir wieder im Herbstland.«

Ich kniff die Augen zusammen. Ich sah keinen Unterschied zwischen dem Hügel und dem Wald hinter uns. Während ich noch darüber nachgrübelte, wurde mir klar, warum Rook nicht in der Lage gewesen war, seinen Satz zu beenden.

Es war eine Lüge gewesen.

Neun

Von dem Moment an, als wir auf der Hügelkuppe standen, war es wieder Herbst. Ich drehte mich einmal im Kreis. Bis weit in die Ferne wiegten sich sanft Birken durch einen in verträumten Weiß- und Goldtönen gemalten Wald. Ich trat einen Schritt zurück, dann noch einen, doch das Sommerland blieb verschwunden

»Wie kann das sein«, sagte ich.

Rook hörte mich nicht. Er hatte sich gleich an den ersten herbstlichen Baum gelehnt und dort stand er nun in seinem zerfetzten Mantel wie eine Vogelscheuche. Seine Augen waren geschlossen, die Erleichterung auf seinem Gesicht war unermesslich. Es freute mich, denn nach unserem letzten Gespräch schien das Fieber an seinen Kräften gezehrt zu haben. Er hatte es kaum den Hügel hinaufgeschafft.

Ich wartete über eine Stunde, dass er sich ein wenig erholte. Ich ließ mich auf der Erde nieder und versuchte, mich hinzulegen, aber die Blätter kitzelten mich im Nacken und ich fand in einer so wehrlosen Position keine Ruhe. Meine Ängste und Sorgen und Sehnsüchte und Fragen schwirrten mir durch den Kopf, das Gewicht meiner verdreckten, kratzigen Kleider und mein Geruch machten mich mittlerweile verrückt, und es gab nichts, womit ich mich hätte ablenken können. Ich blickte mehrmals zu Rook hinüber, aber er rührte sich nicht.

Schließlich näherte ich mich ihm.

»Ich höre hier in der Nähe fließendes Wasser«, sagte ich. »Ich werde mich auf die Suche machen. Ich habe Durst, außerdem muss ich mich waschen.«

Ich erwartete keine Antwort von ihm, doch seine Augen öffneten sich einen Spalt und er musterte mich wie in Trance. Ich unterdrückte ein Schaudern. Sein Blick hatte nichts Menschliches. Es fehlte jedes Gefühl, es war, als würde der Wald, und nicht er, durch diese Augen blicken. Doch als er blinzelte, verschwand dieser Eindruck.

»Folgt mir. Es ist sicherer hier als im Sommerland, aber Ihr solltet trotzdem nicht allein umherstreifen.« Er musterte mich. »Ihr seid ziemlich schmutzig«, fügte er hinzu, als sei es ihm gerade erst in diesem Moment aufgefallen.

»Danke. Da befinde ich mich ja in bester Gesellschaft.«

Seine Entrüstung hielt ihn nicht von der unvermeidlichen Antwort »Sehr angenehm« ab. Nachdem er es widerstrebend ausgesprochen hatte, stolzierte er zum Bach hinunter und kniete sich ans moosbewachsene Ufer, um sein Spiegelbild zu betrachten. Ich entdeckte einen Geißblattbusch, hinter den ich mich zurückziehen konnte – ich wollte meine Kleider auswaschen und sie ein wenig trocknen lassen, bevor ich sie wieder anzog. Mich zu waschen würde mein Wohlbefinden nur wenig steigern, wenn mein Kleid nach wie vor vom Schlamm und Pferdeschweiß steif wie eine grundierte Leinwand wäre.

»Ich war die ganze Zeit ohne meinen Glimmer«, sagte Rook hinter mir. Es klang wie eine Frage. Als ich mich umdrehte, sah ich ihn entsetzt aufs Wasser starren.

»Ja, das wart Ihr.« Ich wusste nicht, was ich sonst darauf erwidern sollte. »Von dem Moment an, als Euch der Grabalb verletzte. Oder nein, kurz darauf – nachdem Ihr ihn umgebracht hattet und in Ohnmacht fielt.«

»Ihr habt mich beobachtet!«

»Ja«, sagte ich noch einmal und fügte verblüfft hinzu: »Es ließ sich kaum vermeiden.«

Seine Miene wurde hart. »Dann hört jetzt sofort damit auf«, befahl er kalt.

Ich blieb noch einen Moment stehen – nicht aus Widerspenstigkeit, sondern weil ich schlicht nicht wusste, was ich darauf erwidern sollte. Der Blick, mit dem er mich bedachte, war allerdings so haarsträubend, dass ich keine Zeit verlor, hinter dem Gebüsch zu verschwinden.

»Ihr braucht mich auch nicht anzuschauen«, rief ich ihm zu. »Baden ist privat. Genau wie Pinkeln.«

Er gab keine Antwort. Nun denn, es musste ausreichen. Nachdem ich mich umgesehen hatte, zog ich meine Schuhe aus, streifte mein Kleid und meine Unterwäsche ab und stieg zitternd in den Bach. Zu Hause hatte ich oft in Quellwasser gebadet, das kälter war, doch das Wasser hier hatte etwas Stechendes und ich sputete mich, meine Haare auszuspülen und den gröbsten Schmutz unter meinen Nägeln zu entfernen. Dann zog ich meine Kleider ins Wasser und walkte sie durch, beim Anblick der Wolke aus Schmutz und Pferdehaaren im klaren seichten Wasser verzog ich das Gesicht. Die auf der Oberfläche vorbeitreibenden Blätter drehten sich in den Strudeln, die ich erzeugte. Sie waren so wundervoll gefärbt, dass ich überlegte, eines davon aufzuheben – hier das buttrige Blatt, das fast genau Bleizinngelb entsprach, dort ein leuchtend orangefarbenes, das mit Grün durchzogen war –, doch als mir klar wurde, dass ich mich nicht für ein einziges Andenken würde entscheiden können, nicht einmal für ein Dutzend, verwarf ich die Idee. Aber es versetzte mir einen wehmütigen Stich.

Als ich fertig war, krabbelte ich ans Ufer zurück, wo ich mein Kleid und meine Strümpfe über den Geißblattbusch breitete, wo vielleicht ein leichter Wind über sie streifen würde. Meine Unterwäsche hängte ich leicht verlegen auf die unteren Zweige. Danach verschränkte ich die Arme über der Brust und lehnte mich – so schutzlos wie noch nie in meinem Leben – an das Gebüsch und wartete.

Aus Rooks Richtung kam kein Geräusch. Ungute Ahnungen klopften an die Hintertür meines Kopfes, der Strom unerwünschter Besucher hörte nicht auf. Was, wenn er das Bewusstsein verloren hatte? Oder verschwunden war und mich zurückgelassen hatte? Oder noch schlimmer, was, wenn die Wilde Jagd uns aufspürte, während ich nackt war?

Ich würde mich wesentlich besser fühlen, wenn ich nachsah. Aber traute ich mich das? Einen Moment lang konnte ich mich nicht überwinden, dem Wald den Rücken zuzudrehen. Ich wandte mich unentschlossen hin und her, die Blätter knackten unter meinen nackten Zehen, aus meinen

Haaren tropfte Wasser. Endlich brachte ich den Mut auf, mich zu ducken und durch das Geißblatt zu spähen.

Zwischen den Zweigen waren einige münzgroße Lücken, die mir einen ziemlich guten Blick auf die andere Seite gewährten. Rook saß in Hörweite auf einem flachen Stein, ein Stück weiter, wo der Bach eine Kurve machte. Er hatte sein Hemd ausgezogen, die Hosen jedoch anbehalten, sein Mantel war locker um ihn herum auf der Erde ausgebreitet. Er nutzte ebenfalls die Gelegenheit, um sich zu waschen.

In gewisser Hinsicht überraschte mich die Alltäglichkeit. Natürlich mussten sich auch Elfen von Zeit zu Zeit waschen. Doch er tat es völlig unspektakulär, schöpfte das Wasser mit den Händen und spülte sich damit ab, ohne erkennbare Eile oder Effizienz. Vielleicht hätte es anders ausgesehen, wenn er nicht verletzt worden wäre. Bei einem Elfen wie Gadfly konnte ich mir das alles allerdings gar nicht vorstellen.

Als ich dort nackt mit an den Schultern und dem Oberkörper klebenden Haaren hockte, kam ich mir vor wie ein ungezogener Waldkobold, ich tappte zu einer anderen Stelle, wo ich einen besseren Blick hatte.

Die Wunde sah grässlich aus, aber besser als zuvor. Die Adern waren nicht mehr so dunkel und geschwollen, die Wundränder schienen sich zu schließen. Wahrscheinlich würde sie nicht spurlos verheilen, er hatte auch schon von früheren Zusammenstößen Narben: eine lange auf dem Unterarm und eine andere auf der linken Schulter. Gadfly hatte also weder übertrieben, als er ihn kampflustig genannt hatte, noch es sich mir zuliebe ausgedacht. Würde Rooks

Glimmer die Narben verdecken oder würden sie zu sehen sein?

Viel wichtiger allerdings: Warum stellte ich mir diese Frage überhaupt?

Ich erwartete, dass mich sein halbnackter Körper nervös machen würde, doch nachdem ich ihn eine Weile betrachtet hatte, erschien er mir eher seltsam als widernatürlich. Irgendwann hatte mein Verstand aufgehört, ihn als menschlich zu betrachten, und ihn als das akzeptiert, was er war. Seine Magerkeit und sein markantes Gesicht waren unbestreitbar beeindruckend. Seine Augen wirkten zwar immer noch grausam auf mich, aber auch nachdenklich. Der Kitzel, den seine Blicke auslösten, war ebenso faszinierend wie gefährlich, es war, als begegnete man im dämmrigen Wald unerwartet dem Blick eines Luchses oder Wolfes.

Eindeutig das Allerletzte, worüber ich nachdenken sollte. Genug. Es war Zeit, meine Spioniererei zu beenden.

Doch als ich mich bewegte, knackte ein Zweig unter meiner Ferse. Rook hielt inne, dann sah er mir über die Schulter hinweg durch mein blättriges Nadelöhr geradewegs ins Gesicht. Ich schnellte benommen hoch, mein Herz pochte tief und dumpf in meiner Brust.

Meine Kleider waren noch nicht trocken, aber ich nahm sie trotzdem von dem Geißblatt ab und machte mich auf die klamme Kälte meiner feuchten Unterwäsche und meiner Strümpfe gefasst, ebenso auf die Rauheit meines Kleides, wenn ich es über den Kopf zog. Ich hatte gerade meine Schuhe zugebunden, als Rooks Schritte näherkamen, er war natürlich mit Absicht laut, um mich vorzuwarnen.

»Kommt«, lautete sein einziger Kommentar, dann reichte er mir mit abgewandtem Gesicht die Hand.

Für den Rest des Tages wechselten wir kaum ein Wort. Falls Rook tatsächlich mitbekommen hatte, dass ich ihm hinterherspioniert hatte, zeigte es sich höchstens an seinem Schweigen. Ich musste mich immer noch an diese Seite von ihm gewöhnen. Der lächelnde Was-kümmert's-mich-Prinz, den ich in meiner Stube kennengelernt hatte, war auch real, aber nur ein Teil von Rook. Ich hatte den Verdacht, dass es der Teil war, mit dem er sich der Welt gern präsentierte.

Ich unternahm ein-, zweimal einen Versuch, ein Gespräch mit ihm anzufangen, doch er gab mir nur nichtssagende Antworten und irgendwann ließ ich es sein. Auch sein Schritttempo war genau kalkuliert: Er lief mit einer Geschwindigkeit, in der ich ihm folgen konnte, aber ich hatte keine Chance, ihn einzuholen. Als das Tageslicht immer schwächer wurde, kannte ich jeden einzelnen Riss in seinem über den Boden schleifenden Mantelsaum.

Am Tag zuvor hätte ich ihn wahrscheinlich noch gepiesackt, mich zur Kenntnis zu nehmen – ob es ihm passte oder nicht. Doch nun brachte ich es nicht mehr übers Herz. Er war nicht länger mein Entführer. Er brachte mich nach Hause zurück. Wofür er höchstwahrscheinlich selbst einen hohen Preis würde zahlen müssen, wie hoch überstieg meine menschliche Vorstellungskraft.

Der Unterschlupf, den er uns für diese Nacht bereitete, glich weder der Ebereschenkathedrale noch der Dornenfestung. Dieses Mal trieben schlanke gelbe Eschen und Trauerweiden mit bodenlangen Zweigen aus seinem Blut. Durch die Äste seufzte ein leichter Wind. Es waren keine makellosen und eleganten Bäume: Einige wuchsen schief, andere hatten Astlöcher oder ein Geflecht von Schierlingen auf ihren Wurzeln. Doch sie waren nicht krank wie die Bäume im Sommerland. Sie hatten einfach ihre Makel und schienen – einsam und immer auf der Hut vor Zurückweisung – vorsichtig um meine Aufmerksamkeit zu wetteifern. Ohne nachzudenken, legte ich einem die Hand auf die Rinde und spähte in das Loch in seinem Stamm. Der Schatten war zu undurchdringlich, um irgendetwas zu erkennen. Als ich mich umdrehte, stellte ich fest, dass Rook mich beobachtete, er war gerade dabei, seinen Mantel auszuziehen. Seit dem Bach war es das erste Mal, dass er mich freiwillig ansah.

»So etwas male ich am allerliebsten«, erklärte ich. »Die Details, die Beschaffenheit von etwas –« Es stand ihm ins Gesicht geschrieben, dass er mir nicht folgen konnte. »Perfekte Objekte sind längst nicht so interessant.«

Langsam zog er seinen Mantel ganz aus. »Dann habt Ihr wohl kaum Freude daran, Elfen zu malen«, bemerkte er distanziert.

»Rook«, ich sagte es mit einem Lächeln, das womöglich liebevoller ausfiel, als ich beabsichtigt hatte, »Ihr könnt doch nicht einfach behaupten, perfekt zu sein.«

Er straffte die Schultern. Offenbar hatte ich einen Nerv getroffen. Mit abweisender Miene hielt er mir seinen Mantel entgegen. Die Rabenfibel hatte er abgenommen.

»Mir wird die kühle Nacht nichts anhaben. Ich weiß, er ist kaputt, aber er wird Euch warmhalten.«

Und mit einem Mal war mir der Grund für seine Kälte klar. Ich hielt seinen Mantel im Arm. Mitleid durchbohrte mich wie ein Pfeil – es war ein scharfer, heftiger Schmerz. Ohne dass ich es meinen Füßen befohlen hätte, stand ich plötzlich so nahe neben ihm, dass ich den Kopf in den Nacken legen musste, um ihn anzusehen. Er wollte sich abwenden, doch ich berührte seine Schulter. Wundersamerweise hielt er still. Er war anderthalb Köpfe größer als ich und befahl über den Wald, doch mit dieser einen Berührung hätte ich ihn ebenso gut in Fesseln legen können.

»Es macht mir nichts aus, Euch ohne Euren Glimmer zu sehen«, erklärte ich ihm. »Ihr seid nicht hässlich.« *Du bist nicht kaputt.*

Er beugte sich zu mir herunter, bis sein Gesicht meinem nahe war. Mein Nacken kribbelte, auf meinen Armen bildete sich Gänsehaut. Seine unmenschlichen Amethystaugen wanderten über meine Züge, als würde er einen Brief lesen; er gab einen leisen bitteren Seufzer von sich und wandte sich ab. »Und trotzdem habt Ihr immer noch Angst vor mir.«

Ich schubste ihn gegen die Schulter. Nicht kräftig genug, um ihn gegen seinen Willen zu bewegen, aber er trat trotzdem einen Schritt zurück. Meine Wangen hatten sich gerötet.

»Aber nur, weil Ihr Euch bewusst furchterregend gebt!« Er hatte mich aus dem Gleichgewicht gebracht und mit einem Mal hatte ich das Bedürfnis, mich zu schützen, indem ich ihm denselben Gefallen erwies. »Ich habe Euch übrigens am Bach beobachtet. Und – und danach auch.« Hilfe, was redete ich da? »Würde es mir Angst machen oder mich anwidern, hätte ich das nicht getan.« Ich reckte das Kinn, doch die Geste kam, weil ich so klein war, bestimmt völlig anders bei ihm an.

Er starrte mich an.

»Unsere wahre Gestalt ist abstoßend für Menschen«, erwiderte er schließlich, als hätte ich ihm gerade erklärt, der Mond sei aus Käse.

»Wir haben ja kaum Gelegenheit, sie zu sehen. ›Abstoßend‹ ist ziemlich übertrieben. Wie viele Menschen haben Euch denn schon ohne Euren Glimmer gesehen?«

Er schüttelte bedächtig den Kopf. Ich interpretierte es dahingehend, dass ich die Einzige war. Nicht einmal das Mädchen, das ihm die Rabenfibel geschenkt hatte? Oh, Rook!

»Na ja …« Mir fiel nichts mehr ein. »Dann ist wohl alles gesagt«, beendete ich meinen Satz verlegen. »Danke für Euren Mantel.«

Wie er den Kopf neigte und davonstolzierte, erinnerte er mich an einen Kater, der sich unter einem Sessel verkroch, um seine verletzte Ehre zu hätscheln. So wie meine Wangen glühten, wunderte es mich, dass mein rotes Gesicht nicht die Lichtung erleuchtete. Ich fand eine weiche Stelle im Moos, schob Zweige und Blätter beiseite und rollte mich zum Schlafen ein.

In dieser Nacht hatte ich einen Traum.

Anfangs nahm ich verschwommen wahr, dass etwas versuchte, in unseren Unterschlupf einzudringen. Hier und da knackten Äste, als sich jemand durch das Blattwerk schlich. Durch die Augenlider sah ich Rook einige Schritte weiter schlafen. Er schlummerte, als habe er überhaupt keine Knochen, eine Hand lag flach auf der Erde. Mir fiel ein, wie er beim Betreten des Herbstlandes in Trance gefallen war; vermutlich heilte er sich gerade und wachte nicht so leicht auf wie sonst.

Müdigkeit ließ alles vor meinen Augen verschwimmen. Wie warmes dunkles Wasser schwappte die Erschöpfung gegen meinen Verstand und zog mich in ihrem Sog mit.

Als ich wieder zu mir kam, hockte eine Gestalt in der Weide über Rook. Das Wesen war groß und dünn und klammerte sich, die angewinkelten Beine bis zu den Ohren hochgezogen, wie eine Grille an die Zweige. Seine farblosen Haare wallten. Das weiße Gesicht blickte zu Rook herunter, und obwohl er schlief, sprach es mit ihm.

Nein, *sie* sprach mit ihm. Es war Hemlock.

»Nun geht es nur noch um Euch, Rook«, sagte sie. Ihr Ton war freundlich, doch es schwang etwas Prasselndes, Zischendes darin mit, das an gegen eine Fensterscheibe trommelnden Regen bei Sturm erinnerte. »Nur der Herbsthof spürt noch keine Folgen, und seht Euch an! Ihr seid zu sehr damit beschäftigt, mit dem Schwert herumzufuchteln und menschliche Haustiere zu sammeln, um es überhaupt zu bemerken.«

Ein Geräusch, das ich nicht wahrnehmen konnte, ließ sie abrupt und angespannt innehalten, dann starrte sie über ihre Schulter ins Leere. Nachdem sie eine ganze Weile schweigend die Dunkelheit beobachtet hatte, wandte sie sich wieder an ihn.

»Ich darf nicht darüber sprechen, aber Ihr könnt mich ja nicht hören, oder? Dann werde ich Euch Folgendes sagen: Ich höre nicht mehr auf das Winterhorn.« Ihre Jadeaugen waren so gefühllos wie polierte Edelsteine. »Auf den hohen Gipfeln schmilzt der Schnee und die Wilde Jagd hat einen neuen Anführer. Sosehr ich es auch versuche, ich werde nicht schlau aus dem, was gerade passiert.«

Sie redete nicht weiter und blickte noch einmal über ihre Schulter. »Die Frage, die ich Euch also stellen möchte, lautet: Was sollen wir tun, wenn dem Geltenden Gesetz zu folgen nicht gerecht ist? Das ist eine schreckliche Frage, oder?« Sie flüsterte nur noch. Ihre Augen leuchteten vor Faszination, sie schienen ihr Gesicht zu verschlucken. »Rook« – sie senkte ihre Stimme noch mehr – »fragt Ihr Euch auch manchmal, wie es wäre, wenn wir nicht die wären, die wir sind?«

Ich schwöre, ich gab keinen Laut von mir. Doch plötzlich drehte sich Hemlock um, blickte mich mit ihren glänzenden Katzenaugen an und schenkte mir ein wildes Lächeln.

Ich sank tiefer und tiefer, tief in die Dunkelheit. Es war bloß ein Traum. Ich schlief.

Rook hatte sich während der Nacht umgedreht. Als ich ins Morgenlicht blinzelte, stellte ich fest, dass er mir zugewandt lag, so nah, dass ich ihn berühren konnte. Er schlief noch immer. Sein Glimmer war zurückgekehrt. Obwohl ich mich mittlerweile daran gewöhnt hatte, ihn ohne zu sehen, war er mir so am vertrautesten, und ich freute mich, dass er wiederhergestellt war. Mein Blick wanderte über seine Augenbrauen, die selbst im Schlaf leicht hochgezogen waren, seine langen Wimpern, seine aristokratischen Wangenknochen und seinen ausdrucksvollen Mund. Seine goldbraune Haut leuchtete gesund – zumindest machte es den Anschein – und auf seinem Kopf bauschten sich die zerzausten Haare. An der Stelle, wo sich sonst das Grübchen zeigte, wenn er lächelte, fiel mir eine kleine Kuhle auf seiner Wange auf.

Als er Luft holte, war es halb gedämpftes Aufstöhnen und halb Seufzen, seine Augenbrauen zogen sich nachdenklich zusammen, schließlich schlug er die Augen auf. Anfangs noch schlaftrunken, doch dann schien er langsam zu begreifen, wo er war und mit wem. So lagen wir eine Weile da und sahen uns schweigend an, lauschten auf den Wind, der in den Bäumen seufzte, und auf die Blätter, die kurz darauf herunterfielen.

»Darf ich Euch anfassen?«, fragte er.

In diesem Moment gab es nichts anderes als die Lichtung, als uns, es war, als würden wir auf einem spiegelglatten Meer treiben, ohne dass irgendwo Land in Sicht war. Bald würden sich unsere Wege trennen. Es würde schon keinen Schaden anrichten, wenn ich es mir dieses eine Mal gestattete. Ich nickte.

Er fuhr mit einer Fingerspitze über meinen Kiefer. Seine Berührung war so leicht, dass ich sie kaum spürte. Als seine Hand über den Mantelkragen strich, den ich bis zum Hals hochgezogen hatte, wehte ein Hauch kühler Herbstluft in meinen warmen Kokon. Er spürte der Kontur meines Ohrs nach, hinauf zu meiner Stirn. Kurz vor meinen Haaransatz hielt sein Finger inne.

Beschämt merkte ich, dass sich über Nacht dort ein Pickel gebildet hatte. »Rook! Fasst das nicht an.«

»Warum nicht?«, fragte er. Er hob den Finger und betrachtete meine Stirn. »Gestern war er noch nicht da.«

»Man spielt nicht an den Pickeln anderer Leute herum. Es ist peinlich. Es ist – vermutlich dasselbe wie mit Eurer Wunde.«

»Euer Gesicht eitert ja nicht. Es ist auch nicht eklig.«

»Danke. Wie reizend.«

Meine Belustigung wurde mit einem Stirnrunzeln bedacht. »Jeden Tag ändert sich etwas an Euch. Isobel, Ihr seid sehr schön«, sagte er überheblich.

Was mein Aussehen anbelangte, gab ich mich keinen Illusionen hin. Ich war weder unscheinbar noch hübsch, sondern besetzte einen unauffälligen Platz irgendwo dazwischen. Aber Rook konnte nicht lügen. Trotz seines unausstehlichen Tons meinte er es wirklich ehrlich. Es war nicht so schwer, sich vorzustellen, dass die Elfen Menschen mit anderen Augen betrachteten als wir uns gegenseitig. Ich war zwar entschlossen, nicht allzu viel darauf zu geben, aber da war dieses Flattern in meinem Bauch. Er war der Eitle, nicht ich. Und ich musste einen klaren Kopf behalten.

Seine Hand war zu meinen Haaren gewandert, er breitete sie über das Moos und kämmte sie mit den Fingern, bis sie glatt und weich glänzten. Es war schwer vorstellbar, dass jemand, der seit Hunderten von Jahren lebte und zum Spaß

Elfenbestien jagte, dies unterhaltsam finden konnte, aber er war völlig fasziniert. Ich spähte zu den Bäumen hinauf, mit einem Mal machte es mir Angst, wie sehr ich seine Zuwendung genoss. Wie viel Zeit war vergangen? Wir konnten uns bestimmt nicht erlauben, so herumzutrödeln. Ein ängstliches Kribbeln befiel mich, gar nicht einmal unangenehm, trotzdem überraschte es mich, wie meine Sorgen – wegen der Wilden Jagd, wie ich wohlbehalten nach Hause zurückkehren könnte, ob uns weitere Elfenbestien angreifen würden – verblassten, wenn ich sie mit der dumpfen Ahnung verglich, was Rook und ich alles tun würden, wenn ich das hier noch länger zuließ. Bei jeder Berührung meiner Kopfhaut schrumpfte die ganze Welt mit ihren unendlichen Möglichkeiten zu der kribbelnden Liebkosung seiner Fingerspitzen zusammen: all ihre Schönheit, all ihr Grauen. Fühlten andere Mädchen genauso, wenn sie zum ersten Mal zuließen, dass ein Junge sie berührte? Nicht, dass es mich beschämt hätte, aber – selbst mit siebzehn noch?

Seine Fingerknöchel rieben über meinen Nacken. Das gab den Ausschlag.

»Wir sollten weitergehen«, erklärte ich und setzte mich auf. Als sein Mantel von mir glitt, traf mich die kalte Luft wie ein Schock.

Doch Rook rührte sich nicht; er betrachtete mich nur träge vom Boden, sein Blick machte mir unumwunden klar, dass er wenig Lust verspürte, irgendwo anders hinzugehen, vielen Dank auch.

»Steht auf.« Ich stieß ihn leicht mit dem Schuh in die Seite und hoffte, dass er nicht bemerken würde, wie erzwungen meine Beherrschung in Wirklichkeit war. »Kommt schon. Wir können nicht den ganzen Morgen faul hier herumliegen.«

Er ließ sich von dem Stups auf den Rücken drehen. »Aber ich bin verletzt«, beschwerte er sich. »Ich bin noch nicht ausgeheilt.«

»Ich finde, Ihr seht sehr gesund aus. Aber wenn Ihr darauf beharrt, Schmerzen zu haben, sollte ich mir Eure Wunde vielleicht noch einmal ohne Glimmer ansehen. Vielleicht hat sie sich ja von Neuem entzündet.«

Seine Augen wurden schmal. Dann streckte er mir die Hand entgegen. Ohne nachzudenken ergriff ich sie, um ihn hochzuziehen. Doch kaum berührte sich unsere Haut, hielt er meine Finger fest und zog, und ich landete mit einem dumpfen Geräusch auf seiner Brust. Der Mantel wehte hinterher und legte sich ordentlich über unsere Beine. Rook lächelte mich charmant an. Ich funkelte böse zurück.

»Ich werde gleich Eisen gegen Euch einsetzen!«

»Tut Euch keinen Zwang an«, erwiderte er mit Leidensmiene.

»Ich mache es wirklich!«

»Ja, ich weiß.«

Mir fiel auf, dass sich seine Brust sehr kräftig anfühlte und dass ich rittlings auf seiner schmalen Hüften saß. Unser stoßweiser Atem wiegte uns leicht gegeneinander. Flüssige Hitze staute sich wieder in mir und sank tiefer.

Ich setzte kein Eisen gegen ihn ein.

Sondern ich beugte mich zu ihm herunter und küsste ihn.

Zehn

Das ist eine schreckliche Entscheidung, dachte ich. *Ich habe völlig den Verstand verloren, ich muss sofort damit aufhören.*

Doch dann gab Rook dieses *Geräusch* von sich und öffnete die Lippen, und ich fürchte, eine Weile hörte ich überhaupt nicht mehr auf meinen Verstand.

Ich verlor mich in diesem hypnotisierenden Druck von Geben und Nehmen, dem seltsamen aber berauschenden Gefühl, wie sich mein Mund mit seinem verband. Bald spürte ich, wie Rooks Handfläche über meinen Rücken glitt und mich mit einer anmutigen, kraftvollen Bewegung hochnahm. Ganz automatisch presste ich meine Beine fester um seine Hüften und schlang ihm die Arme um den Hals, unglaublich, wie er mich hochgehoben hatte. Es war beinahe, als wäre er wieder ein Pferd und ich ritte auf ihm – der Gedanke ließ mich rot wie eine Tulpe werden. Er lief einige Schritte über die Lichtung, dann drückte sich die raue Borke eines Baums in meinen Rücken. Die Berührung genügte, um einen Teil von mir wieder in die Realität zurückzuholen.

Auch wenn Emma mich gründlich über alle Details dieser Angelegenheit informiert hatte (oder vielleicht gerade weil sie es getan hatte, und das, ohne um den heißen Brei herumzureden), kämpfte in meiner Magengrube eine Woge von Nervosität gegen mein Begehren. Als er meine Starrheit bemerkte, ging Rook auf Abstand. Er wartete, sein Atem strich weich über meine Haut. Seine Lippen waren gerötet, fast geschwollen. Ich fragte mich, wie ich wohl aussehen mochte, doch als mir der Pickel wieder einfiel, wünschte ich mir augenblicklich, ich hätte es nicht getan.

»Ähm«, sagte ich. »Ich habe noch nie … also …« Mich verließ der Mut. »Sind deine Zähne eigentlich immer noch spitz? Sie fühlen sich nämlich gar nicht spitz an. Ich verstehe nicht, wie das sein kann.«

Er atmete schwer, sein Blick war abwesend. Er runzelte leicht die Stirn, doch als meine ängstlichen Fragen zu ihm durchdrangen, kam er wieder zu sich. »Ich habe nie darauf geachtet, was der Glimmer bewirkt. Ich weiß bloß, dass es kein Gestaltwandel ist, sondern eher ein Trugbild. Ich werde dir nicht wehtun.« Er spürte mein Zögern. Seine Schultern strafften sich. »Wenn du lieber nicht …«

Ich fiel über ihn her und brachte ihn mit einem weiteren Kuss zum Schweigen. Allerdings zu ruckartig, unsere Nasen stießen gegeneinander, was ein bisschen wehtat, aber es schien ihn nicht zu kümmern. Mein Herz pochte noch immer wie das eines verängstigten Kaninchens. Instinktiv krallten sich meine Finger in seine Haare, er gab wieder dieses Geräusch von sich – diesen Ton, bei dem ich mich innerlich anspannte wie eine Bogensehne. Ich wölbte mich ihm unbewusst entgegen, dann hörte und spürte ich, wie seine abgestützte Hand neben meinem Ohr die Rinde hinunterglitt.

Ich betrachtete ihn fasziniert. Er sah mich an. Ich zupfte versuchsweise ein zweites Mal an seinen Haaren. Er neigte seinen Kopf leicht zur Seite, meiner Hand entgegen. Aus irgendeinem Grund wusste ich, was das bedeutete: Wenn ich es wollte, würde er mir die Entscheidung überlassen. Eine Woge reinen puren Begehrens fegte die Luft aus meinen Lungen heraus und ironischerweise ein wenig gesunden Menschenverstand in mein Hirn hinein.

»Wir dürfen das nicht tun!«, rief ich aus. »Wir hören auf. Jetzt. Oh Gott.«

Ich löste meine Beine von seiner Taille und hielt mich an seinen Schultern fest, um mich auf den Boden herunterzulassen. Er bekam es mit, bevor ich unelegant herunterplumpsen konnte, und ließ mich auf den Boden gleiten. Sein Gesicht hatte eine leicht graue Färbung angenommen, sein Blick war verzweifelt.

»Haben wir das Geltende Gesetz gebrochen? Zählt das schon?«, wollte ich von ihm wissen.

»Nein«, erwiderte er mit rauer Stimme. »Es sei denn …« Er redete nicht weiter und schüttelte den Kopf. »Nein«, wiederholte er entschieden. Er räusperte sich. »Wenn Elfen und Menschen durch – ähm – Küsse das Geltende Gesetz brechen würden, gäbe es nur noch wenige von uns.«

»Sex verwandelt Leute wirklich in Schwachsinnige«, stellte ich fest; erstaunt, dass ich noch einen grundsätzlichen menschlichen Fehler begangen hatte, gegen den ich mich immun geglaubt hatte. »Rook, wir dürfen das nicht noch einmal tun. Nächstes Mal setze ich wirklich Eisen ein. Das ist kein leeres Gerede.«

Mit zusammengepressten Lippen ging er zu seinem Mantel und hob ihn auf. »In Ordnung«, lautete seine Antwort. Er schien es ernst zu meinen.

Ich zupfte mein Kleid zurecht, schnürte meine Stiefel und zog den heruntergerutschten Strumpf übers Knie; mein einziger Wunsch war, noch mehr Beschäftigung für meine Hände zu haben, um ihn nicht ansehen zu müssen. Was ich gerade getan hatte, sah mir so wenig ähnlich, dass ich es kaum glauben konnte. Mir setzte doch nicht etwa die Magie des Herbstlandes zu? Ich wurde das Gefühl nicht los, dass irgendwo in meinen jüngsten Erinnerungen etwas Dunkles lauerte – eine verstörende Erfahrung, die ich aus irgendeinem Grund wie einen schlechten Traum vergessen hatte. Und genau in dem Moment, als ich das dachte, rückte einer der Schatten in mein Blickfeld, die mich den ganzen Morgen verfolgt hatten.

»Hemlock«, platzte ich heraus.

Rook schnellte mit gezücktem Schwert herum.

»Nein, nicht hier. Jedenfalls nicht im Moment. Ich glaube, ich habe sie letzte Nacht gesehen, vielleicht habe ich es aber auch nur geträumt.« Ich hatte bereits meine Zweifel. Das Bild von Hemlock, wie sie auf den Ästen hockte, war irgendwie nicht greifbar, je mehr ich mich daran festklammerte, desto mehr entglitt es mir. »Ich bin mir nicht sicher. Wäre es wirklich passiert, hätte ich mich doch nicht einfach umgedreht und weitergeschlafen.«

Er musterte eindringlich mein Gesicht. Ein Hemdzipfel

hing ihm aus der Hose und ich musste mich zusammennehmen, ihn nicht anzufahren, er solle ihn wieder in den Bund stopfen.

»Du neigst nicht zu Fantastereien«, sagte er. Zumindest so viel hatte er von mir verstanden. »Wenn wir wollen, können wir Elfen den Schlaf von Menschen tiefer machen, um uns unbemerkt in ihrer Nähe zu bewegen. Es ist normal, dass Sterbliche solche Besuche als Träume interpretieren. Doch das würde bedeuten ...«

»Dass sie uns bereits gefunden hat«, beendete ich langsam den Satz, als mir das Gewicht meiner Worte klar wurde.

Er ließ sein Schwert in einem sauberen Bogen durch eine Gruppe Pilze sausen, dass die Hüte davonflogen. Danach stellte er sich mit dem Rücken zu mir hin, stützte sich auf das Heft und versuchte angestrengt, sich seine Niederlage nicht anmerken zu lassen. Nun verstand ich, warum ihm Hemlocks Verhalten so zusetzte. Er zweifelte sowieso schon an seiner Tauglichkeit zum Prinzen, und die Leichtigkeit, mit der sie ihn in seinem eigenen Territorium aufspürte, war nur noch ein weiterer Punkt, der gegen ihn sprach.

Andererseits hatte ich Rooks Macht aus erster Hand miterlebt und konnte nicht glauben, dass es so einfach war.

»Sie versuchte, dir etwas zu sagen.« Ich kramte nach den Einzelheiten und war frustriert, dass ich mich nur noch an so wenig Nützliches erinnern konnte. »Ich glaube, sie wollte dich warnen. Sie sagte, dass es nun nur noch um dich ginge und dass sie nicht länger auf das Winterhorn höre. Kannst du damit irgendetwas anfangen?«

»Nein, aber beides verheißt nichts Gutes.« Er schob das

Schwert in die Scheide zurück. »Isobel, ich ...« Die Pause dehnte sich zu einem unerträglichen Schweigen. Als er weitersprach, war ihm anzusehen, was ihm jedes Eingeständnis abverlangte. »Ich habe wirklich nicht gelogen, als ich dir sagte, dass ich noch nicht ganz wiederhergestellt bin. Ich verließ mich darauf, die Wilde Jagd noch für mindestens ein paar Tage abgehängt zu haben. Ich fürchte, dass ich, wenn wir auf dem Rückweg angegriffen werden – falls wir angegriffen werden –, vielleicht nicht in der Lage bin, dich zu beschützen.«

Ich biss mir auf die Lippe und starrte zu Boden. Die Hitze zwischen uns war verschwunden, von dem glimmenden Feuer war bloß noch nasse Asche übrig. »Es muss noch eine andere Möglichkeit geben.«

»Ins Sommerland zurückzukehren wäre nutzlos, wenn nicht sogar gefährlich. Das Winterland steht nicht zur Debatte, wegen« – er zögerte – »meines Hofes, und dem, was vor Kurzem vorgefallen ist. Doch wenn wir uns schnurstracks zum Frühlingshof aufmachen, würde Hemlock nicht wagen, uns zu behelligen. Wir könnten ein paar Nächte bleiben und dann auf einer sichereren Route nach Whimsy zurückkehren.«

Noch nie hatte ein Mensch den Besuch an einem Elfenhof überlebt. Zumindest hatte es noch nie jemand getan und war ein *Mensch* geblieben. Ich war eine Meisterin der Malkunst und in Begleitung eines Prinzen, aber war ich wirklich ein besonderer Fall? Oder logen sich alle Sterblichen in die eigene Tasche, wenn sie sich für die Ausnahme von der Regel hielten?

Ich holte tief und zitternd Luft. »Am Frühlingshof habe ich viele Auftragsgeber.«

Rook nickte zustimmend. »Sollte mir irgendetwas zustoßen, würde Gadfly deinen Wunsch, nach Hause zurückzukehren, respektieren. Da bin ich ganz sicher.«

»Und wenn ich erst einmal in Whimsy bin …«

»Werden wir uns nie wiedersehen«, sagte er. »Aus dem einen oder dem anderen Grund.«

Ohne dass es eine körperliche Ursache gegeben hätte, fühlte ich einen Stich in der Brust. Was würde mit Rook geschehen, wenn sich unsere Wege trennten? Ich stellte mir vor, wie er an den Herbsthof zurückkehren, einen langen düsteren Gang hinunter schreiten und auf einem Thron Platz nehmen würde, den tausend Augen anstarrten – die alle nach einem Anzeichen eines menschlichen Makels auf seinem Gesicht suchen würden, nach dem Makel, den mein Porträt enthüllt hatte. Wie lange würde es dauern, bis er straucheln und sein Volk die Zähne fletschen und sich auf ihn stürzen würde? Wie Wölfe auf einen verletzten Hirsch. Wie lange konnte er gegen sie bestehen? Ich wusste, er würde nicht leichtfertig aufgeben. Oder schnell.

Aber es stand nicht in meiner Macht, ihm zu helfen. Ich tat gut daran, mir in Erinnerung zu rufen, dass ich nur auf mein eigenes Schicksal Einfluss hatte. Äußerlich kalt, doch innerlich wund, nickte ich.

»Dann lass uns gehen«, sagte er und huschte mit abgewandtem Gesicht an mir vorbei.

Hinter der Lichtung begrüßte uns ein funkelnder Herbsttag. Wir liefen viele Stunden, ohne ein Anzeichen der Wilden Jagd zu entdecken; die gefährlichsten Begegnungen unterwegs waren die Eicheln, die von Zeit zu Zeit von einem Baum auf unseren Pfad fielen. Umgeben von der friedlichen Schönheit des Waldes und mit der wärmenden Sonne im Rücken war es schwierig, lange pessimistisch zu bleiben. Selbst Rooks Schritte wurden immer leichter, je länger wir ohne einen Zwischenfall unterwegs waren.

»Warum lächelst du?« Ich bückte mich und machte einen weiteren nutzlosen Versuch, meine Finger abzuwischen, die von den Äpfeln klebten, die wir zu Mittag gegessen hatten. Ich warf ihm einen misstrauischen Blick zu.

»Mir ist gerade eingefallen, dass der Frühlingshof um diese Jahreszeit einen Ball veranstaltet. Falls wir ihn nicht schon verpasst haben, könnten wir daran teilnehmen.«

»Ja, das ist wirklich eine grandiose Idee, wo wir doch gerade um unser Leben rennen«, erwiderte ich.

»Dann sollten wir gehen«, beschloss er zufrieden.

Ich schnaubte, nicht im Geringsten überrascht. »Elfen sind doch einfach unmöglich.«

»Das ist ungezogen, vor allem aus dem Mund eines Mädchens, das nicht einmal rohen Hasen essen kann.«

Als ich ihm hinterherhastete und versuchte, mit seinem ausholenden Gang Schritt zu halten, beschloss ich, nicht wegen des Hasen herumzustreiten. Mir wurde allmählich klar, dass für die Elfen jede Kunst so geheimnisvoll war, dass ich mich ebenso gut hätte weigern können, Fleisch zu essen, das nicht bei Neumond mit Tagblumen bestrichen worden war. Festzustellen, dass unsere Zauberkraft den Elfen mehr Rätsel aufgab als ihre eigene, war eine merkwürdige Erfahrung. Ich kam mir wie eine Hexenmeisterin mit heiklen und geheimnisumwobenen Abneigungen vor, nicht wie eine Künstlerin und Durchschnittsbürgerin.

Wir passierten einen moosbewachsenen Felsbrocken, auf dem ein Eichhörnchen thronte. Doch als ich mich umdrehte, um es mir noch einmal genauer anzusehen, waren sowohl der Fels als das Eichhörnchen verschwunden. Als ich den Wald ringsum musterte, stellte ich fest, dass es zwar dieselbe Baumart war wie bisher, die einzelnen Bäume aber nicht am selben Ort blieben. Ich blickte nach vorn und dann wieder zurück. Ja – die Esche mit dem hervorstehenden Ast war verschwunden. Als ich genau hinsah, meinte ich sie ein Stück hinter uns zu entdecken. Mit all den Blättern dazwischen ließ es sich schwer sagen.

Ich dachte an die alten Märchengeschichten und wurde unsicher.

»Du machst doch nicht irgendwas mit der Zeit, oder?«, fragte ich.

Er musterte mich über die Schulter mit einem hochmütigen Blick; meine Frage verwirrte ihn also, aber er wollte es nicht zugeben.

»Wenn ich wieder in Whimsy bin, werde ich nicht feststellen, dass alle, die ich kenne, schon seit Jahrhunderten tot sind, oder dass ich plötzlich eine alte Jungfer geworden bin, oder? Falls dies der Fall sein sollte, wirst du es nämlich in Ordnung bringen müssen«, sagte ich energisch und versuchte, meine wachsende Panik zu unterdrücken. »Mir fiel nur auf, wie wir uns fortbewegen. Für die Strecke, die wir mit ein paar Schritten zurücklegen, würde ein Mensch eine Viertelstunde oder länger brauchen.«

»Ja, das Herbstland gehorcht meinem Befehl und macht uns schneller. Soll das heißen, es ist dir vorher nicht aufgefallen?« Ich sah ihn fragend an. Nein, das war es in der Tat nicht. »Ich gebe dir mein Wort, dass die Zeit, seit wir den Wald betreten haben, ganz normal vergangen ist. Woran du denkst, ist ein Zauber und ein ziemlich übler Streich, den unsereins den Menschen spielt. Aber genau deshalb tun wir es natürlich«, fügte er hinzu.

»Du hast das hoffentlich noch nie jemandem angetan«, warnte ich ihn.

»Natürlich nicht!«, rief er entrüstet, um sich jedoch gleich darauf um Kopf und Kragen zu reden. »Es erschien mir immer zu ermüdend. Es bedeutet nur viel Gerede, Reue und am Ende kommen sie in den Wald und schreien einen an.«

Ich schüttelte den Kopf. Gott, was für eine Nervensäge.

Wir liefen weiter. In einem Moment bewunderte ich gerade noch eine glutrote Gruppe Ebereschen, im nächsten betrat ich schon einen völlig anderen Wald. Alles war grün. Es war nicht das üppige gleißende Grün des Sommers, sondern blasses Grün, filigranes Grün, zartes Gold-Grün, das wie Zuckerguss oder Chiffon auf den Bäumen lag. Ich lief durch kniehohe Wildblumen. Eine Biene summte an meinem Gesicht vorbei.

In meiner Brust gluckste ein freudiges Lachen. Wir waren im Frühlingsland!

»Können wir einen Moment stehen bleiben?«, rief ich.

Rook hatte nicht angehalten und war bereits halb über die Lichtung. »Natürlich nur, wenn es sicher ist. Es ist wunderschön hier. Ich würde es gern zu malen versuchen, wenn ich wieder zu Hause bin.«

Er blieb stehen und sah mich verstohlen an.

»Es ist fast so schön wie im Herbstland«, fügte ich laut hinzu, um seinen Stolz nicht zu verletzen.

Das schien ihn zu besänftigen. »Hier drüben ist ein Platz, wo wir uns hinsetzen können.« Er duckte sich unter einige Äste. Als ich ihn einholte, saß er auf dem niedrigen breiten Rand eines Steinbrunnens, der zur Hälfte mit Moos überwachsen war. Ringsum wucherten Glockenblumen und fedrig aussehende Farne. Ich ließ mich mit dem Rücken zu ihm auf der anderen Seite nieder, nach dem, was am Vormittag passiert war, erschien es mir klug, Abstand zu halten. Ob ich meine Schuhe ausziehen sollte?

Doch als ich den Brunnen betrachtete, verging mir die Lust, mit den Zehen im Farn zu wackeln. Er war klein und sah alt und in jeder Hinsicht unbedeutend aus. Ich starrte ihn lange an.

»Ich habe dich an den Grünen Brunnen gebracht«, erklärte Rook ruhig.

Ich schnellte hoch, als habe ich mich auf heiße Kohlen gesetzt. Ich hörte ein gluckerndes Geräusch, mir wurde schwarz vor Augen. Erfüllt von dem verzweifelten Wunsch, von dort wegzukommen, wankte ich zu einem Baum und lehnte mich dagegen, kalter kribbelnder Schweiß überlief mich. Ich war noch nie zuvor in Ohnmacht gefallen, aber nun stand ich kurz davor.

Rook legte den Kopf schief und redete, ohne dabei über die Schulter zu blicken und mir ins Gesicht zu sehen, einfach weiter. Mein abruptes Aufspringen verwirrte ihn; aber ich glaube nicht, dass er die Verzweiflung begriff, die mich dazu veranlasst hatte. »Solange du nicht davon trinkst, passiert nichts. Aber ist es nicht der sehnlichste Wunsch vieler Menschen, aus dem Grünen Brunnen zu trinken?«

Ich ließ mich auf den Baumstamm sinken und saß unbequem auf seinen knorrigen herausragenden Wurzeln, die Wildblumen kitzelten mich an den Beinen. Die meisten Sterblichen, die im Wald verschwunden waren, hatten nach dem Grünen Brunnen gesucht und gehofft, ihn trotz des unermesslichen Risikos auf eigene Faust zu finden. Meister der Kunst mühten sich jahrelang für dieses Ziel ab. Doch nur ungefähr einem Menschen in hundert Jahren wurde diese Auszeichnung gewährt. Die Gier danach war größer als nach jedem Zauber, als nach jeder Menge glitzerndem Gold. Und von allen Dingen auf der Welt machte mir dieser Brunnen am meisten Angst.

»Mir kam der Gedanke«, fuhr er fort, »dass es unter Umständen vielleicht eine ideale Alternative für dich sein könnte. Du bedürftest nicht länger meines Schutzes und bräuchtest die Gefahren des Waldes nicht mehr zu fürchten. Du könntest nach Belieben ins Herbstland kommen – oder an jeden anderen Elfenhof«, beeilte er sich hinzuzufügen. »Und du würdest natürlich ewig leben.«

Irgendwie fand ich meine Stimme. »Ich kann nicht.«

Dieses Mal sah er mich an. Als er meinen Gesichtsausdruck wahrnahm, richtete er sich auf. »Isobel! Bist du krank?«

Ich schüttelte den Kopf.

Eine Pause. »Bist du am Verhungern?«, fragte er nervös.

Ich kniff die Augen zusammen und schluckte ein schmerzliches Lachen herunter. »Nein. Es liegt am Grünen Brunnen. Rook, es gibt etwas, das du über mich wissen solltest. Meine Kunst ist nicht bloß irgendetwas, das ich tue. Meine Kunst macht mich aus. Würde ich aus dem Brunnen trinken, würde ich mich und alles, was mir wichtig ist, verlieren. Ich weiß, das ist schwer zu verstehen für dich, weil du niemals sterblich warst, doch die Leere, die ich bei euch gesehen habe, macht mir größere Angst als der Tod. Ich würde den Grünen Brunnen nicht einmal als allerletztes Mittel in Erwägung ziehen. Lieber würde ich mich von der Wilden Jagd zerfleischen lassen, als eine Elfe zu werden.«

Er ließ sich wieder zurücksinken und überdachte meine Worte. Ich hatte erwartet, dass sie ihn verletzen würden, doch er sah nur ein wenig benommen aus – als habe er einen Schlag auf den Hinterkopf bekommen. Vielleicht war es die Anstrengung, meine Worte zu verstehen, die ihn schwanken ließ. Aus seiner Perspektive waren menschliche Gefühle schließlich kein Segen, sondern ein Elend und ein Fluch. Wie konnte ich nicht davon befreit werden wollen?

Nach langem Zögern nickte er halbherzig. »Nun gut. Ich werde dich nicht noch einmal fragen. Doch bevor wir weitergehen zum Frühlingshof, gibt es noch etwas, worüber wir reden müssen. Es ist von großer Bedeutung.«

»Bitte«, sagte ich. Die eisige Angst, die mich hatte erstarren lassen, schmolz Stück für Stück und ließ mich zitternd und schwach zurück. Den Grünen Brunnen zu sehen und ihn lautstark abzulehnen, machte ihn irgendwie weniger bedrohlich. Ich hatte davorgestanden und es unbeschadet überstanden.

Der Farn raschelte. Als ich aufblickte, sah ich Rook über die Lichtung laufen. »Die Elfen bringen Menschen nicht leichtfertig in den Wald. Du wirst der erste Mensch seit tausend Jahren sein, der den Frühlingshof besucht. Um kein Misstrauen zu erregen, müssen wir uns eine Erklärung ausdenken, warum wir zusammen unterwegs sind. Aber …«

»Es darf keine Lüge sein, sonst kannst du sie nicht aussprechen.«

Er sah mich an und nickte angespannt.

»Ich habe immer gehört, die besten Lügen seien die nah an der Wahrheit. Was wird ihre erste Vermutung sein, wenn sie uns zusammen sehen?«

»Dass wir uns ineinander verliebt haben«, sagte er in vollkommen neutralem Tonfall.

»Und es wäre nicht das erste Mal bei dir.« Er erstarrte. »Ich habe gesehen, was in deiner Rabenfibel ist – zufällig, als du bewusstlos warst. Es tut mir leid, Rook. Ich will nicht neugierig sein, aber es *ist* wichtig in unserer Lage. Natürlich werden sie Vermutungen anstellen, auch wenn sie grundlos sind …« Er rührte sich nicht. Furcht hallte wie ein Gongschlag durch mich. Meine Haut spannte sich an und kribbelte.

»Bist du in mich verliebt?«, platzte ich heraus.

Eine grässliche Stille war die Antwort. Rook drehte sich nicht um.

»Bitte, sag etwas.«

Er fuhr mich an. »Ist das so schrecklich? Du sagst es, als wäre es das Grässlichste, was du dir vorstellen kannst. Ich habe es schließlich nicht mit Absicht getan. Irgendwie habe ich dich liebgewonnen – mit deinen nervigen Fragen und deinen kurzen Beinen und deinen versehentlichen Mordanschlägen auf mich.«

Ich zuckte zusammen. »Das ist die schlechteste Liebeserklärung, die ich je gehört habe!«

»Welch ein Glück«, erwiderte er bitter, »welch ein ungeheures Glück für dich, für uns beide, dass du das so siehst. Dann werden wir das Geltende Gesetz in absehbarer Zeit wohl nicht brechen.« Ich wandte den Blick ab, um die nackte Qual in seinen Augen nicht sehen zu müssen. »Liebe muss schließlich etwas Gegenseitiges sein.«

»Genau«, sagte ich zu meinen Händen.

»Ja, genau!« Er ging auf und ab. »Du hast ja recht deutlich gesagt, was du von den Elfen hältst. Dann hör auf, irgendwelche Gefühle in mir auszulösen«, verlangte er, als wäre das so einfach. »Ich muss nachdenken.«

Mein Gesicht fühlte sich gleichzeitig heiß und kalt an. Seine Worte hallten in meinem Kopf wider. So hatte ich mir eine Liebesgeschichte nicht vorgestellt. Gott, wie nahe wir einem Debakel gewesen waren. Wenn sich unsere Empfindungen für den anderen gedeckt hätten …

Aber hätte es einen Unterschied gemacht? Ich war nicht mehr sicher, ob das, was ich in meiner Stube für Rook empfunden hatte, tatsächlich Liebe gewesen war. Damals hatte es sich so angefühlt. So etwas hatte ich noch nie zuvor erlebt. Doch ich hatte ihn kaum gekannt, auch wenn ich mir in meiner fieberhaften Schwärmerei eingebildet hatte, wir würden uns einander schon seit Jahren anvertrauen. Konnte man jemanden wirklich lieben, der nur ein angenehmes Trugbild für einen war? Hätte ich geahnt, dass er mich wegen eines Porträts entführen würde, hätte ich meine Meinung bestimmt geändert.

Und trotzdem – hatte ich *etwas* für ihn empfunden. Was war dieses Etwas? Ich zupfte an meinen Gefühlen, als wären sie ein wirres Knäuel, aber einer Antwort kam ich trotzdem nicht näher. War ich verliebt in das, was er verkörperte – den wehmütigen Herbstwind und das Versprechen, den ewigen Sommer zu beenden? Wollte ich bloß, dass sich mein Leben veränderte oder wollte ich es gemeinsam mit ihm ändern?

Ehrlich gesagt war es mir vollkommen schleierhaft, wie man überhaupt wissen konnte, dass man verliebt war. Gab es jemals den einzelnen Faden, den man aus dem Knäuel herausziehen und dann erklären konnte: »Ja, ich bin verliebt, hier ist der Beweis!« oder steckte er immer in diesem kläglichen Wirrwarr aus Abers und Vielleichts?

Was für ein Durcheinander. Ich presste mein Gesicht in meinen Rock und stöhnte. Nur bei einem war ich mir sicher: Wenn nicht einmal ich es herausfinden konnte, würde es dem Geltenden Gesetz auch nicht gelingen.

Rooks Schatten fiel über meine wirren Haare. »Du bringst mich völlig aus dem Konzept«, verkündete er. »Wenn mir nicht bald etwas einfällt, sitzen wir hier über Nacht fest.«

Meine Antwort wurde vom Stoff gedämpft. »Wofür du

dich auch entscheidest, es sollte mit Kunst zu tun haben. Sie ist der einzige Grund, bei dem wir davon ausgehen können, dass er sie ablenken wird.«

Zu spät fiel mir ein, dass Rook gar nicht wüsste, wo er anfangen sollte. Er hatte keinen blassen Schimmer von Kunst. Ich spähte durch meine Haare zu ihm, er stand vor mir und sah wie erwartet niedergeschlagen aus: Sein angespannter Kiefer ließ einen Muskel in seiner Wange zucken.

Ich würde allein eine Lösung finden müssen – was sich am Ende bestimmt auch als wesentlich besser für uns beide erweisen würde. In Gedanken ordnete ich unsere Probleme wie Farben auf einer Palette an: dass ich mich im Wald aufhielt, dass Rook mich begleitete, sogar das Dilemma mit seinem Porträt, worüber der Frühlingshof vielleicht schon Bescheid wusste. Und wie beim Anmischen einer neuen Farbe begann ich etwas zu sehen, das nicht nur zufriedenstellend war, sondern mit dem sich vielleicht sogar etwas Außerordentliches anfangen ließ.

»Hör zu«, sagte ich und hob den Kopf. »Ich habe eine Idee.«

Elf

Sicherzustellen, dass Rook die entsprechenden Sätze aufsagen konnte, erforderte noch einige Diskussion meines Plans. Wir übten sie beim Laufen und er war recht zufrieden damit. Ich war mehr als zufrieden mit mir und verspürte dieselbe überschwängliche Befriedigung, die ich nach der Verhandlung eines ausgesprochen kniffligen Zaubers fühlte, oder wenn ich einen Monatsvorrat an neuen Leinwänden bespannt hatte. Meine Welt war wieder in Ordnung und ich hatte endlich ein gewisses Maß an Kontrolle darüber, was als Nächstes mit mir geschehen würde. Außerdem bestand sogar die Chance, meine versehentliche Sabotage in Ordnung zu bringen.

»Glaubst du wirklich, dass du damit deinen Ruf wiederherstellen kannst?«, fragte ich und lief mit geschürztem Rock über eine Wiese voller nickender gelber Schlüsselblumen. Jedes Mal, wenn der Wind seine Richtung wechselte, trug er einen anderen Duft heran – einige konnte ich bestimmen, andere hatte ich noch nie zuvor gerochen.

»Momentan bezweifle ich, dass es irgendetwas gibt, was

dazu in der Lage wäre«, erwiderte er mit einem schiefen Lächeln. »Aber was das Porträt angeht ... ja, ich glaube schon. Ich bin froh, dass nicht länger ich die Zielscheibe deiner Komplotte bin. Du bist nämlich wesentlich verschlagener, als du aussiehst.«

Sosehr ich es auch zu verdrängen versuchte, seit wir den Brunnen hinter uns gelassen hatten, hörte ich in allem, was Rook sagte, den Widerhall seines Geständnisses. Seit ich wusste, worauf ich achten musste, fiel mir die warme Bewunderung in seinem Tonfall auf. Unsere Stimmung mochte erleichterter sein, die duftende Luft jedoch war schwer von Anspannung. Ich lachte gezwungen und konzentrierte mich darauf, zwischen den hohen Blumenbüscheln hindurchzulaufen.

»Ich bin nicht verschlagen, bloß pragmatisch. Aber Letzteres ist für Elfen vermutlich ein Fremdwort.«

Er sah mich fragend an und schien zu überlegen, ob er es als Beleidigung auffassen sollte.

»Schau mal«, sagte ich schnell und ging zu einem großen moosbewachsenen Stein, um meine Belustigung zu verbergen. »Diese Blüte ist so groß wie meine Hand. Was lässt sie so groß werden?«

Als ich mich nach der Blume bückte, tauchte ein Hosenbein neben mir auf. Es war aus schimmernder altrosa Seide, ein zweites ebensolches Hosenbein folgte. Ich wich zurück und fiel gerade in dem Moment auf mein Hinterteil, als Gadfly aus einem gespaltenen Felsblock heraustrat. Dass er – und da war ich mir ganz sicher – nicht auf der anderen Seite hineingegangen war, machte die Sache noch merkwürdiger. Ich schien zufällig den Eingang zu einem Elfenpfad gefunden zu haben.

»Einen schönen Nachmittag, Isobel«, grüßte er mich freundlich und rückte sein makellos gebundenes Halstuch zurecht. Es schien ihn nicht im Geringsten zu überraschen, dass ich, erschrocken und mit einer Schlüsselblume in der Hand, vor ihm auf der Erde saß.

Nachdem ich den ersten Schreck verwunden hatte, stellte ich fest, dass ich mich sehr freute, ihn zu sehen. Das Heimweh, dem ich mich die letzten Tage nicht hatte hingeben können, überrollte mich wie eine Kutsche, der das Gespann durchgegangen war. Ich hatte schließlich Jahre mit ihm in meiner Stube zugebracht und auch wenn seine wässrig blauen Augen nicht die geringste Spur echter Wärme verrieten, war sein Gesicht trotzdem ein vertrauterer Anblick als alles andere, was ich seit dem Verlassen meines Zuhauses gesehen hatte.

Fast hätte ich seinen Namen ausgerufen, doch ich beherrschte mich in letzter Sekunde. Seit ich mit Rook unterwegs war, hatten meine Manieren sehr nachgelassen.

»Wie wundervoll, Euch zu sehen, Gadfly«, erwiderte ich und erhob mich zum Knicks. »Hat Rook Euch über unsere Ankunft informiert?« Sollte dem so gewesen sein, wäre mir das neu gewesen.

Er verbeugte sich vor mir und warf Rook einen vielsagenden Blick zu. »Hält sich unser geschätzter Rook jemals mit den üblichen Höflichkeiten auf? Nein, ich wusste einfach, dass ihr kommen würdet. Im Frühlingsland entgeht mir kaum etwas – nicht einmal das Pflücken einer Blume.«

Ich blickte schuldbewusst auf die Schlüsselblume.

»Behaltet sie«, drängte er, »als Willkommensgruß in meinem Reich.«

Während ich noch seine wunderlichen Worte verdaute, hastete er an mir vorbei und lief im Kreis um Rook herum, der die Kontrolle mit hochgerecktem Kinn und angespanntem Kiefer über sich ergehen ließ. Wenn ich sie so miteinander verglich, war ich seltsam stolz, dass Rook um einiges größer war. Seine dunklen wirren Haare und die auffälligen Augen waren ein Unterschied wie Tag und Nacht zu Gadflys vornehmer zarter Blässe. Obwohl entschieden jünger, war er Gadfly in jeder Hinsicht ebenbürtig.

»Diese Kleider sind seit mindestens fünfzig Jahren aus der Mode«, erklärte ihm Gadfly. »Am Frühlingshof trägt kein Elf mehr Kupferknöpfe. Wenn Ihr darauf besteht hierzubleiben, müssen wir ...«

Was er als Nächstes sagte und was Rook darauf antwortete, entging mir, weil ich immer noch mit dem Satz – *als Willkommensgruß in meinem Reich* – beschäftigt war.

Ich räusperte mich. Gadfly blickte sich um. »Sir, seid Ihr der Frühlingsprinz?«, fragte ich.

Er lächelte. »Aber ja. Wer sonst! Das habe ich doch bestimmt schon erwähnt?«

»Nein, das habt Ihr nicht.«

»Wie nachlässig von mir. Bei Menschen bin ich so vergesslich – ich gehe einfach davon aus, dass alle Bescheid wissen.« Während Gadfly redete, musterte Rook ihn mit undurchdringlicher Miene. »Nun, keine Angst, Isobel. Eure Manieren sind tadellos. Ich fühlte mich in Eurem Zuhause stets als Prinz wahrgenommen. Aber bevor ich noch etwas vergesse: Hättet Ihr die Freundlichkeit, mir zu erklären, warum Ihr im Wald unterwegs seid, noch dazu in derart erlauchter Gesellschaft?«

»Nun …« Ich spähte zu Rook. Ich war froh, dass wir seine Erklärung durchgesprochen hatten, die Enthüllung von Gadflys Rang machte mich ziemlich sprachlos.

»Lasst uns beim Laufen darüber sprechen«, schlug er vor, zog seinen Mantel zurecht und schnallte seinen Schwertgürtel enger, und zwar recht brüsk, wie ich fand. Ob er sich Gadflys Kritik zu Herzen genommen hatte? Doch dann begann er über die Wiese zu laufen und überließ es uns, ihn einzuholen.

»Er ist schon ein eigenwilliger Genosse, oder?«, erkundigte sich Gadfly.

Was sollte ich darauf antworten, ohne mich zu verraten? Ich entschied mich für die nichtssagendste Antwort, die mir in den Kopf kam. »In der Tat, Sir. Doch alle Elfen sind recht eigenwillig.«

»Ach, ich wünschte, es wäre so! Aber ich fürchte, wir sind alle gleich.« Sein Lächeln war leicht und eisig wie Frühlingstau. »Die meisten von uns jedenfalls. Nun, Rook, was wolltet Ihr gleich sagen?«

Rook eilte mit großen Schritten vor uns her, er war der Schlüsselblumen sichtlich überdrüssig. »Wie Ihr wisst«, sagte er ungeduldig, »ist Isobel zurzeit eine der angesehensten Künstlerinnen in Whimsy. Ein Porträt, wie sie es von mir gemalt hat, haben wir am Herbsthof noch nie gesehen.«

»Das ist mir zu Ohren gekommen«, erwiderte Gadfly.

Ich musste all meine Selbstbeherrschung aufbieten, um nicht mit einem Seitenblick seine Reaktion einzuschätzen.

»Wir waren schockiert, vor allem ich. Im ersten Augenblick hielt ich es für einen Sabotageakt, für den Isobel der Prozess gemacht werden sollte. Doch auf dem Weg zum Herbsthof wurde mir klar, dass sie keine bösen Absichten hegte. Sie hat lediglich einen menschlichen Gefühlsausdruck auf mein Gesicht gemalt und das mit großer Kunstfertigkeit, allerdings ohne zu verstehen, was sie getan hat.« Das entsprach alles der Wahrheit – mehr oder weniger. »Und nun möchte Isobel ihre neuerworbene Kunst erneut zum Einsatz bringen.«

»Menschliche Gefühle, Gadfly«, erklärte ich, meine Zuversicht stieg mit jedem Satz, den wir glaubhaft vertraten. »Ihr habt alles gesammelt, was die Künste zu bieten haben – Rosinenbrötchen und Porzellan, Seidenanzüge, Bücher, Schwerter. Uns fallen immer neue Versionen derselben alten Dinge ein, was ich versuchen möchte, wäre jedoch etwas völlig Neues. Ich könnte wahre Freude auf Euer Gesicht malen. Und auf das von jemand anderem Überraschung. Lachen oder Zorn – selbst Trauer. Rook hat mir erzählt, dass Ihr Elfen das höchst unterhaltsam finden würdet.«

»Ich habe sie deshalb an den Frühlingshof gebracht, wo sie es zunächst ihren leidenschaftlichsten Auftraggebern vorführen könnte«, beendete Rook seinen Satz hochtrabend. »Sollten die Ergebnisse zur Zufriedenheit ausfallen, gebührt solcher Kunstfertigkeit entsprechender Lohn. Sollte es ihr Wunsch sein, würde ich deshalb in Isobels Fall einen Ausflug zum Grünen Brunnen vorschlagen.«

Mein Lächeln strahlte Unschuld aus. *Ein Ausflug* dorthin, kein Schluck daraus.

»Etwas völlig Neues«, sinnierte Gadfly mit abwesender Stimme. Einen kurzen Moment lang wirkte er viel älter, als er aussah. Die Bienen hörten auf, durch die honigsüße Luft zu summen, die Singvögel verstummten. Und wie der Rest der Welt hielt auch ich die Luft an. »Ja. Ja, ich denke, das ist genau das Richtige. Isobel, Rook, es wäre mir eine Freude, Euch als Gäste willkommen zu heißen. Solange Ihr am Frühlingshof seid, soll es Euch an nichts mangeln.«

Wir erreichten den Hof wesentlich schneller, als ich erwartet hatte, und fast hätte ich ihn betreten, ohne es überhaupt wahrzunehmen. Birken, die breiter waren, als ein Mann groß, wuchsen rings um uns herum in unvorstellbare Höhen hinauf. Als ich den Hals reckte, entdeckte ich, dass sie ähnlich wie Rooks Unterschlüpfe miteinander verschlungen waren, im Inneren flatterten Singvögel und Kolibris herum, die wie Edelsteine leuchteten. Nur ein einziger Baum stand auf einer moosbedeckten Anhöhe abseits von den anderen, ein alter knorriger Hartriegel in voller Blüte. Seine merkwürdige Form machte mich stutzig, doch dann merkte ich, dass es kein normaler Baum, sondern ein Thron war.

Sobald ich es erkannt hatte, veränderte sich der Wald um mich herum. Silbriges Lachen erfüllte die Luft und mit einem Flirren, das dem Dampf aus einer Teekanne glich, erschienen Brokatsessel, Seidenkissen und Picknickdecken auf der Blumenwiese. Aus unterschiedlichsten Ruhepositionen beobachteten bis dahin unsichtbare Elfen zu Dutzenden, wenn nicht gar Hunderten unser Näherkommen. Ich bekam weiche Knie und musste mich zwingen weiterzulaufen. Noch nie hatte ich so viele Elfen auf einmal gesehen. Sie starrten mich an, und zwar nur mich: die erste Sterbliche, die seit tausend Jahren ihren Hof betrat.

Als wir uns dem Thron näherten, erhob sich ein Mädchen von einer Decke – sie schien gerade den Tee einzunehmen, allerdings waren die Teetassen allesamt leer – und kam auf uns zu gerannt, ihre langen blonden Haare wehten hinter ihr her, die vielen Lagen ihres lavendelblauen Gewandes schäumten wie Wellen. Als sie uns erreichte, ergriff sie zu meiner Verblüffung meine Hände. Ihre Haut war kalt und glatt wie Porzellan. Wäre sie ein Mensch gewesen, hätte ich sie auf ungefähr vierzehn geschätzt.

»Oh, eine Sterbliche! Gadfly, du hast uns eine Sterbliche gebracht!«, rief sie mit geheuchelter stürmischer Freude und zeigte dabei ihre kleinen weißen Zähne, die so spitz waren wie die eines Hais. »Wir müssen sie unbedingt Aster vorstellen, sie wird entzückt sein! Werdet Ihr aus dem Grünen Brunnen trinken?« Sie wandte sich mir zu. »Bitte sagt Ja, bitte sagt Ja! Wir können beste Freundinnen werden. Wir können natürlich auch beste Freundinnen werden, wenn Ihr es nicht tut, aber Ihr würdet so schnell sterben, dass es kaum der Mühe lohnte!«

Gadflys Hand legte sich auf ihre Schulter. »Isobel, das ist meine« – er suchte nach Worten – »Nichte, Lark. Habt bitte Nachsicht mit ihrer Erregbarkeit. Es ist das allererste Mal, dass sie einen Menschen trifft. Doch mit Euch als

Ehrengast wird sie sich sicherlich von ihrer besten Seite zeigen.« Das galt definitiv eher Lark als mir.

Ich knickste verlegen vor ihr, was nicht ganz einfach war, weil sie noch immer meine Hände umklammert hielt. Es schien aber zu zählen, denn zu meiner Erleichterung ließ sie mich los und erwiderte meinen Knicks. Meine Finger fühlten sich an, als hätte ich sie in Eis getaucht. »Es ist mir eine Freude, Euch kennenzulernen, Lark.«

»Natürlich!«, erwiderte sie.

»Und Rook kennst du ja schon«, fuhr Gadfly freundlich fort.

»Hallo, Rook«, begrüßte ihn Lark ohne den Blick von meinem Gesicht abzuwenden. »Kannst du dich bitte wieder in ein Kaninchen verwandeln, damit ich dich jagen kann?«

Rook lachte. »Das war ein Kinderspiel, Lark. Du bist jetzt eine junge Dame.«

»Du bist überhaupt nicht amüsant. Arme Isobel, sie langweilt sich bestimmt mit dir. Darf ich ihr neue Kleider anziehen?«, fragte sie Gadfly, dessen Lächeln etwas Starres annahm.

»Gleich, Schätzchen. Zuerst müssen Isobel und ich über ihre Malkunst reden. Warum setzt du dich nicht neben den Thron und machst dir Gedanken über die Kleider, die du ihr gern anziehen würdest? Vergiss nicht, sie kann keinen Glimmer benutzen, es muss ein neues Kleid sein.« Er senkte vielsagend den Blick.

»Ja, gut!« Sie fiel neben dem Thron zu einem traurigen blauen Chiffonhäufchen zusammen.

»Und«, erklärte Gadfly und nahm eine elegante Haltung

auf dem Hartriegelpodest ein, »was müssen wir Euch bereitstellen, damit Ihr an Eurer Kunst arbeiten könnt? Ich fürchte, wir verfügen nicht über vergleichbare Materialien wie die, die ich in Eurer Stube gesehen habe. Ich kann jemanden nach Whimsy schicken, sie zu besorgen, allerdings ist mein Hofstaat schrecklich beschäftigt wegen des Maskenballs, es könnte also eine Weile dauern.«

Ich verkniff mir einen Blick auf die Elfen um uns herum, die allesamt nichts Wichtigeres taten, als an Keksen herumzuknabbern.

»Lasst mich nachdenken, Sir.« Was *könnte* ich benutzen? »Zuallererst brauche ich einen Ersatz für Leinwand oder Papier. Vielleicht Rindenplatten, sie müssen dünn und hell sein, stabil, aber flexibel genug, dass man sie glätten kann, ohne dass sie brechen. Birkenrinde könnte gut funktionieren und davon scheint es hier ja jede Menge zu geben.« Passierte es nur in meiner Einbildung oder bewegten sich die Äste von Gadflys Thron? »Und außerdem«, fuhr ich fort, der Gedanke, dass der Hartriegel beleidigt sein könnte, machte mich nervös, »natürliche Pigmente kann ich mir selbst besorgen. Das habe ich als Kind häufig getan.«

»Ausgezeichnet«, erwiderte er und legte einen Spinnenfinger an die Lippe. »Und einen Stuhl und einen Ständer, auf den Ihr die Rinde stellen könnt?«

»Das klingt sehr gut, Sir.« Ich hatte zwar noch keine Idee, was ich anstelle eines Pinsels oder Stifts benutzen sollte, aber mir würde schon etwas einfallen. Notfalls würde ich eben die Finger nehmen. »Wegen der unterschiedlichen Materialien werden die Porträts allerdings nicht aussehen wie sonst und sie werden auch nicht so lange halten. Falls Euch meine Arbeit gefällt, würde ich sie jedoch mit Vergnügen in Öl nachmalen. Also in meiner üblichen Arbeitsweise«, fügte ich hinzu, weil mir bewusst war, dass er es möglicherweise nicht verstand.

»Kann ich sie *jetzt* anziehen?«, quengelte Lark von der Erde, wo sie noch immer als mitleiderregendes zusammengesunkenes Häufchen saß.

Gadfly sah mich mit hochgezogenen Augenbrauen an.

»Ähm«, sagte ich. »Ja, ich denke schon. Obwohl ich besser ...«

»Ihr werdet alles anprobieren!«, verkündete Lark, ihre kalte Hand schloss sich wie ein Schraubstock um mein Handgelenk. Bevor ich wusste, wie mir geschah, wurde ich mit wenig Aussicht auf Flucht durch die lachenden Picknickteilnehmer gezerrt. Ich spähte über die Schulter zu Rook, der mich aufmerksam beobachtete, und tröstete mich mit dem Gedanken, dass ihm bestimmt irgendeine Ausrede einfallen würde, bevor ich in den Seidenturnüren des letzten Jahrhunderts erstickte.

Lark schleifte mich zu einer der riesigen Birken, an der sich dicke Kletterpflanzen wie eine Wendeltreppe emporrankten. Sie kletterte diese fragwürdig aussehende Konstruktion ohne zu zögern hinauf und zerrte mich hinterher. Wir stiegen immer höher und schließlich sahen die Elfen unten auf der Erde nur noch wie Spielzeugfiguren aus. Wenn ich genau darauf achtete, wo ich auf die knotigen Wurzeln trat, nicht nach unten blickte und mich mit der freien Hand an der Rinde abstützte, konnte ich den Impuls unterdrücken, mich auf Larks Chiffon zu erbrechen. Sie plapperte die ganze Zeit fröhlich vor sich hin und scherte sich nicht im Geringsten darum, dass ich kein einziges Mal antwortete.

Oben angekommen betraten wir ein Blätterlabyrinth. Es erinnerte mich ein wenig an einen Irrgarten aus Hecken, allerdings waren es keine Hecken, sondern Laubengewölbe aus weißen, weidenähnlichen Ästen, die von blassgrünen Blättern ausgefüllt wurden. Der Boden federte, war aber ansonsten stabil. Hätte ich nicht gewusst, wie tief es nach unten ging, hätte es mir nichts ausgemacht, darüber zu laufen. In den Gängen lagen kreuz und quer Kunstgegenstände verstreut, zudem kletterten wankende Stapel aus Möbeln, Kissen, Büchern, Gemälden und Porzellan die Wände hinauf. Von nach oben stehenden Stuhlbeinen baumelte glitzernder Schmuck, Spinnen woben glänzende Netze über Atlanten und Bronzekleiderständer.

»Hier entlang!«, rief Lark, dann wirbelte sie mich mit einer Kraft, die mir die Schulter hätte auskugeln können, herum und rannte einen Korridor hinunter. Ich hastete ihr hinterher, oft musste ich zur Seite gedreht hüpfen, um durch die schmalen Gänge zu passen, vermutlich beraubte ich dabei etliche Spinnen ihres Zuhauses.

»Ich bewahre meine Kleider im Vogelloch auf. Es sind ja eigentlich keine richtigen Zimmer, aber wir geben trotzdem allen Namen. Die Menschen tun das schließlich auch.«

»Oh, wie hübsch«, erwiderte ich schwach und voller Angst.

Es stellte sich jedoch heraus, dass das unheilvoll klingende Vogelloch – bis auf die Tatsache, dass es ein kuppelförmiger

Raum war, der aus einem der Korridore herausragte – eher wie der Rest des Labyrinths aussah, im Inneren schliefen Singvögel, die bei unserem Eintritt ein melodiöses Gezwitscher anstimmten. Ein Vorhang aus blühenden Kletterpflanzen verdeckte die gegenüberliegende Wand. Endlich ließ Lark mein misshandeltes Handgelenk los und begann darin herumzuwühlen, nur ihr Oberkörper schaute noch heraus.

»Bitte sehr«, sagte sie und warf mir durch den Vorhang einen Chiffonballen in die Arme. »Zieht Euer langweiliges altes braunes Kleid aus und streift das hier über. Es ist Euch vielleicht zu lang, Ihr seid klein, aber Ihr könnt es ja kürzen, oder? Und danach wieder länger machen?«

Ich brauchte einen Moment, bis ich den Sinn ihrer Worte begriff. »Ich bin leider keine Schneiderkünstlerin. Ich kann ein bisschen nähen – Risse flicken und so etwas –, aber schneidern kann ich nicht.«

Lark richtete sich auf und starrte mich verständnislos an. Ihre großen, weit auseinanderstehenden blauen Augen verliehen ihr das Aussehen eines neugierigen Spatzen. Wären nicht die Zähne gewesen, hätte ich ihr Antlitz ganz bezaubernd gefunden.

»Die Elfen beherrschen ja auch unterschiedliche Arten der Zauberei, oder?«, versuchte ich es. »Zauber, die entweder nur sie allein oder eine kleine Zahl von euch beherrschen, so wie Rook zum Beispiel, der seine Gestalt ändern kann.«

»Ja!«, rief sie. »Und wie Gadfly, der Dinge schon weiß, bevor sie geschehen.«

Ich speicherte diese Information für später ab. »Mit den Sterblichen und den Künsten verhält es sich genauso. Meine

Spezialität ist es, Bilder von den Gesichtern von Leuten zu malen. Ich beherrsche ein wenig Kochkunst, nur sehr wenig Schneiderkunst und überhaupt keine Waffenkunst.«

»Wer braucht schon Waffen! Wäre ich eine Sterbliche, würde ich gern Kleider entwerfen können. Beeilt Ihr Euch bitte und zieht das an?«

Ich musterte grimmig den rosafarbenen Stoff. »Ja. Könnt Ihr es für mich halten, während ich mich ausziehe?« Ich gab ihr das Kleid zurück und zog meines aus. In Ermangelung eines besseren Platzes legte ich es auf den Boden, dann quetschte ich mich mit Larks »Hilfe«, die aus unnötig vielen Schubsern und Stößen bestand, in das neue Gewand. Währenddessen dachte ich die ganze Zeit an den Eisenring, der in meiner Rocktasche versteckt war, und wünschte mir, ich hätte daran gedacht, ihn in meinen Strumpf zu schieben.

»Ihr seht schon viel besser aus«, stellte sie, als wir fertig waren, mit ernster Miene fest. »Allerdings ist Rosa nicht Eure Farbe. Zieht es wieder aus!« Sie verschwand erneut in dem Kabinett.

Ich stieg gerade aus dem Stoffwust, da kam ein raschelndes Geräusch aus der Wand. Als ich mich umdrehte, sah ich einen Raben, der seinen Schnabel durch die Zweige steckte. Er wiegte den Kopf hin und her, riss mit dem Schnabel Blätter ab, um mehr Platz zu haben, und spähte dabei mit einem fordernden violetten Auge in unsere Richtung. Erleichterung überkam mich, doch kurz darauf wurde mir bewusst, dass ich in Unterwäsche dastand und meine Haut begann zu kribbeln. Als Rook den Rest seines Kopfes durch die Blätter schob, verschränkte ich die Arme vor der Brust.

Er steckte in der Wand fest, halb drinnen, halb draußen, aus seiner Kehle kam ein gereiztes gurgelndes Geräusch.

Ich konnte nicht anders – ich prustete los. Vor einem Vogel verlegen zu sein war schwierig.

»Schon gut, halt still«, befahl ich ihm. Ich ging zu ihm und schob die Äste neben seinen Federn mit den Händen beiseite. Er flatterte auf den Boden. Dann stolzierte er wichtigtuerisch durch den Raum und zupfte am Saum von Larks Kleid.

»Aufhören!«, rief sie. »Ich bin beschäftigt. Ich werde sie schon nicht zerbrechen, versprochen.«

Rook und ich wechselten einen Blick. Sie hatte uns gerade, ernst gemeint oder nicht, ein Versprechen gegeben; mir drängte sich allerdings die Frage auf, wie viel das zählte, es war unwahrscheinlich, dass sie eine genaue Vorstellung hatte, wie man eine Sterbliche zerbrechen konnte.

Sie wirbelte herum. »Das hier.« Sie strahlte befriedigt.

Oh nein. Es war ein Kleid von Firth & Maester's. Ich nahm es so zögerlich, wie man die Diamantenkette einer Königin entgegennehmen würde, und hielt es, die Knie zusammengepresst, vor mich, immer im Bewusstsein, dass Rook nur Schritte von mir entfernt stand. »Lark, was soll ich mit diesem Kleid. Wenn wir hier fertig sind, muss ich im Wald nach Beeren suchen, es würde mir sehr leidtun, wenn es Schaden nähme.«

»Warum macht Ihr Euch darüber Gedanken?«

»Nun, weil es danach ruiniert wäre. Wäre Gadfly nicht ärgerlich, wenn er es ersetzen müsste?«

»Was seid Ihr doch für ein Dummchen. Schaut her!« Sie

holte ein anderes Kleid aus den Kletterpflanzen. Ich zuckte unwillkürlich zurück. Es sah aus, als sei es vor langer Zeit ein Brautkleid gewesen, der ehemals weiße Stoff war allerdings schmutzig und angegraut und von Mottenlöchern zerfressen. Die Bänder an der Taille waren so zerschlissen, dass sie abfielen, als Lark es sich vorhielt. Doch sobald das Kleid ihren Körper berührte, wallten neue Bahnen schneeigen Satins herunter. Die Spitze nahm wieder die Gestalt aufblühender Blüten an, die Bänder spulten sich unversehrt bis zu ihren Füßen herunter. Von einem Moment auf den anderen sah das Kleid aus wie soeben genäht und zeigte nicht das leiseste Anzeichen von Zerfall.

Als sie meinen Gesichtsausdruck bemerkte, quietschte Lark lachend los und zeigte uns die spitzen Zähne. Doch mit einem Mal hörte sie zu lachen auf, als habe sie den Deckel einer Spieluhr zugeklappt.

»Das meinte Gadfly mit seiner Bemerkung, ich solle Euch neue besorgen«, erklärte sie. »Wir können sie allerdings nur so aussehen lassen, wie sie ursprünglich waren. Ich kann nicht die Form ändern oder irgendetwas hinzufügen.« Sie musterte mich. Da ihr anzusehen war, dass sie mich wieder nach meinen Nähkünsten fragen würde, zog ich vorsichthalber schnell das Firth & Maester's-Kleid über.

Es war aus prachtvollem salbeigrünen Satin. Das Mieder war mit winzigen Singvögeln aus Silberfäden bestickt, eine elfenbeinfarbene Satinschleife betonte die hohe Taille, darunter war eine zusätzliche Lage aus transparentem Musselin über den grünen Unterrock drapiert. Ich fühlte mich so durchscheinend und schimmernd wie ein Libellenflügel.

Normalerweise hätte ich niemals etwas auch nur halb so Zartes ohne Reifrock getragen, der geschmeidige Stoff glitt ungewohnt über meine nackten Beine, die Berührung war so seidig und leicht wie Wasser. Das Kleid sah schrecklich unpassend aus zu meinen derben Lederhalbstiefeln, die unter dem Saum herauslugten, doch die Stiefel waren der Teil meiner Garderobe, bei der ich zu keinerlei Kompromiss bereit war. Ich wusste nie, wann ich weglaufen musste.

»Perfekt zum Beerenpflücken«, witzelte ich halbherzig.

»Und was ist mit dir?«, wollte Lark von Rook wissen, der mich mit schiefgelegtem Kopf musterte. Meine Wangen begannen zu glühen, und obwohl es nichts zu verstecken gab, widerstand ich dem Bedürfnis, wieder die Arme zu verschränken. »Hat Gadfly dich von diesen schauderhaften Herbstlandkleidern befreit?«

Der Wind rüttelte am Vogelloch, und Rook stand neben uns, er sah zerknittert und mürrisch aus. »Ja, das war – wenig überraschend – sein erster Tagesordnungspunkt. Aber diese Farben stehen mir überhaupt nicht.«

»Sei kein Spielverderber. Schwarz und Braun und was du sonst noch anhattest, stehen niemandem. Ich finde, du siehst blendend aus.«

»Wahrscheinlich müssen wir uns darauf einigen, dass wir, was Mode anbelangt, verschiedener Meinung sind«, entgegnete er würdevoll. »Außerdem war es nicht Braun, sondern Kupfer.«

»Kupfer!«, wiederholte sie und prustete von Neuem los, ohne dass ich den Grund ihrer Belustigung verstanden hätte.

Ehrlich gesagt hätte Rook in einem Bettlaken herumlaufen können und trotzdem umwerfend ausgesehen. Seine eigenen Kleider standen ihm jedoch in der Tat besser – der farngrüne Rock, den Gadfly für ihn aufgetrieben hatte, passte nicht zu seinem dunklen Teint und seinen Haaren, außerdem spannte er an den Schultern. Seine zerknautschte Krawatte zeigte Anzeichen von nervösem Herumgezerre, und ich bezweifelte, dass ihr ein langes Leben beschieden sein würde. Aber immerhin, dachte ich sarkastisch, passten wir zusammen.

»Seid ihr beiden nun fertig? Ich habe den Befehl, Isobel, sobald sie angezogen ist, herunterzubringen, damit sie vorgestellt werden kann. Du kannst natürlich dabei behilflich sein«, fügte er hinzu, als Lark eine Schnute zog.

»Ja, sehr gern!« Sie nahm seinen Arm.

Rook hob vielsagend den anderen Ellbogen, aber ich lächelte und schüttelte den Kopf. »Wenn wir Arm in Arm promenieren, passen wir nie durch diese Gänge. Ich würde mich auf einem Kleiderständer aufspießen.«

»Nun hakt Euch schon ein, Isobel!«, rief Lark. »Bei uns funktioniert das anders.«

Wie konnte es anders funktionieren? Auch wenn es sich vermutlich um eine weitere Seltsamkeit der Elfen handelte, auf die ich verzichten konnte, nahm ich Rooks angebotenen Arm. Mir fiel auf, wie zierlich meine Hand und mein Handgelenk auf seinem Ärmel wirkten, und ich musste zugeben, dass ich nachvollziehen konnte, warum die Elfen so eitel geworden waren und in Firth & Maester's herumstolzierten und ständig über die Farben diskutierten, die ihnen am besten standen.

Der Blick, mit dem Rook mich bedachte, ließ mich tief in sein Innerstes schauen.

Er ist wirklich in mich verliebt, dachte ich. Mein Herz machte einen Sprung – wie ein verschrecktes Reh. Sein Liebesbekenntnis in seinen Augen zu sehen, war etwas ganz anderes, als es zu hören. Es war ein Blick, der die Zeit angehalten hätte, wenn es in seiner Macht gestanden hätte. Sanft und durchdringend zugleich, von schmerzhafter Zärtlichkeit, vermischt mit Trauer, der eindeutige Beweis für ein Herz, das schon einmal gebrochen worden war. Während ich in einem Libellenkleid seinen Arm hielt, wusste er, dass unsere gemeinsame Zeit beinahe vorbei war.

Tausend Flügel begannen in mir zu flattern. Ich drückte sie nach unten, versuchte, sie zum Schweigen zu bringen, sie wieder in die Tiefe zu verbannen, wo sie keinen Schaden anrichten konnten, doch ich hätte ebenso gut versuchen können, einen wirbelnden Strudel Schmetterlinge einzeln mit der Hand zu fangen. Ich spürte die Wärme von Rooks Haut durch den Stoff seines Seidenrocks und dass ich kaum merklich zu zittern begonnen hatte.

Vor Lark konnte er nichts sagen, aber das brauchte er auch nicht. Ich sah alles, was ich wissen musste, in seinen Augen.

Was fühlte ich? Wie konnte ich sicher sein?

Liebe war zwischen uns unmöglich. Ich zwang mich, mir vor Augen zu halten, was aus uns werden würde, wenn ich dieses Gefühl zuließ. Es gab nur zwei Möglichkeiten: aus dem Grünen Brunnen zu trinken oder uns beide zum Tode zu verurteilen. Als sich unsere Blicke trafen, setzte ich eine entschlossene Miene auf. Ich durfte keines von beiden zulassen. Ich war stärker als meine Gefühle. Und wenn ich tausend Leben gehabt hätte, niemals würde ich mein Leben oder das eines anderen für die Liebe zerstören. Ein Sturm braute sich in meiner Brust zusammen; die Schmetterlinge fielen matt flatternd zu Boden.

Rook atmete scharf ein und wandte den Blick ab.

Verstandesmäßig hatte ich das Richtige getan. Doch in meinem Herzen klaffte dunkel und hohl die Leere, die sein abgewandter Blick zurückließ. Ob sich mein Kopf und mein Herz je in Einklang befinden würden? Oder hatte ich mich gerade dazu verflucht, diesen Moment bis zum Ende meines Lebens immer wieder zu durchleben, zur Hälfte überzeugt, dass ich den einzig gangbaren Weg für mich eingeschlagen hatte, während die andere Hälfte immer nur *Wenn ich doch bloß* flüstern und ich von bitterer Reue erfüllt sein würde.

Das Vogelloch knarrte. Der Boden unter meinen Füßen schwankte, die Weidenzweige der Wände verschlangen sich miteinander wie Fäden in einem Webstuhl, verwoben sich, rollten sich und wölbten sich nach außen. Instinktiv klammerte ich mich an Rooks Arm. Lark stieß ein teuflisches Geheul aus, als sie meinen Gesichtsausdruck sah. Während sich rings um uns der Raum verwandelte, durchzuckte mich ein panischer Gedanke: Hatten Rook und ich in diesem einen Moment der Nähe das Geltende Gesetz doch gebrochen?

Zwölf

Der Weidenboden vor meinen Schuhspitzen fiel stufenweise in die Tiefe ab. Aus dem Boden erhoben sich schlanke Birken, um die neue Treppe in Abständen zu stützen, sie formten elegante Bögen über ihr, ihre Zweige fächerten sich zu einem Geländer auf.

Innerhalb weniger Augenblicke stand ich auf einer breiten geschwungenen Treppe, die über fünf Stockwerke oder sogar mehr reichte und großartiger war als in jedem Palast. Am Fuße der Treppe wartete eine Elfenmenge, sie standen um ein Halbrund Rasen, zu dem wir offenbar herabstiegen. In der Mitte kniete Gadfly, dessen Haar in der Sonne silbrig glänzte. Ich beobachtete, wie er beim Aufstehen unauffällig die Spitze seines Zeigefingers an die Lippen legte und das Blut wegsaugte. Offenbar hatte er alles mit kaum mehr als einem einzigen Tropfen Blut erschaffen.

Mein Puls pochte schnell und unregelmäßig. Meine schlimmste Befürchtung war nicht eingetreten, doch ich verfügte nun über reichlich Material, um sie zu ersetzen. Hier waren sogar noch mehr Elfen versammelt als vorhin auf der

Wiese, und so großartig Rook auch neben mir aussah, sie waren meinetwegen gekommen. Alle hatten sich formvollendet in die zarten Rosé-, Grün-, Blau- und Gelbtöne eines Frühlingsgartens gekleidet, prächtig verziert mit Silberstickereien und Perlmuttknöpfen, ihr Schmuck glitzerte ebenso hell wie ihre unsterblichen Augen. Auch wenn ich mich stundenlang unter ihnen bewegen würde, ich fände keinen einzigen abgebrochenen Fingernagel und kein Haar, das nicht an seinem Platz saß. Doch ich wusste auch, dass mich jeder und jede von ihnen mit der Leichtigkeit und Beiläufigkeit umbringen konnte, mit der Elfen eine Teetasse abstellten.

Gadfly verneigte sich vor uns.

Ein Fuß vor den anderen. Mehr brauchte ich nicht zu tun. Trotzdem schien der Weg die Treppe hinunter eher Minuten als Sekunden zu dauern, die Menge wartete in völligem Schweigen, das leichte Rascheln meiner Robe auf den Stufen war das einzige Geräusch. Je näher wir kamen, umso unnatürlicher sah die Elfenmenge aus. Die Makellosigkeit, die mich nicht weiter irritierte, wenn ich mit einem oder zweien von ihnen zusammen war, verstärkte, als ich so vielen von ihnen gegenüberstand, meine Angst. Es war, als würde mich eine Armee lebender Puppen anstarren.

Sobald mein erster Schuh das Gras berührte, erhob sich ein zartes Glockenspiel aus Lachen und Seufzen und geflüsterten Unterhaltungen in der Menge. Die Vorstellungen begannen.

Als Gadfly sich umdrehte, entstand unter den Elfen in den ersten Reihen ein Gerangel. Eine Frau mit faszinierenden braunen Augen trug den Sieg davon und kam auf uns zu. Mit dem Lächeln einer Königin rückte sie ihren Hut zurecht und legte ihre Hand in Gadflys. Sie trug ein fliederfarbenes Kleid mit einem hohen Spitzenkragen, der ihren schlanken Hals einschnürte; der Makel in ihrem Glimmer, die unnatürlich markanten Wangenknochen, war unauffälliger als bei den meisten. Wie viele der anwesenden Elfen hatte sie helle Haut – eine weitverbreitete Eigenschaft am Frühlingshof. Der Herbst- und Sommerhof neigten wie Rook eher zu dunklerem Teint in sämtlichen Schattierungen von Sonnenscheingold und Eichelbraun und dunklem Umbra.

»Isobel, darf ich Euch Foxglove vorstellen«, sagte Gadfly. Ich machte einen tiefen Knicks. »Foxglove, dies ist Isobel, ihr Ruf eilt ihr natürlich voraus.« Foxglove knickste ebenfalls.

Ihr eilte auch *ihr* Ruf voraus. Sie war diejenige, die Mrs. Firth die Vokale gestohlen hatte. Ich hatte mich immer glücklich geschätzt, dass sie nie meine Dienste in Anspruch genommen hatte.

»Ich bin *aufs Höchste* entzückt über Euren Besuch«, begrüßte sie mich und beugte sich weit genug vor, dass ihr Atem meine Haare kitzelte. Sein süßes blumiges Aroma überlagerte die Basisnote eines schweren tödlichen Duftes. »Ich habe Eure Arbeiten vom ersten Moment an verfolgt, an dem sie an den Höfen aufgetaucht sind. Ich würde gern ein Porträt von mir anfertigen lassen, während Ihr hier am Hof weilt.«

Mein Kiefer schmerzte bereits vom Lächeln, dabei war das hier erst der Anfang meines Martyriums. »Vielen Dank. Es wäre mir ein Vergnügen.«

»Wie reizend von Euch«, erwiderte sie mit hungrigen Augen.

Ein endloser Strom von Elfen machte mir seine Aufwartung. Es dauerte nicht lange und meine Knie knarrten von den unzähligen Knicksen, mein Hirn war taub von all den höflichen Floskeln. Währenddessen standen Rook und ich wie Fremde nebeneinander und vermieden jeden Blickkontakt. Viele der Elfen, die ich begrüßte, waren derzeitige oder frühere Auftraggeber, so wie Swallowtail, der mich mit durchdringender Stimme in ein Gespräch wegen seines letzten Auftrags verwickelte, während andere in der Schlange eifersüchtig über seine Schultern spähten. Alle kannten meine Malkunst.

Je länger sich der Nachmittag dahinzog, umso ungeduldiger wurde ich. Ich brauchte Zeit, um noch vor Einbruch der Dunkelheit mein Material zu sammeln. Noch wichtiger, ich musste Emma, nachdem ich nun endlich in der Lage dazu war, eine Nachricht zukommen lassen. Eine mündliche Botschaft durch einen Elfen (falls Gadfly einen bei der Teegesellschaft entbehren konnte) würde sie nur bis zum Morgengrauen darüber nachgrübeln lassen, ob ich tot oder verletzt war und die Elfen bloß eine verschlagene Methode gefunden hatten, es nach etwas anderem klingen zu lassen.

Als Gadfly eine weitere Elfe nach vorn zog und sie als Aster vorstellte, hörte ich nur mit halbem Ohr zu; ich grübelte die ganze Zeit, wie ich fliehen könnte, bevor es zu spät sein würde.

»Ich denke, Ihr werdet besonders erfreut sein, unsere

Aster kennenzulernen«, sagte er betont enthusiastisch. »Bevor sie aus dem Grünen Brunnen trank, war sie eine Sterbliche wie Ihr. Wann war das doch gleich, Aster?«

»Es muss mittlerweile einige Jahrhunderte her sein – obwohl es mir wie gestern vorkommt«, antwortete sie mit einer sanften zarten Stimme, die an Weidenzweige im Wind erinnerte.

Von einem Moment auf den anderen war ich wieder bei der Sache. Hätte ich es nicht gewusst, hätte ich Aster nicht von den anderen Elfen unterscheiden können. Sie mochte ein wenig kleiner sein, aber nur unwesentlich. In ihre langen schwarzen Locken, die ihr bis zur Taille reichten, waren Blumen geflochten. Ihre Haut hingegen war extrem blass und betonte den Makel ihres Glimmers: Sie war unmenschlich hager. Der Ausschnitt ihres Kleides zeigte die knochigen Schlüsselbeine und Rippen, ihre Schultern wirkten so zerbrechlich wie die Knöchelchen eines Vogels. Sie musterte mich eindringlich mit ihren braunen Augen, die fast so dunkel waren wie meine.

Wir verbeugten uns voreinander. »Es freut mich sehr, Euch zu treffen, Aster. Ich hoffe, dass ich eines Tages auch aus dem Grünen Brunnen trinken werde.« Noch nie war mir die Fähigkeit zu lügen so nützlich und notwendig erschienen. »Wie ist es für Euch, eine Elfe zu sein?«

Ihr zittriges Lächeln beschränkte sich auf den Mund. »Es ist himmlisch. Es gibt so wenig, worüber man sich Sorgen machen muss – eigentlich mache ich mir kaum noch über irgendetwas Gedanken. Ich kann mich noch daran erinnern, dass ich früher krank wurde oder Schmerzen hatte, das passiert jetzt so viel ... seltener.« Ihr Lächeln verschwand für einen Moment, dann war es wieder da.

»Das klingt wundervoll.« Da mir bewusst war, dass mich alle beobachteten, achtete ich darauf, gute Miene zum bösen Spiel zu machen. »Der Wald ist im Vergleich zu Whimsy so wunderschön.«

»Ja«, sagte sie. »Ja, da habt Ihr recht.«

»Habt Ihr eine der Künste beherrscht?«, fragte ich nach.

Ihr blasses Gesicht leuchtete auf, als hätte ich mit einem Feuerstein Funken geschlagen. »Ja, das habe ich! Es ist die Voraussetzung, um aus dem Brunnen trinken zu dürfen. Lasst mich überlegen – ich war ...«, es war schrecklich, wie sie stammelte, – »ich scheine den Namen dafür vergessen zu haben. Haha! Wie eigenartig!«

Ich bekam Gänsehaut, von meiner Kopfhaut krabbelten tausend Vierfüßler zu meinen Zehen hinunter. Hoffentlich bemerkten die Elfen nicht, wie mir die Haare zu Berge standen. »Vielleicht könntet Ihr mir ja beschreiben, was Ihr getan habt«, schlug ich vor, »und ich finde den Namen für Euch.«

»Nun ja, ich habe Worte gemacht. Ich habe Worte für Bücher gemacht, für diese Bücher, die unwahre Geschichten erzählen. Ist das nicht seltsam? Das habe ich getan!«

»Ihr wart Schriftstellerin«, sagte ich.

Ihre Pupillen verschluckten ihre Augen. Einen kurzen Moment lang hatte ich Angst, sie könnte sich auf mich stürzen und mir an die Kehle gehen. Doch dann sah ich, wie sie mit geballten Fäusten den Stoff ihres Kleides umklammerte, bis die Knöchel weiß hervortraten. Ihre Finger sahen aus, als würden sie jeden Moment brechen. »Ja, genau. Ich war Schriftstellerin! Haha! Eine Schriftstellerin! Wie dumm von mir – man vergisst so etwas. Wir alle vergessen von Zeit zu Zeit etwas.«

»Aber natürlich.« Ich strengte mich an, meine Stimme unbeteiligt klingen zu lassen. »Gestattet mir die Frage: Hattet Ihr ebenfalls das Vergnügen, den Frühlingshof zu besuchen, bevor Ihr aus dem Grünen Brunnen getrunken habt?«

»Nein«, erwiderte sie. »Das wäre großartig gewesen. Ich bin erst hierhergekommen, als ich schon verwandelt war.«

Wie viele Elfen hatte Aster gekannt, bevor sie ihre Entscheidung getroffen hatte? Hatte sie gewusst, wie weitreichend ihre Entscheidung sein würde? Leider konnte ich meine Befragung nicht fortsetzen, ohne Verdacht zu erregen. Doch offenbar hatte sie nicht gewusst, was auf sie wartete, nicht im vollen Ausmaß, so wie alle in Whimsy.

»Ich verstehe«, antwortete ich. »Es war mir ein Vergnügen, Euch kennenzulernen, Aster.«

»Ich bin so froh, dass wir Gelegenheit hatten, miteinander zu sprechen. Ich hoffe, Ihr tretet in meine Fußstapfen. Es wäre reizend, Euch hier am Frühlingshof zu haben, ganz reizend.« Ihre Finger kneteten den Stoff. »Vielleicht haben wir Gelegenheit, ein zweites Mal miteinander zu sprechen, bevor Ihr nach Whimsy zurückkehrt, damit Ihr mich noch einmal an das Wort erinnern könnt. Es ist wirklich ulkig, wie vergesslich ich bin.«

Als sie sich verabschiedete, fühlte sich das Lächeln auf meinem Gesicht wie eingemeißelt an. Neben mir trat Rook von einem Fuß auf den anderen, aber ich wagte nicht, ihn anzusehen. Ich war bis auf die Knochen durchgefroren. Das eisige Hundegeheul der Wilden Jagd hallte mir wieder in den Ohren und ich sah Hemlocks weißes Gesicht mit wildem Blick in der Dunkelheit verschwinden. Mir fiel der Hunger ein, der bei jedem Elfen, den ich gemalt hatte, hinter dem höflichen kalten Lächeln lauerte. Warum hatten wir jemals Bewunderung für das Elfenvolk empfunden – oder gar gehofft, wie sie zu werden?

»Gadfly«, sagte Rook fröhlich. »Ich glaube, für heute hat Isobel genug gesehen. Ihr wisst doch, wie die Sterblichen sind, kaum in der Lage, sich für ein, zwei Stunden auf den Beinen zu halten, dann brechen sie auch schon vor Erschöpfung zusammen. Wenn wir morgen etwas von ihrer Kunst sehen wollen, wird sie ihre restliche Kraft für den heutigen Abend brauchen.« Sein charmantes leises Lächeln war eher zu hören als zu sehen.

»Ach, du meine Güte. Wir dürfen ihre Kunst durch nichts beeinträchtigen!« Gadfly hob die Stimme. »Verehrte Damen und Herren, Sie werden sich wohl gedulden müssen. Wir sehen uns beim Abendessen wieder.«

Rings um mich waren Ausrufe der Unzufriedenheit zu vernehmen. Dann Getuschel. Ich nahm benommen Rooks dargebotenen Arm und ließ mich vom Fuß der Treppe wegführen. Lark tänzelte hinter uns her und winkte ihren Freunden zu; ihre finsteren Mienen schien Lark in vollen Zügen zu genießen.

»Nun haben wir Euch ganz für uns allein.« Sie kam auf meine andere Seite und fasste mich am Arm. Rook schnitt eine Grimasse und musste sich Mühe geben, seine Enttäuschung zu verbergen. In Larks Anwesenheit konnte er nicht offen sprechen – andererseits war ihre Gesellschaft aus genau diesem Grund auch ein Segen. Wenn wir keinen Verdacht erregen wollten, durften wir nicht zu häufig allein sein.

Ich nickte ihm zu und hoffte, die Geste würde all seine Fragen beantworten. Es ging mir gut. Ich war dankbar für sein Einschreiten. Doch er wirkte kein bisschen glücklicher.

Lark schwang unsere Arme vor und zurück. »Ihr seid schrecklich still, Isobel! Ihr müsst wirklich erschöpft sein. Wie ist das?«

»Wie ist was?«

»Erschöpft zu sein, was sonst.«

Obwohl ich seit Jahren mit ihnen zu tun hatte, konnten mich die Elfen immer wieder verblüffen. »Es ruft den Wunsch hervor, sich hinzusetzen oder schlafen zu gehen. Alles, wobei man sich nicht bewegen oder nachdenken muss.«

»Also so, wie wenn man zu viel Wein getrunken hat«, sagte Lark wissend.

Ich hob die Augenbrauen, wäre Gadfly ein Mensch gewesen, hätte ihm jemand ins Gewissen reden müssen. »Ja, aber ohne die positiven Seiten des Weins, sondern nur den schlechten«, fügte ich hinzu, als mir meine erste und letzte Erfahrung mit Emmas Weinbrand für besondere Anlässe einfiel.

Lark quiekte mir ins Ohr. »Das ergibt überhaupt keinen Sinn«, prustete sie, als sie sich wieder gefangen hatte. »Was werden wir jetzt unternehmen? Bitte, macht kein Nickerchen, das wäre einfach zu langweilig.«

»Nein, ich würde gern losgehen, um Material für die Pigmente zu sammeln. Würdet ihr zwei mir dabei helfen?« Ich warf Rook einen Seitenblick zu. »Oder ist diese Arbeit unter der Würde eines Prinzen?«

Endlich lächelte er – dieses Mal war es ein richtiges Lächeln, mit Grübchen und allem. »In der Regel würde ich das bejahen, aber ich kann mir unmöglich die Chance entgehen lassen, Gadflys elende Kleider mit Flecken zu besudeln. Lark mag es egal sein, ihm aber nicht. Erklärt uns, wonach wir suchen sollen, und wir stehen Euch zu Diensten.«

Sie führten mich von dem, was ich für den Thronsaal des Frühlingshofes hielt, zu einer Stelle, die eher wie ein normaler Wald aussah; dort setzte ich mich auf einen Baumstamm und erklärte ihnen, was ich benötigte. Heidelbeeren, Brombeeren, Holunderbeeren, Maulbeeren – alles, was sie an Beeren finden konnten. Wilde Zwiebeln und Apfelbaumrinde für Gelb; Walnussschalen für Braun. Für Schwarz konnte ich Ruß verwenden.

»Aber wozu braucht Ihr Eier?«, fragte Rook entrüstet und richtete sich zu voller Größe auf.

»Um die Pigmente zu Farbe zu binden. Normalerweise nimmt man dazu Leinöl oder das Öl von Breitblättrigem Lavendel, aber Eigelb lässt sich einfacher beschaffen.« Als ich seinen Gesichtsausdruck bemerkte, fügte ich hinzu: »Nur bitte keine Rabeneier. Ach ja, und sie müssen frisch sein – herausschlüpfende Küken kann ich nicht gebrauchen.«

»Ich würde sie für Euch aufessen«, versicherte mir Lark, ganz die zuvorkommende junge Dame.

»Ihr würdet Euch blendend mit meinen … Nicht wichtig.« Gott, wie konnte ich hier sitzen und Spaß haben, während meine Familie zu Hause wartete und mich für tot hielt oder schlimmer? Rook warf mir einen Blick zu, den Lark zum Glück nicht bemerkte.

»Mal sehen, wer zuerst etwas findet!«, rief sie und verschwand. Ein Stück weiter zitterten die Blätter eines Buschs, als sei etwas mit hoher Geschwindigkeit daran vorbeigefegt.

»Isobel«, sagte Rook leise. »Als du mit Aster gesprochen hast ...«

Larks Stimme unterbrach uns aus der Ferne. »Beeil dich!«

Er zögerte, hin und her gerissen. Nachdem ich mich umgesehen und vergewissert hatte, dass uns niemand beobachtete, nahm ich seine Hand. Er blickte auf unsere verschlungenen Finger, als enthielten sie die Geheimnisse des Universums.

»Geh«, sagte ich. »Immerhin habe ich mir schon den ganzen Plan ausgedacht, du erinnerst dich? Und im Moment könnte ich deine Hilfe wirklich brauchen.«

Widerstreitende Gefühle kämpften auf seinem Gesicht. Doch als Lark noch einmal nach ihm rief, zögerte er nicht.

An diesem Abend versammelten sich die Elfen, um mir dabei zuzusehen, wie ich alles für meine Malerei vorbereitete. Wir hatten die Utensilien zur Lichtung gebracht, damit wir nicht hin und her zu laufen brauchten, und es dauerte nicht lange, bis der Hofstaat erschien. Wann immer ich mich umdrehte, tauchten aus dem Nichts entmutigend viele ätherische Herren und Damen auf und sahen mir fasziniert dabei zu, wie ich Beeren, Schalen und Rinde auf einem flachen Stein zerrieb und anschließend in die Porzellanschälchen und Teetassen kratzte, die mir Lark aus dem Labyrinth gebracht hatte. Ich schlug die winzigen Singvogeleier auf, trennte mit den Fingern Eiweiß und Eigelb und rührte Letzteres mithilfe eines Zweigs unter die Pigmente. Im Lagerfeuer neben mir prasselten Äste, die das verkohlte Holz produzieren würden, das ich zur Herstellung von Ruß benötigte.

Pigmente waren teuer. Bevor ich die Elfen als Auftraggeber gewinnen konnte, hatte ich ausschließlich selbst hergestellte Kohle und Farben verwendet. Während ich vor mich hinarbeitete, fielen mir die Versuche meiner Kindheit wieder ein. Brombeeren ergaben das dunkelste, satteste Rot. Getrocknete Holunderbeeren einen Ockerton. Mit Walnussschalen gemischte Maulbeeren ein schönes Mittelbraun mit einem Stich ins Bordeauxfarbene. Heidelbeeren waren anfangs rosa, dunkelten aber im Laufe des Tages oft zu einem tiefen Indigoblau nach. Ironischerweise war Grün die Farbe, die sich am schwierigsten aus der Natur gewinnen ließ – ich würde mit den Gelbtönen herumexperimentieren müssen, die ich aus Zwiebelschalen und Apfelbaumrinde auskochte, und dann abwarten, wie sie aussahen, wenn ich sie mit meinen Blautönen vermischte.

Eine Zeitlang war ich so vertieft in meine Arbeit, dass ich meine Zuschauer vergaß und mich ganz der Begeisterung für Farbe überließ. Die untergehende Sonne warf einen goldenen Schimmer auf meine improvisierten Werkzeuge und durchzog meine Haare mit Lichtfäden.

Schließlich war ich mit dem Zerstoßen der Holzkohle fertig. »Ich glaube, das war alles«, sagte ich und dachte, ich würde es nur an Rook und Lark richten, entdeckte jedoch, dass ich zu einer großen Gruppe von Elfen sprach, die sich um mich geschart hatte.

»Hervorragend«, erklärte Gadfly, als wäre ich die Hofalchimistin, die Blei in Gold verwandelt. Er hielt mir ein Quadrat aus abgeschälter Birkenrinde entgegen, doch ich wischte mir lieber zuerst die eierverschmierten Hände auf dem Boden ab, bevor ich es nahm.

»Danke sehr«, sagte ich. »Das könnte gut funktionieren. Dürfte ich Euch um einen Gefallen bitten?«

Gadfly sah mich fragend an. »Ich habe Euch doch versichert, dass es Euch an nichts mangeln soll.«

»Wenn ich meiner Familie in Whimsy einen Brief schreibe, könntet Ihr ihn bitte überbringen lassen? Falls es sich arrangieren lässt, wäre ein Vogel vollkommen ausreichend. Und so schnell wie möglich wäre ideal«, fügte ich hastig hinzu. Mir war klar, dass die Nachricht sonst womöglich erst in hundert Jahren vor der Haustür unseres verlassenen, zerfallenen Häuschens landen würde.

»Selbstverständlich. Ich gebe Euch mein Wort, dass Euer Brief in zwei Tagen bei Sonnenaufgang bei Euch zu Hause eintreffen wird.«

»Und er wird bei meiner Tante Emma ankommen?«, bohrte ich nach, weil ich ein weiteres ungeklärtes Detail witterte.

Er lächelte mich wissend an. »Ihr vergesst aber auch keine Einzelheit. Ich verspreche, die Nachricht wird an Emma ausgeliefert werden. Ich muss übrigens gestehen, dass ich noch nie das Glück hatte, bei der Entstehung von Schreibkunst zuzusehen.«

»Ah, es wird mir ein Vergnügen sein, es Euch vorzuführen«, erwiderte ich und versuchte, seine konzentrierte Aufmerksamkeit auszublenden. Er spähte auf die Rinde in meiner Hand, als könne ich sie mit einer Handbewegung in eine Taube verwandeln. Ich wollte nach der Schale mit Ruß greifen, hielt jedoch abrupt inne. »Ich habe nichts, womit ich schreiben könnte«, sagte ich laut zu mir selbst und blickte mich suchend um.

Wind ließ meine Haare aufflattern und Rook hüpfte in Rabengestalt neben mich auf den Baumstamm, er drehte den Kopf, um sich die Schwanzfedern zu putzen. Ich wollte ihn schon wegscheuchen, da schnappte er nach der längsten Feder und riss sie aus seinem Körper. Er überreichte sie mir mit höfischer Souveränität. Sie war warm und am Ende des durchscheinenden Kiels klebte ein Tropfen seines bernsteinfarbenen Blutes.

Um etwas Zeit zu gewinnen, drehte ich die Feder in den Händen und fuhr mit der Fingerspitze über die seidige Kante. Ich konnte nicht sagen, warum mich die Geste so rührte. Die Feder war eine von vielen und Rook konnte sich sofort eine neue nachwachsen lassen. Als es sich nicht länger hinauszögern ließ, räusperte ich mich und stieß die Spitze in die Erde, um sie zu säubern.

Was sich als Fehler herausstellte.

Denn sofort wölbte sich das Gras und zwischen den Wildblumen trieb ein Schössling heraus, der rasch zu einem jungen Baum aufschoss, der wie eine Bühnenrequisite die Äste ausklappte. Leuchtend purpurfarbene Blätter öffneten sich in prachtvoller Frische und breiteten sich triumphierend auf der Frühlingslichtung aus und zwar auf diese unausstehliche Art, die ganz und gar Rook entsprach.

»Passt auf, was Ihr tut!«, rief Gadfly. »Ich werde nicht zulassen, dass Ihr meinen Hof verschandelt, Rook. Das ist ja furchtbar hässlich.«

Rook breitete die Flügel aus und stieß einige kampflustige Krächzer aus. Ich unterdrückte ein Lächeln.

»Danke«, flüsterte ich ihm zu und drehte den Federkiel zwischen meinen Fingerspitzen.

Doch Gadfly vergaß Rooks Vergehen, sobald ich mit nassem Ruß meinen Brief zu kritzeln begann. Elfen konnten zwar nicht schreiben, aber lesen, ich musste also vorsichtig sein, was ich preisgab.

Liebe Emma, March und May, schrieb ich. *Ich bin gesund und munter. Mit Kummer denke ich daran, welche Sorgen euch mein Verschwinden bereitet haben muss. Doch ich erlebe gerade ein unerwartetes Abenteuer –* Emma würde verstehen, was ich davon hielt, ein »Abenteuer« zu erleben – *und kam bislang nicht dazu, euch zu schreiben. Im Moment führe ich meine Malkunst am Frühlingshof vor. Rook, der Herbstprinz, hat mich ganz plötzlich dazu ermuntert und hierhergebracht. Ich freue mich darauf, euch bald alle wiederzusehen. Alles Liebe, Isobel.*

Die Nachricht würde Emma mehr Fragen als Antworten aufgeben, aber da ich auf dem kleinen Rindenviereck nicht mehr Platz hatte, musste es ausreichen. Ich wartete, bis die Nachricht getrocknet war, dann reichte ich sie Gadfly.

Er hielt den Brief vor sein Gesicht und betrachtete ihn mit distanzierter Faszination. »So einfach«, sagte er irgendwann, »und trotzdem würde ein Elf bei dem Versuch, zu tun, was Ihr gerade getan habt, zu Staub zerfallen. Wusstet Ihr das?«

»Ich habe … davon gehört, ja.«

Gadfly musterte mich mit seinen blassen Augen. »Versteht mich nicht falsch, es ist ein geringer Preis für die Macht und Schönheit der Unsterblichkeit. Trotzdem stellt man sich Fragen, oder? Warum begehren wir vor allem die Dinge, die die größte Macht besitzen, uns zu zerstören?«

Mir lief ein Schauder über den Rücken. Ich hatte noch nie erlebt, dass Gadfly wegen etwas Tiefgründigerem als Zitronencreme philosophisch wurde. Ich widerstand dem Bedürfnis, Rook anzusehen, aber ich fragte mich, ob ihm ähnlich unbehaglich zumute war wie mir.

»Die Kunst an sich fügt Euch keinen Schaden zu«, stellte ich klar. »Ihr tragt und esst sie jeden Tag ohne die geringste Konsequenz.«

»Ah, ja. Trotzdem.« Er lächelte schwach. »Manche Konsequenzen sieht man nicht gleich. Eines Tages werdet Ihr feststellen, dass Kunst die Macht besitzt, unsereins auf eine Art zu zerstören, die Eure Vorstellungskraft übersteigt. Das klang alles recht deprimierend, oder? Ich bitte um Nachsicht.« Er zwinkerte mir zu. Dann klatschte er in die Hände und erhob sich.

Erst in diesem Moment fiel mir auf, dass der Brief nicht

mehr da war, er war so schnell aus seiner Hand verschwunden, dass es mir entgangen war. Ich redete mir zu, dass Gadfly mir sein Wort gegeben hatte, und schüttelte das merkwürdige Gefühl ab, das ich seit unserem Gespräch hatte. Emma würde den Brief erhalten. Sie würde ihn bald lesen und dann zwar immer noch Angst um mich haben, aber wenigstens würde sie mich nicht für tot halten.

»Wer möchte Isobel helfen, die Materialien für ihre Kunst zum Thron zu tragen?«, fragte Gadfly, als stünde er vor einer Schulklasse. Sofort war ich von einer kichernden Elfenmenge umringt, die die Schälchen nahm und begutachtete. Anfangs machte ich mir Sorgen, sie könnten meine Pigmente verschütten, doch diese Sorge verschwand, als ich sah, dass sie die Gefäße wie verzauberte Kelche behandelten, die jeden Moment explodieren oder jeden in der Nähe zu Stein erstarren lassen könnten, wenn sie herunterfielen. Rook schien für den Tag genug geholfen zu haben, als ich aufstand, flatterte er über meiner Schulter, bis ich ihm erlaubte, sich darauf niederzulassen; danach thronte er dort und musterte jeden mit erhobenem Schnabel.

Als wir zum Thron marschierten, sahen wir aus wie eine Prozession auf einem Gobelin – ich allen voran, in einem hauchdünnen Kleid mit einem als Tier verkleideten Prinzen auf meiner Schulter, während unser Elfengastgeber hinterher stolzierte. Die untergehende Sonne ließ alles glühen. Selbst die Insekten, die sich von den niedergetretenen Wildblumen erhoben, wirkten wie in der Luft schwebende Goldstäubchen.

Als wir den Thronsaal erreichten, konnte man sehen,

dass dort in meiner Abwesenheit gearbeitet worden war. Neben dem von Birken gesäumten Pfad zum Thron stand nun eine lange mit weißem Tuch gedeckte Tafel mit einem bestickten Läufer in der Mitte, der um die fünfzehn Meter oder länger sein musste und dessen blassgrüne und silberne Seide auf die Sitzkissen und Muster der Platzteller abgestimmt war. Doch die Speisen stellten alles in den Schatten – glitzernde Hügel aus Trauben und Pflaumen und Kirschen, hoch aufgetürmtes und mit Zuckerguss überzogenes Gebäck, gebratene Gänse und Rebhühner, die noch am Spieß glänzten.

»Wo kommt das alles her?«, flüsterte ich Rook zu. »Spielt ihr abwechselnd die Diener oder kommen die Eichhörnchen und Hasen aus dem Wald, um alles in eurer Abwesenheit herzurichten?«

Er kommentierte meine Stichelei damit, dass er sich umdrehte und mit den Schwanzfedern nach meiner Nase ausholte.

Die Tafel war so beeindruckend, dass mir erst beim Näherkommen auffiel, dass noch etwas Kleineres danebenstand. Einige Schritte neben dem Thron war ein Brokatsesselchen mit einer Staffelei davor platziert worden. Die Staffelei war dekorativ, aber eher zum Ausstellen von Bildern gedacht als zum Arbeiten, doch sie würde ihren Zweck schon erfüllen. Wesentlich entmutigender war die Unmenge an Birkenrinde, die Gadfly mir besorgt hatte. Der Stapel war höher als das Sesselchen und machte deutlich, was er von mir erwartete.

»Ich fürchte, wenn wir gespeist haben, wird es schon

ziemlich spät sein«, sagte Gadfly und stellte sich neben mich. »Vielleicht möchtet Ihr uns morgen früh mit der Gunst Eurer Kunst beehren?« Er zog den Stuhl am Kopfende vor.

Dreizehn

Ich wünschte mir von ganzem Herzen, ich hätte diese Ehre zurückweisen können. Aber es wäre unhöflich gewesen und alle glänzenden Augen waren auf mich gerichtet. Als ich mich mit einem Knicks hinsetzen wollte, flatterte Rook von meiner Schulter und verwandelte sich gerade rechtzeitig zurück, um meinen Stuhl heranzuschieben. Gadfly fügte sich zwar lächelnd, aber ich fragte mich, ob es klug von Rook gewesen war.

Die Elfen traten näher und nahmen ihre Plätze ein. Lark setzte sich zu meiner Linken, Rook zu meiner Rechten. Gadfly lief zum anderen Ende des Tischs und ließ sich genau mir gegenüber an der Stirnseite nieder, allerdings halb verdeckt von all den Köstlichkeiten, die sich auf der langen Tafel türmten. Mit einem Rascheln von Seide und Musselin setzten sich auch die anderen.

Das Festmahl, das daraufhin folgte, war auf merkwürdige Art faszinierend. Statt Löffel, Gabeln oder Kellen zu benutzen, bedienten sich die Elfen einfach mit den Fingern. Doch sie waren von so schöner Gestalt und ihre Bewegungen so anmutig, dass ich es in keiner Weise abstoßend fand. Es gab keine Diener, die um den Tisch liefen – wer etwas wollte, das zu weit von ihm entfernt war, stand entweder auf und holte es sich oder es wurde ihm von Hand zu Hand weitergereicht, allerdings bestand da das Risiko, dass es unterwegs von jemandem aus einer Laune heraus verzehrt wurde. Weinflaschen machten die Runde und wir schenkten uns alle ein Glas ein. Obwohl ich nichts von Wein verstand, wusste ich beim ersten Schluck, dass dieser Jahrgang sein Gewicht in Silber wert war. Wein gehörte zu den wenigen Dingen, die wir in Whimsy nicht herstellten; er wurde unter großer Gefahr und mit immensen Kosten aus der Anderwelt eingeführt.

Bei Obst und Gebäck bediente ich mich auf die Art der Elfen, doch als es um den Verzehr der mit Honig und Gewürzen glasierten Gans ging, nahm ich Messer und Gabel zur Hand. Als ich das Fleisch schnitt, spürte ich, dass ich beobachtet wurde. Bei einem Blick über die Tafel sah ich mehrere Elfen das Silberbesteck schwingen, sie folgten gewissenhaft meinem Vorbild, einige andere jedoch beäugten ihre Utensilien neugierig. Es war offensichtlich, dass die meisten von ihnen noch nie mit Besteck gegessen hatten. Aber warum deckten sie den Tisch dann damit ein?

Weil Menschen es so machen, dachte ich, mit einem leichten unbehaglichen Kribbeln.

Das Gespräch wandte sich von meiner Kunst zu anderen menschlichen Errungenschaften. Die Elfen diskutierten Kleider und Schwerter. Ich stellte eine Reihe verwirrender Fragen und musste von Neuem erklären, dass mir als Malkünstlerin nicht zwangsläufig auch andere Kunstfertigkeiten beschieden waren. Im Laufe des Fests verlor ich die Hoffnung, in dem Sperrfeuer oberflächlicher Plaudereien wenigstens eine winzige nützliche Information über die anderen Höfe, das Sommerland oder bösartige Elfenbestien zu erhalten.

Als sich der Himmel zur Nacht verdunkelte, kamen Glühwürmchen in solcher Menge hervor, dass sie wie Sterne in den Bäumen glitzerten. Einige Elfen riefen ätherische Lichter herbei, die in verschiedenen Farbtönen über dem Tisch schwebten. Als mir kalt wurde, bot mir Rook sofort seinen ausgeliehenen Gehrock an – und schien ausgesprochen froh, ihn los zu sein. Ob ihm die Farben nun standen oder nicht, der Schnitt von Gadflys enganliegender Weste schmeichelte eindeutig seiner Gestalt, und ich musste mich zusammennehmen, um ihn nicht anzustarren, wie er da in Hemdsärmeln saß. Die Krawatte war längst verschwunden, der Kragen stand am Hals offen.

Mit der Zeit zeigte sich ein merkwürdiges Muster. Ein lächelnder Elf schickte über den Tisch ein Dessert oder eine Delikatesse in meine Richtung und Rook fing die Teller jedes Mal ab. Beim fünften oder sechsten Mal musste er sogar über einen wagenradgroßen Hügel Trauben hinweg quer über den Tisch langen, um Lark die Speise zu entreißen. Als er sich wieder setzte und die Hand auf die Armlehne legte, warf er mir einen gequälten Blick zu. Zu diesem Zeitpunkt hatte er bereits eine ganze Menge Wein getrunken, und ich dachte, es sei ihm allmählich anzumerken, die Beobachtung machte mich aber auch wegen meines eigenen

Zustandes verlegen. Allerdings war die Gesellschaft so vieler Elfen nach einigen Gläsern wirklich leichter zu ertragen.

Ich beugte mich zu ihm hinüber, ohne mich um die Lichter zu kümmern, die bei jeder meiner Bewegungen schaukelten. »Sind die Süßigkeiten verzaubert? Giftig?«, fragte ich flüsternd.

»Nicht im eigentlichen Sinn«, sagte er mit einem unbehaglichen Unterton.

»Warum dann?«

Unser Blick begegnete sich. »Es wäre besser, wenn du das nicht wüsstest«, sagte er mit derart kläglicher Miene, dass ich lieber nicht weiter nachhakte.

Doch einmal war Rook nicht schnell genug, und irgendwann fand ich den Grund selbst heraus. Lark kam mit Törtchen in den Händen zurück, eines aß sie selbst, das andere reichte sie mir. Als ich es berührte, veränderte es sich. Der Teig vertrocknete und überzog sich mit grauem Schimmel. Die Füllung tropfte als undefinierbarer schwarzer Schlamm heraus, der faulig stank. Noch schlimmer, die hohle Süßigkeit wand sich in meiner Hand: Sie war voller Maden. Ich schleuderte die Teighülle auf den Tisch ohne jedoch meinen Teller zu treffen, dann sprang ich auf und schob meinen Stuhl mit den Waden nach hinten, dass das Kristall und das Tafelsilber klirrten.

Von einem Moment auf den anderen war der Zauber des Abends zerstört. Die Elfen starrten mich von beiden Seiten des Tischs an, und obwohl ich wusste, dass es vermutlich nur meine Einbildung war, hatten ihre glimmerlosen Augen in dem unruhigen Licht plötzlich etwas Katzenähnliches.

Gadflys waren so blass, dass sie an eine Kerzenflamme erinnerten, die durch Quarz schimmerte. Mein Atem ging schneller. Doch dann ließ Lark, die mich verblüfft ansah, ein heiseres Lachen hören und nahm die verdorbene Süßigkeit vom Tischtuch. In ihrer Hand war sie allerdings nicht mehr verdorben – sie sah ein wenig zerdrückt aus, ansonsten jedoch genau wie zuvor. Lark stopfte sie sich in den Mund.

Rings um den Tisch wurde amüsiert gekichert, die Anspannung, die in der Luft lag, löste sich auf. Ich ließ mich wieder langsam auf meinen Stuhl sinken. Mit einem Blick auf meinen Teller vergewisserte ich mich, dass ich mir das nicht alles nur eingebildet hatte, sondern dass es ein grausamer Streich gewesen war, den mir jemand gespielt hatte. Als ich die Maden sah, die sich noch immer auf dem Porzellan wanden, wusste ich nicht, ob ich erleichtert oder abgestoßen sein sollte.

In Rooks Wange zuckte ein Muskel. Als er meinen Teller gegen seinen austauschte, streiften seine Haare meinen noch immer erhobenen Arm. Er zog ein Taschentuch aus der Vordertasche des Gehrocks, den er mir umgelegt hatte, und reichte es mir schweigend. Ich wischte mir die Finger ab, aber es lag nicht an den Maden und dem Schimmel, dass sich mir der Magen umdrehte. Ich hatte schon oft Schimmel angefasst und das hier würde bestimmt auch nicht das letzte Mal sein. Auch mit verdorbenem Essen war ich oft genug konfrontiert gewesen. Und ich hatte March zugesehen, wie sie alles Mögliche gegessen hatte.

Nein, es war das Wissen, dass rings um mich herum leere

Wesen in modrigen Kleidern saßen und von Maden verseuchte Süßigkeiten knabberten, während sie mit einem starren Lächeln auf ihren Heuchelgesichtern über Belanglosigkeiten plauderten. Wie würde das Fest ohne all den Glimmer aussehen? Ich stellte mir frische glänzende Trauben neben einer Schüssel Pudding vor, der die braune Farbe von Matsch hatte und von Larven wimmelte. Eine geronnene Flüssigkeit, die aus einer Flasche eingeschenkt und widerstandslos ausgetrunken wurde. Der Wein in meinem Magen wurde sauer, als sei auch er verdorben und verfault.

Meine köchelnde Übelkeit drohte überzulaufen. Mein Mund war voller Speichel, ich schluckte mehrmals.

»Mir war nicht klar, dass Elfen ihren Glimmer auch auf andere Dinge übertragen können«, sagte ich zu Rook, weil ich verzweifelt nach einer Erklärung, einer Ablenkung suchte. »Lark konnte das Kleid erst ändern, als sie es vor sich hielt.«

»Es ist eine seltene Fähigkeit. Das Trugbild ist nicht so komplex wie unser Glimmer – sobald ein Sterblicher es berührt, zerfällt es. Wenn ich mich nicht täusche, versucht Foxglove es gerade wieder.«

Obwohl Rook ihren Namen nur leise gesagt hatte, blickte Foxglove vom anderen Ende der Tafel zu uns herüber. Sie lächelte.

»Hat das Trugbild einen Einfluss auf« – ich zögerte – »den Geschmack? Für euch?«

»Ah«, sagte Rook. »Nein. Und im Allgemeinen ist uns das Aussehen wichtiger.« Wenigstens besaß er den Anstand, dabei verlegen auszusehen. »Es ist übrigens der Hauptstreitpunkt zwischen dem Winterhof und den übrigen Elfen«, fuhr er spontan fort. »Sie halten es für eine Pervertierung unserer wahren Natur, sich mit all den menschlichen Dingen hier zu umgeben und einen Glimmer zu tragen.«

»Wie trostlos ihr Leben sein muss«, bemerkte Gadfly hinter uns. »Ich habe solche Freude daran, pervers zu sein. Eigentlich halte ich es sogar für meine wahre Natur.«

Ohne die träge machende Wirkung des Weins wäre ich wahrscheinlich zusammengezuckt.

Ich hätte schwören können, dass Gadfly gerade eben noch am anderen Ende des Tischs gestanden hatte. Als ich über meine Schulter blickte, schwappte ein ungutes Gefühl durch meinen Kopf. Rook und ich hatten uns doch nicht etwa zu vertraulich miteinander unterhalten?

»Habt herzlichen Dank für Eure Gastfreundschaft, Gadfly«, sagte ich und tastete nach der erstbesten höflichen Floskel, die mir in den Sinn kam. »Das Festmahl war bezaubernd.«

Seine Spinnenfinger legten sich auf meine Stuhllehne. »Aber trotzdem nicht so recht gesellschaftsfähig, oder? Isobel, es tut mir leid, dass Ihr Bekanntschaft mit einer unserer nicht ganz so … einwandfreien Speisen gemacht habt. Ich dachte, Rook sei in der Lage, auf Euch aufzupassen.«

Neben mir runzelte Rook die Stirn. Mich überkam das unerklärliche Bedürfnis, ihn in Schutz zu nehmen. »Er hat es nach Kräften versucht«, erwiderte ich. Es kam energischer heraus, als ich beabsichtigt hatte, und so fügte ich schnell hinzu: »Ich schätze mich vor allem glücklich, dass mir ein Prinz aufgewartet hat.«

»Ja, natürlich«, antwortete Gadfly und ließ den Blick zwischen uns hin und her wandern.

Mist. Ich setzte mein höflichstes nichtssagendstes Lächeln auf und verweigerte ihm jeden weiteren Angriffspunkt. Sollte er doch denken, dass mich die Aufmerksamkeiten eines schönen Elfenprinzen entzückten und weiter nichts. Nicht, dass es irgendetwas anderes gewesen *wäre*. Rooks Gefühle mussten versteckt werden, nicht meine.

»Ich gestehe allerdings, Sir«, fuhr ich fort, »dass mir der Vorfall Unwohlsein verursacht hat. Wenn ich früh aufstehen und morgen früh zu angemessener Zeit mit meiner Kunst beginnen will, sollte ich mich besser vor Mitternacht zur Ruhe begeben.«

»Sehr vernünftig.« Gadflys Finger trommelten einen nachdenklichen Rhythmus, und zwar bedrohlich nahe an meiner Wange. »Lark, würdest du Isobel bitte auf ihr Zimmer bringen? Selbstverständlich in das Beste, das wir haben.«

Rook schien protestieren zu wollen, vielleicht wollte lieber er mir behilflich sein, ich stieß deshalb unter dem Tisch warnend gegen sein Knie. Ich hegte keinerlei Zweifel, dass er den Weg zu mir finden würde, doch es musste auf diskretere Art erfolgen, als mich vor den Augen des Hofes nach oben zu begleiten.

Lark erhob sich unsicher und hängte sich an meinen Arm. »Ich habe sooooo viele Nachthemden«, sagte sie und zog mich zur Baumtreppe.

»Ich will mitkommen!«, rief eine ihrer Freundinnen, die mir als Nettle vorgestellt worden war.

Lark fuhr herum und zischte sie an. Nettle setzte sich wieder. Lark lächelte reizend und umfasste meinen Arm fester.

Beim Hinaufsteigen auf den Baum glitzerten die Lichter des Festes unter uns wie eine ganze Stadt. Als ich hinter der ähnlich schwankenden Lark die Ranken hinauftaumelte, fürchtete ich fast so sehr um mein Leben wie bei dem Zwischenfall mit dem Grabalb. Doch irgendwie kamen wir wohlbehalten oben an. Durch das Blattwerk des Labyrinths fiel genug Sternenlicht, um sich zurechtzufinden, außerdem funkelten die Gänge voller Glühwürmchen wie eine Diamantenmine.

»Würde es Euch etwas ausmachen, wenn ich meine Sachen aus dem Vogelloch holte?«, fragte ich. Ich hatte den Ring den ganzen Abend nicht aus dem Kopf bekommen, und nach dem angespannten Ende des Fests konnte ich es nicht länger ertragen, ohne ihn zu sein.

»Ich verstehe nicht, warum Ihr Euch wegen Eures langweiligen Kleides Gedanken macht, aber da ich meine Nachthemden dort aufbewahre, müssen wir sowieso hin. Zieht es lieber nicht im Bett an.«

»Auf keinen Fall«, versicherte ich ihr. Aber ich würde ganz bestimmt das Eisen in meiner Nähe haben.

Ich probierte schätzungsweise nahezu ein Dutzend seidener Nachtgewänder an, jedes davon dünner als ein Unterrock und so gut wie durchsichtig, was mich allerdings nicht weiter kümmerte – das endgültige und eindeutige Zeichen, dass ich zu viel getrunken hatte. Lark entschied sich für ein grünes und erklärte Grün zu meiner Farbe. Das Nachthemd war unter der Brust gerafft und für den Zweck, den es erfüllen sollte, mit einer fragwürdigen Menge an Bändern versehen – es sei denn, man verwendete es als Hängematte und wollte sich bei stürmischem Wind festbinden. Aber es sah umwerfend aus. Ich hätte gern einen Spiegel gehabt, um mich darin zu betrachten. Nein, ich wünschte mir, Rooks Gesicht sehen zu können, wenn er mich darin entdeckte, und ob sich sein Blick von dem unterscheiden würde, den er mir zugeworfen hatte, als ich das Libellenkleid trug. Ich distanzierte mich sofort von dem Gedanken, mein Gesicht glühte, aber sosehr ich mich auch bemühte, ihn zu verdrängen, die prickelnde Röte, die diese Vorstellung auslöste, wollte nicht verblassen.

Schließlich gestattete mir Lark, meine Sachen zusammenzuklauben, und führte mich durch das funkelnde Labyrinth in ein anderes Zimmer. In der Türöffnung blieb ich wie angewurzelt stehen.

Aus dem Raum mit dem Himmelbett starrten mir Dutzende Gadflys entgegen. Die Porträts bedeckten beinahe jeden Zentimeter des Zimmers und stellten Gadfly in den verschiedenen Moden der Jahrhunderte dar, einige Bilder glänzten, einige waren verstaubt, einige hingen leicht schief. Sie wurden von Schlingpflanzen gehalten, was den Anschein erweckte, sie seien zum Teil mit der Wand verwachsen. Ein paar waren meine eigenen Arbeiten – insgesamt vielleicht acht. Sie nach all den Jahren wiederzusehen war ein Schock und ungefähr so, als würde man die Gesichter alter Freunde in der Menge entdecken. Im blinkenden Licht der Glühwürmchen schienen sich ihre Augen zu bewegen.

»Ich kann unmöglich in Gadflys Zimmer schlafen«, erklärte ich.

Doch Widerstand war sinnlos. Lark zerrte mich hinein. »Aber natürlich könnt Ihr das! Gadfly schläft nur einmal im Monat, bei Neumond. Ansonsten kommt er nur hierher, um seine Porträts zu betrachten. Da es Eure Kunstwerke sind, wird er höchst erfreut sein, wenn Ihr hier wohnt.«

In der bizarren Logik der Elfen ergab es Sinn, und bestimmt hielt Gadfly es für ein großes Privileg, eine unruhige Nacht unter den Blicken seiner vielen Gesichter zu verbringen. Von unten drang das Gelächter der Festgesellschaft herauf, Lark verfiel für einen Moment in trauriges Schweigen.

»Es macht mir übrigens nichts aus, wenn Ihr wieder nach unten gehen möchtet«, erklärte ich. »Wenn ich erst einmal im Bett liege, bin ich sowieso keine amüsante Gesellschaft mehr.«

Sie nahm meine Hand. »Seid Ihr sicher? Wirklich sicher? Ich kann den Gedanken nicht ertragen, dass Ihr ganz allein hier oben sein könntet.«

Ich lächelte. »Ich werde nicht einsam sein. Ich höre ja alle, außerdem bin ich so müde, dass ich auf der Stelle einschlafen werde.«

»Ihr seid wundervoll.« Lark presste meine Hand auf ihre Brust. »Ich wusste, dass wir allerbeste Freundinnen werden würden. Bis morgen, Isobel!« Mit diesen Worten ließ sie mich los und stürzte aus dem Raum.

Ich schauderte und schob meine Hand in meine Achselhöhle, um sie zu wärmen. Danach breitete ich meine Kleider über den Bettüberwurf, schnürte meine Stiefel auf und glitt unter die Decken – ein feines Daunenfederbett mit weichen Laken darunter. Ich behielt die Türöffnung im Auge, aber als Lark nicht wieder auftauchte, streckte ich die Hand unter den Decken hervor und tastete nach der Tasche meines Kleides. Blind und mit angehaltenem Atem suchte ich in den Falten und stellte mir vor, was wohl geschehen wäre, wenn einer der Elfen das Eisen gefunden hätte. Doch da stießen meine Fingerspitzen schon gegen seine beruhigende Form, ich drehte mich, um den Ring im Dunkeln in einen meiner Strümpfe zu schieben.

Das Geplauder und Gelächter, das von unten hochschallte, klang fast tröstlich menschlich. Trotzdem durfte und konnte ich nicht einschlafen. Rings um mich herum veränderte sich Gadflys Lächeln subtil im blinkenden Licht der Glühwürmchen. Aus dem Augenwinkel schienen sich seine Augen in dem veränderlichen Licht zu bewegen, manchmal sogar zu zwinkern. Ich hatte das Gefühl, beobachtet zu werden, allerdings ohne den Luxus, sicher sein zu können, dass es bloß ein Gefühl war. Mir fiel ein, dass ich nicht unter dem Bett nachgesehen hatte – eine kindische Idee, andererseits war es nicht schwer, sich einen Elf dort im Dunklen vorzustellen, die Spinnenfinger wie eine Leiche auf der Brust gefaltet und vor sich hinlächelnd, während er sich bereit machte, hervorzuspringen und mich zu überrumpeln …

Wäre es doch bloß sicher gewesen, meinen Ring zu tragen! Ich ballte die Fäuste so fest, dass meine Nägel in den Handflächen Abdrücke hinterließen.

Über eine Stunde schien vergangen zu sein; vielleicht auch weniger, als plötzlich etwas auf dem Flur schepperte.

»Verflixte Teekanne!«, schimpfte Rooks verärgerte Stimme.

Von einem Moment auf den anderen war meine Furcht verschwunden. Als ich mir ausmalte, wie Rook beschwipst und beleidigt durch die vollgestopften Gänge des Labyrinths stolperte und von herunterfallenden Teekannen angegriffen wurde, musste ich loslachen. »Rook«, flüsterte ich und vertraute darauf, dass er mich hören würde, »alles in Ordnung mit dir da draußen?«

Beschämtes Schweigen. Dann, kühl: »Ich wüsste keinen Grund, warum mit mir etwas *nicht* in Ordnung sein sollte.«

»Das stimmt allerdings«, sagte ich. »Du hast einen Grabalb getötet, da sollte ein Kessel wirklich kein Problem darstellen.«

An Gadflys grünem Gehrock herumzupfend trat er ins Zimmer, wo er ihn auszog und wie ein Stück Abfall auf den Boden warf. Danach steuerte er geradewegs auf mich zu und drängte sich mit einer geschmeidigen Bewegung neben mich ins Bett, in seinem Blick lag die dreiste und unbefangene Eitelkeit eines Katers, der sich auf einem aufgeschlagenen Buch niederlässt.

Ich stützte mich auf den Ellbogen auf. Das Bewusstsein, dass sein angezogenes Bein meines fast berührte und ich seine Körperwärme über den schmalen Abstand zwischen uns spüren konnte, ließ meine Haut kribbeln. Doch dann fielen mir meine dürftige Bekleidung und der gefährliche Gedanke von vorhin ein und ich zog die Decken fest um mich.

»Was tust du da?«, fragte ich. »Du kannst nicht hier schlafen.«

»Und ob ich das kann. Genau genommen muss ich es sogar. Da ich nicht zulassen werde, dass dir etwas zustößt, bleibe ich lieber in deiner Nähe.«

»Du könntest wie ein Gentleman anbieten, auf dem Boden zu schlafen.«

Der Vorschlag löste Entsetzen bei ihm aus.

»Außerdem bezweifle ich, ob du gerade in der richtigen Verfassung bist, mich zu beschützen«, fuhr ich fort, obwohl mir klar war, dass es aussichtslos war. »Du wärst um Haaresbreite von einer Teekanne niedergemetzelt worden.«

»Isobel.« Rook sah mich ernst an. »Isobel, hör zu. Die Teekanne ist belanglos. Ich kann jeden schlagen, jederzeit.«

»Ach, wirklich? Ist das die Wahrheit?«

»Ja«, erwiderte er.

Ich wehrte mich gegen die wütende Zärtlichkeit in mir. Wie nervtötend er auch sein mochte, es fiel mir erschreckend schwer, seinem Lächeln zu widerstehen. »Du scheinst sehr betrunken zu sein.«

»Bin ich nicht. Es mag viel Wein im Spiel gewesen sein, aber wie du weißt, bin ich königlichen Geblüts. Ich bin der Herbstprinz. Und deshalb nur leicht angetrunken.« Mit diesen Worten schloss er die Augen.

»Du kannst hier nicht schlafen. Du kannst auf gar keinen Fall hier schlafen, es ist zu …«

Die Blätter im Raum bebten, jemand kam den Gang heruntergerannt. »Oh nein«, stöhnte ich. »Schnell, kriech unters Bett oder verwandle dich!«

Ein Windhauch hob die Laken und ein sanfter, glatter Malstrom aus Federn streichelte meine Arme. Als er sich legte, hockte Rook in Rabengestalt zwischen den unordentlichen Bettlaken und stemmte empört die Flügel in die Seite, offenbar hatte sich sein Körper auf meinen Vorschlag hin verwandelt, ohne seine Zustimmung abzuwarten. Um ihm keine Möglichkeit zu geben, seine Meinung zu ändern, packte ich ihn und drückte ihn unter den Decken an meinen Bauch.

Genau in diesem Moment spähte Lark durch die Türöffnung. Ich stellte mich schlafend und nachdem sie mich einen Moment gemustert hatte, rannte sie wieder kichernd davon.

»Nein«, sagte ich, als Rook zu zappeln begann. »Wenn du hierbleiben willst, musst du das raffiniert anfangen.«

Er trat mit den Beinen und pickte nach meinen Fingern, um sich zu befreien und wieder zu verwandeln. Ich sah ein, dass ich drastischere Maßnahmen anwenden musste.

»Was bist du doch für ein hübsches Vögelchen«, flötete ich.

Sein Widerstand ließ nach, und schließlich gab er auf. Ich spürte, wie er den Kopf schief legte.

»Was für ein wunderhübsches Vögelchen«, wiederholte ich mit zuckersüßer Stimme. »Ja, du bist das allerhübscheste Vögelchen überhaupt.« Ich streichelte über seinen Rücken. Es entlockte seiner Brust ein zufriedenes Gurren. Bald signalisierte sein selbstgefälliges Schweigen, dass er, solange ich nur mit meinen Komplimenten fortfuhr, recht zufrieden war mit seiner Lage.

Ich wusste, dass ich nicht wirklich in Sicherheit war, aber Rooks Nähe, in welcher Gestalt auch immer, war ein unbestreitbarer Trost. Die Strapazen legten sich wie schwere

Wolle über mich. Rooks Herz pochte durch seine weichen Federn gegen meine Fingerspitzen, mir fielen die Augen zu und ich flüsterte dem verzogenen Prinzen, der sich in einem warmen Nest aus Decken an meinen Bauch kuschelte, schlaftrunkene Koseworte zu.

Zwinker, zwinker, zwinker kam als Kommentar von Gadflys Augen. Einhundert Exemplare von ihm beobachteten uns mit diesem Lächeln, das sich jeder menschlichen Erkenntnis entzog, und wir schlummerten ein.

Vierzehn

Die Schlange von Elfen, die für ein Porträt anstanden, reichte so weit den baumgesäumten Pfad zum Thron hinunter, dass ich das Ende nicht erkennen konnte. Von dem Fest letzte Nacht war keine Spur mehr zu sehen. Sosehr ich es auch versuchte, ich konnte auf dem moosigen Rasen keine einzige Traube und keinen einzigen Krümel entdecken. Der ganze Abend hätte ebenso gut ein Trugbild sein können.

Gerade saß Foxglove vor mir, ihr Lächeln ließ vermuten, dass ihr enger Kragen sie langsam aber sicher erstickte. Ich fragte mich, wie sie den begehrten ersten Platz in der Schlange errungen hatte, beschloss dann aber, lieber nicht so genau darüber nachzudenken.

Mein Magen rumorte. Sich meinen hochfliegenden Plan auszudenken, war das eine gewesen; ihn auszuführen, war das andere. Was, wenn das Ergebnis bei Foxglove eine ähnliche Wut auslöste wie bei Rook? Ich redete mir zwar zu, dass sie dazu keinerlei Anlass haben würde – der Rahmen war ein völlig anderer –, trotzdem waren meine Intelligenz und mein Eisenring (nun eine harte Beule in meinem fest geschnürten Stiefel) mein einziger Schutz, wenn sich die Elfen gegen mich wandten. *Und,* dachte ich … *und Rook.*

Ich wusste, und zwar mit derselben unerschütterlichen Gewissheit, mit der die Sonne morgens aufging, dass mich Rook, selbst um den Preis seines Lebens, gegen die anderen Elfen verteidigen würde. Der Gedanke hatte nichts Romantisches. Er war eher düster. Wenn es je so weit kommen sollte, konnte ich mir keinen anderen Ausgang vorstellen, als dass wir am Ende beide tot sein würden.

Ich spähte zu ihm hinüber, er saß neben Gadflys Thron. Er sah elegant aus, schien sich allerdings auf dem Brokatsessel, dem man ihm gebracht hatte, unwohl zu fühlen; er beugte sich unruhig vor, den Ellbogen auf den Oberschenkel gestützt, und hörte mit halbem Ohr zu, was Lark ihm ins Ohr plapperte. Er ertappte mich bei meinem Blick und wir sahen uns an. Aus irgendeinem Grund fiel mir auf, dass ihm eine dunkle Locke ins Gesicht fiel. Schnell wandte ich mich wieder meiner Arbeit zu.

Für Foxgloves Porträt hatte ich menschliche Freude als Thema gewählt. Was Elfen als Freude betrachteten, schien in zwei Spielarten zu existieren. Die erste war etwas, das der selbstgerechten kalten Fröhlichkeit verwandt war, die eine betrogene Ehefrau empfinden mochte, wenn sie hörte, dass die Geliebte ihres Gatten bei einem Treppensturz zu Tode gekommen war. Die zweite war die eitle, egoistische, maßlose Befriedigung, mit der sich ein reicher Edelmann ausrechnete, dass der Ertrag seiner Silbermine genügen würde, um sich für die nächsten dreihundert Jahre ausschließlich von Kaviar zu ernähren – vorausgesetzt, er lebte lange genug, um es zu genießen.

Und so gab ich Foxgloves Zügen, als ich sie mit der Spitze von Rooks Feder in Heidelbeerpigment hintuschte, die überbordende, strahlende Freude, die man in den Armen eines Geliebten empfindet, oder wenn man nach monatelanger Trennung die Gestalt eines geliebten Menschen die Straße herunterkommen sieht und seine Silhouette im Morgenlicht erkennt. Das Bild hatte nicht die klare und glänzende Vollkommenheit von Ölfarbe auf Leinwand, sondern etwas Unfertiges, es war weniger schön, weniger realistisch, aber *stärker.*

Ein verirrter Pinselstrich um Foxgloves Mund, den ich nicht mehr korrigieren konnte, deutete ein unterdrücktes Lächeln an. Hinter den von Fältchen umgebenen Augen erschallte Gelächter. Die unzureichenden Materialien machten es leichter für mich, menschliche Regungen umzuwandeln, ich war die Hofalchimistin, die Gold wieder zu Blei machte.

Als ich fertig war, erhob ich mich und machte einen Knicks. Foxglove kam näher, um die Rindenplatte von der Staffelei zu nehmen. Ringsum hielt der Hofstaat die Luft an. Niemand sprach, selbst aus Gadflys Richtung spürte ich eine ungewöhnliche Reglosigkeit. Obwohl es nur einen Herzschlag lang dauerte, einen einzigen Herzschlag, in dem Foxglove mit ausdrucksloser Miene meine Arbeit musterte, steigerte sich der Druck in meiner Brust, bis ich das Gefühl hatte, losschreien zu müssen.

»Oh, wie eigenartig!«, rief sie mit hoher klarer Stimme,

die an eine Gabel erinnerte, die gegen ein Kristallglas geschlagen wurde. Sie hielt das Porträt gerade so lange vor sich, dass die wartenden Elfen einen unbefriedigend kurzen Blick darauf werfen konnten, dann drehte sie es blitzschnell zurück, um es weiter zu betrachten. Ihr Lächeln hatte sich verändert. Ihr Blick war nun leer. Während der Hofstaat hinter ihr fröhlich flüsterte und sich die vorausgegangene Spannung auflöste, stand sie reglos da und starrte die Version ihrer selbst an, die menschliche Freude empfand. Doch niemand außer mir bemerkte ihr seltsames Verhalten.

Niemand außer mir und Gadfly, berichtigte ich mich, und Rook, der wieder vom Thron herüberspähte. Auch sie beobachteten Foxglove eingehend.

Larks Worte fielen mir wieder ein: *So, wie Gadfly Dinge bereits weiß, bevor sie geschehen.*

Früher am Morgen hatte er die Ehre abgelehnt, bei meiner ersten Vorführung Modell zu sitzen. Ich hatte mir zu diesem Zeitpunkt nichts weiter dabei gedacht, doch nun machte es mich nachdenklich. Wartete er auf etwas? Etwas, das er gesehen hatte?

Aus dem Augenwinkel nahm ich Bewegung wahr. Als ich mich umdrehte, sah ich Foxglove mit energischen Schritten davongehen, sie hielt das Porträt vor sich, als habe man ihr zum ersten Mal in ihrem Leben gegen ihren Willen einen Säugling in die Arme gedrückt.

Die Feder in meiner Hand zitterte leicht, fast unmerklich. Ich hielt die Luft an und versuchte, ruhig zu bleiben.

Als Nächster trat Swallowtail vor. Sein Makel waren seine Haare, die spinnenseidenblond und so unglaublich fein waren, dass sie wie die Samenkrone einer Seidenpflanze um seinen Kopf wehten. Vom Aussehen her lag sein Alter zwischen dem von Lark und Rook, seine großen Augen und die jugendlichen Züge verliehen ihm einen staunenden menschlichen Gesichtsausdruck. Als ich fertig war, stürzte er mit seinem Porträt davon und ging die Warteschlange entlang, wo er es prahlerisch herumzeigte, vor allem denen, die noch Stunden würden warten müssen.

Der Tag zog sich in die Länge. Jedes Porträt war ein Trittstein, alle zusammen würden meinen Weg nach Hause bilden. Ich konnte schon nicht mehr mitzählen, wie viele Porträts ich angefertigt hatte, ich erinnerte mich bloß noch an die Gefühle, die ich benutzt hatte: Neugier, Überraschung, Belustigung, Seligkeit. Die Pigmente in den Tassen wurden immer weniger.

Während ich malte, spürte ich die ganze Zeit Rooks Blick auf mir und vermied deshalb tunlichst, Trauer zu darzustellen.

Jeder der Elfen reagierte anders darauf, sich verwandelt zu sehen. Einige lachten, als sei es ein köstlicher Scherz. Andere zuckten zusammen und kicherten nervös. Mir fiel auf, dass diejenigen, die so reagierten, meist jünger aussehende Elfen waren. Andere, normalerweise die Älteren, standen da und starrten wie Foxglove. Noch andere gingen davon und setzten sich hin, blickten ruhig und mit solch unmenschlicher Miene in die Ferne, dass ich ihre Gedanken beim besten Willen nicht erraten konnte. Auch wenn die Elfen aufhörten zu altern, wenn sie ungefähr Gadflys Aussehen erreicht hatten, schienen mir Letztere die ältesten von allen zu sein.

Einen ganzen Tag zu malen war ebenso anstrengend wie einen Langstreckenlauf hinter sich zu bringen. Mein rechter Ellbogen schmerzte, weil ich ihn stundenlang angewinkelt hatte. Mein Po und meine Knie schmerzten vom Sitzen. Meine Finger – die die Feder festhielten – wurden zuerst steif, dann taten sie weh und schließlich wurden sie taub, jedes Mal, wenn ich die Finger spreizte, bekam ich einen Krampf. Am meisten schmerzte jedoch mein Gesicht vom vielen Lächeln. Meine erstarrte Miene muss irgendwann eher Furcht einflößend ausgesehen haben, doch es schien keinem der Elfen aufzufallen.

Nach einer Weile versammelten sich viele von denen, die ihr Porträt hatten malen lassen, zu Spielen auf dem Rasen. Ich war erleichtert, dass ich nicht länger im Zentrum der Aufmerksamkeit stand, sondern dass die Höflinge ein Stück weiter Federball spielten und kegelten. Die Stimmung der Versammelten wurde lebhaft. Ich hörte eher, als dass ich es sah, wie Rook auf seinem Sessel hin und her rutschte. Als ich mir vorstellte, was es ihm abverlangen musste, so lange still zu sitzen, wurde mein Lächeln echt.

»Ich wüsste nicht, warum ich hier noch länger herumsitzen sollte!« rief er schließlich und zog los, um Swallowtail beim Krocket zu schlagen. Anschließend verlor er eine Partie Blindekuh gegen Foxglove, um dann aufzuholen und alle schamlos beim Kegeln und beim Federball zu schlagen. Lark flatterte ihm wie ein neugieriger Schmetterling hinterher, während er Spiel um Spiel gewann.

Ich bemerkte mit Interesse, dass die Elfen mit menschlicher Geschwindigkeit spielten. Vielleicht war es die einzige

Regel, die eine Herausforderung darstellte. Bei mehreren Gelegenheiten sah ich ein gefiedertes Geschoss so nah an einem Spieler vorbeifliegen, dass dieser es eigentlich ohne Schwierigkeiten hätte treffen können.

Rook hatte seinen Mantel abgelegt. Bei jeder Drehung blitzten unter seiner enggeschnittenen Weste ein paar Zentimeter seines weißen Hemdes hervor und unterstrichen seine Schlankheit. Seine hochgekrempelten Ärmel stellten seine muskulösen Unterarme zur Schau, auf seinem Hals glänzte über dem aufgeknöpften Kragen ein feiner Schweißfilm. Nachdem ich gesehen hatte, wie er Elfenbestien zur Strecke gebracht hatte, ohne dabei ins Schwitzen zu geraten, fiel mir die Anstrengung auf, die es ihn kostete, sich zurückzuhalten. Jedes Mal, wenn er ausholte oder zuschlug, musste er sich zusammennehmen, seine Kraft nicht wie ein Schlachtross zur Schau zu stellen, das steif im feinen Paradegeschirr herumtänzelt.

Mich durchlief es heiß. Gestern Morgen – war er da auch in Schweiß ausgebrochen? Ich erinnerte mich an das Gefühl seiner Hände, als er mich hochgehoben hatte, als sei ich gewichtlos, wie sie an mir herabgeglitten waren, wie er mich gegen den Baum gedrückt hatte …

Mit glühenden Wangen skizzierte ich die Haare meines Modells fertig, riss das Bild von der Staffelei und überreichte es ihm. Er rannte davon, lachte über die verwirrte Miene seines Porträtgesichts und kegelte eine Runde. Mein nächstes Modell nahm Platz, sie strich ihren Rock über nackten Knien glatt, die so zerbrechlich waren wie die eines Vogels.

Die Hitze in meinen Wangen erlosch, als würde man Kohlen auf winterkalte Fliesen schütten.

Es war Aster.

»Einen schönen Nachmittag, Aster.« Ich kratzte meine letzte Kraft zusammen und begrüßte sie, als sei alles in bester Ordnung – dabei löste schon ihr bloßer Anblick Gänsehaut bei mir aus. »Habt Ihr einen bestimmten Wunsch oder soll ich ein Gefühl für Euch wählen?«

»Oh, bitte wählt Ihr. Ich bin sicher, Ihr könnt das viel besser als ich.« Sie lächelte mich matt an. Doch ihre Augen … Ihre Augen waren hungrig. Sie hatte die zitternden Hände unter den Musselin ihres Kleides geschoben. Ich wusste genau, was sie wollte, aber ich war nicht sicher, ob ich es ihr geben konnte. Oder, noch wichtiger, ob ich es ihr geben *sollte.*

Sie wollte sich wieder als Sterbliche sehen.

Ich tauchte Rooks Feder in die Farbe. Als ich meine erste Linie in dunklem Ocker zog, stieg der bittere Geruch zermahlener Eicheln aus der Schale auf. Ich hatte das Gefühl, ein Glas Wasser einzuschenken, das ich einem verdurstenden Gefangenen hinter Gittern zeigte. In diesem Moment hasste ich den Grünen Brunnen inbrünstiger als je zuvor. Ich hasste seine Existenz und dass Menschen Verlangen nach ihm verspürten. Ich hasste es, dass ich auf seinem Rand gesessen und die Abscheulichkeit nicht gespürt hatte, die von den moosbedeckten Steinen ausströmte. Wie konnte der Brunnen es wagen auszusehen, wie er aussah: ein bösartiges Ding, ein hohles Ding, inmitten von Farnen und Glockenblumen und zwitschernden Vögeln. Hatte Aster auch nur ansatzweise geahnt, auf welch ewiges Grauen sie sich einließ? Die Heftigkeit meines Zorns ließ die Federspitze zittern.

Ich skizzierte ihre Gesichtszüge mit kühnen aggressiven Strichen. Dabei spritzte Farbe und es sah aus, als füge sich ihr Porträt auf der Rinde aus Teilchen von Dunkelheit zusammen. Ihr spitzes Kinn, die eingefallenen Wangen und die übergroßen Augen nahmen unter meiner Hand Form an, flüchtig hingeworfen, aber treffend. Ich änderte den Winkel ihres Gesichts, sodass es leicht angehoben war; nun blickten ihre Augen den Betrachter an. *Wie könnt ihr es wagen?*, funkelten sie zornig. Ihr Mund war geschlossen, doch ihre Oberlippe verzog sich. *Wie könnt ihr es wagen, mir das anzutun? Warum müsst ihr nicht dafür büßen?* Sie sah aus, als würde sie jeden Moment aus der Rindenplatte herausspringen und Rache nehmen – und jemandem die Finger um die Kehle legen. *Euch werde ich es zeigen!*

Auf diese Weise übertrug ich meine Wut auf Aster. Hässliche Wut, menschliche Wut, die Wut, die sie zu fühlen verdiente, aber unfähig war zu empfinden, weil man sie ihr für immer genommen hatte.

Als ich fertig war, atmete ich schwer und in meinen Adern pochte eine merkwürdige Energie, ein heulender Wind statt Blut. Als ich in die Augen von Asters Porträt blickte, durchzuckte mich ein Schauer. Sie war dort auf eine Art lebendig, die sogar meiner Kunst nur höchst selten gelang. Sie war wieder wirklich.

Ich musste aufstehen. Die stürmische Kraft in mir verlangte nach Bewegung. Unter Schmerzen erhob ich mich aus dem Sesselchen, ich konnte weder meine Schenkel noch meinen Po fühlen, meine Knie knackten. Ich trug das Porträt zu Aster, die höflich verwirrt mein Näherkommen beobachtete. Die Rinde zitterte in meiner Hand. In letzter Sekunde fiel mir ein, dass ich knicksen sollte. Quer durch den Hof erwiderten Dutzende von eleganten Gestalten liebenswürdig meine Geste.

»Ich musste kurz aufstehen«, erklärte ich schroff. Ich räusperte mich. »Menschenkörper sind nicht dazu geschaffen, lange Zeit still zu sitzen.«

Ein verständnisvolles Murmeln lief durch die Warteschlange. Man hatte mich beobachtet und versucht, aus meinem plötzlichen Aufspringen schlau zu werden. Ja, natürlich; Sterbliche waren so zerbrechlich …

Ich überreichte Aster ihr Porträt.

Sie betrachtete es. Da ihr ein Vorhang langer dunkler Haare übers Gesicht fiel, konnte ich ihre Miene nicht sehen. Schließlich fuhr sie mit dem Finger über die noch nasse Farbe und verwischte sie. Sie zog die Schmierer quer über die Rinde bis zum Rand, fest genug, dass ich dachte, sie würde meine Arbeit entzweibrechen. Als sie zum Rand kam und den Finger zurückzog, schnippte die Rinde in ihre ursprüngliche Form zurück. Aster drehte ihre verschmierte Fingerspitze um und musterte sie.

»Ich erinnere mich«, flüsterte sie. Sie wandte den Kopf ein wenig zu mir und für einen kurzen Moment konnte ich durch ihre Haare das Funkeln in ihren Augen sehen.

Ebenso gut hätte eine Glocke auf der Lichtung schlagen können – eine Glocke, die nur ich zu hören vermochte. In Asters Augen kämpfte – wie ein wild loderndes Feuer in der

Nacht – Wut, echte menschliche Wut. Ich hatte am ganzen Körper Gänsehaut.

Und dann sagte sie, so leise, dass ich es kaum hörte: »Danke.«

Der Bann brach. Sie stand auf, unbeteiligt, so unbeteiligt, dass ich mich fast fragte, ob ich mir den zornigen Funken nur eingebildet hatte, doch ich wusste, es war weder Einbildung noch ein Missverständnis gewesen. Sie schlenderte über den Rasen, als würde sie sich keinerlei Gedanken machen, das Porträt baumelte schlaff in ihren Fingern. Doch als sie sich setzte, legte sie es mit der Vorderseite nach unten in ihren Schoß, wie ein Geheimnis, das sie zu wahren gedachte.

Ich wappnete mich und drehte mich um.

»Sir«, sagte ich zu Gadfly, »ich bin erschöpft vom Malen und die Pigmente sind fast aufgebraucht. Dürfte ich eine Pause einlegen?«

Er klatschte in die Hände. »Aber selbstverständlich, Isobel. Warum fragt Ihr überhaupt? Ihr seid Gast an unserem Hof und verdient jedes Entgegenkommen.« Die in der Schlange wartenden Elfen seufzten auf und tuschelten enttäuscht. »Na, na«, schalt Gadfly sie, bevor er sich wieder mir zuwandte. »Wünscht Ihr, dass Euch jemand in den Wald begleitet? Rook vielleicht?« Dies schlug er ohne eine Spur von Tücke vor.

Ich spähte zu dem Federballspiel und entdeckte Rook, der mich beobachtete, seine Brust hob und senkte sich vor Anstrengung, das Spiel war vergessen. Ein Federball schwirrte an seinem Kopf vorbei und zerzauste ihm die Haare.

»Nein, ich schaffe das gut allein.« Ich sprach ruhig, meine

Stimme klang, als würde jemand, der um die Ecke stand, reden. »Ich werde nicht weit gehen und wegen einer solchen Nichtigkeit möchte ich dem Prinzen ungern zur Last fallen.«

Ich hatte keine Ahnung, ob Gadflys Frage wirklich ohne Hintergedanken gemeint war. Wenn er vorschlug, dass mich jemand begleiten könne, war Rook die naheliegende Wahl. Doch ich wurde die diffuse Angst nicht los, dass er *Bescheid wusste.* Dass er vielleicht sogar etwas gesehen hatte – etwas in der Zukunft …

Ich lächelte Gadfly zu und verabschiedete mich mit einem Knicks. Danach sammelte ich langsam und bedächtig die Teetassen ein und ging zu der Lichtung, wo der Wipfel von Rooks Herbstbaum seine scharlachroten Blätter verteilte. Ich spürte Rooks fragenden Blick, aber ich drehte mich kein einziges Mal um.

Ich musste mich schließlich daran gewöhnen, ihn zurückzulassen.

Fünfzehn

Ich stapfte durch das Unterholz und redete mir zu, dass Rook schon klarkäme. Vielleicht verzehrte er sich ja schon vor Sehnsucht, nachdem er alle mehr als ein Dutzend Mal beim Federball geschlagen hatte. Warum musste er so völlig und dumm durchschaubar sein? Er hätte ebenso gut für jedermann sichtbar ICH LIEBE ISOBEL auf der Stirn stehen haben können.

Mit einem frustrierten Aufschrei zerrte ich meinen Stiefel aus der Umklammerung einer Kletterpflanze. Selbst das zarte Frühlingsgrün fühlte sich mittlerweile weniger freundlich an. Der blaue Himmel mit den Schäfchenwolken strahlte ebenso harmlos wie Gadflys Lächeln, über mir sprangen die Eichhörnchen über die Äste und lösten Schauer weißer Blütenblätter aus. Doch wenn ich etwas von den Elfen gelernt hatte, dann war es, dem Schein der Dinge zu misstrauen.

Ich trat aus dem Unterholz und setzte mich auf denselben Baumstamm wie am Nachmittag zuvor. Ein Wind rüttelte Blätter von Rooks Baum, ein paar fielen in meinen Schoß. Ich nahm eines in die Hand und fuhr über die Ränder.

Seine Farbe stach deutlich heraus, das Blatt hatte viel Ähnlichkeit mit Rook.

Unser Plan lief nicht ganz, wie ich erwartet hatte. Ich hätte mich nicht so hineinsteigern dürfen mit Aster. Sie hatte ganz eindeutig echten Zorn empfunden, menschlichen Zorn, so unmöglich das auch scheinen mochte. Nicht nur das – meine Porträts hatten auch bei anderen etwas ausgelöst. Ich malte seit Jahren Elfen, aber noch nie hatte ich solche Reaktionen auf meine Kunst erlebt. Foxglove hatte etwas gefühlt, da war ich sicher. Vielleicht hatte sie Gefühle verspürt. Vielleicht hatte sie eine Ahnung davon bekommen, was es bedeutete, keine zu haben, und die Leere ihrer Existenz erkannt, die Hohlheit, noch nie Freude empfunden zu haben. Ich war unschlüssig, welche Möglichkeit erschreckender war – oder gefährlicher.

Das Einzige, was ich ganz sicher wusste, war, dass ich nicht scheitern durfte. Nicht nur mein Leben war in Gefahr.

Ich stellte fest, dass ich das Blatt zerpflückt und alles bis auf die Blattadern abgerissen hatte. Ich warf die Reste weg und verbarg das Gesicht in den Händen. Meine Augen brannten. Mein Herz schmerzte. Selbst wenn alles perfekt nach Plan lief und ich mich vollkommen umsonst verrückt machte, blickte ich einer Zukunft entgegen, von der ich nicht sicher war, ob ich sie würde ertragen können.

»Wärst du doch bloß hier, Emma«, murmelte ich und wünschte mir in diesem Moment nichts sehnlicher, als von meiner Tante in die Arme genommen zu werden. Sie wüsste, was sie sagen müsste. Sie würde mir versichern, dass ich kein schrecklicher Mensch war, weil ein Teil von mir nicht nach Hause wollte. Vielleicht könnte sie mich sogar davon überzeugen, mir selbst genug zu sein, nachdem ich mein Herz im Herbstland begraben und für immer dort zurückgelassen hatte.

»Wer ist Emma?«, fragte eine fröhliche Stimme direkt neben meinem Ohr.

Ich erschrak zu Tode. »Lark! Was macht Ihr denn hier?«

Sie saß am Ende des Stamms und lächelte mich an, sie hatte die Hände voll mit frisch gepflückten Heidelbeeren. Als sie mein Gesicht sah, verschwand ihr Lächeln. »Ihr tropft!«

»Ja, ich habe geweint.« Beim Anblick ihrer hochgezogenen Augenbrauen fügte ich hinzu: »Das tun wir Menschen, wenn wir traurig sind. Ich vermisse meine Tante Emma.«

»Ach so, aber jetzt hört bitte auf. Ich habe Euch Heidelbeeren mitgebracht – Gadfly hat mir erzählt, dass Ihr nicht mehr genug Material für Eure Kunst habt. Bitte schön.« Sie schüttete die Beeren in den Korb, den mein Rock zwischen meinen Beinen bildete. Im letzten Moment stibitzte sie jedoch noch ein paar und stopfte sie sich in den Mund.

Ich war seltsam gerührt. »Danke, Lark. Das war ein sehr schöner Gedanke von Euch.«

»Ja, ich weiß. Ich bin voller Gedanken, aber sie interessieren niemanden, alle behandeln mich, als wäre ich das dümmste Geschöpf des Frühlingshofes.«

»Ich aber nicht, oder?«, fragte ich besorgt.

»Nein. Deswegen mag ich Euch ja auch so!« Sie sprang auf die Füße. »Jetzt kommt mit, wir suchen noch mehr Beeren.«

Mit einem schniefenden Lachen nahm ich eine Beere aus meinem Schoß und steckte sie in den Mund. Der reife herbe Geschmack entfaltete sich süß auf meiner Zunge.

Auf dem höchsten Ast von Rooks Baum ließ sich ein schwarzäugiger Rabe nieder.

Lark grinste und zeigte dabei jeden ihrer spitzen lila verfärbten Zähne.

Schon bevor sich die Welt in einem kaleidoskopischen Farbstrudel drehte, wusste ich, dass ich die Beere besser nicht gegessen hätte – dass ich nicht einmal *in Erwägung hätte ziehen* sollen, diese Beere zu essen. Ich stürzte in die Tiefe, als habe sich unter mir ein Loch aufgetan. Der Himmel verschwand, wurde kleiner und kleiner, eine warme, weiche, zerknüllte Dunkelheit rahmte ihn ein; zu Beginn meines Sturzes klammerte ich mich panisch daran fest, bis ich sie schließlich in meiner unsinnigen Angst als meine eigenen Kleider erkannte.

Ich strampelte, der Stoff erstickte mich von allen Seiten. Mein Körper reagierte nicht, wie er sollte. Mein Gesicht, meine Gliedmaßen, sogar meine Knochen hatten sich auf unbekannte Art angeordnet, die mir einen Schauder die Wirbelsäule hoch und runter jagte. Während ich noch zu verstehen versuchte, was hier vor sich ging, drehten sich zwei lange Anhängsel auf meinem Hinterkopf. Als ich schnüffelte, zuckte meine bewegliche Nase. Mein Herz schlug so schnell, dass ich es zunächst nicht als Herzklopfen erkannte – es fühlte sich an, als würde eine gefangene Wespe wie verrückt durch meinen Brustkorb surren.

Ich schüttelte meine Kleider ab und hüpfte – halbblind von der Sonne – durch das schulterhohe Gras, erst da begriff ich, welche Veränderung mit mir vorgegangen war. Larks verzauberte Beere hatte mich in ein Kaninchen verwandelt.

Ihr Schrei hinter mir hämmerte in meinen empfindlichen Ohren. Es war unvorstellbar, aber mein Herzschlag wurde noch eine Stufe schneller. Als ich auf einen Weißdornbusch zuraste, der höher vor mir aufragte als der höchste Glockenturm in Whimsy und der breiter war als ein Haus, dachte ich schon, mein Herz würde zerspringen. Der Wald war plötzlich so beängstigend groß, dass ich kaum hinsehen konnte. Ich brauchte irgendeinen Ort, wo es dunkel und sicher und geschlossen war, *sofort.*

»Lauft, lauft, lauft!«, lachte Lark. »Ich werde Euch fangen, Isobel!«

Mir kamen schreckliche Erinnerungen an das, was sie am Tag zuvor zu Rook gesagt hatte. *Verwandelst du dich wieder in ein Kaninchen, damit ich dich jagen kann?* Ich dachte daran, wie Rook sie links liegen gelassen und sich lieber um mich gekümmert hatte.

Als ich unter das Gebüsch schlitterte, wirbelten Erde und tellergroße Blätter auf. Mein Fell glitt geschmeidig unter den tief hängenden Zweigen hindurch. Ich rannte weiter, Lark hatte mich bestimmt unter dem Busch verschwinden sehen und war mir, ihrem Gelächter nach zu schließen, bereits auf den Fersen.

Da – ein Loch! Beim Näherkommen sah ich jedoch, dass der Bau zwischen den Wurzeln des Weißdorns verschwand, der widerliche Gestank, der aus der Tiefe kam, ließ mich zurückschrecken. Meine Instinkte schrien: *Gefahr!* Irgendwie wusste ich, dass mich das Ding, das in diesem Loch hauste, auffressen würde, wenn es nur die geringste Chance dazu bekam.

»Ihr seid ja schnell! Ich dachte schon, ich hätte Euch verloren!« Durch eine Lücke zwischen den Blättern sah ich Larks gigantische Füße zu dem Gebüsch gegenüber stapfen. Sie bückte sich und spähte darunter, ihr goldenes Haar wallte wie ein riesiger königlicher Gobelin in einer schimmernden Welle nach unten.

Für sie war es offensichtlich ein Spiel. Bestimmt wollte sie mir nichts Böses antun. Es hatte so geklungen, als habe sie dieses Spiel früher oft mit Rook gespielt. Trotzdem, wenn sie mich fing, wäre ihr klar, dass ich ein sterbliches Kaninchen war, keine Elfe in Kaninchengestalt? Würden ihre Finger meine kleinen Rippen umfassen und sie ein wenig zu fest drücken? Ich schauderte, als mir einfiel, dass Elfen, wenn sie Kaninchen fingen, diese roh verschlangen.

Und was, wenn sie ernsthaft böse war, dass ich ihr Rooks Aufmerksamkeit stahl?

Bevor ich eingehender darüber nachdenken konnte, hatte sie sich schon umgedreht und starrte mich an. »Da seid Ihr ja!« Sie fletschte noch einmal die verfärbten Zähne und kam nach vorn gebeugt und mit ausgestreckten Armen auf mich zu gekrabbelt, ihre Finger waren zu gierigen Krallen gekrümmt. Ich schlug einen Haken und sauste auf einen Geißblattstrauch zu. Er war nicht so dicht, wie ich mir gewünscht hätte, aber es gelang mir, sie abzuhängen, indem ich hinter den Stamm sprang, der dicht von spiralförmig eingerollten Farnen umwachsen war. Ich konnte nicht anders, als die Farne im Vorbeilaufen zu beäugen. Vielleicht würde ich ja, wenn ich Lark entkam, später zurückkommen und ein bisschen daran herumknabbern …

»Isobel, Isobel!«, flötete Lark zuckersüß. »Wo seid Ihr denn hingelaufen, Isobel? Ihr wisst doch, dass ich Euch finden werde. Ich kann Euch hören! Ich kann Euch riechen!« Die Erde bebte, als sie in das Geißblatt preschte, hinter mir knackte es. »Ihr seid bloß ein dummes Kaninchen!«

Ein dummes Kaninchen! Ein dummes Kaninchen! Die Wörter schlugen zwischen meinen Ohren hin und her und verloren ihre Bedeutung, mein ganzes Sein schrumpfte zu einem einzigen Urbedürfnis zusammen: überleben. Ich lebte, um zu rennen. Smaragdfarbenes Licht und Blätterschatten zischten vorbei, mein Körper bog und streckte sich bei jedem Sprung wie ein Pfeil. Ich wich Steinen und Wurzeln aus. Wenn ich einmal in die eine und dann in die andere Richtung flitzte, käme die schwerfällige Bestie hinter mir durcheinander und würde zurückfallen.

Auf einem Felsblock hielt ich an, um zurückzuschauen. Ich bekam kaum Luft und meine Nase war schon ganz rot. Meine Ohren dampften vor Hitze. Meine Verfolgerin war stehen geblieben, um unter einem gefällten Baumstamm nachzusehen. Mit aller Kraft drehte sie mit den oberen Gliedmaßen den Stamm um. Selbst aus der Entfernung konnte ich die weiche Rinde abbröckeln hören, zarte Farne wurden entwurzelt und auseinandergerissen. Eines meiner Ohren drehte sich von selbst, um die Geräusche besser zu hören. Plötzlich richtete sich die Verfolgerin auf. *Gefahr!* Ich sprang von dem Felsblock und flitzte über die Lichtung.

Einer der Baumstümpfe kam mir bekannt vor: Ein Stück Stoff war darübergebreitet, daneben standen Teetassen. Der Anblick beunruhigte mich ebenso sehr, wie es der Schatten eines Habichts getan hätte.

Und dann stieß ein weiteres Raubtier aus einem Winkel nach unten, den ich nicht erwartet hatte.

Nein! Nein! Nein!

Ich war gefangen!

Ich strampelte mit den Läufen, wand mich, schrie, bleckte die Zähne. Riesige Hände hatten mich gepackt und nun hoben sie mich hoch. Die Sonne blendete mich, die Welt schnellte schwindelerregend in die Höhe. Der Griff war zu fest, um zu entkommen. Ich trommelte mit den Füßen gegen den Brustkorb der Kreatur, doch sie drückte mich so fest an sich, dass ich meine Läufe nicht mehr bewegen konnte, dann schob sie ihre Kleider auseinander und drückte mein Gesicht hinein.

Geschlossene Dunkelheit. Gedämpfte Geräusche. Ich wehrte mich nicht länger, vielleicht war die Gefahr vorüber. In der plötzlichen Stille war nur noch mein Herzschlag zu hören. Das Geräusch pochte in schnellen rhythmischen Stößen durch meinen Körper.

»Lark«, sagte die Kreatur. Sie schrie nicht. Das war auch nicht nötig. Diese Stimme war wie ein grausamer Wind, der alles wegfegte. *»Was hast du getan?«*

Eine bockige Stimme antwortete. »Du willst ja nicht mehr mit mir spielen, Rook! Sie ist die Einzige, die mich noch beachtet! Und du versuchst, sie ganz für dich allein zu haben – das ist nicht fair!«

Mit ängstlich zuckender Nase schmiegte ich mich tiefer in das Gewand meines Geiselnehmers. Diese Stimme bedeutete *Gefahr!* Der Geruch der Kreatur, die mich hielt, ein klarer Blätterduft, ein Nachtluftduft, signalisierte jedoch *sicher*.

»Du dummes Ding. Hast du dir eine Sekunde lang überlegt, was passieren würde, wenn sie dir entkommen wäre? Schau sie dir doch an.« Eine der warmen Hände verließ meinen Rücken. Ich zitterte. »Sie hat bereits vergessen, was sie ist. Sie hätte die wenigen Jahre, die ihr noch geblieben wären, als gewöhnliches Kaninchen verbracht.«

Ein Fuß stampfte auf. »Ich hätte sie nicht verloren! Ich passe auf meine Sachen auf! Rook, warum benimmst du dich so? Du bist scheußlich, einfach *scheußlich*. Ich werde Gadfly erzählen, wie scheußlich du bist.«

»Erzähle es ihm ruhig«, erwiderte mein Geiselnehmer, »ich glaube allerdings nicht, dass er erfreut sein wird zu hören, wie unfreundlich du seinen Gast behandelt hast.«

»Gut!« Doch die Stimme klang unsicher. »Dann gehe ich jetzt!«

»Tu das«, sagte mein Geiselnehmer kalt.

Schritte rannten über das Gras davon. Mit meinen auf den Rücken gedrückten Ohren hörte ich nicht gut genug, um zu wissen, ob das Raubtier wirklich weg war. Trotzdem hatte ich keine Angst. Ich vertraute darauf, dass mich mein Geiselnehmer vor Schaden schützen würde.

Er zog mich aus der Dunkelheit und hielt mich vor sein Gesicht. Ich betrachte ihn ruhig, meine Hinterläufe baumelten herunter. Außer ihm war niemand auf der Lichtung, keine Habichtschatten, kein Fuchsgestank.

»Isobel, erkennst du mich?«, wollte er wissen. Ein Schatten verdeckte sein Gesicht, sein Geruch hatte etwas Bitteres angenommen. Er war wütend. Trotzdem dachte ich noch immer: *sicher*.

Ich schnüffelte.

Er seufzte und drückte mich an seine Brust. »Ich werde dich wieder zurückverwandeln. Versuche, dich nicht zu wehren, ich habe mit dieser Art Magie nicht allzu viel Übung. Das heißt«, fügte er schnell hinzu, »ich beherrsche sie natürlich – dir ist ja sicher schon aufgefallen, dass ich mich bei jeder Form der Zauberei hervortue –, aber es wäre trotzdem besser, wenn du still hieltest. Versuch es also bitte.«

Ich saß hilfsbereit in seinen Armen und schnupperte.

Zuerst passierte nichts. Doch gerade, als ich überlegte, dass es vielleicht nicht schaden könnte, ein Nickerchen zu machen, stülpte sich die Welt nach außen, drehte sich und warf mich um, als wäre ich ein paar Sekunden der Kreisel eines Kleinkinds gewesen. Alles schrumpfte. Mein Körper wurde schwer und fleischig und träge. Ich blinzelte benommen und versuchte, mich zurechtzufinden. Rote Blätter wirbelten über die Lichtung, die Bäume schwankten im abflauenden Wind. Als kein Lüftchen mehr wehte, stand der Herbstbaum nackt da, die kahlen Zweige trugen kein einziges Blatt mehr.

Ich spürte keinen Boden unter mir. Meine Beine hingen in der Luft, warme Arme hielten mich an Schultern und Kniekehlen. Rook. Das war Rook, der mich hielt.

Ich hatte nichts an.

Bevor ich meine Stimme wiederfinden und ihn bitten

konnte, mich abzusetzen, ließ er mich wie eine heiße Kohle fallen. Ich landete mit einem uneleganten *Plumps* in den Wildblumen. Entsetzt presste ich die Beine zusammen, krümmte mich, schlug die Arme vor die Brust und starrte zu ihm hinauf. Er sah ebenso entgeistert aus wie ich.

»Warum hast du mich einfach ...«, setzte ich an.

Im gleichen Moment platzte er heraus: »Du warst nicht mehr in Gefahr und ich durfte dich nicht länger anfassen! Alles gut mit dir?«

»Nein.« Man hatte mich gerade in ein Kaninchen verwandelt! »Aber das wird schon wieder. Danke, dass du mir zu Hilfe gekommen bist. Hättest du mich nicht ein bisschen früher absetzen können?«

Er schlug die Augen nieder. »Ich war abgelenkt«, erwiderte er würdevoll.

Ach – richtig.

Er wollte seinen Mantel ablegen, aber ich kam ihm zuvor. »Ich werde mein Kleid wieder anziehen. Schau ... einfach nicht hin.« Ich stand auf und schlich mich unauffällig zu dem Baumstamm; in letzter Zeit war ich ziemlich oft nackt durch den Wald geschlichen. Ich errötete bis zum Hals, dann zog ich meine Unterwäsche wieder an und das Firth & Maester's-Kleid des Tages, schließlich meine Strümpfe und Stiefel sowie den versteckten Ring; Rook starrte währenddessen unbeirrt auf einen imaginären Punkt. »Werden sie dich bei Hof vermissen?«, fragte ich in der Hoffnung, die Spannung aufzulösen oder wenigstens wieder über ein drängenderes Thema zu sprechen.

»Bestimmt.« Er hielt inne. »Isobel ...«

Ich strich meinen Rock glatt. Der Boden war mit einem Mal hochinteressant. »Ja, es war extrem dumm von mir, Essen von Lark anzunehmen. Ich hätte auch nicht allein losgehen sollen, aber ich hatte Angst, der Hof – vor allem Gadfly – könnte misstrauisch werden, wenn wir noch mehr Zeit miteinander verbringen.« Das zerpflückte Blatt war in eine der Teetassen geweht. »Und ich hielt es nicht mehr dort aus. Dir ist es auch aufgefallen, oder? Was dort passiert ist?«

Ein Seitenblick zu Rook bestätigte mir, dass er das Thema, ebenfalls angesprochen hätte – ich war nur schneller gewesen. »Ja. Deine Kunst hat irgendeine Wirkung auf uns. Isobel, so etwas habe ich noch nie gesehen.«

»Glaubst du, es wird uns in Gefahr bringen, wenn ich weitermache?«

»Wie ich schon sagte, das ist – neu. Die Meinen hungern nach deinen Arbeiten, umso mehr, weil sie so anders sind. Ich kann nicht mit Sicherheit sagen, dass kein Risiko besteht, aber ich glaube, es würde den Hof misstrauisch machen, wenn du jetzt aufhören würdest; alle erwarten, dass du weitermachst. Wenn wir vielleicht noch einen Tag bleiben und nach dem Maskenball morgen Abend weggehen …«

Es entstand eine lange Pause, in der keiner den anderen ansah. Bei unserem Bündnis ging es um viel mehr als das bloße Überleben; wir wollten uns – aus alles andere als zweckmäßigen Gründen – mehr Zeit miteinander verschaffen. Es war sinnlos, das Gegenteil vorzutäuschen, trotzdem sprachen wir es nicht aus.

»Ich bin fast geheilt«, fuhr er entschlossen fort und zwang sich, den Satz zu beenden. »Wenn du heute gehen möchtest, selbst jetzt sofort, können wir das tun.«

Ich schloss die Augen und verwünschte meine Dummheit. »Nach morgen Abend dann.«

Sein stürmischer Erleichterungsseufzer war nicht gerade dezent. Ich lächelte ihn gequält an, doch dann wurde ich auf etwas anderes aufmerksam. »Deine Fibel ist verschwunden! Du hast sie nicht in die Tasche gesteckt, oder? Sie ist bestimmt abgerissen, als du mich fallen gelassen hast.«

Er fasste sich erschrocken an die Brust, dann bückte er sich, um zwischen den Wildblumen danach zu suchen. Dies war nicht die gemächliche Suche von jemandem, der eine Uhr oder ein Taschentuch verloren hatte. Er grub mit weit aufgerissenen Augen und solcher Verzweiflung in der Erde, wie sie nur ein unschätzbarer und unersetzlicher Schatz auszulösen vermag. Als er ihn fand, umklammerte er ihn. Er legte den Daumen auf die versteckte Schließe, doch als ihm bewusst wurde, dass ich neben ihm stand, hielt er inne und machte Anstalten die Fibel in seine Manteltasche zu stecken.

Mein Herz schmerzte für ihn. Es tat weh zu sehen, dass etwas so Kleines Rook so aufwühlen konnte. Die Fibel bedeutete ihm mehr als den meisten ihr ganzer Besitz bedeutete.

»Wer war sie?«, fragte ich.

Er kniete auf dem Boden und erstarrte.

»Ich wollte nur … es tut mir leid. Du musst nicht darauf antworten. Ich habe mich vermutlich bloß gefragt, ob – wie ihr beide das Geltende Gesetz umgangen habt.«

Ich nahm an, er würde böse auf mich sein. Aber er blickte mich an, als hätte ich ihm das Herz aus der Brust gerissen. Scham und Verzweiflung ließen seine Augen stumpf werden. Er schob die Fibel in die Manteltasche.

»Ich habe sie geliebt, aber wir haben das Geltende Gesetz nie gebrochen«, erwiderte er.

»Wie kann das sein?«

Ich wünschte mir sofort, ich hätte die Frage nie gestellt. Sein Elend war so schrecklich anzusehen. »Sie hat meine Liebe nicht erwidert.«

Es war still auf der Wiese. Nach einer Weile begann über uns ein Eichhörnchen an einer Eichel zu knabbern.

Er erzählte stockend weiter. »Sie hatte – mich gern, aber sie wusste, dass sie nicht mehr für mich sein konnte. Wir entschieden, dass es das Beste sein würde, wenn wir uns nie wiedersahen. Sie gab mir die Fibel als Abschiedsgeschenk. Ich hörte auf, nach Whimsy zu kommen, und es verging mehr Zeit, als mir bewusst war.« Er blickte zu Boden. »Als ich zurückkehrte, stellte ich fest, dass nun ihre Urgroßenkel im Dorf lebten und sie schon vor langer Zeit hochbetagt gestorben war. Bis ich mein Porträt von dir malen ließ, bin ich niemals zurückgekommen.« Er holte Luft. »Ich weiß, es ist … ein Fehler, dass mir die Fibel so viel bedeutet. Ich kann es nicht erklären. Es ist …«

»Es ist kein Fehler.« Meine Stimme war so leise, dass ich mich kaum sprechen hörte. »Rook, ist es nicht. Es ist einfach menschlich.«

Er ließ den Kopf hängen. »Was ist mit mir geschehen?«

Ich konnte es nicht länger ertragen. Ich ging zu ihm und

zog ihn an mich. Er war so groß, dass es mir kaum gelang; ich schlang wie ein Kind die Arme um seine Hüften. Doch nach einem Moment der Anspannung ließ er sich in meine Arme fallen, als drücke ihn die Verzweiflung so sehr nieder, dass er sich nicht allein auf den Beinen halten konnte.

»Du bist nicht schwach«, erklärte ich. Ich wusste, das hatte ihm in all den langen Jahrhunderten seines Lebens noch nie jemand gesagt. »Die Fähigkeit zu fühlen ist eine Stärke, keine Schwäche.«

»Nicht für uns«, entgegnete er. »Für uns nie.«

Darauf konnte ich nichts erwidern. Meine tröstenden Worte waren umsonst. Ich konnte nichts sagen, um ihn zu beruhigen, jedenfalls nichts Substanzielles. Denn hier im Wald bedeutete seine Menschlichkeit den Tod für ihn. Vielleicht nicht jetzt – vielleicht auch noch viele Jahrhunderte nicht –, aber am Ende stand ihm, ganz gleich, was passierte, die Ermordung durch seinesgleichen bevor. Ich wappnete mich gegen die Tränen, die mir in den Augen brannten, und den harten, schmerzenden Kloß, der in meiner Kehle anschwoll. Es schien so schrecklich, so unvorstellbar ungerecht, dass ich ihn hier zurücklassen würde, wo er einsam sterben würde. Die Ungerechtigkeit heulte wie ein Sturm in mir und zerriss mich.

Er löste sich von mir. Ich musste jedes Gefühl für Zeit verloren haben, ich fror ohne seine Berührung.

»Es war arrogant von mir, als ich annahm, ich könnte dich vor allen Übeln schützen, die dir die Meinen antun können.« Seine Stimme klang hohl. »Fast wäre ich zu spät gekommen, um dich zu retten.«

»Es war nicht deine Schuld.«

Er schüttelte den Kopf. »Falls so etwas morgen noch einmal geschieht, ist es egal, wer daran Schuld hat. Du könntest dabei getötet werden.«

Und doch hatte ich trotz aller Gefahr beschlossen, noch eine Nacht länger zu bleiben. Vierundzwanzig Stunden zusätzlich waren nichts. Und trotzdem alles. Vielleicht würde ich morgen lebendiger sein als in all den Jahren meines restlichen Lebens. Wie viel war ich dafür zu riskieren bereit? Mein altes Ich, das die Skizzen von Rook hinten im Kleiderschrank versteckt hatte, hätte sich diese Frage niemals gestellt. Aber das war das Problem des alten Ichs, das wurde mir nun klar: Es hatte akzeptiert, dass sich angemessen zu benehmen bedeutete, nicht glücklich zu sein, denn so funktionierte die Welt nun mal. Es hatte nicht genug verlangt – vom Leben, von sich selbst.

»Gibt es einen Zauber, mit dem du mich beschützen könntest?«, fragte ich. »Nur bis zu dem Moment, in dem wir uns trennen.«

Seine Miene wurde verschlossen. Er sprach bedächtig. »Es gibt nur eine Möglichkeit, um einen Sterblichen vor Elfenmagie zu schützen. Solange sie wirkt, könnte kein anderer Elf dich verzaubern oder beeinflussen, allerdings handelt es sich dabei um mehr als nur einen Zauberspruch. Damit es funktioniert, müsstest du mir deinen wahren Namen verraten.«

Schrapp, schrapp, schrapp nagte das Eichhörnchen, es war ein hartes und unangenehmes Geräusch. »Du sprichst von Verzauberung.«

»Ja. Ich verstehe, wenn du es nicht zulassen willst. Doch wenn du mich darum bätest, würde ich den Zauber nur verwenden, um dich zu schützen. Ich würde niemals deine Gedanken beeinflussen.«

»Ich würde den Unterschied ja nicht merken.«

Er senkte zustimmend den Kopf. »Du müsstest mir vertrauen. Ich gebe dir mein Wort.«

Bei jedem anderen Elf hätte ich die Worte zerpflückt und nach dem Haken gesucht – nach der als Wahrheit verpackten Lüge, mit der er mir zu schaden gedachte. Aber ich tat es nicht. Ich glaubte ihm. Ich schloss die Augen und atmete in der Dunkelheit ein und aus und horchte in mich hinein. Meinen wahren Namen für mich zu behalten, hatte zu den Prinzipien gehört, die ich am striktesten beherzigte. Einem Elfen zu vertrauen war Wahnsinn.

Ich war all dessen müde. Vielleicht war es an der Zeit, keine Geheimnisse mehr zu haben und ein bisschen wahnsinnig zu sein.

Dieses Mal schrien mein Herz und mein Verstand dieselbe Wahrheit.

Als ich die Augen aufschlug, stellte ich fest, dass Rook mich musterte, sein Blick wurde von den Haaren verdeckt, die ihm ins Gesicht fielen. Er presste die Lippen aufeinander. Als er meinen Gesichtsausdruck sah, nickte er leicht. »Wir überlegen uns etwas anderes …«

»Ja«, sagte ich.

Er holte scharf Luft. »Wie?«

»Ich vertraue dir.« Die glühende Gewissheit durchflutete mich wie Morgenlicht und brannte jeden Zweifel weg. »Ich kenne dich. Ich werde dich beim Wort nehmen. Aber«, fügte ich hinzu, »falls ich dir während meiner Verzauberung zu viele Komplimente mache, werde ich misstrauisch werden.«

Er schien meine Antwort nicht ganz zu begreifen. Auch mein lahmer Witz schien ihm entgangen zu sein. Er beugte ein Knie, bis sich unsere Gesichter auf derselben Höhe befanden. »Isobel, bevor du dich endgültig entscheidest, musst du wissen, dass mich der Zauber von meinem Gelübde entbinden würde – ich könnte dich auch anfassen, wenn du nicht in Gefahr bist.«

»Prima. Ich möchte nämlich nicht noch einmal fallen gelassen werden.«

Er gab ein überraschtes Lachen von sich, das gefährlich nach Schluchzen klang. Er sah mich an, als sei ich das größte Rätsel des Lebens. »Ihr Sterblichen seid sehr seltsam«, sagte er mit gepresster Stimme.

»Aus deinem Mund ist das vermutlich ein Kompliment. Sind wir allein?« Er nickte. Er hatte sich nicht umgesehen, aber ich vertraute darauf, dass er das auch nicht brauchte. »Dann halt still«, sagte ich.

Namen wohnt ein Zauber inne. Meiner war bisher nur ein einziges Mal ausgesprochen worden. Ich war der einzige lebende Mensch, der ihn kannte. Obwohl ich mich eigentlich nicht daran erinnern können sollte – meine Mutter hatte ihn mir kurz nach der Geburt ins Ohr geflüstert, einem winzigen Säugling, noch rot und zerknautscht vom Mutterleib –, würden mich sein Klang und seine Gestalt nie verlassen. So funktionierte es. Ich beugte mich vor. Ich brachte meine Lippen so dicht an Rooks Ohrläppchen, dass die warme Luft beim Sprechen – leiser als ein Flüstern, leiser als das Anlegen eines Mottenflügels – seine Haare streifte.

Und so verriet ich ihm meinen wahren Namen.

Sechzehn

Am nächsten Tag sprach der Hof über nichts anderes als den Maskenball, der in der Abenddämmerung beginnen sollte. Als die Schatten länger wurden, hatte ich nicht nur von fast allen Elfen des Frühlingshofes ein Porträt angefertigt, sondern mir auch erschöpfende Beschreibungen angehört, was jeder von ihnen tragen würde, wer wem welche Kostümidee gestohlen hatte sowie einige recht alarmierende Andeutungen von kleidungsbezogenen Racheakten.

Je mehr Porträts ich ohne Zwischenfall beendete, umso entspannter wurde ich. Als ich beim letzten Elf der Schlange angekommen war, ging ich verhalten davon aus, meinen Plan als erfolgreich abgeschlossen betrachten zu können. Es hatte noch weitere Versuchspersonen gegeben, die seltsam auf ihr Porträt gedeutet und reglos ihre Gesichter angestarrt oder den Rest des Nachmittags in abwesendem Zustand verbracht hatten, doch glücklicherweise schienen weder sie noch einer der Zuschauer zu begreifen, was vor sich ging – zum ersten Mal arbeitete ihre völlige Unkenntnis menschlicher Gefühle zu meinem Vorteil. Fasziniert stellte ich fest, dass sich genau wie gestern ein deutliches Muster abzeichnete: Es waren immer die älteren Elfen, die berührt waren.

Von der Verzauberung spürte ich nichts. Dass mein Bewusstsein sie überhaupt nicht wahrnahm, irritierte mich am meisten. Ich stocherte und bohrte in meinen Hinterkopf herum, wie man es bei einem lockeren Zahn tut, von dem man weiß, dass er locker sitzt, aber das Wackeln nicht spürt. Manchmal fragte ich mich sogar, ob Rook den Schutzzauber erfolgreich eingesetzt hatte. Aber er schien ja zu wirken und außerdem hatte sich die Lichtung verändert, nachdem ich ihm meinen Namen verraten hatte, es war eine Art Seufzer gewesen, als hätten sämtliche Bäume und Farne und Blumen gleichzeitig ausgeatmet.

Und schließlich war es ja eine Verzauberung. Wäre sie zu spüren gewesen, hätte sie ihren Zweck nicht erfüllt.

Als ich aufstand, musste ich ein Gähnen unterdrücken; hoffentlich erholten sich meine Beine, bis es Zeit zum Tanzen war. Mein letztes Modell war ein großer, ernst dreinblickender Elf namens Hellebore, der sein Porträt mit einer amüsierten Verbeugung entgegennahm und im Davongehen musterte. Kurz darauf presste er die Rückseite seines Ärmels auf den Mund, um ein verirrtes Glucksen zu unterdrücken. Er musste noch einmal lachen. Dann stolperte er. Schließlich ließ er sich gegen einen Baum sacken und kicherte hilflos prustend vor sich hin. Seine Heiterkeit war unbeherrscht – fast hysterisch.

Ich hatte ihn lachend gezeichnet.

Mit Gänsehaut kniete ich mich hin, um meinen Arbeitsplatz aufzuräumen und sortierte unnötigerweise die Teetassen und die übrig gebliebenen Rindenplatten. Hellebore war weit genug weggegangen, sodass mit etwas Glück niemand seine Reaktion bemerken und Rückschlüsse ziehen würde.

Doch dann entdeckte ich Foxglove. Sie hatte ihre Kegelpartie auf dem Rasen unterbrochen und beobachtete ihn mit argwöhnischem Misstrauen. Als er loslachte und sich den Bauch haltend auf die Erde fallen ließ, drehte sie sich brüsk um und starrte mich mit geblähten Nasenlöchern und gestrafften Schultern an.

»Isobel«, rief Gadfly von seinem Thron.

Ich wappnete mich und hob den Kopf. Er lächelte nicht; seine Miene war ernst, auf eine milde, angenehme Art. Das war es dann wohl. Mein letztes Porträt und alles war vorbei.

Aber er sagte nur: »Ich glaube, Lark möchte Euch etwas sagen.«

Eine Teetasse entglitt meiner zitternden Hand und stieß mit einem leisen Klirren gegen ihre Nachbarinnen.

Lark kam angetänzelt, sie hatte neben Gadfly gestanden, wo sie halb von den blühenden Zweigen des Throns verdeckt gewesen war. Als sie einen tiefen Knicks vor mir machte, zeigte ihr Gesicht keinerlei Regung. Doch dann brach sie zu meiner Überraschung in Tränen aus.

»Es … Es t-tut mir so leid, dass ich Euch in ein Kaninchen verwandelt habe, Isobel«, stotterte sie und holte immer wieder Luft. Große betrübte Tröpfchen kullerten ihr über Wangen und Kinn. Sie schniefte geräuschvoll. Beunruhigt fragte ich mich, ob sie mich nachäffte, schließlich war ich die Einzige, die sie je weinen gesehen hatte. Es war kein schmeichelhafter Anblick. »Ich wollte … Ich wollte nur jemanden haben, mit dem ich spielen kann.«

Lachte Hellebore immer noch?

Beobachtete mich Foxglove weiterhin? Da ich nicht das Risiko eingehen konnte nachzusehen, nahm ich mich zusammen und konzentrierte mich ausschließlich auf Lark. Trotz ihrer Missetat tat sie mir wirklich leid. »Ich verzeihe Euch, Lark.«

»Können wir immer noch Freundinnen sein?«, stieß sie kläglich hervor.

»Ja, natürlich können wir das.« Und um den Schein zu wahren, fügte ich hinzu: »Aber spielt mir bitte keine Streiche mehr.«

»Oh, prima!« Ihre unschönen Tränen verschwanden, ohne eine Spur von Feuchtigkeit oder Flecken auf ihrem Porzellanpuppengesicht zu hinterlassen.

Natürlich, sie hatte ja auch nicht explizit gesagt, es tue ihr leid, dass sie mich beinahe verletzt und mir mit meiner Verwandlung in ein Kaninchen Angst gemacht hatte. Höchst wahrscheinlich bedauerte sie es nur, weil sie erwischt und bestraft worden war.

»Dann kommt mit«, sagte sie und streckte mir die Hand entgegen. »Bald fängt der Ball an und Ihr braucht noch ein Kostüm. Ich habe schon eines für Euch ausgesucht. Ihr werdet es lieben. Es ist …«

Jemand schlug ihre Hand weg. Zuerst dachte ich, es sei Rook gewesen. Doch es war Foxglove, sie stand mit ihrem eisigen, verkniffenen Lächeln auf den Lippen neben uns. Lark verzog keine Miene. Obwohl sie die Hand schnell an ihre Brust legte, entging mir der lange dünne Schnitt nicht, der wie der Hieb einer rasierklingenscharfen Tierpranke aussah und bereits auf ihren Knöcheln verblasste.

»Ich finde, du hast schon genug Zeit mit unserer geschätzten Isobel verbracht. Findet Ihr nicht auch, meine Liebe?« Foxgloves Lächeln entspannte sich ein wenig, als sie sich an mich wandte, es wirkte allerdings wenig überzeugend. »Lark ist so jung. Sie meint es gut, aber sie ist für eine Sterbliche nicht gerade die beste Gesellschaft. Ich hingegen kenne mich mit Menschen aus. Außerdem verfüge ich über eine umfangreiche Garderobe mit Hunderten von Kleidern, die sich während eines langen, *langen* Lebens angesammelt haben.« Ihr Blick wanderte zu Lark zurück, sie ließ sich die Früchte ihres gezielten Seitenhiebs schmecken. »Kommt lieber mit mir.«

Der Gedanke, mit Foxglove allein zu sein, versetzte meinen Magen in Aufruhr. In einem Raum mit einem ausgehungerten Tiger hätte ich bessere Chancen gehabt. Doch was würde Foxglove sagen, wenn ich sie vor dem gesamten Hofstaat brüskierte?

»Nein.« Nettle trat vor. »Warum kommt Ihr nicht lieber mit mir? Ich besuche Whimsy erst seit Kurzem, aber meine Zauber sind bereits in aller Munde.«

Foxgloves Gesicht verzog sich zu einem schrecklichen Stirnrunzeln, allerdings so flüchtig und heftig, dass ich es fast nicht bemerkte.

Weitere Elfen gesellten sich zu uns, und schon bald stand

ich inmitten einer lauten und an mir zerrenden Menge, mehr als zwanzig unsterbliche Frauen wetteiferten um das Privileg, mir eine Maske und eine Robe auszuleihen, sie waren wie raffsüchtige Kinder, die sich um ein Spielzeug zankten, das sie lieber zerstören als teilen würden. Ich hielt Ausschau nach Rook, doch als ich ihn endlich zwischen zwei Elfengruppen entdeckte, hatte er sich gerade verabschiedet und war bereits halb über die Lichtung geeilt. Neben ihm lief Gadfly, eine Hand lag väterlich auf seinem Rücken, die andere schwang drohend eine Krawatte durch die Luft.

Der Schutzzauber war genau für solche Situationen gedacht. Außer Rooks Zauberkünsten konnte mir Elfenmagie nichts anhaben, und falls jemand versuchte, mir körperlichen Schaden zuzufügen, würde Rook es spüren. Doch in diesem beengenden Drängen so vieler Leute, die alle gleichzeitig an mir zerrten, ließ sich meine zunehmende Panik nicht mit Logik besänftigen.

Warum passierte es erst jetzt? Lark hatte mich gleich an meinem ersten Tag bei Hofe in Beschlag genommen und niemand hatte ihr Konkurrenz gemacht. Als ich mich nach ihr umsah, stellte ich fest, dass sie verschwunden war. Im Gegensatz zu Rook war sie nirgends zu entdecken.

Mir stockte der Atem. Ich kannte die Antwort: Lark hatte Schwäche gezeigt. Raubtieren gleich hatten die Elfen sie straucheln sehen und sich auf ihr Opfer gestürzt. Nun ging es bloß noch darum, wer ihren Platz einnehmen würde.

Hoch oben, in der Lücke zwischen den Köpfen der sich über mich beugenden Elfen, wippte ein Ast, als sei etwas in der Baumkrone gelandet. Ich erhaschte einen Blick auf ein

Stück glänzendes Schwarz, dann steckten die Elfen die Köpfe wieder zusammen. Waren das die Federn eines Raben gewesen oder das Aufblitzen der blutdunklen Granaten, die Foxgloves Haar sprenkelten? Ich konnte nichts sehen. Ich konnte nichts hören. Und ich bekam nicht genug Luft – ihr wilder, animalischer Geruch erstickte mich. Benommen spannte ich die Muskeln an, um mich durch die Menge zu kämpfen, es war mir egal, was passieren würde, ich wollte nur noch diesem drängenden Ansturm von Geruch und Lärm und unerwünschten Berührungen entkommen.

»Schluss jetzt.« Eine leise dünne Stimme sprach. Kaum einer bekam es mit. Ihre Besitzerin stand am Rande der Menge und ballte die herunterhängenden Hände zu Fäusten.

»Aster«, keuchte ich. Ich drängte zu ihr, kam jedoch nicht weit bei all den Fingern, die nach mir grapschten, all den Körpern, die mich umringten.

Sie bemerkte es und nickte mir leicht zu. »Schluss jetzt«, wiederholte sie und wandte sich um. »Lasst Isobel in Frieden, und zwar alle. Ich werde diejenige sein, die sie für den Ball ausstaffiert. *Ich werde diejenige sein, die sie für den Ball ausstaffiert!*« Ihre Stimme hallte wie ein Schuss. Alle drehten die Köpfe und verstummten. Eine Sekunde lang, nur eine Sekunde, flackerte die heiße Glut ehrlichen Zorns in Asters Augen. Vermutlich war ich die Einzige, die imstande war, ihn zu bemerken. Doch auch wenn die Elfen nicht benennen konnten, was sie da sahen, es verfehlte seine Wirkung nicht. Sie wichen verunsichert zurück.

Ich riss mich von zwei Elfen los, die meine Hände festhielten, und brachte einen unbeholfenen Knicks zustande. »Warum glaubt Ihr, dass Ihr diejenige sein solltet, Aster?«, flüsterte ich. Meine Stimme schnarrte trocken und verzweifelt. Ich hoffte nur, dass die Elfen meine Angst nicht spürten. »Erklärt es mir bitte.«

Sie reckte das Kinn. »Ich habe aus dem Grünen Brunnen getrunken. Das kann keiner von euch von sich behaupten. Heute Abend gebührt das Vorrecht mir.« Sie hielt mir eine zerbrechliche Hand entgegen.

Meine tastenden Finger fanden ihre. Aus irgendeinem Grund überraschte es mich, dass ihr stahlharter Griff nichts Menschliches an sich hatte. Sie befreite mich aus der Menge und zog mich zur Treppe. Die anderen Elfen seufzten wehmütig. »Ach je. Vielleicht nächstes Mal ...« – »Es hätte mir so viel Freude bereitet ...« – »Ich schätze Eure Arbeit so sehr ...« Ich unterdrückte ein Schaudern, als sie mir ihr Bedauern entgegenschnurrten, und stolperte an ihnen vorbei, ihr Atem auf meinen Wangen fühlte sich an, als würden mich Federn streicheln.

Aster führte mich schweigend die Treppe hinauf. Ich zählte beim Laufen: Ein Rabe beobachtete uns stumm von einem Geländer. Einer spähte aus den Blüten des Hartriegelthrons. Ein dritter glitt wie ein Schatten über die Lichtung und ein vierter und fünfter hüpften mit wachen Augen über einen Ast. Keiner von ihnen machte Anstalten davonzufliegen. Wenn es noch einen sechsten gab ...

Aster zog an meinem Handgelenk, ich konnte nicht so vor aller Augen auf dem Treppenabsatz stehen bleiben. Gemeinsam betraten wir das Labyrinth. War es bloß in meiner

Einbildung oder sah die unbekannte Abzweigung, die sie einschlug, seltsamer, wilder und das Durcheinander dort weniger einladend aus? Das Schaukelpferd an der Ecke, von dem die verblichene Farbe abblätterte, hatte ich noch nie gesehen. Ich trat auf etwas. Hätte mich Asters Hand nicht aufgefangen, hätte ich mir den Knöchel verstaucht. Es war eine geschnitzte Vogelfigur, die teilweise im Boden steckte. Wir kamen an einer riesigen rindenbedeckten Kirchenglocke vorbei, die schief aus der Wand herausstand. Ein Stück weiter ragte eine Puppenhand aus der Blätterdecke. Die angesammelten Kunstgegenstände mussten so lange unberührt hier gelegen haben, dass das Labyrinth begonnen hatte, sie zu umhüllen; sie würden für alle Ewigkeit hier vergessen sein.

Schließlich zog mich Aster um die nächste Ecke und blieb stehen. Mit der stummen Wachsamkeit von jemandem, der lauscht, spähte sie noch einmal zurück. »Niemand ist uns gefolgt«, murmelte sie vor sich hin.

»Ich muss Euch danken«, sagte ich, »dass Ihr mir zu …«

Sie drehte sich mit wildem Blick um. »Dankt mir nicht!« Jede Silbe ihres angespannten Flüsterns traf mich wie eine Ohrfeige. Ich erstarrte verblüfft.

Mit zitternder Hand strich sie sich das Haar hinters Ohr. In ihren Mundwinkeln zuckte ein Lächeln. Sie blickte noch einmal zurück. »Kommt«, sagte sie, als wäre nichts geschehen und zog mich in den Raum. »Ich muss Euch für den Maskenball fertig machen.«

Mit meinem schwirrenden Kopf und den düsteren Vorahnungen in der Magengrube brauchte ich einen Moment, bis ich begriff, was ich betreten hatte. Ich stand in einer

Kammer voller Bücher. Wie Ziegelsteine zogen sich aufeinandergestapelte Bücher die Wände hinauf, weitere Bücher bedeckten wie Pflastersteine den Boden. Von abgegriffenen Buchrücken zwinkerten mir Goldprägungen entgegen. Der Raum war von einem muffigen Geruch nach Leder und vergilbtem Papier erfüllt.

»Habt Ihr die alle gesammelt?«, flüsterte ich. »Habt ihr sie alle gelesen?«

Aster zögerte. Ihre freie Hand zuckte hilflos und legte sich schließlich auf ein Buch. Sie ließ die Fingerspitzen darüber gleiten, zog es jedoch nicht aus der Wand. »Sie sind Kunst.« Sie sprach leise. »Die Wörter – sie ergeben nicht immer Sinn, aber ich brauche sie trotzdem. Ich scheine nach etwas zu suchen. Ich denke immer, wenn ich nur noch eines mehr habe, wird es genug sein …« Sie redete nicht weiter.

»Aber so ist es nicht«, sagte ich.

Sie schien es nicht zu hören. »Folgt mir. Wir dürfen nicht zu lange herumtrödeln.«

Sie ließ meine Hand los. Immer wieder über die Schulter blickend folgte ich ihr in den nächsten Raum. Die Sonne musste hinter den Bäumen verschwunden sein, die Düsternis, die sich über das Labyrinth gelegt hatte, verwandelte alles darin in undeutliche Schemen. Als ich die Figuren sah, die hinter der Türöffnung standen und sie fälschlicherweise für Elfen hielt, die in starrer Erwartung nach uns Ausschau hielten, blieb mir fast das Herz stehen. Doch es waren bloß Schneiderpuppen, die in zwei langen Reihen an den Wänden aufgestellt waren, ihre hölzernen Gesichter ohne jeden Ausdruck. Aster hatte mich in ihr Ankleidezimmer geführt.

Auf eine Handbewegung von ihr erschien ein bernsteinfarbenes Irrlicht über uns und schwebte zur Decke hinauf. Als ich mich verunsichert umsah, bewegte sich das Licht über mein Gesicht und wurde von einem Standspiegel am anderen Ende des Raums reflektiert.

»Wir dürften ungefähr gleich groß sein«, sagte sie. »Ich denke, die meisten dieser Kleider sollten Euch passen. Habt Ihr eine Vorliebe für Grün?«

»Nein. Ich habe eigentlich überhaupt keine Vorlieben. Wahrscheinlich klingt das seltsam aus dem Munde einer Künstlerin, aber ich pflege mich ja nicht selbst zu malen, insoweit habe ich dazu keine Meinung.« Ich redete nicht weiter und rief mir ihre Porträtsitzung in Erinnerung. »Warum wählt nicht Ihr für mich?«

Ihre Schultern strafften sich. Sie zog die hauchdünne Schleppe eines Kleides heraus, betrachtete abwesend den Stoff und ließ ihn gelangweilt fallen. »Ihr seht bezaubernd aus in Grün, aber es ist eine Frühlingsfarbe. Ich nehme an, dass Ihr nicht zu unserem Hof gehören werdet, wenn Ihr aus dem Brunnen trinkt.«

Ich lief an der anderen Reihe vorbei und befühlte Seide und Spitze, ohne Aster dabei einen Moment aus den Augen zu lassen. »Warum sagt Ihr das?«, fragte ich.

»Ich weiß nicht. Es ist einfach so ein dummes Gefühl.«

Ich achtete darauf, meine Stimme beiläufig klingen zu lassen. »Darf ich fragen, warum Ihr mich dort unten gerettet habt? Vielleicht täusche ich mich, aber in den letzten Minuten hatte ich den Eindruck, dass es einen Grund dafür gibt. Dass Ihr mir vielleicht etwas sagen wollt.«

Sie hielt inne, ihre Hand verharrte in der Luft zwischen zwei Kleidern. Ich hatte recht. Angst läutete tief und widerhallend in mir. Irgendetwas würde schrecklich schiefgehen.

»Er weiß Bescheid«, sagte sie.

»Über meine Kunst?«

Ein kurzer dunkeläugiger Blick. »Er weiß, dass Ihr das Geltende Gesetz gebrochen habt.«

Nein, dachte ich. Dann, *ja.*

Von einem Moment auf den anderen wurde mir klar, dass ich in Rook verliebt war und dass es wie die meisten stillen, vollkommenen und völlig natürlichen Dinge passiert war: ohne dass ich es überhaupt bemerkt hatte. Wir hatten zusammen auf einer Lichtung gestanden, und ich hatte ihm genug vertraut, um ihm meinen wahren Namen zu verraten. Ich drehte den fremden, wunderbaren Gedanken in meinem Kopf hin und her. Ich liebte Rook. Ich liebte ihn. Es war das Schönste, was ich je gefühlt hatte. Und das Schlimmste, was ich je getan hatte.

Ich hatte uns beide zum Tode verurteilt.

Nichts um mich herum änderte sich, dabei hätte es eigentlich einen greifbaren Beweis geben sollen, dass alles kurz vor dem Zusammenbruch stand. Ich fiel nicht auf die Knie, ich schrie nicht. Ich stand nur da wie immer und atmete, versuchte das Ausmaß dessen zu begreifen, was gerade geschah, meine Gedanken waren geordnet und ruhig.

Wer war »er«? Gadfly? Wer sonst. Vermutlich hatte er es schon von Weitem kommen sehen. Trotz unserer Geschichte hatte er es womöglich sogar genossen, mir dabei zuzuschauen, wie sich meine menschliche Torheit offenbarte.

Vor diesem Hintergrund bekam die Art, wie Lark und Foxglove und Nettle und die anderen um mich gekämpft hatten, eine andere Bedeutung – sie hatten darum gekämpft, wer mich in die letzte Robe meines Lebens kleiden würde.

Mit der Schnelligkeit einer Schlange, die zubeißt, wirbelte Aster herum und fasste mich an den Armen. Ihre knochigen Finger bohrten sich wie Klauen in mein Fleisch. Ihre Augen funkelten. »Deshalb müsst Ihr den Maskenball verlassen. Zeigt Euch am Anfang, doch sobald Euch Gadfly den Rücken zudreht, müsst Ihr fliehen und aus dem Grünen Brunnen trinken, bevor er Euch zu fassen bekommt. Ihr müsst. Ich werde Euch helfen.«

Vielleicht geschah es nur in meiner Einbildung. Aber als Aster mich packte, meinte ich eine leise Angst zu spüren, die nicht meine eigene war, sondern ein gespenstisches Gefühl aus der Ferne, das durch mich hindurchzitterte, wie kleine Wellen, die sich kräuselnd auf einem Teich ausbreiten. *Rook?* fragte ich, erhielt jedoch keine Antwort.

»Isobel«, sagte Aster gerade.

»Nein.« Ich schüttelte den Kopf. »Nein, das kann ich nicht. Die Geschichte, die Rook und ich dem Hof erzählt haben – das war eine Lüge. Ich werde niemals aus dem Grünen Brunnen trinken.«

»Ihr müsst.«

»Wenn Ihr die Zeit zurückdrehen könntet, wenn Ihr noch einmal die Wahl hättet, würdet Ihr dieselbe Entscheidung treffen?«

Ihr Blick verdüsterte sich. Sie ließ mich los und wandte sich ab.

»Ich könnte Euch einen Weg aus dem Hof zeigen, der nicht bewacht wird«, sagte sie. »Doch ganz gleich, wo Ihr hingeht, sie werden Euch finden.«

Emma. Die Zwillinge. Sie hatten heute Morgen meinen Brief bekommen und würden nie erfahren, dass ich in derselben Nacht sterben musste. Ich schüttelte den Kopf, immer und immer wieder.

»Ich kann nicht von Euch verlangen, dass Ihr Euch meinetwegen grundlos in Gefahr bringt.« Ein kalter Nebel umhüllte mich. Mir blieb nur noch eines – nur noch ein Versuch. »Ich werde den Maskenball besuchen. Ich muss einen Moment mit Rook allein sein.«

Aster erwiderte nichts. Für sie war ich schon so gut wie tot und vielleicht hatte sie recht damit. Sie ging vor mir den Gang hinunter und blieb vor einer der letzten Roben stehen. »Diese hier«, sagte sie und nahm das Kleid von der Schneiderpuppe.

Ich hatte noch nie ein solches Kleid gesehen. Unter der mit dunkelroten Rosen bestickten Spitze war ein Unterkleid aus hautfarbenem, vermeintlich durchsichtigem Stoff. Die zahlreichen Rosen auf dem Mieder verteilten sich auch über einen schwingenden Rock – als habe ein Wind sie davongeweht. Die Rückseite des Kleides war ohne Verzierungen und erweckte den Eindruck eines tiefen Rückenausschnittes. Früher hätte mir dieses Kleid die Sprache verschlagen. Doch nun konnte mich keine Schönheit der Welt, kein Vergnügen von dem düsteren Wissen ablenken, was mich erwartete.

Mechanisch ließ ich meine Kleider auf den Boden fallen

und stieg in die Robe. Fast wäre ich gestolpert, so ungeschickt und langsam war mein Körper vor Angst. Als ich mich bückte, um den Stoff, der sich um meine Fesseln verteilte, hochzuziehen, fuhr ich kurz mit der Hand über meinen Strumpf, um mich zu vergewissern, dass der Ring noch da war. Ein lächerliches Verteidigungsmittel. Aber besser als nichts.

Ich richtete mich auf.

»Oh«, hauchte Aster. Sie nahm mich an den Schultern und führte mich zum Spiegel.

Wenn ich mich bewegte, blieb das Spitzenmieder steif und eng, der Rock jedoch bauschte und kräuselte sich auf eine Art, die mich an ein berühmtes Bild von einem Mädchen erinnerte, das in der Dämmerung in einem See ertrinkt; sie versinkt in der Dunkelheit, doch ihr Kleid schwebt schwerelos hinter ihr her. Als ich auf die Gestalt im Spiegel zuging, erkannte ich mich fast selbst nicht. Ich trug seit meiner Ankunft Firth & Maester's, hatte mich aber kein einziges Mal im Spiegel betrachtet. Das satte Scharlachrot der Robe betonte meinen hellen Teint und unterstrich auf dramatische Weise meine dunklen Augen. Ich sah weniger ängstlich aus, als ich erwartet hatte. Meine Augen starrten nur, und starrten, und starrten aus einem Gesicht, das ebenso ausdruckslos war wie das der Schneiderpuppen zuvor – Löcher, die Licht verschlucken.

»Schmuck«, sagte Aster zu sich selbst. »Und eine Maske. Ich weiß, welche dazu passen wird, wenn ich sie bloß finde …«

Sie ging davon. Das Klirren eines Riegels, gefolgt vom

Knarren einer Truhe, die geöffnet wird. Während ich wartete, hoben sich meine Hände wie von selbst und lösten mein Haar und meine Finger kämmten durch die wirren Knoten. Unbeteiligt sah ich mir dabei zu, wie ich sie wieder zu einem unordentlichen Dutt zusammenflocht und festhielt, bis mir Aster eine Nadel zum Feststecken reichte. Ich hatte die vage Vorstellung, dass ich Zeit gewinnen konnte, wenn ich gelassen aussah – wenn die Elfen meine Furcht nicht sofort spürten. Ich brauchte nur einen Moment mit Rook.

Asters blasse Finger setzten ein zartes Diadem auf meine Flechtfrisur. Es war ein schmaler Reif aus Goldfäden und winzigen Blättchen. Ich ließ den Blick über mein Spiegelbild gleiten und sah es mit neuen Augen. Herbstfarben. Ein Diadem, das zu Rooks Krone passte. Sie meinte es bestimmt gut mit mir und wollte mir in meinen letzten Momenten einen Anflug von Würde verleihen. Nicht wie Foxglove und die anderen, die mich vermutlich gequält hätten wie Katzen eine verletzte Maus, um mich dann selbstgefällig, weil sie im Bilde waren, zum Ball zu befördern. Vielleicht hatte Aster bis zu dem Augenblick, in dem ich nachgefragt hatte, gehofft, sie könnte mir das Wissen ganz ersparen und mir ein schnelles und gnädiges Ende erlauben.

Als sie dort neben mir vor dem Spiegel stand, lag Traurigkeit in ihrem abwesenden Gesichtsausdruck, zitternd und versonnen, ein Schimmer Mondlicht auf dem Grund eines tiefen, tiefen Brunnens. Auf Taillenhöhe hielt sie den Stab einer Halbmaske. Eine Rosenmaske, die zur Robe passte, ein ausdruckloses, blühendes Bouquet mit Augenlöchern in der Blumenmitte.

»Unter Sterblichen wärt Ihr die Königin«, stellte sie fest. »Ihr werdet die Schönste auf dem Ball sein.«

Ich versuchte ein mattes Lächeln, aber es gelang mir nicht. Höchstwahrscheinlich würde ich nie wieder lächeln. »Die Schönste? Ich kann Foxglove nicht das Wasser reichen.«

»Nein, Ihr stellt uns alle in den Schatten.« Neben mir sah sie farblos und zerbrechlich aus. »Ihr seid wie eine frische Rose unter Wachsblumen. Wir mögen ewig leben, aber Ihr blüht heller und duftet süßer und Eure Stacheln hinterlassen blutige Spuren.«

Ich nahm ihr vorsichtig die Maske aus den Händen. »Ich kann mir gut vorstellen, dass Ihr früher Schriftstellerin wart.«

Aster wandte den Blick ab.

Ich verbarg mein Gesicht hinter der Maske. Als ich mich so ansah, konnte ich nur an eines denken. Und ich wusste, dass Aster genau dasselbe dachte: Ich sah aus wie eine Königin, doch mein Kleid war ein Leichenhemd. Sie hatte mich schön gemacht für meinen Weg in den Tod.

Siebzehn

Als Aster und ich zur Treppe zurückkehrten, war der Thronsaal verwandelt. Girlanden aus Spinnenseide wanden sich zwischen den mit Tautropfen besetzten Ästen, die im Mondlicht funkelten. Auf jedem Zweig wippten nachtblühende Pflanzen, in denen Irrlichter wie Votivkerzen flackerten. Ihr entrücktes Schimmern ließ alles auf der Lichtung unwirklich aussehen: die mit Wein, Süßigkeiten und Früchten beladenen Tische, die melodischen Singvögelschwärme, die nach unten stießen und blitzschnell wieder in die Baumkronen hinaufflogen. Vor allem aber die Elfen, die geradewegs einem Märchenbuch entsprungen zu sein schienen. Das Mondlicht schimmerte auf den Juwelen in ihrem Haar und entzündete ein kaltes Feuer auf den Silberstickereien an ihren Fräcken und Kleidern. Sie tanzten paarweise ohne Musik, es war ein seltsamer stummer Walzer, der unten über die Lichtung wogte, durch die Augenlöcher meiner Maske sahen sie aus wie Vignetten. Sie waren ebenso gesichtslos wie ich: Vögel und Blumen, Füchse und Hirsche, ihr Lächeln war greller als Kerzenlicht, das auf Kristallglas fällt.

Alle außer mir – und Rook – trugen die Pastellfarben des Frühlingshofes. Ich entdeckte ihn sofort am Fuße der Treppe, wo er neben Gadfly stand. In seinem beeindruckenden bordeauxfarbenen Frack mit den goldenen Bordüren war er an diesem Abend der Inbegriff eines Herbstprinzen. Seine Krone blitzte in den wirren Locken, die obere Hälfte seines Gesichts wurde von einer Rabenmaske verdeckt. Als ich seine Gelassenheit, sein Lächeln und die entspannten Schultern sah, und feststellte, dass seine Hand nicht zu seinem Schwert wanderte, wurde mir mit unerbittlichem Entsetzen klar, dass er ahnungslos war. Gadfly hatte ihm nichts gesagt. Ich liebte ihn und er wusste es nicht.

Die Erkenntnis legte sich wie Ketten um meine Füße. Jeder Schritt war eine Anstrengung, selbst mit Asters Hand, die mich am Ellbogen stützte.

Man bemerkte uns erst, als wir schon halb die Treppe hinunter waren. Dann jedoch erstarrte der ganze Ball. Schweigen legte sich über die Lichtung. Alle beobachteten uns erwartungsvoll. Ich blieb stehen und versuchte, den Mut zum Weitergehen aufzubringen. War es dieses Gefühl, das Rook verfolgte? Dass er immer auf der Hut sein und immer versuchen musste, jedes Anzeichen von Schwäche zu verbergen, das die Elfen dazu veranlassen könnte, ihm in Sekundenschnelle an die Kehle zu gehen? Ohne Maske wäre ich verloren gewesen.

Neben meinen Füßen fiel ein Rosenblatt die Stufe hinunter, dann noch eines. Nur mit Mühe konnte ich verhindern, dass ich zusammenzuckte; ich warf einen Blick über die Schulter, um zu sehen, wo sie herkamen. Eine Spur von

Rosenblättern folgte mir den ganzen Weg die Treppe hinunter, scharlachrot lagen sie auf der weißen, ineinandergeschlungenen Birke, ich konnte allerdings niemanden entdecken, der sie gestreut haben könnte.

»Das Kleid ist verzaubert«, flüsterte mir Aster zu. »Ihr hinterlasst bei jedem Schritt Blütenblätter. Doch sie sind nicht echt – seht her.«

Als ein Windstoß die Blütenblätter aufwirbelte, verschwanden sie wie Schatten. Es sah bezaubernd aus – und schrecklich. Mein Weg durch den Maskenball würde gezeichnet sein wie bei einem verwundeten Tier, das Blutspuren im Schnee zurücklässt. Ein passender Vergleich, wenn man es sich recht überlegte.

Ich zwang mich weiterzugehen. Schließlich berührten meine Stiefel, wohlverborgen unter dem weiten wallenden Saum der Robe, den Boden. Gadfly ergriff meine Hand und küsste sie, während Rook neben ihm eifrig bemüht war, unbeteiligt auszusehen. Zum ersten Mal war ich dankbar für seine Unwissenheit. Hätte er Bescheid gewusst, hätte er auf der Stelle das Schwert gegen Gadfly gezogen, und alles wäre vorbei gewesen, ohne dass wir die geringste Chance gehabt hätten.

»Welch eine Freude, dass zum allerersten Mal eine Sterbliche an unserem Maskenball teilnimmt«, begrüßte mich Gadfly. Obwohl die schneeweißen Federn seiner Schwanenmaske fast sein ganzes Gesicht verdeckten und nur noch ein schmaler Streifen seines Kiefers zu sehen war, hörte ich das Lächeln in seiner Stimme. »Und was für ein hinreißendes Kleid Aster für Euch ausgewählt hat. Rook und Ihr passt wirklich ganz ausgezeichnet zusammen! Es wäre allerdings ein Jammer, wenn er Euch den ganzen Abend nur für sich beanspruchen würde. Ich muss auf den ersten Tanz bestehen.«

Mir war so flau im Magen, dass es mir vorkam, als würde ich noch immer die Treppe hinuntersteigen und hätte gerade die letzte Stufe verpasst. Ich rang mir mit zusammengebissenen Zähnen ein Lächeln ab. Gadfly redete weiter, doch ich hörte kein einziges Wort und hoffte nur, dass mein höfliches Nicken genügen würde. Rook trat ungeduldig von einem Fuß auf den anderen. Ich fragte mich, ob ich bei all den Augen, die auf uns gerichtet waren, Gelegenheit haben würde, mit ihm allein zu sprechen.

Vielleicht gab es eine Möglichkeit, ihn zu warnen, bevor Gadfly mich aus dem Weg räumen würde. Ich schloss kurz die Augen und beschwor das Gefühl herauf, wie sich kalte, klauenähnliche Hände um meine Kehle legen, zudrücken und das Leben aus meinem Körper pressen würden. Schwindel. Todesangst. Tod. Währenddessen hielt ich standhaft das Lächeln auf meinem Gesicht aufrecht. Hoffentlich wirkte es für Gadfly so, als hätte ich bloß wegen eines seiner blumigen Komplimente sittsam die Augen niedergeschlagen. Allerdings sah es vermutlich eher nach einer Magenverstimmung aus.

Als ich aufblickte, merkte ich, dass Rook mich forschend musterte. Er hatte es gespürt. Seine Augen, die von den dunklen Federn der Maske umrahmt wurden, durchbohrten mich voller Angst und Sorge. Seine Miene veränderte sich. Als er sah, dass mit mir alles in Ordnung war, war er zunächst verwirrt, doch dann schien es ihm zu dämmern. Er fuhr mit den Händen über die Vorderseite seines Fracks und versicherte allen, dass er nur so seltsam schaue, weil er befürchtete, etwas vergessen zu haben. Er klopfte auf seinen Schwertgurt und tastete nach seiner Waffe. Nein, er hatte sein Schwert doch nicht vergessen. Da war es ja! Mit einem strahlenden Lächeln rückte er die Schwertscheide an seinem Bein zurecht. Gott, er war wirklich ein miserabler Schauspieler – doch seine Botschaft war eindeutig. Verstanden. Er würde auf der Hut sein.

»... und so hatte ich am Ende einen ganzen Wagen Rüben, und Mr. Thoresby sah sich gezwungen, mir meinen zweitbesten Gehrock zurückzugeben. Aber genug geredet«, erklärte Gadfly und bewunderte recht selbstvergessen (oder tat zumindest so) einen seiner Manschettenknöpfe. »Ich könnte ewig über mich selbst reden, nicht wahr? Lasst uns tanzen. Die Nacht wird nicht jünger und schließlich warten alle auf uns.«

Ich hielt ihm meine Hand entgegen, als würde ich den Hals unter die Guillotine legen. Mir blieb keine andere Wahl. Er nahm galant meinen Arm und führte mich in die Mitte der Lichtung. Die anderen Elfen hielten respektvoll Abstand, sie hatten ihren Walzer unterbrochen und warteten auf den Auftritt ihres Prinzen. Er fasste mich mit der freien Hand um die Taille, und ich war schließlich gezwungen, meine Maske abzunehmen, um meine Hand auf seine Schulter zu legen. Alle tanzten weiter und er glitt gewandt mit mir in die Ebbe und Flut der Bewegung. Wenn die Höflinge mit übermenschlicher Anmut an uns vorbeischwebten, flüsterten Musselin und Seide, doch ansonsten – Stille.

»Ihr seht sehr elegant aus heute Abend, Gadfly«, sagte ich kalt.

»Ja, ich weiß«, erwiderte er. »Aber ich kann nicht leugnen, dass es trotzdem wunderbar ist, meine Vermutung bestätigt zu bekommen.«

In den Löchern seiner Schwanenmaske zeigten sich Lachfältchen um seine Augen, die ich zu Hause in meiner Stube noch nie bemerkt hatte. Vielleicht waren sie nur eine kunstvolle Täuschung – wie diese einzelne Haarsträhne, der er an jenem schicksalsträchtigen Tag, als ich von Rooks Auftrag erfahren hatte, aus dem Band zu rutschen erlaubt hatte, oder wie die Tatsache, dass er in all den Jahren, in denen er mein Auftraggeber gewesen war, nie erwähnt hatte, dass er der Frühlingsprinz war. Seine Maske war mit einem blassblauen Band befestigt, er konnte mein Gesicht beobachten, ich seines nicht.

»Wie ich hörte, habt Aster und Ihr vom Grünen Brunnen gesprochen«, fuhr er fort.

Mit trockenem Mund und zusammengekrampftem Magen überlegte ich fieberhaft, wie ich es hinauszögern könnte, wie ich weiterhin so tun könnte, als ahnte ich nichts von meinem Schicksal, als sei Aster nicht darin verwickelt.

»Ihr braucht mich nicht anzulügen, Isobel. Ich verfüge über eine recht ungewöhnliche Gabe, selbst für unsereins. Aber das wisst Ihr ja schon, oder?«

Das war das Ende. Ich konnte mich nicht länger verstellen. »Lark hat mir davon erzählt«, erwiderte ich, der flüsternde Rhythmus des Walzers wurde von dem Rauschen des Blutes in meinen Ohren übertönt.

»Aha. Nichts davon ist natürlich in Stein gemeißelt. Das ist die Zukunft niemals. Sie gleicht einem Wald, mit Abertausenden von Pfaden, die alle in verschiedene Richtungen führen. Manche Dinge können sich noch im letzten Moment ändern. Gestern war ich nicht sicher, ob wir diese Version hier durchspielen würden oder die Version, in der Ihr Rook Euren wahren Namen nicht verratet und trotz allem unbeschadet nach Hause zurückkehrt. Dann hätte ich, statt hier mit Euch, an anderer Stelle mit Nettle getanzt, und eine vorbeifliegende Nachtigall hätte mein Revers beschmutzt, während sie sich über uns erleichtert hätte. Ich hätte extra den Anzug getragen, den ich am wenigsten mag, und auch noch für alle Fälle Zitronencreme bestellt.« Er seufzte wehmütig. »Bedauerlich. Nun werden wir die Zitronencreme niemals essen. Doch wenigstens wird sich Swallowtail seinen geschmacklosen gelben Frack auf diese Art ruinieren.«

Ein Vogel trillerte lieblich über die Lichtung. Irgendwo unter den Tänzern schrie ein junger Mann bestürzt auf.

»Seit wann wisst Ihr Bescheid?« Meine Stimme bebte von der Angst und Wut, die sich zu einem Knäuel geballt hatten und mir die Luft nahmen. »Wie lange habt Ihr auf diesen Moment gewartet?«

Er gewährte mir einen huldvollen Blick. *Das könnt Ihr besser,* sagte der Blick. »Ich habe überhaupt nicht gewartet. Ich habe Euch die ganze Zeit begleitet, Euch den Weg gezeigt, sichergestellt, dass Ihr die eine notwendige Abzweigung unter Hunderten nehmt. Findet Ihr es im Rückblick nicht eigenartig, dass ich Euer erster Auftraggeber war oder dass Rook für sein Porträt zu Euch kam, nachdem er sich jahrhundertelang versteckt gehalten hat?«

»Scheusal«, sagten wir gleichzeitig, Gadfly sprach in kalter Gegenstimme über meine. Er schüttelte den Kopf, enttäuscht, aber nicht überrascht. »Das war klar.«

Ich glaubte, mich übergeben zu müssen.

Unbeholfen wie jemand, der sich durch einen dunklen Raum tastet, prallte eine warme Woge Zuversicht gegen mich. Sie fühlte sich unverkennbar nach Rook an. Er testete das Band zwischen uns, weil er spürte, dass etwas nicht stimmte, und tat sein Bestes, um mich zu trösten. *Er hat keine Ahnung*, dachte ich. *Er hat keine Ahnung, dass ich ihn zum Tode verurteilt habe.* Bald würde ich es ihm sagen müssen. Ich schluckte und verdrängte seine Anwesenheit so gut ich konnte, doch bevor das Gefühl verschwand, spürte ich noch einen Stich trauriger Überraschung von ihm, als hätte ich ihm ohne Vorwarnung die Tür vor der Nase zugeschlagen.

»Ihr seid leer«, sagte ich, meine Stimme funktionierte wieder, »und grausam.«

»Soso. Ja, das ist wahr. Möchtet Ihr das größte Geheimnis der Elfen wissen?« Als ich nicht antwortete, fuhr er fort: »Wir geben gern das Gegenteil vor, aber in Wahrheit waren wir nie unsterblich. Wir mögen lang genug leben, um zu sehen, wie sich die Welt verändert, aber wir waren nie diejenigen, die sie verändert haben. Wenn wir das Ende erreichen, sind wir ungeliebt und einsam und lassen nichts zurück, nicht einmal unseren in eine Steinplatte eingemeißelten

Namen. Sterbliche hingegen bleiben durch ihre Werke, ihre Kunst für immer in Erinnerung.« Er drehte uns anmutig und ohne einen Schritt auszulassen durch die Menge. »Oh, Ihr könnt Euch nicht vorstellen, welche Macht Ihr über unsereins besitzt. Wie sehr wir Euch beneiden. Im Nagel Eures kleinen Fingers steckt mehr Leben als in meinem gesamten Hofstaat.«

War das die ganze Wahrheit? War das der Grund, warum die Elfen menschliche Gefühle verdammten – weil die wenigen von ihnen, die dazu fähig waren, die anderen nur daran erinnerten, was sie nicht haben konnten? Und warum Liebe, die Erfahrung, um die sie uns am meisten beneideten, deshalb das tödlichste Vergehen überhaupt darstellte?

»Darum habt Ihr es getan?«, flüsterte ich. »Aus Eifersucht?«

»Eure niedrige Meinung von mir verletzt mich, Isobel«, erwiderte Gadfly, ohne im Geringsten verletzt zu klingen, sondern eher so, als schere er sich so wenig um die Meinung anderer, dass er nicht einmal mitbekommen würde, wie diese ausfiel, wenn sie ihm jemand direkt ins Gesicht sagte. »Nein, ich spiele ein längeres Spiel, ein wenig tiefer im Wald, etwas weiter auf dem Pfad. Und nun werde ich Euch nicht länger aufhalten. Die Zeit wird knapp und Ihr möchtet sicher lieber mit Rook tanzen.«

Er schlängelte sich um andere Tänzer herum und lenkte uns auf Rook zu, der aus der Menge herausstach und widerwillig mit Foxglove tanzte. Gadfly schien auf etwas zu warten, doch ich hatte ihm nichts mehr zu sagen.

»Habt keine Angst«, sagte er in mein Schweigen. »Diese

Angelegenheit ist für den Moment unangenehm, aber sie wird nicht lange dauern.« Sein Seidenhandschuh löste sich von meiner Schulter und er brachte seine Maske nah an mein Ohr. »Denkt daran: Trotz all meiner Einmischung wird am Ende nur Eure Entscheidung zählen – Hallo, Foxglove! Rook! Dürfte ich diesen Tanz stehlen?«

Als wir die Partner tauschten, wirbelten Rosenblätter um uns auf und hinterließen einen berauschenden Duft, als sie davon wehten. Falls ich das überlebte, wollte ich nie wieder Rosen riechen.

»Ich hatte das Gefühl«, setzte Rook an, aber ich brachte ihn mit einer ruckartigen Kopfbewegung zum Schweigen. Ich wollte warten, bis Gadfly und Foxglove weit genug entfernt waren. Doch ich stellte fest, dass ich die Worte auch dann nicht aussprechen konnte. Ich wusste nicht, wie ich sie sagen sollte. Sie waren zu gewaltig und zu schrecklich, um Platz auf meiner Zunge zu finden.

Wir drehten uns endlos im Kreis. Die Lichter glitzerten über Rooks Haare und die goldenen Fäden auf seinem Frack. Höflinge wirbelten an uns vorbei, berührten uns jedoch nie, sie ähnelten Blumen auf einem See. Eine Wolfsmaske drehte sich im Vorbeitanzen nach mir um und starrte mich an; ich fühlte zahllose Augen auf uns, sie warteten auf das erste Zeichen für den Höhepunkt der Jagd. Zwei Beutetiere, eines wachsam, das andere ahnungslos, standen kurz davor, aus dem Unterholz heraus und einem blutigen Ende entgegengetrieben zu werden.

»Isobel? Was ist mit dir?«

»Ich muss dich um etwas bitten«, sagte ich.

Er antwortete, ohne zu überlegen: »Alles, was du willst.«

Ich zwang mich, ihn anzusehen. »Du musst mithilfe der Verzauberung meine Gefühle ändern.«

Rook hätte beinahe einen Schritt ausgelassen. »Was sagst du da?«

Ein Stück weiter warf Foxglove den Kopf in den Nacken, ihr silbernes Lachen schnitt durch den Maskenball.

»Ich will sagen, dass ich …«

»Nein. Tu es nicht.« Er blickte mich an, als säße er auf einer Insel fest und ich sei das Schiff, das er immer weiter hinaus aufs Meer segeln sah.

Ein Übelkeit erregender Fäulnisgeruch erreichte meine Nase.

»Rook, es tut mir so leid«, sagte ich. »Ich liebe dich.«

Bei der nächsten Drehung sahen wir die Tische. Eine Elfe hielt eine Birne an die Lippen, doch die Frucht wurde schwarz in ihrer Hand und tropfte vor Maden wimmelnd durch ihre Finger. Es hielt sie nicht davon ab, sie trotzdem zu verspeisen, auf ihrem Gesicht lag ein freudiges Entzücken, als der Saft und das Fruchtfleisch über ihr Kinn liefen. Auf allen Platten lagen verrottete Früchte. Dunkle Fäulnis schwappte über das Porzellan, durchtränkte die Tischtücher und tropfte auf die Erde.

»Seit wann?«, fragte er, seine Lippen bewegten sich kaum. Auch die untere Hälfte seines Gesichts war maskenhaft und aschfahl gegen seine dunklen Locken und den hohen Kragen.

Ein Singvogel kam heruntergestoßen und zerfetzte mit dem Schnabel einen Schmetterling. Die sich im Kreis drehenden Feiernden sahen im mehrfarbigen Schimmer der Irrlichter mit einem Mal fahl und fiebrig aus. Tiermasken knurrten. Blumenmasken scheuten unerklärlicherweise vor uns zurück. Sie drehten sich mit schwindelerregender und ekstatischer Selbstvergessenheit und gaben nicht länger vor, menschlich zu sein, sondern verspotteten einen Ball von Sterblichen, indem sie einen Albtraum von Maskenball daraus machten.

»Seit gestern. Aber ich wusste es nicht bis …« Ich konnte es nicht ertragen, es auszusprechen. »Bitte. Uns bleibt nicht mehr viel Zeit.«

»Ich kann es nicht tun«, sagte er.

Über uns krächzte ein Rabe.

»Du musst!«

Er ließ meine Taille los und zog an dem herunterhängenden Ende des Bandes, mit dem seine Maske festgebunden war. Sie fiel zu Boden, verschwand zwischen den Tänzern. »Ich habe dir mein Wort gegeben«, sagte er, das Gesicht entblößt.

Wir machten einen Schritt nach vorn. Und einen zurück. Drehten uns. Ich schmeckte die Worte wie vergifteten Wein. »Dann ist es das Ende.«

»Isobel«, sagte Rook. Er hörte auf, sich zu bewegen, wir waren die Einzigen, die still standen. »Ich habe nie jemanden getroffen, der so anstrengend, tapfer oder schön war wie du. Ich liebe dich.«

Ein Schluchzer blieb in meiner Kehle stecken. Ich stellte mich auf die Zehenspitzen, überwand den Abstand zwischen uns und küsste ihn; ich küsste ihn wild und schmerzhaft, während sich eine Kakophonie aus spöttischen Wehklagen und empörten Aufschreien unter den zuschauenden Elfen erhob. Genau darauf hatten sie gewartet.

Ein Flüstern. Plötzlich standen wir allein da, als wären die Höflinge wie Gespenster in der Nacht verschwunden. Aber nein – sie waren noch da –, ich entdeckte die grotesken Formen der Masken in den Büschen, auf den Bäumen, in jedem Schatten, in dem ihre verborgenen Besitzer starr wie Gottesanbeterinnen kauerten und darauf warteten zuzuschlagen.

Wir waren auch nicht völlig allein. An einem der Tische stand eine schlanke weißhaarige Gestalt in schwarzer Rüstung. Sie wandte uns den Rücken zu. Ich hatte sie nicht kommen sehen; vielleicht stand sie schon eine Weile dort. Sie nahm ein verdorbenes Gebäckstück, musterte es und warf es angewidert fort.

Aus dem Wald erschallte der Stoß eines Horns. Ich spürte ihn in der Erde, er vibrierte in meinen Knochen nach. Zwei weitere erwiderten seinen Ruf, doch dieses tiefe Dröhnen stammte nicht von Hörnern. In der verschwommenen Dunkelheit zwischen den Bäumen bewegten sich zwei hoch aufragende Gestalten. Sie waren so riesig und trugen eine Krone aus Zweigen, dass ich sie – hätten sie sich nicht bewegt und als gewaltige Thane entpuppt – für gigantische Eichen gehalten hätte; beide waren mindestens halb so groß wie der Gehörnte, den Rook am Tag unserer ersten Begegnung niedergestreckt hatte. Jagdhunde kamen aus dem Wald gesprungen, als seien sie auf der Flucht vor ihnen, fahle Flammen in der Nacht, die geschmeidig um Hemlocks Beine tobten und im Wettstreit um deren Aufmerksamkeit den Tisch umwarfen, ohne dass sie sie beachtete. Von ihren heraushängenden scharlachroten Zungen stieg Dampf auf.

Noch einmal ertönte das Horn. Erst da drehte sich Hemlock um.

Ihre Bewegung schien ein Staubtuch vom Thronsaal zu ziehen. Die Luft kräuselte sich, die Birken wurden grau und bogen sich, die Rinde blätterte ab, von Käferlöchern zerfressen. Das Moos darunter schrumpelte zu ungesundem Gelbgrün, und die Blumen verwelkten in der feuchten nach verrottenden Pflanzen stinkenden Hitze, die aus der Erde aufstieg. Die Fäulnis des Sommerhofes hatte das Frühlingsland erreicht – vielleicht war sie auch schon die ganze Zeit dagewesen.

»Ich bin gekommen, um das Geltende Gesetz durchzusetzen!«, rief Hemlock mit klarer Stimme. Ihre nächsten Worte lösten ein Stöhnen und Flüstern bei den Bäumen aus und die wartenden Raben stoben als nervöse, stumme Wolke davon. »Auf Befehl unseres Herrschers, des Erlkönigs.«

Achtzehn

Hemlock blieb nur wenige Schritte von uns entfernt stehen, sie hielt die Handflächen nach oben. Wollte sie uns zeigen, dass sie keine Waffe trug oder uns in die Arme schließen? In Anbetracht der gemeinen Klauen an ihren langen, knotigen Fingern verzichtete ich lieber auf den Versuch, es herauszufinden.

Rook musterte sie von Kopf bis Fuß, dann zog er geschmeidig und voller Verachtung sein Schwert. Er stellte sich vor mich. Ich nutzte die Gelegenheit, um den Ring aus meinem Strumpf herauszuholen und ihn, während er sprach, an meinen Finger zu stecken. »Seit wann seid Ihr die Dienerin des Erlkönigs?«, spie er ihr entgegen. »Ich wusste gar nicht, dass der Winterhof so tief gesunken ist. Das Knie bei einer Zeremonie zu beugen ist das eine, seine Befehle auszuführen etwas völlig anderes.«

Obwohl Rook zwischen uns stand, durchbohrten mich Hemlocks beunruhigende leuchtend grüne Augen. »Versucht, höflicher zu sein, Rook«, erwiderte sie. »Seht Euch um. Ich, Gadfly, selbst der Winterprinz – keiner von uns mag, was er gerade tut.« Ein Lächeln zuckte über ihr Gesicht. »Ich habe euch zwei albernen Narren geraten davonzulaufen. Ich habe euch gewarnt, dass ich euch verfolgen würde.«

Rooks Schwert zischte durch die Luft. Es bewegte sich so schnell, dass ich es weder zuschlagen, noch Hemlock den Arm heben sah, um es abzuwehren. Sie standen ineinander verkeilt, die Klinge steckte in ihrer Rüstung; als sich der Wind legte, bauschte sich Rooks Frack. Hemlocks Lächeln wurde hart. Sie drückte die Fersen in die Erde, ihr Arm zitterte von der Anstrengung, Rook in Schach zu halten. Aber Rook und ich waren unterlegen. Das wussten wir und sie ebenso.

Sie winkte die Höflinge mit einem Finger heran. »Macht Euch bitte nützlich und ergreift sie. Aber zuerst wischt Euch das Gesicht ab.«

Die Elfen kamen aus dem Wald geströmt. Bevor ich mich wehren konnte, zerrten sie mich schon von Rook weg. Dutzende Hände grapschten nach meinem Kleid, meinen Armen, meinen Haaren, sie klebten von den verfaulten Früchten, die sie in sich hineingestopft hatten. Sie rissen mich in die eine, dann in die andere Richtung, als wollten sie mit mir tanzen – ihre höhnischen Gesichter drehten sich wie ein Karussell um mich herum. Ich schlug mit meinem Ring um mich, der darauffolgende Schrei ließ einem das Blut in den Adern gefrieren.

»Sie hat Eisen am Finger!«, rief die Elfe. Die Stimme klang vertraut – Foxglove. »Nehmt es ihr weg! Nehmt die ganze Hand, wenn es sein muss!«

Ein Arm schlug mir auf den Rücken und warf mich zu

Boden. Ich rang heiser um Luft und zog meine Hand unter mich, dann hob ich mein Kinn gerade so weit, dass ich sehen konnte, dass auch Rook überwältigt worden war. Gadfly stand hinter ihm und drückte die Armbeuge gegen seine Kehle, seine andere Hand umklammerte Rooks Handgelenk, die kein Schwert mehr hielt. Ohne Maske sah er ruhig und amüsiert zu, wie sich Rook mit gefletschten Zähnen gegen seinen Griff wehrte. Ihr Größenunterschied bog Rook nach hinten, Hemlocks Hunde schnappten nach seinen um sich tretenden Stiefeln, die keinen Halt fanden.

Wir konnten nur zwei kleine Siege verbuchen. Von Hemlocks Unterarm baumelte ein Stück der Rindenrüstung, sie stand ein wenig abseits und verarztete ihn. Das heruntertropfende Harz roch scharf nach winterlicher Kiefer, aber über die Wunde legte sich schon wieder Rinde. Ihr gegenüber saß Foxglove auf der Erde und hielt sich die Wange. An der Stelle, wo ich sie getroffen hatte, war eine gemeine Schwiele zu sehen, doch sie verwandelte sich hinter dem zornig zitternden Käfig ihrer Finger bereits wieder in makellose Haut.

Ich wusste, dass ihr Befehl ernst zu nehmen war und die Elfen keinen Moment zögern würden, ihn auszuführen. Deshalb zog ich den Ring ab und warf ihn über die Rosenblätter, die sich wie eine Blutlache um mich herum ausbreiteten. Das Eisen würde mir in diesem Moment nicht weiterhelfen.

»Hinterhältiges, grässliches Geschöpf«, zischte Foxglove und riss mich hoch. Ich hatte nicht gesehen, wie sie aufgestanden war. Als sie mir den Arm auskugelte, unterdrückte ich einen Aufschrei – kribbelnder blitzheller Schmerz zuckte durch meine Schulter und betäubte jedes andere Gefühl. Sie gab mir einen Stoß, und ich stolperte vorwärts, aber ich konnte mich kaum auf den Beinen halten. Das Diadem hing schief auf meinem Kopf.

»Nein«, sagte Asters dünne Stimme ganz aus der Nähe. »Tut ihr nicht weh, tut ihnen nicht mehr weh als unbedingt nötig, bitte.« Bevor sie jemand wegschlagen konnte, legte sich ihre Hand auf meinen Arm.

»Wenn mir danach ist, werde ich die Hand in ihren Hals rammen und ihr das Herz herausreißen«, fuhr Foxglove sie an. »Was ist los mit Euch, Aster? Ihr bittet um Gnade für die, die das Geltende Gesetz gebrochen haben? Dieses Mädchen hat Eisen gegen mich eingesetzt.«

Dieses Mal schien Asters Antwort von weit her zu kommen. »Es tut mir leid ...«

»Und hört auf, sie so anzusehen«, fügte Foxglove hitzig hinzu. Ich dachte erst, sie würde noch immer zu Aster sprechen, doch dann fuhr sie fort: »Das ist ja widerlich. Zeigt ein bisschen Würde und sterbt wie eine Euresgleichen.«

Als ich den Kopf hob, sah ich, dass Rook mich beobachtete, seine Qual und seine Liebe standen ihm deutlich ins Gesicht geschrieben. Einige Elfen gafften fasziniert und abgestoßen. Andere duckten sich weg, weil sie den Anblick nicht ertragen konnten. Gadfly blickte erst ihn, dann mich an, um seinen Mund zuckte ein leises, beinahe bedauerndes Lächeln. Es erinnerte mich an die zahlreichen Porträts von ihm, hundert Versionen, die im Licht der Glühwürmchen schimmerten.

»Foxglove, sosehr ich Euren Enthusiasmus zu schätzen weiß, lasst uns noch ein Weilchen warten mit dem Herzausreißen«, sagte er. »Da unser Maskenball tragischerweise abgebrochen wurde, möchte ich nicht, dass die Zerstreuungen des Abends schon aufhören.« Er warf Hemlock, die auf ihn zukam, einen besänftigenden Blick zu. »Ich bestehe sogar darauf. Schließlich ist es immer noch mein Hof, nicht wahr? Gut, dann wäre das geregelt. Wir werden sie zuerst zum Grünen Brunnen bringen. Dort bekommt Isobel eine letzte Chance, das Leben des Prinzen zu retten und den Schaden rückgängig zu machen, den sie angerichtet hat.«

Der lautstarke Protest, der sich daraufhin erhob, übertönte meinen Schrei. Ich sackte unter Foxgloves Klammergriff zusammen und sah Sternchen vor den Augen.

»Nun aber«, sagte Gadfly. »Das ist nur fair. Und ich verspreche Euch, es wird ein unvergessliches Spektakel werden.« Als Rook sich gegen ihn wehrte und etwas Unverständliches schrie, zwinkerte er nur fröhlich.

Der Elfengastgeber scheuchte uns über die Lichtung, durch das Unterholz und über Wiesen, an dem zerklüfteten Felsen vorbei und den Glockenblumen. Das Mondlicht ließ alles wie einen Traum aussehen. Ich blickte nach unten, doch von Zeit zu Zeit erhaschte ich einen Blick auf die Thane, die zu beiden Seiten mit uns Schritt hielten, ihre gewaltigen Schatten stapften durch den Wald, schauerlich in ihrer ungeheuren und stummen Majestät. Hemlocks Jagdhunde sprangen wie Spürhunde bei einer aristokratischen Jagdgesellschaft zwischen den Elfen umher. Die gejagten Tiere waren natürlich Rook und ich. Vielleicht war es angemessen, dass der Ort, an dem mir Rook seine Liebe gestanden hatte, der Ort sein würde, an dem wir starben.

Als wir beim Grünen Brunnen ankamen, war er selbst im Dunkeln genau so, wie ich ihn in Erinnerung hatte. Der Anblick der niedrigen Einfassung aus bemoosten Steinen ließ mich ebenso vor Angst taumeln wie beim ersten Mal, doch Foxglove trieb mich unerbittlich vorwärts, als mein Körper erstarrte und meine Schritte zu einem zögerlichen und immer wieder zurückschreckenden Schlurfen wurden. Sie blieb erst stehen, als meine Stiefelspitzen gegen die Steine stießen. Dann riss sie mir das Diadem vom Kopf; ich wehrte mich gegen ihren Griff und beugte die Schultern über den Brunnenrand. Nicht länger in Zöpfe geflochten fiel mein Haar offen über den dunklen Brunnen.

Gadfly stieß Rook auf die andere Seite. Es verschaffte mir eine grimmige Befriedigung, als ich sah, dass Rook auf dem kurzen Weg seine Spuren auf Gadflys Nase hinterlassen hatte. Sein Mund war blutverschmiert, und dort, wo das Blut auf den Boden getropft war, sprossen rings um ihn Farne und Blumen.

»Isobel«, begann Rook.

Hemlock kam anstolziert und trat die wuchernden Pflanzen beiseite, dann rammte sie Rook einen Ellbogen in den Magen, sodass er stumm zusammensackte. Einige Elfen lachten höhnisch. In diesem Moment wusste ich: Unser Tod würde vieles sein, nur nicht schnell.

Swallowtail trat mit einem gewinnenden Lächeln vor. Er nahm Rooks Krone, setzte sie sich auf den Kopf und stolzierte herum, dann schwang er unter dem Gelächter der anderen einen imaginären Federballschläger. Davon ermutigt, näherte sich ein anderer Elf, packte das Revers von Rooks Frack und riss ihm das Kleidungsstück halb herunter. Die Rabenfibel flog im hohen Bogen in die Blumen. Rook schwankte. Er wollte sich auf den Angreifer stürzen, doch Gadfly hob einen Fuß und zog seine Beine geschickt unter ihm weg, sodass er der Länge nach auf der Erde landete.

Ein Schluchzer stieg in meiner Kehle auf. Rook rappelte sich hoch, seine Kleider waren zerfetzt, seine Brust bebte. Niemals hätte ich mir vorstellen können, ihn so erniedrigt zu sehen.

»Tut mit mir, was Ihr wollt«, erklärte er, »aber zwingt sie nicht, dabei zuzusehen. Lasst sie gehen.«

Gadfly seufzte. Mit väterlicher Geste strich er Zweige und Blätter aus Rooks Haaren. Rook reagierte nicht. Er hielt den Kopf gesenkt und verbarg sein Gesicht. Mir wurde schmerzhaft bewusst, dass wenn es überhaupt so etwas wie Vertrauen unter den Elfen gab, er es bei Gadfly gefühlt hatte.

»Ich fürchte, es gehören immer zwei dazu, diesen speziellen Grundsatz des Geltenden Gesetzes zu brechen«, erwiderte Gadfly.

»Auf ihr liegt ein Zauber.«

»Soso, aber ihr Wille ist trotzdem immer noch ihr eigener. Offenbar liebt Ihr sie so sehr, dass Ihr widerstanden habt, sie Euch zu unterwerfen.« Dieses Mal lachte niemand höhnisch. Das Geflüster klang besorgt, verwirrt. »Außerdem wissen wir beide, dass der Verstoß gegen das Geltende Gesetz schon vorher stattfand.«

»Bringt es endlich hinter Euch, Gadfly.« Hemlocks

Lächeln wirkte wie aufgeklebt. »Ich hasse es, den König warten zu lassen.«

»Dann bringt mich um!«, knurrte Rook und schnellte zu Gadfly herum. »Wenn einer von uns tot ist, können wir das Geltende Gesetz nicht mehr brechen. Was bedeutet dem Erlkönig schon ein Menschenleben? Sie wird nach Hause zurückgekehrt sein, geheiratet und Kinder zur Welt gebracht haben und gestorben und zu Staub zerfallen sein, bevor er auch nur das nächste Mal Luft holt. Sie bedeutet ...« Er bekam kaum Luft wegen der Lüge. »Sie bedeutet ihm nichts«, presste er gequält heraus. »Bringt mich um und fertig!«

»Rook, hör auf!«, rief ich, doch ich hätte ebenso gut ein zwitschernder Vogel sein können, die anderen Elfen schenkten mir keinerlei Beachtung. Nur Rook fuhr zusammen, als hätte ich ihn geschlagen.

»Das *könnten* wir natürlich tun.« Gadfly hielt kurz inne. »Aber es würde überhaupt keinen Spaß machen, oder? Und außerdem geben wir Isobel ja eine Chance.«

Er ließ Rook, der sich heftig gegen seinen Griff gewehrt hatte, kurzerhand los und dieser konnte sich gerade noch auf Händen und Knien fangen. Er zog sich mit einem Arm am Brunnenrand hoch und blickte mich schwer atmend an, es war ihm anzusehen, wie schwierig es für ihn war.

»Ich war nicht stark genug, um dich zu beschützen«, sagte er so leise, dass nur ich es hören konnte.

»Es ist gut«, sagte ich. »Es ist gut.«

Wir blickten einander verzweifelt in die Augen. Nichts war gut.

»Nun, ich bedaure, stören zu müssen, aber Hemlock hat

recht – wir vertun Zeit. Also.« Gadfly streifte seine Handschuhe ab und schob sie in seine Jackentasche. »Isobel, einen Punkt sieht Rook durchaus richtig: Ihr beiden verstoßt nur in Eurem jetzigen Zustand gegen das Geltende Gesetz. Will heißen, beide lebendig, die eine sterblich und der andere ein Elf, und verliebt. Ja«, entfuhr es ihm, als er meinen Gesichtsausdruck bemerkte. »Ja, wenn einer von Euch aufhören könnte, den anderen zu lieben, müssten wir Euch laufen lassen. Nun gut, versucht es, wenn Ihr wollt.«

Wie konnte mir all diese Jahre entgangen sein, was für ein Ungeheuer Gadfly war? Aber ich musste es zumindest versuchen. Ich kniff die Augen so fest zusammen, dass auf den Innenseiten meiner Lider Licht aufblitzte. Ich dachte an Rook, wie er mich mitten in der Nacht entführt hatte; an seine Arroganz; seine Tobsuchtsanfälle; wie dumm ich doch war, ihn zu lieben. Ich stellte mir vor, wie Emma ganz allein March und May ins Bett brachte. Und trotzdem wollte sich mein treuloses Herz nicht ergeben. Ich konnte ebenso wenig über meine Gefühle befehlen, wie ich vom Himmel verlangen konnte, auf Kommando zu regnen oder dass die Sonne Punkt Mitternacht aufging.

Ich stieß die Luft aus, die sich in meinem Oberkörper aufgestaut hatte, es klang halb wie nach Luftschnappen, halb wie ein Schrei. Gadfly wusste Bescheid. Zum Teufel mit ihm, er wusste, dass meine Unfähigkeit, mein eigenes Herz zu beherrschen, die größte Qual überhaupt für mich war.

»Aber es gibt noch einen anderen Weg.« Seine sanfte Stimme drängte sich in das darauffolgende Schweigen. »Es ist kein Verbrechen, wenn zwei Elfen sich lieben.« Jemand kicherte. »Ihr müsst bloß aus dem Grünen Brunnen trinken und schon rettet Ihr Euer Leben und das von Rook. Danach könnt ihr beide für alle Ewigkeit zusammen sein.«

Ich schüttelte den Kopf. »Ich glaube Euch nicht. Mich würdet Ihr vielleicht am Leben lassen, aber nicht Rook, jedenfalls nicht lange.«

»Ach … Ich hatte ein bisschen Wein, ich bin in großmütiger Stimmung.« Ich öffnete genau in dem Moment die Augen, in dem Gadfly Rook mit dem Stiefel anstieß. Rook schien aufgegeben zu haben, seine Stirn lag auf dem steinernen Brunnenrand. »Ihm wird natürlich seine Macht genommen, ein Prinz kann er auf keinen Fall bleiben, aber … aber ich würde dafür sorgen, dass er weiterlebt. Ein Teil von ihm würde das zweifellos nicht wollen. Er ist immer stolz gewesen. Aber für Euch würde er es tun.«

Ich zitterte so heftig, dass meine Haare bebten. »Nein«, flüsterte ich.

»Nein? Wirklich? Ihr schätzt Eure Sterblichkeit so hoch, dass Ihr nicht nur Euch selbst, sondern auch Rook zum Tode verurteilen würdet? Er hat noch viele tausend Jahre vor sich. Und da behaupte noch einer, unsereins sei kalt.«

Mein Blick fiel auf die Rabenfibel, die zwischen den Glockenblumen glänzte. »Ich werde niemals werden wie ihr«, sagte ich. »Niemals.«

Gadfly lächelte traurig zu mir herunter. »Was ist mit Eurer Familie?«

Ich hob den Kopf, ich zitterte ebenso vor Zorn wie vor Angst. Wie konnte er es wagen.

»Es wäre bestimmt«, fuhr er fort, »tröstlich für Eure

Tante Emma und Eure kleinen Schwestern March und May, wenn sie Euch wiedersehen würden. Stellt Euch vor, wie nützlich Ihr als Elfe für sie sein könntet.«

»Sprecht nicht von meiner Familie.«

»Aber das muss ich tun. Seid Ihr wirklich bereit, sie ohne ein letztes erklärendes Wort zurückzulassen, ohne eine Leiche, die sie begraben können? Eure liebe Tante ist ganz allein. Die Erinnerung an Euch würde sie für immer verfolgen. Sie würde sich die Schuld an allem geben, was passiert ist. Glaubt mir, ich kenne mich da aus.«

»Ihr quält mich absichtlich. Emma würde niemals ... Sie würde nicht ...«

Sie würde nicht wollen, dass ich diese Wahl treffe. Ich sackte in Foxgloves Klammergriff zusammen und spähte noch einmal zu der kalt funkelnden Rabenfibel auf der Erde, ich konnte sie fast berühren. Gadfly hatte jeden qualvollen Moment dieser schrecklichen Scharade geplant. Er wusste, dass ich, ganz gleich, was er sagte, niemals aus dem Grünen Brunnen trinken würde, und dass mich zu martern das größtmögliche Spektakel war, das er haben konnte. Er hielt mein Schicksal in der Schwebe, als wäre es die in einem Käfig eingesperrte Taube eines Zauberers, er konnte die Tür jederzeit schließen und mich vernichten. Und trotzdem ... Und trotzdem ... Die Entscheidung war meine, nur meine. Gadfly mochte jeden Weg durch den Wald sehen, jede Stelle, wo sich der Pfad teilte – aber was war mit dem Unmöglichen? Was, wenn ich den Pfad verließ und blind in den wilden Wald hineinrannte, an einen Ort, wohin ihn keine seiner Visionen je geführt hatte?

Ich glaubte zu wissen, warum mir Foxglove das Diadem aus den Haaren gerissen hatte. Ich hoffte, dass ich recht behielt, denn ich würde das größte Risiko meines Lebens eingehen – und ich liebte keine Überraschungen.

»Ich werde aus dem Brunnen trinken«, flüsterte ich. Foxgloves Griff um meine Handgelenke lockerte sich, ob vor Schreck oder weil sie mir mehr Bewegungsfreiheit geben wollte, war mir gleichgültig. Ich sank auf die Knie und tastete mich in meinem Schmerz und meiner Verzweiflung unbeholfen vorwärts, bis ich mich mit dem Ellbogen auf den steinernen Brunnenrand stützte und mir die Haut an der rauen Kante aufschabte. Der Druck auf meine ausgekugelte Schulter ließ mich aufschreien. Gadfly beobachtete mich reglos mit zusammengekniffenen Augen. Wie weit war ich schon von seinem Pfad abgewichen? Einzuwilligen, aus dem Brunnen zu trinken, war das Letzte, was ich jemals tun würde. Und ich war natürlich noch nicht am Ende.

Ich hielt meinen unverletzten Arm in den Brunnen und machte eine hohle Hand. Das Wasser fühlte sich wie jedes andere Wasser an, doch das bloße Wissen, was es war, jagte eisige Schauder durch mich, mein Atem ging stoßweise, als ich eine schimmernde Handvoll herausschöpfte, in der sich bruchstückhaft der Mond spiegelte. Doch dann hielt ich abrupt inne. Mein Arm ... bewegte sich nicht mehr. Obwohl meine Finger fest zusammengepresst waren, sickerte das Wasser hindurch und wurde immer weniger.

Was, wenn es schon reichte, das Wasser zu berühren, um die Verwandlung in Gang zu setzen?

Rook sagte meinen Namen.

Ich sah ihn ängstlich an, er beobachtete mich angespannt, als wolle er jeden Moment vorstürzen. Ich sah die Qual seiner Unentschlossenheit. Er wollte nicht, dass ich diese Wahl traf, weil er wusste, dass sie schlimmer für mich sein würde als der Tod. Aber er wollte auch nicht, dass ich starb. Egal, was er sagte, er würde mich auf die eine oder andere Weise verraten. Im gleichen Moment begriff ich, was mit mir passiert war.

»Nimm den Zauber von mir«, bat ich ihn sanft. »Vertraue mir.«

Rook senkte den Kopf. Mein Arm war nicht mehr gelähmt. Ich biss die Zähne zusammen und hob meine Hand mit dem Wasser, bis sich die Oberfläche von meinem Atem kräuselte.

Dann blickte ich über das Wasser hinweg zu Gadfly. Ich drehte die Hand um und ließ das Wasser in den Brunnen zurücktröpfeln. Ich hob den anderen Arm, auch wenn meine Schulter vor Schmerz brüllte und ich den mit Erde und Gras bedeckten Metallgegenstand kaum spürte, den ich umklammert hielt.

In Gadflys Worten war ich gerade dabei herauszufinden, ob Kunst die Macht besaß, die Elfen auf eine Art zu zerstören, die mir noch nie in den Sinn gekommen war. Bis zu diesem Moment.

»Fahrt zur Hölle«, erklärte ich ihm und schleuderte die Rabenfibel in den Grünen Brunnen.

Neunzehn

Ringsum wurde nach Luft geschnappt, es war ein seltsames Geräusch auf der stillen Wiese – als würde plötzlich ein Vogelschwarm losflattern. Mehrere Elfen stürzten mit ausgestreckten Händen auf den Brunnen zu. Sie reagierten zwar mit ungewöhnlicher Schnelligkeit, trotzdem war keiner von ihnen schnell genug, die Rabenfibel aufzufangen, bevor sie funkelnd und sich drehend in die trübe Tiefe des Brunnens fiel.

Ein Beben erschütterte die Erde. Bis auf Gadfly, der sich nicht rührte, wichen alle unwillkürlich zurück. Er hingegen stand einfach da und beobachtete die Szene. Er sah schrecklich alt und fremd aus, wie eine Statue seiner selbst. Vielleicht ging er noch einmal durch, was er auf der Lichtung zu mir gesagt hatte, und ihm fiel der Moment ein, als er mir die Idee geliefert hatte, Kunst könne den Grünen Brunnen zerstören.

Die Steine wackelten und lösten sich, einer nach dem anderen stürzte in den Brunnenschacht. Sobald eine Reihe abbröckelte, drückten neue Steine nach, sie sprudelten in einer endlosen Fontäne aus der Erde. Das Poltern der herunterfallenden Steine übertönte jedes andere Geräusch, Kalkstaub stieg wie Rauch auf. Plötzlich war Rook neben mir, wir taumelten über die bebende Lichtung, die alle zu Boden warf. Die letzte Explosion von Steinen spürte ich eher, als dass ich sie sah. Ein Stein, groß wie ein Wagenrad, rollte an uns vorbei und ließ eine Spur zerdrückter Farne und abgebrochener junger Bäume hinter sich zurück.

Als sich die Luft klärte, befand sich an der Stelle, an der der Grüne Brunnen gewesen war, ein riesiges Hügelgrab, ein unheimlicher Steinhaufen, der bereits aussah, als wäre er Tausende Jahre alt. Ganz gleich, was jetzt mit uns geschah – zu wissen, dass das hassenswerte Ding zerstört war und nun kein Sterblicher mehr seiner Marter ausgesetzt sein würde, erfüllte mich mit grimmiger Befriedigung. Niemand würde je wieder Asters Schicksal erleiden.

An der Stelle, wo Gadfly gestanden hatte, lag so viel Schutt, dass zehn Männer darunter begraben hätten sein können.

Foxglove war die Erste, die reagierte. »*Sie hat den Grünen Brunnen zerstört!*«, schrie sie und kam auf Händen und Knien auf uns zu gekrochen. Rook schlug ihr mit ausgestrecktem Arm ins Gesicht und schleuderte sie beiseite. Ihr Kopf knallte mit einem schmatzenden, hohlen Knacken auf den Steinhaufen. Moos wogte über die Steine und verdeckte sie zur Hälfte, danach erhoben sich unzählige purpurfarbene Wildblumen aus den Spalten. Von Foxgloves Körper blieb nichts übrig. Sie war tot. Ich hatte gerade eine Elfe sterben sehen.

Die anderen Elfen stürzten sich auf uns. Dieses Mal war es Hemlock, die mich packte und hochzerrte. Um Rook zu Boden zu ringen, waren vier nötig; er warf jeden von ihnen ab, doch irgendwann gelang es ihnen allen zusammen, ihn zu überwältigen; gemeinsam hielten sie wachsam seine Arme fest und spähten über die Schulter zu Foxgloves Überresten.

Inmitten der erschreckten Ausrufe und stummen Totenklage lachte jemand. Mit meinen vor Schmerz abgestumpften Sinnen brauchte ich einen Moment, bis ich die Quelle ausmachen konnte. Aster lag auf der Erde und fuhr mit der Hand über das Moos, als würde sie es zum ersten Mal nach einer langen Gefangenschaft wieder fühlen. Tränen rannen ihr übers Gesicht, aber sie lachte und lachte wie eine Verrückte. Ich starrte sie verständnislos an, doch dann wurde mir klar, was anders an ihr war: Sie war wieder ein Mensch.

»Das war sehr clever von Euch, Sterbliche«, flüsterte mir Hemlock ins Ohr. Ihr Mund war so nah, dass ich hören konnte, wie sich ihre Lippen beim Sprechen voneinander lösten. Ihr Atem streifte mein Gesicht, er war kalt wie Raureif. Sie roch furchterregender als alle Elfen, die ich bisher getroffen hatte: Ich hatte ein Bild von unzähligen, in Eis erstarrten Kiefern vor Augen und von weit entfernten Bergen mit schneebedeckten Gipfeln und Wölfen, die mit frischem Blut beschmierten Mäulern durch Schneewehen sprangen. Die raue Rinde ihrer Rüstung schabte an meinem Rücken. »Vielleicht war es auch überhaupt nicht clever. Haltet still.«

Ich erwartete, dass sie mich auf der Stelle töten würde. Doch ich war nicht darauf gefasst, dass sie meinen ausgekugelten Arm nehmen und mit einer brutalen Drehung ins Gelenk zurückzerren würde. Ich war so überrascht, dass ich nicht einmal aufschrie. Der Schmerz in meiner Schulter verebbte zu einem dumpfen Pochen.

»Bitte sehr. Ich kann das Geräusch nicht ertragen, wenn Menschen herumwimmern. Auf geht's! Hört auf zu stöhnen. Hoch mit Euch ….«

Auf Hemlocks Ruf hin bebten, knackten und raschelten die Bäume, die rings um die Lichtung standen. Ein Thane trat hervor, er senkte den Kopf, um sein Geweih aus den Zweigen zu befreien. Sein Glimmer floss in zerfetzten Wimpeln über ihn. Im einen Moment war er ein schöner Hirsch von majestätischen Proportionen; im nächsten ein scheußliches, von Insekten wimmelndes Dickicht, aus dessen dunklen Astlochaugen faulige Rinnsale tropften. Als er sich umdrehte und mich ansah, spürte ich noch etwas anderes, das uralt und unversöhnlich aus ihm herausblickte.

»Diese Sterbliche hat uns gerade eine Audienz beim Erlkönig verschafft«, beendete Hemlock ihren Satz. Bevor ich verstand, was sie damit meinte, wirbelte sie mich schon herum und trieb mich den Weg zurück, den wir gekommen waren. Die Elfen folgten uns, sie pressten ihre unordentlichen Kleider an sich und blickten sich mit weit aufgerissenen Augen um. Aster ließen sie zurück, als hätten sie vergessen, dass sie überhaupt existierte.

Anfangs hatte ich keine Vorstellung, wo Hemlock uns hinführen würde, doch dann erspähte ich in der Ferne den zerklüfteten Stein. Einige Schritte von mir entfernt richtete sich Rook schwankend auf. Er hatte zwei von den Elfen, die ihn festhalten wollten, abgeschüttelt und uns schon halb eingeholt, als sie ihn erneut niederrangen. Einer bekam für seine Mühe einen Ellbogen in die Brust. Rook schlug um sich und spuckte Erde aus. »Nicht auf diesem Weg«, sagte er zu Hemlock. »Ihr wisst, dass Sterbliche die Elfenpfade nicht benutzen dürfen.«

Sie warf ihm ein gefährliches Lächeln zu. »Wollt Ihr damit vorschlagen, den König warten zu lassen?«

»Die Wilde Jägerin strebte immer eine saubere Tötung an. Einen fairen Tod.«

Das Lächeln erstarrte. »Das tat sie«, erwiderte Hemlock, so leise, dass ich es kaum hörte. Dann zerrte sie mich ohne ein weiteres Wort vorwärts. Die anderen rissen Rook, der sich noch immer wehrte, hoch.

»Isobel«, keuchte er.

Ich konnte mich in Hemlocks Griff nicht weit genug umdrehen, um ihn anzusehen. »Was wird geschehen?«

»Das kann ich nicht sagen. Manche Sterbliche werden krank, andere verrückt. Denk nicht über die Dinge nach, die du siehst. Versuche, die Augen geschlossen zu halten.«

Die meisten Elfen erreichten den Stein vor uns. Sie schlüpften in den Spalt zwischen dem geborstenen Felsbrocken und kamen auf der anderen Seite einfach nicht wieder heraus. Ich suchte nach einem Hinweis, was mir widerfahren würde, aber ich sah nur vollkommen gewöhnlichen Stein.

»Tut mir den Gefallen und passt gut auf ihn auf«, rief Hemlock Rooks Aufpassern über die Schulter zu. »Er ist immer noch ein Prinz mit der Macht eines Prinzen, und ich werde ziemlich böse werden, wenn er unterwegs irgendeinen

Trick versucht. Steckt ihm den hier an.« Sie warf Swallowtail ein zusammengeknülltes Taschentuch zu, er schrie auf und hätte es beinahe fallen lassen

»Das ist Eisen!« Und tatsächlich glänzte in Gadflys monogrammbesticktem Tuch kalt mein Ring.

»Ach, hört mit dem Gejammer auf. Ihr braucht ihn ja nicht anzufassen. Streift ihn bloß über, schnell jetzt.«

»Aber ...«

Hemlocks Lächeln wurde breit. Swallowtail ergriff hastig Rooks Schwerthand und schob den Ring auf seinen kleinen Finger, den einzigen, auf den er passte. Rook richtete sich auf und reckte trotzig das Kinn. Anfangs zeigte er keine Reaktion. Er starrte Hemlock böse an, stolz, obwohl ihm die Arme auf den Rücken gedreht wurden und sein Glimmer sich auflöste, seine Wangen hohl wurden und sich seine Haare in ein wildes, ungezähmtes Wirrwarr verwandelten. Ich hatte mich wieder an sein Trugbild gewöhnt und zuckte bei seinem Anblick instinktiv zusammen. Gerade als ich zu hoffen begann, dass er die Berührung mit dem Eisen irgendwie durchstehen würde, zuckte ein Muskel in seiner Wange. Er schwankte und torkelte vornübergebeugt vorwärts. Ein Stöhnen entrang sich seiner Kehle, ein tiefer, unbeherrschter Ton, der fast wie ein Tierlaut klang.

Ich konnte es nicht ertragen, ihn solchen Qualen ausgesetzt zu sehen. Ich wollte ihm beispringen, doch Hemlock benutzte meinen Schwung, um mich herumzuzerren und gewaltsam durch den gespaltenen Stein zu stoßen.

Es ging zu schnell, um die Augen zu schließen.

Das Erste, was ich sah, als ich nach oben blickte, waren

die Sterne. Es gab so viele von ihnen. Feuerräder aus Licht, die kalt und unermesslich brannten und sich in ein endloses schwarzes Nichts drehten. Je länger ich sie anstarrte, desto bewusster wurde mir, dass ich den Nachthimmel noch nie wirklich wahrgenommen hatte, ebenso wenig, wie ich meine Unbedeutendheit angesichts dieser ungeheuren Größe begriffen hatte. Die Leere zwischen den Sternen war nicht so leer, wie es auf den ersten Blick aussah, sie war mit noch viel mehr Sternen gefüllt, zwischen denen ebenfalls noch mehr und mehr und dann …

»Schau nicht hin.« Die Worte kamen mühsam und rau, es war ein so scheußliches Geräusch, dass ich zuerst gar nicht merkte, dass Rook sie ausgesprochen hatte. Ich tauchte an die Oberfläche, als würde man mich vor dem Ertrinken retten, und tastete blind in die Richtung seiner Stimme, bis er meine Hand nahm. Ich wandte den Blick von dem schrecklichen, unendlichen Himmel ab. Aber ich konnte nicht tun, was er verlangte. Ich konnte mich nicht abwenden von dem, was ich als Nächstes sah.

Wir befanden uns auf einer Straße. Die Elfen tollten sie einer hinter dem anderen hinunter, blasse Gestalten, die wie Grablichter flackerten, eine Prozession von Geistern. Zu beiden Seiten erhob sich der Wald, doch es war nicht derselbe Wald wie in der Welt, in der wir zuvor gewesen waren. Die Bäume hatten den Umfang von Häusern. Die Wurzeln ragten so hoch aus der Erde heraus, dass ich nicht hätte darübersteigen können, wenn ich es versucht hätte. Das weiße Leuchten der Elfen warf huschende Schatten auf die Rinde.

Während ich vorwärtsstolperte, rasten rings um mich die Jahre vorbei. Pilze schossen aus der Erde, verdorrten und kippten um. An ihrer Stelle wuchsen sofort noch mehr. Blätter schwärmten auf die Zweige und fielen herunter, wo sie gerade noch gewesen waren, zuckten und schwollen bereits neue Knospen. Moos schäumte wie Gischt über den Boden und wogte in verschiedenen Grüntönen vor und zurück. Ein Rehkitz trat scheu aus dem Unterholz, doch plötzlich wurde es von einem seltsamen Zucken erfasst und fiel tot zu Boden, als Hirsch mit grauem Fell ums Maul und einem ausgebildeten Geweih. Bis ich vorbeikam, war sein Skelett schon halb in der Erde versunken, aufgenommen von Schichten verfaulender Blätter, die Wellen schlugen, als sie ihn wie gefräßige Maden verschlangen.

Wie viele Jahre waren bereits vergangen? Zwanzig? Dreißig? Angst überkam mich. Ich blickte auf meine Hand und erwartete, die Haut faltig und voller Altersflecken vorzufinden. Aber sie war unverändert. Oder? Das Licht war so seltsam – ich konnte dem, was ich sah, nicht trauen …

»Stell es dir«, würgte Rook hervor, »als ein Trugbild vor. Wenn wir den Pfad verlassen, werden nur Sekunden vergangen sein. Du wirst unverändert sein. Jedenfalls körperlich.«

Seine Hand leuchtete unheimlich. Ich dachte schon, ich sähe den Umriss meiner eigenen durch sie hindurch, der Ring schien einen Schatten auf seinen Finger zu werfen. Ich blickte …

»Nein«, krächzte er.

… in sein Gesicht. Seine Züge waren gespenstisch und schmerzverzerrt. Durchsichtige Schatten umrahmten seine

Augen und verdunkelten seine eingefallenen Wangen. Mir fiel auf, dass ich undeutlich seine spitzen Zähne durch den geschlossenen Mund erkennen konnte, das Licht schien aus seinem Inneren zu kommen, in seinen Knochen zu brennen. Er hatte kaum noch Ähnlichkeit mit sich selbst. Er sah wie ein Wiedergänger aus, der gerade aus der Erde gekrochen war und sich bloß noch mit verzweifeltem Hunger ans Leben klammerte.

»Tötet dich mein Ring?«, fragte ich.

Er schüttelte kaum merklich den Kopf. Selbst diese kleine Bewegung kostete ihn Kraft. Er würde vielleicht nicht sterben, aber er hatte unsägliche Schmerzen. »Es wäre mir lieber, wenn du mich nicht so sehen würdest.«

»Ich habe immer noch keine Angst vor dir«, flüsterte ich und schloss endlich die Augen.

»Da habt Ihr ja eine seltsame Sterbliche gefunden.« Hemlocks Stimme schüttelte mich wie ein eisiger, heulender Wind hin und her. »Schade. Ich mag sie lieber, wenn sie Angst haben. Sie sind so rosa, so klein. Es passt besser zu ihnen.«

Ich konnte nicht sagen, wie lange wir unterwegs waren. Doch selbst ohne etwas zu sehen, hatte ich eine Ahnung, was rings um mich passierte. Äste knarrten und raschelten, als wären die Bäume lebendig. Unter meinen Füßen wanden sich Wurzeln aus der Erde. Die Pilze, der Farn, das Moos und die Knospen wuchsen und erstarben mit einem Schmatzen, es klang, als würde jemand eine Schüssel fest gewordenen Pudding umrühren. Von Zeit zu Zeit drang das grausame Lachen eines Elfen aus der Kakophonie, doch mit der

Zeit wurde der Wald immer lauter und lauter, und ich bekam Angst, meine Trommelfelle könnten platzen. Dann nahm ich seltsamere Geräusche wahr: Ein leises, zittriges Stöhnen kam von tief aus der Erde. Ein kristallklares Läuten, von dem ich wusste, dass es die Sterne sein mussten.

Ich vergaß beinahe, wer ich war – ich wurde zu einem blinden Tier, das stumpf dahinstolperte, eingeschüchtert von der alterslosen, unerbittlichen Unermesslichkeit des Universums, das auf mich niederdrückte.

Und dann hörte schlagartig alles auf.

Nur Hemlocks Hände in meinen Achselhöhlen hielten mich noch aufrecht. Meine Augenlider flatterten, durch meine Wimpern flackerte goldenes Licht. Ein dumpfes Dröhnen schüttelte mich hin und her. Es war der Klang von Hunderten oder vielleicht sogar Tausenden von Stimmen, die alle gleichzeitig sprachen; im Vergleich zu der Symphonie der vergehenden Zeit war das Geräusch leise und weit entfernt, wie durch Watte gedämpft. Ich konnte mich nicht überwinden, mir Gedanken darüber zu machen, was gerade passierte. Die Erde drehte sich so schnell, dass ich, den Sternen nach zu urteilen, längst hätte tot sein sollen. Es war unbedeutend, ob ich den Tag überlebte oder den Tag darauf oder den nächsten Monat. Mein Leben war trivialer als das eines Blattes im Wald. Ein goldener Nachmittag, erinnerte ich mich und lächelte, ohne mir Gedanken zu machen, wie ich dabei aussah.

Ich ließ den Kopf hängen. Durch einen Spalt zwischen den Augenlidern sah ich, dass wir auf einer Plattform standen, die sich ungefähr ein Stockwerk über dem Boden befand. Knorrige Wurzeln voll glänzender Perlen aus hart gewordenem Harz wanden sich um meine Füße, ein uraltes Feuer oder ein Blitzeinschlag hatten sie geschwärzt. Sie führten als unebene Wendeltreppe in eine glänzende, überfüllte Halle hinunter, die aussah, als würde sie von hellem Abendsonnenlicht durchflutet, doch das konnte ja nicht sein, es war schließlich Nacht. Rook hatte Sekunden gesagt und ich glaubte ihm. Dann wurde mir langsam klar: Das Licht wurde von Spiegeln reflektiert. Hinter den Logen, die uns wie im Theater oder einem Gericht in Rängen umgaben und auf denen sich Elfen drängten, befanden sich große Spiegel … nein, keine Spiegel – spiegelglatte Wasserkaskaden, die den Raum bis in die Unendlichkeit golden und glänzend widerspiegelten.

Ich versuchte, mich auf die gebeugte Gestalt neben mir zu konzentrieren. Sie sagte etwas, aber ich verstand die Bedeutung nicht. Ich klammerte mich an die lang zurückliegende Erinnerung, die ich von uns hatte, und stammelte einige unzusammenhängende Wörter. »Deshalb sagtest du … nicht zu empfehlen.«

»Ja. Du erinnerst dich! Komm zurück, Isobel. Komm zurück zu mir.«

»Rook, lass sie einfach in Frieden. Es ist egal, ob sie verrückt geworden ist oder nicht – und falls sie es ist, dann ist es auf alle Fälle besser, wenn sie es bleibt. Schließlich bin ich diejenige, die sie stützen muss.«

»Isobel«, wiederholte er noch einmal und presste seine Lippen auf meine.

Es war ein fahriger Kuss, seine aufgesprungenen Lippen

stießen hart und keusch gegen meine, aber es fühlte sich an, als würde ich nach erstickenden Stunden unter der Erde wieder frische Luft einatmen. Ich blinzelte schnell, meine verschwommene Umgebung nahm Form an. Eine Spur von Übelkeit brannte sich meine Kehle hinauf, jeder funkelnde Edelstein, jede Säule und jedes Irrlicht war von einem schwindelerregenden Lichtkranz umgeben, doch ich konnte mich wieder erinnern, dass es Dinge in meinem Leben gab, für die es sich zu leben lohnte. Wenn ich sterben würde, dann mit dem Gedanken, wie viel mir Rook und Emma und March und May bedeuteten, deren vergängliche Leben sehr wohl Bedeutung hatten, zum Teufel mit den Erkenntnissen der Elfenpfade.

Sämtliche Elfen in der Audienzhalle starrten uns mit offenem Mund an. Die meisten hielten sich an den Geländern fest und reckten die Hälse, als hätten sie gerade ein bekanntes Stück gesehen und dann sei plötzlich ein Schauspieler durch die Hintertür hereingeplatzt, der den Text nicht beherrschte. Nachdem ich mitbekommen hatte, mit welcher Abscheu Foxglove auf seine vorherige Zurschaustellung reagiert hatte, und außerdem aus nächster Nähe Rooks Schamgefühl erlebt hatte, wusste ich, dass mich vor dem versammelten Sommerhof zu küssen zu den mutigsten Dingen gehörte, die er je getan hatte.

»Ich finde es übrigens äußerst anstrengend, dass Ihr nie auf meine guten Ratschläge hört«, erklärte Hemlock irgendwo über und hinter mir, doch ich hörte nicht zu. Ich starrte Rook an, der zusammengekrümmt zurückstarrte, weil ihn die Elfen festhielten. Festzustellen, dass wir fast gleich groß waren, hätte mir fast ein Lachen entlockt – ich stand immerhin kerzengerade!

Er keuchte mit offenem Mund, sein Atem ließ die Locken auf seiner Stirn flattern. »Ich gedenke immer noch das Versprechen einzuhalten, das ich dir im Sommerland gegeben habe.«

»Willst du damit sagen, du hättest einen Plan?«, hakte ich nach. In meinem desolaten Zustand fand ich auch diese Erklärung ziemlich lustig. »Wenn dem so ist, ist er bestimmt arrogant, unvernünftig und endet vermutlich sowieso mit unser beider Tod.«

»Ja«, erwiderte er und lächelte mich schwach an, bevor er Luft holte. »Aber ich fürchte, wir haben leider nicht genug Zeit, damit du dir etwas Besseres ausdenken kannst. Ansonsten würde ich warten.«

»Dann nur zu. Ich weiß ja, wie gern du herumprahlst.«

Seine Miene wurde nüchtern. »So unmöglich es scheint, aber ich liebe dich noch viel mehr«, erwiderte er. Er zögerte und nahm seine ganze Kraft zusammen. Dann zuckte er kurz und heftig und sein Glimmer kehrte zurück. Bevor ich verstehen konnte, was gerade passiert war, hatte er bereits seine Wächter abgeschüttelt und sich zu voller Größe aufgerichtet, dann rief er mit einer Stimme, die auch in die hinterste Ecke der Halle drang: »Ich fordere den Erlkönig heraus! Ich fordere ihn um die Herrschaft über die vier Höfe heraus!«

Sein abgeschnittener Finger, an dem immer noch mein Ring steckte, lag in den Wurzeln der gespaltenen Eiche.

Zwanzig

Die Elfen um uns herum wichen zurück. Meine Knie gaben nach, doch Rook fing mich am Ellbogen auf und schob seinen Arm durch meinen. Ich fragte mich, warum niemand Anstalten machte, ihn aufzuhalten, doch dann sah ich sein Gesicht. So hatte ich ihn seit der Nacht, in der er mich wegen des Porträts zur Rede gestellt hatte, nicht mehr gesehen. Er kochte vor Wut, trotz des zurückgekehrten Glimmers sah er unmenschlicher als je zuvor aus, von ihm ging die unmissverständliche Botschaft aus, dass er jeden, der sich uns näherte, auf der Stelle niederschlagen würde. Es war vermutlich einer der Vorteile ihrer schrecklichen Elfenbräuche: Stärke war alles und ohne das Eisen war Rook der Mächtigste unter den anwesenden Elfen. Vor allem hatte er nichts zu verlieren. Selbst Hemlock schien auf der Hut zu sein.

»Deine Hand«, sagte ich.

»Blutet wahrscheinlich ziemlich stark«, antwortete er zufrieden. »Kannst du laufen? Du musst in meiner Nähe bleiben.«

Ach ja, richtig, der Plan. Der Plan, bei dem sich Rook

selbst den Finger abgehackt hatte und offensichtlich den Erlkönig zu einem tödlichen Duell herausforderte. Was konnte da schon schiefgehen?

Ich schloss die Augen, horchte in mich hinein und schätzte meine Kraftreserven. »Ich denke schon. Aber nicht lange.«

»Dann lass uns gehen.«

Gemeinsam schritten wir die Treppe hinunter, mein Kleid hinterließ eine Blütenblätterspur auf den unebenen Stufen. Unten angekommen, warf ich einen Blick zurück. Die gespaltene Eiche, aus der wir herausgetreten waren, wuchs auf einer Galerie, ihre dunklen Wurzeln wanden sich um die Plattform, ihre Zweige waren zur Hälfte in die Wand eingewachsen. Nirgendwo war eine Tür, ein Torbogen oder ein anderer Eingang zu erkennen. Das Machtzentrum des Erlkönigs konnte nur über die Elfenpfade erreicht werden.

Wir schritten Arm in Arm vorwärts. Der schnurgerade breite Gang führte durch die Mitte des Raums und wurde von hohen Säulen aus demselben funkelnden, durchscheinenden Stein gesäumt wie die Wände und Logen. Die drückende, stehende Luft und das Fehlen jeglichen Himmels ließen mich überlegen, ob wir uns trotz der Helligkeit unter der Erde befanden. Als wir an der ersten Säule vorbeikamen, bemerkte ich ein Rindenmuster auf deren Oberfläche und mir wurde klar, dass es keine Stalagmiten oder Steinmetzarbeiten waren, sondern versteinerte Bäume, die schon so lange unterirdisch konserviert wurden, dass sie sich in Kristall verwandelt hatten. Ich holte tief Luft und schmiegte mich an Rook, ich spürte das unergründliche Alter des Saals und das beengende Gewicht, das von oben drückte.

Das Ende der Halle verschwamm in grellem Licht und war nicht zu erkennen. Möglicherweise saß der Erlkönig dort und beobachtete unser Näherkommen. Vielleicht würde er auch erst noch eintreten. Ich wusste es nicht.

Geräusche hallten weit hier. Der Saal erinnerte mich an eine Kathedrale, wenn zwischen den Chorsätzen alle Platz nahmen, flüsterten, hin und her rutschten und ihre Gesangsbücher durchblätterten und die Gewölbedecke mit einem Lärm erfüllten, als würden Hunderte von Vögeln mit den Flügeln schlagen. Rooks harte Sohlen hallten wider. Ich hörte sogar die verzauberten Blütenblätter, die weiter mit einem seidigen Flüstern von meinem Kleid auf den Boden fielen. Einzelne Worte und Sätze drangen aus dem Stimmengewirr heraus, manchmal undeutlich, manchmal so klar, als würden sie in mein Ohr gerufen.

»Rook«, sagte ein Bariton; es ließ mich einen Moment panisch werden, bis ich begriff, dass es ein Zuschauer war, der in einer der Logen mit seinem Begleiter sprach, nicht etwa mit Rook. »Habt Ihr«, murmelte ein anderer, worauf hart und durchdringend *»Kuss«,* gezischt wurde. »Isobel!«, kreischte eine Mädchenstimme, was mein Herz wie ein scheuendes Pferd gegen meine Rippen treten ließ.

»Kümmere dich nicht um sie«, sagte Rook und blickte starr geradeaus. »Tu einfach so, als würden nur du und ich hier laufen. Und sie wären nur der Wind.«

Da mir sowieso immer wieder alles vor den Augen verschwamm, gelang mir das fast. »Ich wusste gar nicht, dass der Wind so gierig nach Klatsch ist.«

»Ihr Sterblichen mit eurer beschränkten Wahrnehmung.«

Obwohl er den Kopf nicht drehte, merkte ich, dass er woanders hinsah. Ein schwaches Lächeln zuckte um seinen Mundwinkel. »Sieh mir zu.«

Selbst jetzt muss er noch angeben, dachte ich. Allerdings konnte ich nicht leugnen, dass die Aufregung darüber, was er wohl tun würde, in meinen Adern kribbelte und meinen Atem stocken ließ. Anmaßend und immer noch lächelnd, hob er die verstümmelte Hand und öffnete die Faust, die er mit den verbliebenen Fingern geballt hatte. *Tropf, tropf, tropf.* Das spritzende Blut hinterließ eine Spur auf dem Boden. Jemand schnappte nach Luft. Ein anderer schrie ängstlich auf. Als sich die Elfen gegen das Geländer drängten, um besser sehen zu können, war das Stampfen von Schuhen und Schlurfen zu hören. Eine Frau packte eine andere an den Locken und zerrte sie nach hinten, um mehr Platz zu haben. Dazwischen erspähte ich einen silbrigblonden Kopf, der sich vorbeiduckte, die Farbe stand in starkem Kontrast zum satten Kastanienbraun und Rostrot des Sommerhofs. *Gadfly?* Nein, das konnte nicht sein …

Die Säule neben uns explodierte in einer Kaskade von funkelnden Kristallscherben. Dann die nächste und die nächste und die nächste und immer weiter. Aus den zerborstenen Ummantelungen trieben frische Zweige, an denen scharlachrote Blätter glühten. Hervorquellende Wurzeln wölbten sich gewaltsam aus dem Boden, sie zerbrachen die Steine und sandten kreuz und quer verlaufende Risse an die Ränder, wo sie im Zickzack die Wände hinaufrasten. Als sich Mauerwerk von einer der Logen ablöste und als Lawine zerbrochener Steine herunterkrachte, die das Klirren des fallenden Kristalls übertönte, waren Schreie zu hören. Die Teilchen in der Luft glitzerten wie Diamanten.

Ich stolperte über den zerborstenen Boden, doch Rook stützte mich und half mir über eine Wurzel, die immer weiterwuchs, sie wand und blähte sich, während sie langsam wie ein Wurm über die Erde kroch und feine Haarwurzeln bildete. Er schonte seine verletzte Hand nicht. Er konnte es sich nicht leisten.

Unnachgiebig und unaufhaltsam drückten seine Herbstbäume gegen die Decke und breiteten ihre Zweige aus. Ihr Blattwerk dämpfte das grelle Licht der Halle zu den Edelsteintönen von Buntglas. Nun konnte ich zum ersten Mal erkennen, was uns erwartete.

Der Erlkönig. Er saß vornübergebeugt auf einem Thron, der sich auf der Höhe des höchsten Rangs befand, und war – wie ein Herz in seinem Arteriennetz – von Ranken umwunden, die ihn an die Wand banden. Sein Gesicht, sein Bart, seine Gewänder, der Thron, selbst die Ranken waren von demselben fahlen pudrigen Grau und so leblos wie Marmor; er sah aus, als sei er selbst zu einem Teil des Raums geworden. Sein schlafendes Gesicht erfüllte mich mit einem unerklärlichen Entsetzen. Irgendwoher wusste ich, dass er nicht so leblos war, wie er aussah. Ich spürte, wie sich sein Bewusstsein uns langsam zuwandte und zwar mit der Zielsicherheit eines Leuchtturmfeuers, das sich im Dunkeln dreht. Und oh, ich wollte ihn nicht aufwachen sehen.

Rook drückte meinen Arm, beim nächsten Schritt zögerte er für den Bruchteil einer Sekunde, doch dann trat sein Stiefel auf den Boden. Er hatte es ebenfalls gefühlt. Doch im

Gegensatz zu mir durfte er seine Angst – seine Schwäche – nicht zeigen. Als ich zu ihm herüberspähte, sah ich, dass sein Blick mit einer hochmütigen, leicht verächtlichen Vorfreude auf den Erlkönig gerichtet war, als sei dieser bloß jemand, den der Prinz beim Federball zu schlagen gedachte. Doch sein Selbstvertrauen war aufgesetzt. Vor ein paar Minuten noch hatte ich ihn gebrochen und flehend am Grünen Brunnen liegen gesehen. Mittlerweile hatte ich oft genug erlebt, wie er sich zusammennahm, um den Moment sofort zu erkennen.

Wie gern hätte ich ihm nur ein Mal meine Liebe erklärt, ohne dass es als Fluch auf uns lasten würde.

Sämtliche Geräusche in der Halle waren verstummt. Die Elfen starrten wie Kinder zu den herunterfallenden Herbstblättern hinauf. Auf dem Schutt lag bereits eine weiche Blätterdecke und ließ ihn aussehen, als sei er schon vor langer Zeit heruntergestürzt. In der neuen Stille schlang sich gelbes Efeu über die Logen in die Baumstämme hinauf, mein Kleid flatterte im klaren Nachtwind gegen meine Beine. Rooks rot ausschlagende Zweige krochen immer näher und näher an die reglose Gestalt des Erlkönigs heran.

Ein Finger des Königs zuckte.

Aus seiner Geweihkrone rieselte Staub, anfangs nur als dünner Strahl, doch als er den Kopf hob, folgte ein ganzer Schwall. Wir standen nah genug, um zu sehen, wie sich der Staub pudrig auf seinen Bart legte. Als er blinzelte, erkannten wir seine trüben farblosen Augen, geistesabwesend wie die eines alten Mannes.

»Warum weckt Ihr mich?«, fragte er mit trockenem Flüstern. Obwohl er leise gesprochen hatte, fegten seine missmutigen Worte durch die Halle und verteilten sich wie eine Böe toter Blätter in den Ecken. Ihr folgten Hitze und Fäulnisgeruch. Meine Handflächen wurden schweißfeucht. »Ich habe geträumt … von reifen Trauben und einem Sonnenuntergang, der sich im Wasser widerspiegelte … Wenn ich doch nur …« Verdutzt sah er zu den Ranken, die über ihn gewachsen waren und ihn auf seinem Thron gefangen hielten.

»Ich bin hier, um Euch herauszufordern, Erlkönig.« Rooks Worte hallten nach. »Eure endlosen Sommer haben sich in Fäulnis verwandelt. Alle können es sehen. Herrenlose Elfenbestien marodieren durch den Wald und Euer Land verrottet, während Ihr vor Euch hinschlummert. Und heute Nacht«, fügte er noch lauter hinzu, während er seinen Körper zu den Logen drehte und seine verletzte Hand weiter in die Höhe hielt, während sich Moos über seinen Ärmel legte, »hat eine Sterbliche den Grünen Brunnen zerstört.«

Auf seine Erklärung folgten Ausrufe. »Nein!« – »Es ist also wahr!« – »Der Grüne Brunnen!« – »Wie wollen wir die Sterblichen nun dazu bringen, uns zu lieben?« In den Logen brachen Streitereien aus. Einige Elfen sanken auf die Knie und umklammerten mit theatralischer Verzweiflung das Geländer. Eine Handbewegung des Erlkönigs schickte einen bogenförmigen Staubschleier durch die Luft, alle verstummten.

»Nein. Was Ihr sagt ist … unmöglich. Der Grüne Brunnen ist ewig.«

Irgendwie fand ich meine Stimme. »Elfen können nicht lügen«, erinnerte ich den König, ich war hin und her gerissen zwischen Angst und einem plötzlichen, neugierigen Mitleid für ihn. »Den Brunnen gibt es nicht mehr.«

Seine Augen wurden schmal. Aus dem Faltennetz, das sie umgab, bröselte noch mehr Staub und entblößte pergamentartige Haut. Er blickte zu mir herunter. Die Hitze köchelte. Überall, wo das Kleid meine Haut bedeckte, juckte sie fürchterlich, und als der Druck in meinem Schädel zunahm, zirpten Phantomheuschrecken. Ganz gleich, was ich getan hatte, mehr war ich nicht für ihn: ein Insekt, das am Fuße seines Throns herumkrabbelte. Er wollte mich mit der bloßen Macht seiner Aufmerksamkeit töten. Und er hätte es getan, wenn Rooks Zauber ihn nicht daran gehindert hätte.

Als der Erlkönig merkte, dass mir seine magischen Kräfte nichts anhaben konnten, und den Grund erkannte, funkelten tief in seinen trüben Augen Angst und Unsicherheit auf. »Ihr Wille gehört weiterhin ihr.«

Rook bleckte die Zähne zu einem Lächeln, das kein Lächeln war; er sah so unglaublich zornig aus, dass ich zu atmen vergaß. »Genau. Und nun kommt endlich von Eurem Thron herunter und kämpft gegen mich, wenn Ihr könnt.«

Angehaltener Atem. Dann explodierte die Audienzhalle.

Aus allen Richtungen kamen kreischende Raben hereingeschossen, bald waren es so viele, dass sie die Halle in mitternächtliche Dunkelheit hüllten. Ihr Flattern war ein ohrenbetäubender Donner, der die Protestschreie des Erlkönigs übertönte und die überraschten Rufe der Elfen verschluckte. Etwas Spitzes hackte auf mein Gesicht ein. Der wie Spreu herumwirbelnde Federflaum ließ mich husten, die Wärme von Rooks Arm war das Einzige, das mir versicherte, dass er noch da war. Zwischen den schlagenden Flügeln erhaschte ich kurze Blicke auf das Chaos um mich herum. In einer Loge schlug sich eine Frau auf den Kopf, weil sich ein wild flatternder Rabe in ihrem kunstvoll gearbeiteten Hut verfangen hatte. Ein zweiter Elf fiel herunter, weil Dutzende gleichzeitig auf ihn einhackten. Elfen kamen die Treppe heruntergeströmt und versuchten vergebens, der Attacke zu entkommen; Streit brach aus, weil sie sich gegenseitig auf die Schuhe und Kleider traten. Ein hellhaariges Mädchen – *Lark?* – trat grinsend einem Mann gegen das Schienbein und drehte sich zu mir um, weil sie Beifall erhoffte.

Elfenblut floss. Der Duft von Sommerphlox überwältigte mich mit seiner Übelkeit erregenden Süßlichkeit, die Welt drehte sich in einem gefiederten Mahlstrom und ich konnte mich nur mühsam auf den Beinen halten.

Aus der Dunkelheit erhob sich eine große Gestalt. Ihr Geweih schlug eine Schneise durch die Raben und verteilte zerfetzte Körper auf dem Boden. Rook schnellte herum, um mich vor den Hufen des Thane zu schützen. Im selben Moment packten mich zwei kalte Hände an den Armen und zerrten mich von ihm weg an den nächsten Baum.

»Hört auf, Euch zu wehren«, flüsterte mir Lark ins Ohr. »Ein paar von uns wollen euch helfen.«

Ich packte Larks Handgelenk. »Rook hat kein Schwert!«

»Ein Schwert?« Sie grinste. »Was sollte ihm das nützen?«

Wie sich herausstellte, war es tatsächlich überflüssig. Rook duckte sich und wirbelte wie ein Tänzer unter dem Thane hindurch und schlug ihm die linke Hand gegen den Brustkorb. Der Thane erstarrte und begann am ganzen Leib zu zittern. Herbstefeu explodierte erst aus seiner Nase, dann aus seinem Mund und schließlich aus seinen Augen, danach breitete es sich schnell über seinen ganzen Körper aus, bis der Thane wie ein riesiger Formschnitt aussah. Rook zog seine Hand zurück, zerquetschte den uralten braunen Schädel und schleuderte ihn fort. Mit einer schwungvollen Drehung wich er geschickt dem Schwall herunterfallender Rinde aus. Er warf Lark und mir einen prüfenden Blick zu. Die Raben wogten nun im Kreis um uns drei herum, eine undurchsichtige schwarze Wand besetzt mit glänzenden Augen, es war, als ständen wir im Auge eines Sturms. Als der zweite Thane angeprescht kam, stand Rook mit dem Rücken zu ihm.

Ich schrie ihm zu, aber Rook hatte den Thane schon gespürt. In einer geschmeidigen Bewegung ließ er sich auf die Knie fallen und schlug mit der Handfläche auf den Boden, woraufhin sich ein Wirbelwind aus Federn erhob und ihn einhüllte. Die Geweihstangen des Thane pfiffen durch die leere Luft und verfehlten den großen, violettäugigen Raben, der zur Decke flog. Rook verschwand in dem Zyklon aus Vögeln, in dem er nicht von den anderen zu unterscheiden war. Doch plötzlich brach er heraus, stieß – die krummen Beine ausgestreckt wie ein Falke, der sich auf seine Beute stürzt – zu dem Gehörnten herunter. Er verschwand noch einmal. Aber dieses Mal brauchte ich nicht lange nach einem Zeichen zu suchen, wohin er geflogen war. Der Thane kippte erst auf die eine, dann auf die andere Seite, seine strauchelnden Hufe zertrampelten die verfaulten Überreste seines Gefährten, dann brach auch er mit einem Krachen zusammen, das die Erde beben ließ, und zerfiel zu einem Pflanzenhaufen, der sich in alle Himmelsrichtungen verteilte.

Als Rook die letzten Überreste von seinen Ärmeln klopfte, hatte er bereits wieder seine Menschengestalt angenommen.

»Hat er sich wirklich den Finger abgehackt?« In Larks Stimme schwang ein Unterton grausigen Entzückens mit. »Hat er, oder? Ich habe noch nie von jemandem gehört, der so etwas getan hat. Aber es wird für immer sein – sein Glimmer wird es nicht verbergen – und die Macht wird nicht lange anhalten.«

Ich schluckte. »Ist er … Kann er gegen den Erlkönig kämpfen?«

Der Stoß eines Horns erschütterte die Erde und vibrierte durch meine Schuhe. Die Zeit blieb stehen. Zumindest fühlte es sich anfangs so an, doch dann trat Rook einen Schritt zurück, und ich hob langsam eine meiner kribbelnden Hände – nur um mich zu vergewissern, dass ich es noch konnte. In der Luft schwebten die um uns kreisenden Raben, im Flug erstarrt, mit reglosem Blick. Keine einzige Feder bewegte sich. Das Horn erklang noch einmal. Die Raben zersplitterten wie zerbrechliches Glas und prasselten herunter, ein Obsidianwasserfall, der uns zu Füßen fiel.

Der Erlkönig stand auf seiner Plattform. Die Ranken waren von ihm heruntergeglitten und krochen noch immer über die Thronlehne davon. Er stieg eine Stufe hinunter. Eine zweite. Bei jedem Tritt fiel Staub von seinem Körper, er warf das Gewicht von Jahrhunderten ab, eine Schicht von Jahren schien von seinen Schultern zu gleiten. Zentimeter für Zentimeter wurde ein smaragdfarbenes Gewand mit altgoldenen Besätzen sichtbar. Sein dichter grau melierter Bart war wie bei einem alten Kriegerkönig an manchen Stellen geflochten und wurde von goldenen Klammern zusammengehalten, an seinem Finger funkelte ein Siegelring. Buschige Brauen verdeckten seine Augen, nur die markante Nase und der gnadenlose Strich von Mund, die ich auf den gravierten Stelen im Sommerland gesehen hatte, waren zu erkennen. Wo war der Makel in seinem Glimmer? Er hatte keinen.

Als die anderen Elfen rings um uns mitten im Kampf erstarrten, nahmen sie die verschiedenen merkwürdigen Stellungen von Schauspielern bei einer Pantomime ein. Ich war etwas überrascht, wie viele offenbar nicht nur gegen die Raben, sondern auch untereinander gekämpft hatten. Ob manche von ihnen auf unserer Seite standen, oder ob es schlicht ansteckend war, wegen Tritten auf die Schuhe gewalttätig zu werden, war nicht auszumachen. Sie kauerten erstarrt auf der Erde, die Klauen an den Kehlen der anderen, während die blühenden Ranken und das Moos, das ihr vergossenes Blut sprießen ließ, über sie hinwegwucherten.

Rook rührte sich nicht. Sein Rücken war durchgestreckt und seine Miene nicht zu deuten. Mir klopfte das Herz im Hals, als ich vorsichtig zu Lark blickte; es gefiel mir nicht, wie ich die Welt vergaß, sobald ich mich umdrehte – es war wahrhaftig nicht die Zeit, wie eine Maid aus einem Märchenbuch in Verzückung zu geraten. Auch Lark stand reglos da und starrte den Erlkönig wie hypnotisiert mit weit aufgerissenen, glasigen Augen an.

Der König stieg noch eine Stufe herunter, er war bedrohlich groß in meinem Augenwinkel. Und in diesem Moment fiel es mir auf. Seine Größe. Seine Größe war sein Makel. Er überragte die anderen Elfen um Längen und war unmenschlich groß, sogar noch einen Kopf größer als Rook.

Schließlich antwortete Lark auf meine Frage. »Nein«, stieß sie heraus, das kaum hörbare Wort wurde mühsam aus ihren Lungen gepresst und glitt als Luftzug durch ihre reglosen Lippen. »Das kann niemand.«

»Nun erinnere ich mich wieder, warum ich mich auf meinen Thron gesetzt und für ein Zeitalter nicht wieder von ihm erhoben habe.« Die Stimme des Erlkönigs rollte durch den Saal wie Donner, der sich am Horizont zusammenbraut. Die Luft wurde schwer und knisterte von verborgener Macht, bis die Härchen auf meinen Armen zu kribbeln begannen und sich aufrichteten. »Ich war Euer Gezänk leid. Eure kleinen Leben ermüdeten mich. Wein ... Stickereien ... Nichtigkeiten ... Wozu? Ihr würdet Eurem Nachbarn für eine Handvoll Staub die Augen auskratzen. Dabei seid Ihr von Staub umgeben. Die ganze Welt besteht aus Staub und sie verwandelt sich auch immer wieder zu solchem. Es gibt nichts anderes.«

Ich musste die Angst, die ich in seinen Augen zu sehen gemeint hatte, missverstanden haben. Dieses Geschöpf kannte keine Angst. Er fühlte überhaupt nichts, ging mir durch den Kopf, als ich mühsam das Kinn hob. Schwarze Punkte schwirrten wie Mücken vor meinen Augen.

»Und nun wurde das Geltende Gesetz gebrochen und Ihr wart unfähig, die Schuldigen gerecht zu bestrafen. Aus welchem Grund sind die da ... und der hier ... noch am

Leben? Es ist gleichgültig, was die Sterbliche getan hat. Ich wünsche«, sagte er, »keines ihrer Gesichter zu sehen.«

Er war fast am Fuße der Treppe angekommen. Ich schluckte den bitteren Geschmack von Ozon herunter und suchte nach meinem Band zu Rook, in unserer gemeinsamen Stummheit *schrie* ich auf ihn ein.

Er wankte, als haben man einen Teppich unter seinen Stiefeln weggezogen. Dann schüttelte er den Kopf und lächelte den Erlkönig zu meiner Bestürzung schief an. Doch das Lächeln war zu grausam, um als charmant zu gelten. »Welch zufällige Übereinstimmung«, erklärte Rook. »Ich muss gestehen, auch wir wollten Euer Gesicht nicht sehen. In Anbetracht der Umstände halte ich es deshalb für das Beste, wir gehen.« Er verschränkte die Arme vor der Brust und verbeugte sich. »Einen schönen Tag noch.«

Der Zwang, die Verbeugung zu erwidern, ließ die düstere Miene des Erlkönigs verschwinden.

»Schnell, komm her«, flüsterte Rook, drehte sich zu mir um und hielt mir seine unverletzte Hand entgegen. Schon schlug eine Woge von Blättern an ihm hoch, Lark setzte mich auf den Rücken eines aufstampfenden Pferdes und ich legte meine Arme um seinen Hals. Wir machten einen Satz, der durch die Knochen ging, und galoppierten davon. Kraftvolle Muskeln wölbten sich unter meiner Wange. Gesichter flogen vorbei, sie starrten uns mit weit aufgerissenem Mund überrascht an und wichen vor den Steinsplittern zurück, die die aufschlagenden Hufe aufwirbelten. Sie stachen in meine Beine, ein eisiger, nadelspitzer Druck, der jedoch nicht wehtat. Ich fragte mich, ob ich blutete.

Wir preschten die Treppe hinauf, Rooks Schultern hoben und senkten sich, als er die zu kleinen Stufen nahm. Der spiegelähnliche Wasserschleier kam näher und näher und reflektierte seinen Sprung und mein zu blasses Gesicht, als ich mich an ihm festklammerte, in kräuselnden Silberwellen. Er würde hindurchspringen. Ich hielt mich mit aller Kraft fest.

»*Das* war also dein Plan? Oh Rook«, murmelte ich halb bewusstlos in seine warme, struppige Mähne. Was er tat, hatte niemand im Entferntesten erwartet. »Du läufst weg.«

Einundzwanzig

Unsere Flucht aus dem Sommerhof bekam ich nur verschwommen mit. Der Schwall Wasser, der mir aus den Haaren über den Rücken tropfte, rüttelte mich aber wenigstens so weit auf, dass ich mich an Rooks Mähne festklammerte. In meiner Benommenheit konnte ich kaum einen Gedanken fassen, mein Verstand kam nur mühsam hinterher.

Irgendwann ganz am Anfang jagte uns Hemlocks kalte Stimme einen düsteren Hohlweg hinunter, der von halb toten Kiefern gesäumt war. Als ich die vorgeneigten Stämme und die kahlen unteren Zweige sah, die sich über das Flussbett bogen, als wollten sie mich von Rooks Widerrist reißen, wurde mir angst und bange.

»Kommt zurück!«, rief sie. »Wir hätten versuchen können, ihn gemeinsam zu überwältigen, Ihr und ich. Wir könnten es immer noch versuchen. Damit Ihr es wisst, er ist Euch auf den Fersen. Stellt Euch vor, welch ein Kampf das wäre!«

Das Horn erschallte, hohl und gebieterisch in der Nacht. In der Ferne bellten die Jagdhunde. Aus den Nadeln, die

Rooks Hufe zertrampelten, stieg ein beißender Geruch nach Kiefernharz auf, aber er galoppierte unbeirrt weiter.

»Bitte!«, rief Hemlock. »Ich habe ihn enttäuscht. Er hat sie auf mich gehetzt. Bitte – Bitte – Bitte.«

Ihre Schreie wirbelten mit mir in die Dunkelheit.

Als ich das nächste Mal richtig zu Bewusstsein kam, stand Emma in unserer Haustür und hielt eine Pfanne so fest umklammert, dass die Knöchel weiß hervortraten. Sie schien entschlossen, sie Rook auf den Kopf zu schlagen.

»Es ist mir egal, wer Ihr seid und warum Ihr hier seid!«, brüllte sie. »Ihr legt sie auf der Stelle *hier ab* und *verschwindet!*«

»Madam, ich …«

»Wollt Ihr wissen, wie oft ich schon Leuten ihre Eingeweide in den Körper zurückgestopft habe? Elf hin oder her, Euch kann ich sie bestimmt auch herausreißen.«

Ich versuchte zu sprechen, aber meine Kehle war so trocken, dass ich nur ein Würgegeräusch zustande brachte.

»Isobel!«, riefen Rook und Emma wie aus einem Mund.

Ich hustete, mein Mund füllte sich von der darauffolgenden Woge Übelkeit mit Speichel. »Es ist gut. Schlag ihn nicht. Er« – ein weiterer Hustenanfall, der mir den Magen umdrehte – »hilft mir.«

Grimmig und mit aufeinandergepressten Lippen ließ Emma die Bratpfanne sinken. »Bringt sie ins Haus und legt sie auf die Chaiselongue. Und dann erklärt Euch bitte, angefangen damit, warum Ihr gerade noch ein Pferd wart.«

Die Wände schwankten, als Rook mich durch die Küche

und den Flur in die Stube trug, wo die Luft intensiv nach Leinöl duftete und die Umrisse der Requisiten sogar im Dunkeln vertraut aussahen. Zu Hause. Ich war zu Hause. Der Schmerz in meiner Brust wurde größer und größer. Ich hatte nicht mehr erwartet, jemals lebend hierher zurückzukommen. Als Rook mich auf die Chaiselongue bettete, flossen heiße Tränen. Ich hatte eine Menge anderer, wichtigerer Dinge zu sagen, doch Elend und Erleichterung überwältigten mein Hirn und so kam nur ein ersticktes, wimmerndes »Emma« heraus.

Sie stieß Rook zur Seite und zum Glück war er klug genug, sich ans Fußende der Chaiselongue zu stellen und dort wie ein gescholtenes Kleinkind zu warten. Ihr Arm glitt zwischen meinen Rücken und die Polster der Chaiselongue und sie zog mich an sich. Ich klammerte mich matt an sie und schluchzte an ihrer Schulter.

»Oh Bell, wo sind deine Kleider? Warum trägst du ein Kleid, das überall Blütenblätter verteilt? Bist du verletzt? Haben sie dir wehgetan?«

»Mir geht es gut«, heulte ich gegen ihr Nachthemd, nicht, weil es der Wahrheit entsprach, sondern weil ich es mir wünschte.

Nach einer Weile beruhigte ich mich so weit, dass ich nur noch unter Schluckauf nach Luft schnappte, und sie legte mich wieder hin. Ich war dankbar, dass ich im Dunkeln den großen nassen Fleck kaum sehen konnte, den ich auf ihrer Schulter hinterlassen hatte. »Ich werde Wasser und eine Lampe holen. Ihr«, fügte sie hinzu und durchbohrte Rook mit ihrem Blick, »benehmt Euch anständig.«

»Äh, ja, Madam«, erwiderte er.

Sobald Emma das Zimmer verlassen hatte, kniete er vor mir und nahm meine feuchten Finger in seine Hände. Er zischte vor Schmerz und zog seine linke Hand zurück, dann tastete er nach einem Taschentuch, um sein Missgeschick zu verbinden. Als ich seine Wange streichelte, wurde er ruhiger, seine glänzenden Augen musterten mein Gesicht, das im Dunkeln lag. Ich wunderte mich, wie heiß sich seine Haut anfühlte, offenbar war ich sehr kalt.

»Isobel«, fragte er, »geht es dir gut? Wirklich?«

Ich ließ mir die Frage durch den Kopf gehen. Obwohl ich ruhig dalag, zuckte jeder Muskel in meinem Körper vor Überanstrengung. Mein Herzschlag wiegte mich leicht hin und her, meine Ohrmuschel schabte ein rhythmisches *Pfschsch, Pfschsch, Pfschsch* auf dem Kissen, als sei ich nur noch eine Hülle, leicht und zerbrechlich wie Papier.

»Ich weiß nicht. Und du?«, flüsterte ich.

Er wollte nicken, doch dann hielt er inne, unfähig, die Bewegung fortzusetzen. Wie albern von uns, uns gegenseitig diese Frage zu stellen, obwohl wir wussten, dass es keinem von uns je wieder gut gehen würde. Und trotzdem hatte ich, als ich dort in diesem Kokon aus Dunkelheit und Erschöpfung lag und mich auf dem fast unbequem steifen Brokat meiner Chaiselongue ausruhte, das merkwürdige Gefühl, dass nichts von dem Geschehenen wirklich real war. Das Herbstland, der Grabalb, der Frühlingshof, der Erlkönig – all das konnte nicht sein, gegen die solide Realität meines Zuhauses wirkte es wie ein lebhafter Fiebertraum.

»Du hast versprochen, mich zurückzubringen«, sagte ich.

»Wenn ich es bloß früher getan hätte. Ich …«

Meine Hand lag immer noch auf seiner Wange, ich rieb mit dem Daumen über seinen Mund und er verstummte.

»Mach dir keine Vorwürfe«, sagte ich. »Wir haben diese Entscheidung gemeinsam getroffen. Aber wir können nicht hierbleiben. Der Erlkönig ist hinter uns her, oder? Emma und die Zwillinge sind in Gefahr. Wenn ihnen irgendetwas zustoßen würde … Wir müssen so schnell wie möglich von hier weg.«

»Isobel!« Emma stand mit einer Lampe in der Türöffnung, im Licht sah man ihr Gesicht, sie war geschockt – sowohl über meine Worte, als über die Position, in der sie uns vorfand. »Du wirst dieses Haus nicht wieder verlassen, ganz egal, was los ist. Hast du mich gehört?«

Sie drehte sich zu Rook. Als sie sein erschöpftes und zerzaustes Äußeres im Licht sah, hielt sie inne und kniff die Augen zusammen. Sie hatte denselben Verdacht, den auch ich bis vor Kurzem gehabt hätte: dass es nur einen Grund geben konnte, warum sich ein Elf so vor uns zeigte – um uns hinters Licht zu führen. Bestimmt war ihr nicht bewusst, dass er seine magischen Kräfte, so gut er konnte, schonte.

»Erklärt«, verlangte sie mit harter Stimme. »Alle Einzelheiten.«

Zu meiner Überraschung erhob er sich, straffte die Schultern und begann zu reden. Er beschönigte bestimmte Teile, wofür ich ihm im Stillen dankte, doch er ließ nichts Wichtiges aus. Als er weitererzählte, wachte ich aus meiner traumähnlichen Trance auf. Mit jedem Wort kehrten die

Erinnerungen mit scharfkantiger Klarheit zurück und rissen Löcher in den dürftigen Schleier, der mich von den Schrecken der Nacht trennte. Emmas Gesicht wurde zunehmend weißer und irgendwann setzte sie sich mit versteinerter Miene hin.

Demütigung ließ Wellen von Hitze und Kälte über meine Haut kribbeln und führte Krieg mit dem den trotzigen Widerstand in mir. Die Vorstellung, auf ihrem Gesicht ein Urteil zu sehen – oder, noch schlimmer, Enttäuschung –, rief den Wunsch in mir wach, mich zusammenzurollen und mich nie wieder der Welt zu stellen. Es gab kein Mittel, mit dem ich ihr beweisen konnte, dass die Liebe, die Rook und ich füreinander empfanden, real war und dass wir jeden verzweifelten, verwegenen Zentimeter davon verdienten, und ich war es leid, so leid, das Gewicht dieser Liebe als Fehler zu betrachten. Als Verbrechen.

Die Minuten, in denen ich auf Emmas Reaktion wartete, waren die längsten meines Lebens. Sie hörte ihm zu, ohne ihn zu unterbrechen. Als Rook zum Ende kam und ihr Blick auf seine linke Hand fiel, bildete sich eine Falte zwischen ihren Augenbrauen. Sie hatte noch nie zuvor einen verletzten Elf gesehen. Er veränderte seine Haltung, als er ihren prüfenden Blick bemerkte, es war das einzige Zeichen von Nervosität, seit er mit der Geschichte begonnen hatte. Unter den Elfen mochte er ein Prinz sein, aber in diesem Moment sah er schrecklich jung aus und nicht sehr viel anders, als ein menschlicher Freier, der zum ersten Mal die Familie eines Mädchens trifft.

Normalerweise überbrachte ein Freier allerdings nicht

die Nachricht, dass ihm und seiner Liebsten der Tod drohte.

»Und aus diesem Grund kam ich als Pferd hierher«, beendete er seinen Bericht, »und darum müssen wir bald von hier fort.«

Emma wandte sich zu mir. Ich wappnete mich und glaubte, ich sei auf das Schlimmste vorbereitet, aber das war ich nicht. Ich konnte ihre verhärmte aschgraue Verzweiflung nicht ertragen. Dass sie mich nicht verurteilte, nicht enttäuscht war, mir keinerlei Schuld an irgendetwas gab, das war am schwersten zu ertragen.

»Was ist mit dem Zauber, der auf dem Haus liegt?«, fragte sie.

»Er ist der Erlkönig, Emma«, erwiderte ich. »Es tut mir leid. Es tut mir so leid.«

Sie sah Rook an.

Er senkte den Kopf. »Ich fürchte, Isobel hat recht. Den Erlkönig kann nichts aufhalten.«

Einen Moment lang sagte keiner von uns etwas. Emma rieb mit den Handballen über die Oberschenkel, als wolle sie einen Krampf lösen. Ihr Gesichtsausdruck verriet wenig, doch diese angespannte, stetige Geste war ein Ausdruck zielloser Verzweiflung, die auch ich spürte – eine Übelkeit erregende Beschleunigung, ein schneller werdendes Gleiten, als hätte mich gerade jemand in einem Wagen einen Hügel hinuntergestoßen. Es gab keinen Weg zurück. Es gab nur den Sturz in die Tiefe und den unvermeidlichen Aufprall auf dem Grund.

»Rook, danke, dass Ihr sie nach Hause gebracht habt«,

sagte sie schließlich. »Isobel, du sollst wissen, dass ich stolz auf dich bin. Aber bitte geht noch nicht. Gibt es einen Ort, wo ihr hinflüchten könnt?«

Rook und ich wechselten einen Blick. »Wir könnten in die Anderwelt gehen«, sagte er, seine Worte mit Bedacht wählend. Es war eine freundliche Geste Emma gegenüber, weiter nichts. Wir würden niemals so weit kommen.

Von der Treppe war ein verstohlenes Scharren zu hören. Dann patschten zwei Paar nackte Füße die Stufen herunter.

Oh nein. Die Zwillinge mussten alles mitgehört haben. Womöglich hatten sie seit dem Moment gelauscht, als Rook und ich ins Haus gekommen waren. Als sie mit weit aufgerissenen Augen um die Ecke geschlichen kamen, krampfte sich mein Magen zusammen. March blieb zögernd in der Türöffnung stehen und drückte ihr langes Leinennachthemd gegen die Beine. May hielt einen viereckigen Gegenstand unter dem Arm. Sie erstarrten vor Schreck, als sie mich halb tot in einem verzauberten Ballkleid auf der Chaiselongue liegen sahen.

May erholte sich als Erste. Mit finsterer Miene stapfte sie auf Rook zu und warf ihm den Gegenstand zu, den sie trug. Dann räusperte sie sich und forderte die uneingeschränkte Aufmerksamkeit im Zimmer.

»Das hat uns ein gruseliger Fremder gegeben, als wir draußen gespielt haben. (»*Was?*«, rief Emma und sprang auf die Füße.) Er hat uns befohlen, die Kiste zu verstecken und nicht zu öffnen, sie sei ein Geschenk für Euch und Isobel. Wir haben es aber trotzdem versucht«, fügte sie hinzu und schlug die Augen nieder, »doch der Deckel klemmt.«

Die schmale Kiste war ungefähr so lang wie der Unterarm eines Mannes, ähnlich wie die Schachteln, in denen man Hutbänder aufbewahrt. Selbst wenn Rook sie nicht gehalten hätte, als könne sie jeden Moment explodieren, wäre mir klar gewesen, dass es sich nicht um eine Bänderschatulle handelte. Meine Eingeweide schlugen einen bangen Salto.

May musterte mich mit geheuchelter Gleichgültigkeit. Dann nahm sie ihren ganzen Mut zusammen und erklärte: »Ich hasse dich.«

»May …«

Ihre Hände ballten sich zu Fäusten. »Du brauchst nicht zu sagen, dass es dir leidtut, es wird meine Meinung nicht ändern!«

Ich wusste, dass sie es nicht ernst meinte. Sie war verwirrt und verängstigt und fühlte sich betrogen; wütend auf mich zu sein, war das einzige Mittel, Kontrolle zu erlangen. Und trotzdem tat mir das Herz weh, als sie sich umdrehte und in die Küche stapfte. March warf mir einen scheuen Blick zu und huschte ihrer Schwester hinterher. Emma starrte uns lange und besorgt an – was sie damit sagen wollte, war klar: *Bleibt!* –, dann eilte sie den Zwillingen hinterher.

Während der ganzen Zeit hatte ein Ausdruck von reservierter Ratlosigkeit auf Rooks Gesicht gelegen; wie bei einer Katze, die zusieht, wie ihr Lieblingsmöbelstück ohne ihre Einwilligung verschoben wird.

Seine Verwirrung zu sehen, gab mir den Rest. Ich hatte keine Kraft mehr, um ihm unser Menschsein zu übersetzen. Der Schmerz brach wie ein Rammbock durch meine letzte Abwehr. Ich gab ein ersticktes Schluchzen von mir, ich war so müde, dass ich nicht mehr wusste, ob meine schmerzenden Augen vor Erschöpfung oder von den Tränen brannten.

Rook ließ sich auf das Ende der Chaiselongue sinken. Nach einem kurzen Zögern zog er seinen Frack aus und breitete ihn über mich. Er war warm und roch nach ihm. Überwältigt von seiner Sanftheit, begann ich noch heftiger zu weinen. Er wich erschrocken zurück, bestimmt dachte er, er hätte alles noch schlimmer gemacht.

»Ähm.« Er tätschelte den Teil von mir, der ihm am nächsten war – meinen Fuß. »Ich entschuldige mich … dafür. Hör bitte auf zu weinen«, fügte er etwas verzweifelt hinzu, aber durchaus mit prinzlicher Autorität.

Es half alles nichts. Ein zufälliger Gedanke ließ meinen Kummer von Neuem aufbrechen. »Ich habe deine Rabenfibel zerstört!«, sagte ich erstickt. »Es tut mir so leid.«

»Weißt du, ich glaube, ich habe herausgefunden, dass ich sie nicht mehr brauche.«

Weil er mich liebte. Ich vergrub das Gesicht in den Händen.

»Isobel, offenbar … Soll ich dich allein lassen?«

»Nein, es hat nichts mit dir zu tun.« Von meinen Fingern gedämpft, klang meine Stimme mitleiderregend verheult. »Ich bin bloß, ich bin bloß gerade sehr menschlich, verstehst du? Gib mir zehn Sekunden.«

Ich holte tief und zittrig Luft und zählte. Als ich bei zehn anlangte, hatte ich zu weinen aufgehört. Fast. Ich atmete noch einmal tief aus, dann wischte ich das Gesicht mit dem Ärmel ab – keine gute Idee, die Spitze schmirgelte wie Sandpapier über meine geschwollenen Augenlider.

Ich streckte die Hand aus und lehnte mich mit Rooks Hilfe gegen die Rückenlehne der Chaiselongue, ich war nicht sicher, ob ich es allein geschafft hätte; danach tat ich resolut so, als hätte ich weder ein knallrotes Gesicht und noch eine Rotznase.

Zumindest einigermaßen. »Komm. Lass uns die Schatulle öffnen.«

Seine Finger umklammerten die Kanten des Kastens. Der Lack glänzte im Lampenlicht. Ein Geschenk hatte May gesagt. Meiner Einschätzung nach konnte es höchstens ein grausamer Scherz sein, ein Streich, den man uns spielte, weil wir das Geltende Gesetz gebrochen hatten. Aber welchen Sinn sollte das haben? Zum Tode Verurteilten spielte man keine Streiche. Niemand hatte erwartet, dass wir die Nacht überleben würden, geschweige denn, dass wir … zu mir nach Hause zurückkehren würden. Es sei denn …

Gadfly.

Ein Schauer kroch meine Beine hinauf, über meine Arme, in meine Kopfhaut.

Hier ging etwas vor sich, von dem ich keine Ahnung hatte. Etwas, da war ich plötzlich sicher, dass ich wie die meisten Dinge, von denen ich nichts wusste, überhaupt nicht mögen würde. Der Raum verschwamm, sein vertrauter Krimskrams verschmolz zu einem unheilvollen Durcheinander.

Rook fuhr mit der Hand über den Verschluss. Ich zwang mich, den Anblick des abgehackten kleinen Fingers auszuhalten. Er hatte bereits seinen Glimmer eingesetzt, um den Stumpf verheilt aussehen zu lassen, und um seinen Stolz nicht zu verletzen, würde ich deswegen auch keinen Streit anfangen. Die Wunde musste entsetzlich wehgetan habe, aber er hatte sich abgesehen von dem einmaligen Aufschrei nichts anmerken lassen.

Auf ein Fingerschnippen von ihm sprang der Deckel auf. Darin lag auf einem Polster aus schwarzem Samt ein neu geschmiedeter Dolch. Die Spitze blitzte nadelscharf.

Obwohl ich die Antwort kannte, fragte ich: »Ist das Eisen?«

»Ja«, antwortete er.

Ob es an dem Schutzzauber lag oder schlicht daran, dass wir uns mittlerweile gut kannten, ich wusste, dass uns genau dasselbe Bild durch den Kopf ging. Gadfly, wie er am Grünen Brunnen über uns gestanden und die Art unseres Vergehens sowie die begrenzten Möglichkeiten beschrieben hatte, wie wir unserer Bestrafung entgehen konnten. Wie Rook ihn angefleht hatte, seinem Leben ein Ende zu machen und dafür meines zu schonen. Selbst jetzt spielte er noch seine Spielchen mit uns.

Ohne ein weiteres Wort reichte mir Rook die Schatulle. Da ich sie nicht nehmen wollte, stellte er sie auf das Polster neben mich. Wir sahen uns an. Ein stummer Streit tobte zwischen uns. Als er Luft holte, um das Patt zu beenden, schüttelte ich energisch den Kopf.

»Nein«, sagte ich. »Hör auf damit.«

Er sprang auf und kniete sich vor mir auf den Boden, dann nahm er den Dolch und richtete ihn auf sich. Er zitterte so heftig in seiner Hand, dass er ihn nach kurzer Zeit niederlegte; zu sehen, dass er ihn nicht ohne fremde Hilfe einsetzen konnte, war nur ein schwacher Trost. Doch als sein

Glimmer verschwand, war ich nicht auf den Anblick seiner wahren Gestalt vorbereitet. Seine Haut war entsetzlich blass, seine übergroßen, seltsam blickenden Augen waren von Erschöpfung und Schmerz umschattet. Schweiß hatte in dem Schmutz auf seinem Gesicht Streifen hinterlassen.

»Hör mir zu«, sagte er heiser. »Wir müssen nicht beide heute Nacht sterben. Isobel, allein kannst du das Geltende Gesetz nicht brechen. Wenn die Elfen spüren, dass ich nicht länger …«

Ich nahm ihm den Dolch aus der Hand. Weil ich nicht wusste, was ich mit ihm anfangen sollte, hob ich das Polster, auf dem ich lag, schob ihn darunter und legte mich anschließend mit meinem ganzen Gewicht darauf. »Sei nicht so theatralisch! Ich werde dich ganz bestimmt nicht *in meiner Stube töten*!«

Er starrte mich ungläubig an. »Willst du einfach darauf sitzen bleiben?«

»Ja«, antwortete ich bockig.

»Aber es gibt keine andere Möglichkeit.«

Meine Miene muss ziemlich grimmig gewesen sein, er wich ein wenig zurück. »Hast du dir einmal überlegt, wie ich weiterleben soll, nachdem ich dich umgebracht habe? Stell dir vor, es wäre umgekehrt!«

Er erwiderte nichts, er sah krank aus.

»Genau!«

»Nein – ja –, du hast recht. Ich hätte es nicht von dir verlangen dürfen.« Sein Blick wanderte zum Flur. Emma. Ein Schraubstock presste die Luft aus meinen Lungen. Wenn Rook Emma bat, würde sie ihn bestimmt töten, damit ich verschont blieb, ebenso wie sie, wäre sie nur stark genug gewesen, die Elfenbestie getötet hätte, um ihre Schwester zu retten. Sie würde nicht zulassen, dass noch jemand aus ihrer Familie wegen der Elfen starb.

Mein Puls dröhnte mir in den Ohren. Ich spürte weder die Polster der Chaiselongue noch die Tränen, die auf meinem Gesicht trockneten. In den Märchen tranken die holden Jungfrauen Gift oder sprangen von hohen Türmen, wenn sie erfuhren, dass ihr Prinz tot war. Aber ich war keine von ihnen. Ich wollte immer noch leben, schließlich hatte ich, bevor ich Rook traf, siebzehn Jahre einwandfrei funktioniert. Ich hatte eine Familie, die mich liebte und brauchte. Ich konnte von Emma und den Zwillingen nicht verlangen, dass sie den Schmerz meines Verlustes ertrugen. Wenn dies die einzige Möglichkeit war … Wenn es das war, was wir tun mussten … Aber ich konnte es nicht dulden; mir ein Leben ohne ihn vorzustellen tat so weh, es war ein so gewaltiger hohler Schmerz, dem ich mich nicht stellen konnte, weil ich Angst hatte, darin zu ertrinken.

Er strich mir eine Haarsträhne hinters Ohr. »Es wäre nicht dasselbe wie der Tod eines Menschen«, sagte er. »Du hast es gesehen. Ich werde keinen toten Körper zurücklassen. Vielleicht einen Baum. Einen größeren als diese lachhafte, kleine Eiche vor eurer Küche.«

Ich hielt es nicht aus. Ich musste ein Lachen unterdrücken. »Großmaul.«

»Ja.« Er lächelte leicht. »Mit Vergnügen.«

Ich drehte mich um und zog den Dolch wieder unter dem Polster hervor. Mit geschlossenen Augen umfasste ich die Klinge so fest, dass ich mich fast geschnitten hätte. Ich stellte mir eine Version von mir vor, vielleicht in ein, zwei Jahren, die den Hügel zu unserem Haus hochlief. Immer noch traurig, aber auf dem Weg der Besserung. In meiner Fantasie kamen March und May aus der Küchentür gerannt und schlangen ihre Arme um meine Beine – nein, um meine Taille, denn sie wären sicher größer. Von einem majestätischen Baum fielen Blätter herab. Sie färbten die eine Dachhälfte das ganze Jahr scharlachrot und zeigten eine arrogante Gleichgültigkeit gegenüber dem Zustand unserer Dachrinnen. Wolken trieben über einen blauen Himmel. Es herrschte brütende Hitze. Ein Heuschreckenchor zirpte.

Das Bild ließ mich zurückschrecken. Nein, diese Welt konnte ich nicht akzeptieren, eine Welt, in der wir verloren hatten und der Erlkönig gewonnen hatte, eine Welt, in der sich nie etwas ändern würde und ich den Beweis jeden Tag vor Augen hätte.

Meine Handfläche brannte. Als ich blinzelte und den Dolch genauer betrachtete, der sich silbern von meinem roten Kleid abhob, schimmerte das Licht wie Wasser über seine Oberfläche. Und erst da begriff ich, was mir geschenkt worden war und was es tun konnte. Oder vielmehr, was es tun *würde*. Denn sobald ich es verstanden hatte, traf ich eine Entscheidung.

Der Dolch würde einen Elfen töten.

Allerdings nicht denjenigen, den Gadfly im Sinn gehabt hatte.

Zweiundzwanzig

»Bring mir Zinnober. Und Indigo, bitte. May, ich weiß, dass du gerade nicht mit mir sprichst, aber du kannst mir trotzdem Sachen bringen, oder? Emma, würde es dir etwas ausmachen, nach etwas zu suchen, worauf ich meinen Arm beim Arbeiten stützen kann? Rook, das ist keine Farbpalette, sondern ein Serviertablett. Ach – was soll's, bring es her. Es funktioniert vermutlich genauso gut.«

Meine Stube hatte sich in einen Wirbelwind von Betriebsamkeit verwandelt. Da ich bei meinem Versuch, mich hinzustellen, augenblicklich umgekippt war, thronte ich – von einem halben Dutzend Kissen gestützt, auf der Chaiselongue, während alle mich von vorne bis hinten bedienten. Es wäre großartig gewesen, hätte es sich nicht ausschließlich um Tätigkeiten gehandelt, die ich lieber selbst erledigt hätte. Ich musste ihnen jedoch zugutehalten, dass keiner von ihnen mir meinen wirr klingenden Plan auszureden versucht hatte. Nach einem Blick auf meine funkelnden Augen hatten sich Emma und Rook in plötzlicher Verbundenheit angesehen und angefangen, mir Pinsel zu holen.

So hatte ich noch nie gearbeitet. Zum einen hatte ich keine Zeit für eine Skizze. Das Morgenlicht kroch bereits ins Zimmer, ließ mein Glas mit Leinöl leuchten und warf ein rosa Rechteck auf die Tapete. Ich hatte beschlossen, nicht über die Schulter zu blicken, denn würde ich erst einmal damit anfangen, fände ich kein Ende mehr. Emma jedoch spähte immer wieder aus dem Fenster, und es dauerte nicht lange, da schnappte sie nach Luft und ließ ein Kissen fallen.

»Was hast du gesehen?«, fragte ich.

»Nichts.« Sie kam herbeigeeilt und schob mir das Kissen unter den Ellbogen. »Ich habe ein bisschen schwache Nerven.« Eine unverhohlene Lüge – Emma konnte tödliche Chemikalien mischen, während jemand neben ihrem Kopf die Zimbel spielte.

May stellte sich auf die Zehenspitzen und lugte hinaus. »Da rennt etwas auf dem Feld herum«, erklärte sie mit demonstrativ unbeteiligter Stimme. Sie drehte sich mit einem übertriebenen Schulterzucken um, das zeigen sollte, dass sie keine Angst hatte, doch ich konnte sie auf der anderen Seite des Zimmers zittern sehen. »Ich wette, es ist der Erlkönig, und er ist hier, um dich zu töten und aufzufressen, weil du *dumm* bist.«

Emma sprang auf und packte ein anderes Kissen. »May, wirst du wohl nicht so mit deiner Schwester reden!«

»Aber es ist wahr!«

»Der Erlkönig ist noch nicht hier«, versicherte mir Rook. »Es ist bloß ein Jagdhund, aber er wird ebenso wenig in dein Haus kommen wie alle anderen Bestien und die Elfen in ihrem Gefolge.«

Ich zwang mich, ruhig durchzuatmen. Der Pinsel hatte weiße Druckstellen auf meinen verkrampften Fingern hinterlassen. »Warum?«, fragte ich leise und hoffte, meine Familie würde es nicht hören. »Der Zauber hält niemanden davon ab hereinzukommen.«

Seine Augen blitzten. »Weil ich sie nicht hereinlassen werde.« Er warf noch einen flüchtigen Blick zum Fenster und eilte Richtung Flur.

»Rook«, sagte ich und hielt ihn fest. »Danke. Sei vorsichtig.«

Ich dankte ihm nicht nur für das, was er im Begriff war zu tun. Ich dankte ihm, dass er mir vertraute – dass er an mich glaubte. Es war ihm nicht leichtgefallen, den Dolch wegzulegen.

Bevor er ging, nickte er mir noch steif zu. Ich hörte die Küchentür hinter ihm zuschlagen. Die nagenden Ängste in mir verdrängend, konzentrierte ich mich auf meine Leinwand und verlor mich in den glänzenden Farben, die über die raue Oberfläche glitten, dem leisen Kratzen der trockenen Pinselborsten, wenn ich einen Strich auslaufen ließ. Der Hintergrund bestand aus dunkler Gebrannter Umbra in den Ecken und leuchtendem Gold in der Mitte, wo es die Figur mit einem Lichtkranz hervorheben würde. Alles hing von diesem Porträt ab. Es musste die beste Arbeit meines Lebens und an einem einzigen Morgen fertiggestellt werden, in der Technik, die ich am wenigsten mochte – Nass-in-Nass –, ich hatte keine Zeit, die Schichten trocknen zu lassen. Meine Augen brannten von der Anstrengung, sie offen zu halten, und mein Pinsel fühlte sich an, als würde er zwanzig Pfund wiegen. Doch Pinselstrich für Pinselstrich erwachte das Gemälde zum Leben.

Schon bald war ich so sehr in meine Arbeit vertieft, dass ich nicht mehr mitbekam, was um mich herum geschah. Die Welt bestand nur noch aus meiner Kunst. Wie bei den alten Schifffahrtskarten von der Erde existierte nichts außerhalb der flachen Grenzen der Leinwand. Bis von draußen ein lautes Knacken und Krachen zu hören war, das die Gläser auf dem Tischchen neben meiner Staffelei klirren ließ und mich blitzartig wieder ins Licht, die Geräusche und das Geschrei des realen Lebens zurückkatapultierte.

Als ich benommen blinzelnd den Kopf drehte, sah ich Emma und die Zwillinge an den Fenstern kleben. Emma stand auf der anderen Seite des Raums am Südfenster, und dass March und May auf die Rückenlehne der Chaiselongue geklettert waren und mich zwischen sich eingeklemmt hatten, war mir völlig entgangen.

»Er hat ihn auseinandergerissen!«, rief May fröhlich.

March hüpfte auf den Knien auf und ab.

Ich blickte über die Schulter. Unser Haus war von einem Wirrwarr riesiger, sich windender Dornenranken umgeben; jede größer und dicker als die Eiche warfen sie dunkle Schatten auf unseren Garten. Als ich hinsah, packte eine Ranke gerade eine weiße Gestalt – einen Jagdhund – und schleuderte sie so weit ins Weizenfeld zurück, dass ich nicht erkennen konnte, wo sie landete. In unserem graslosen Hühnerauslauf lagen die Überreste einer weitaus größeren Elfenbestie, was das Erdbeben erklärte. Ich hielt Ausschau, ob Rook irgendwo in dem Chaos zu sehen war. Das letzte Mal, als er Dornen von ähnlicher Größe erschaffen hatte, war er schwer von dem Grabalb verletzt gewesen. Wie schlimm waren die Wunden, die er für *diese* leichtsinnige Heldentat auf sich nahm? Ich konnte ihn nirgendwo entdecken. Und ich hatte nicht nur den Verdacht, nein, ich war sicher, dass er von einem ernst zu nehmenden Todeswunsch angetrieben wurde. Ein Schauder lief mir über Schultern und Arme und verebbte schließlich zu einem leichten Zittern, das meinen ganzen Körper ergriff. Meine Haut fühlte sich angespannt an und ein Rauschen in meinem Kopf verdrängte alle anderen Gedanken.

Als ein weiterer Hund im hohen Bogen über das Feld flog, blökte March ausgelassen. Wenn wir den heutigen Tag unbeschadet überstanden, würde ich keine Probleme haben, die Zwillinge dazu zu bringen, Rook zu mögen.

Sollten wir sie nicht lieber daran hindern, sich das anzuschauen?, fragte ich Emma mit verzweifeltem Blick.

Emma antwortete mit einem ebenso verzweifelten Blick: *Oh, glaub mir, das habe ich schon versucht.*

Von draußen kam ein knarrendes Stöhnen. Ich drehte mich wieder zum Fenster. Die Dornenranken erstarrten, ihre dicht mit Stacheln besetzten Triebe hinterließen ein Zickzack scharfer Winkel, als sie hart wurden, und formten ein dichtes, undurchdringlich aussehendes Dickicht. Ich suchte nicht länger den Garten ab, stattdessen suchte ich in mir nach dem Zauberbund zwischen Rook und mir. Wäre ihm etwas passiert, hätte ich seine Reaktion sicherlich gespürt. Die Ranken waren nicht tot, sie hielten nur still. Was dort draußen vor sich ging, hatte er mit Absicht getan – oder?

Die Küchentür flog auf und Stiefel kamen den Flur herunter, Rooks große Schritte waren unverkennbar. Ich schloss kurz die Augen, bis der Schwindel vorüber war, den die Erleichterung bei mir auslöste. Doch es war mir nicht vergönnt, das Gefühl auszukosten.

»Er kommt«, sagte Rook, als er ins Zimmer trat. »Uns bleibt wenig Zeit.«

Seine Brust hob und senkte sich wie ein Blasebalg, und seine Haare waren derart zerzaust, dass er aussah, als habe er im Auge eines Sturms gestanden. Sein einer Ärmel war hochgekrempelt und sein Unterarm notdürftig mit einem Geschirrtuch aus unserer Küche umwickelt. Ich versuchte, nicht weiter darüber nachzudenken, was das zu bedeuten hatte – er hatte seine Wunden bislang nie verbinden müssen. Aber vielleicht wollte er einfach keine Blutspuren im Haus hinterlassen.

Emma und ich wechselten quer durch die Stube einen finsteren Blick.

»Kannst du die Zwillinge in den Keller bringen?«, fragte ich.

Zu wissen, dass es vielleicht das letzte Mal war, dass wir uns lebend sahen, und ihrem Blick dabei standzuhalten, fühlte sich an, wie in die Sonne zu starren. Sie hatte einen Schwur abgelegt, mich großzuziehen und für meine Sicherheit zu sorgen, doch nun stand sie kurz davor, mich an dieselbe Macht zu verlieren, die unsere Leben schon einmal in Scherben gelegt hatte. Und plötzlich wusste ich mit entsetzlicher Klarheit, dass sie, wenn sie mich verlieren würde, vielleicht nicht mehr die Stärke aufbringen würde, sich noch einmal aufzurappeln. In diesem Moment legten sich zwei Emmas übereinander – die Emma, die mich großgezogen hatte, und die Emma, die sie vor mir verborgen hatte, eine Emma, die ich bislang kaum gesehen hatte. Eine Emma, die ich vielleicht nie Gelegenheit haben würde kennenzulernen, wenn ich älter wurde.

Der Bann brach.

»Ihr habt eure Schwester gehört«, sagte Emma energisch, obwohl sie sehr müde klang. Sie kam herüber und nahm March auf den Arm. May rutschte zahm von der Chaiselongue herunter. Beide Zwillinge musterten mich unsicher. Ich konnte nicht schon wieder zu weinen anfangen. Nicht ausgerechnet in diesem Moment.

»Ich habe euch lieb und bis zum Mittagessen ist alles erledigt«, erklärte ich in meiner besten Isobel-die-geschäftige-Perfektionistin-Stimme. Als May den Mund öffnete, kam ich ihr zuvor. »May, ich weiß, dass du mich nicht hasst.« Hätte ich ihr die Chance gegeben, es selbst auszusprechen, hätte ich die Fassung verloren. »Und jetzt beeilt euch.«

Bevor sie gingen, drückte mir Emma noch einen Kuss auf den Scheitel. Ich reckte das Kinn und wandte das Gesicht zur Decke, bis ich ihre Füße die Treppe hinunterstapfen hörte. Dann ließ ich meinen Tränen freien Lauf. Eifrig schniefend, wischte ich die Feuchtigkeit mit meinen Handgelenken weg, stieß meinen Malpinsel in einen Tupfer Zinnober und Bleizinngelb und machte mich wieder an die Arbeit. Es waren nur noch ein paar Feinheiten zu ergänzen. Einige Schwachstellen blickten mich böse von der Leinwand an – ein Schattenfleck, der mehr widerspiegelndes purpurfarbenes Licht brauchte, ein Stück der Krone, das für die räumliche Wirkung noch ein paar Glanzpunkte nötig hatte – aber mir blieb nicht genug Zeit, um sie alle in Ordnung zu bringen. Der wichtigste Teil, sagte ich mir, war geschafft.

Stoff raschelte und dann stand Rook neben mir. Ohne sich zu rühren, betrachtete er mein Werk. Seine Reglosigkeit verriet mir alles, was ich wissen musste. Ich hielt kurz inne, dann legte ich den Pinsel weg. Mit der Gewissheit und Ruhe, mit der die Flut kommt, stieg auch meine Zuversicht und füllte jeden hohlen Zweifel.

Meine Kunst war wahr.

Ein Horn erschallte, tief und volltönend und verächtlich, und rüttelte die Fensterscheiben in den Rahmen. Sonnenlicht durchbohrte die Stube, draußen zersplitterte Kristall – der Erlkönig hatte die Dornen besiegt. Beflügelt von einer fröhlichen Gewissheit, die so berauschend war wie Wein, lächelte ich Rook an.

Er wandte verblüfft den Blick von dem Porträt ab. Sein Glimmer war von ihm abgefallen. Seine Haare fielen ihm wild zerzaust in das erschreckende Gesicht. Er musterte mich mit unmenschlichen Augen, grausamen Augen, die nicht dazu geschaffen waren, Freundlichkeit oder Zärtlichkeit oder Liebe zu zeigen, trotzdem drückten sie unmissverständlich aus, dass ich mich – selbst für eine Sterbliche und vor allem für meine Verhältnisse – eigenartig benahm.

»Du hast deine Zauberkraft aufgebraucht«, sagte ich leise und berührte sein Handgelenk. Der notdürftige Verband war von bernsteinfarbenem Blut durchtränkt.

Er zuckte zusammen, seine Miene wurde verschlossen. Dann hob er die Hand und besah sie von vorne und hinten, betrachtete die langen, spinnenähnlichen Finger mit den eigentümlichen Gelenken, als sei er von ihrem Anblick ebenso irritiert wie ein Sterblicher.

»Der Schutzzauber zehrt an meiner Kraft«, stellte er fest. »Ich kann dich nicht länger vor ihm beschützen.«

»Das wirst du auch nicht müssen«, erwiderte ich.

Eine Erschütterung ließ den Boden beben. Obwohl ich keine weitere Bewegung spürte, ächzte das Haus, als würde es von roher Gewalt mehrere Zentimeter von seinem Fundament gehoben. Als es wieder mit einem dumpfen, widerhallenden Aufschlag herunterknallte, bebten die Dielen und von der Decke bröckelte Putz. Rook drehte sich um und sah etwas, das ich nicht sehen konnte. Ich brauchte nicht zu fragen. Der Zauber, der auf meinem Zuhause gelegen hatte, war gebrochen. Der Erlkönig war nur aus einem einzigen Grund hierhergekommen – um uns beide zu töten. Und er vergeudete keine Zeit.

Ich stieß die Kissen beiseite und stand auf. Meine Knie gaben zum dritten Mal in vierundzwanzig Stunden nach und Rook fing mich erneut auf, als wöge ich nichts. Ich griff nach dem Porträt.

»Isobel«, sagte er. Meine Hand hielt inne. »Ich bin nicht sehr gut, was … Erklärungen anbelangt«, fuhr er nach kurzem Zögern fort. Dann zögerte er noch einmal, sah mir tief in die Augen und schien alles zu vergessen, was ihm durch den Kopf gegangen war.

»Ich weiß«, bestätigte ich zärtlich. »Ich kann mich noch

erinnern, wie du beim ersten Mal meine kurzen Beine beleidigt hast.«

Er richtete sich ein wenig auf. »Zu meiner Verteidigung möchte ich vorbringen, dass sie *sehr* kurz sind und ich nicht lügen kann.«

»Und was versuchst du mir zu sagen? Dass du mich liebst, kurze Beine hin oder her?«

»Ja. Und … nein. Ich liebe alles an dir. Ich liebe dich für immer und ewig. Ich liebe dich so sehr, dass es mir Angst macht. Ich fürchte, ich kann ohne dich nicht leben. Ich könnte dein Gesicht die nächsten zehntausend Jahre jeden Morgen beim Aufwachen sehen und mich trotzdem auf den nächsten freuen, als wäre es der erste.«

»Ich glaube, wir haben dich unterschätzt«, flüsterte ich. »Das war eine wirklich schöne Erklärung.«

Ich packte seinen Kragen und zog ihn für einen Kuss zu mir herunter, trotz seines todgeweihten Aussehens und seinen erstickten Protest ignorierend, der jedoch nicht lange auf seinen Lippen blieb. Seine Zähne waren spitz, doch er küsste mich mit solcher Zärtlichkeit und Behutsamkeit, dass es bedeutungslos war. In mir blühte eine Blume auf, eine weiche, seltene Blüte, die sich nach Licht und Wind und Berührung sehnte. In einer anderen Welt wäre es vielleicht unser letzter Kuss gewesen. In dieser Welt würde ich das nicht zulassen.

Als der Schatten auf das Fenster fiel, fuhren wir auseinander. Zögernd ließ mich Rook los. Auf Beinen, die so schwach waren wie die eines neugeborenen Rehkitzes, wankte ich zu dem Porträt und hielt es wie einen Schild vor mich.

Irgendetwas geschah gerade mit meiner Tür. Dunkle glänzende Flecken breiteten sich darauf aus, wie ein Tintenfleck, der durch Papier weicht, oder eine Kerzenflamme, die ein Blatt Papier von unten schwärzt. Erst als mich der süßliche Fäulnisgeruch traf und sich weißer Schimmel auf der Oberfläche ausbreitete, wurde mir klar, dass die Tür verfaulte. Sie hing schief in den Angeln, das Holz verzog sich. Die Bretter schälten sich streifenweise ab und fielen als morsche Klumpen herunter. Der Messingtürknauf klirrte auf den Boden und rollte in eine Ecke. Der Erlkönig duckte sich herein, tief gebeugt und die breiten Schultern zur Seite gedreht, um durch den nun leeren Türrahmen zu passen. Das grelle Licht hinter ihm verwandelte ihn in eine schwarze Silhouette, die man in der Helligkeit nicht erkennen konnte. Hitze wallte durch den Raum.

Ich hatte unzählige Elfen in meiner Stube gehabt, doch niemals einen Elfen wie ihn. Als er sich aufrichtete, entzündete die Sonne eines anderen Zeitalters ein Feuer in seinem Bart und strahlte auf seinem Waffenrock; für den Winkel, in dem sie ihn traf, und für die Intensität, mit der sie ihn anleuchtete, waren nicht die Zimmerfenster verantwortlich. Er stammte aus einer Zeit, die nicht die unsrige war, und ihr Gewicht umhüllte ihn wie ein Umhang. Mir war bewusst, dass ich, so klein, wie ich vor ihm stand, ebenso gut ein Kind hätte sein können. Ich trat einen Schritt vor. Er schaute mich nicht an. Er schien mich überhaupt nicht wahrzunehmen. Unter den buschigen Brauen durchsuchten seine Augen eine Ewigkeit von Jahren, suchten die Gegenwart, hielten nach einer Stunde und einem Tag Ausschau, die weniger

Bedeutung für ihn hatten als eine Staubflocke, die unter Tausenden anderen in der Luft schwebte.

Meine Zuversicht schwand. Mein Plan hatte eine Schwachstelle – er würde nur aufgehen, wenn der Erlkönig nach unten blickte. Ich räusperte mich, um etwas zu sagen.

»Wir haben Euch einst angebetet, nicht wahr, Eure Majestät? Ich habe die Stelen im Wald gesehen. Sie waren von Menschenhand gemeißelt.«

Er legte den Kopf schief, als lausche er entferntem Vogelgesang.

»Ich habe noch nie eine Geschichte gehört oder ein Buch gelesen, in dem es nicht Sommer war in Whimsy«, fuhr ich fort. »Bevor Ihr Rook und mich bestraft, werdet Ihr mir erzählen, wie lange Ihr geherrscht habt?«

Seine Stimme knarrte wie frisches Holz. »Ich habe eine Ewigkeit geherrscht. Ich war schon König, bevor die Sterblichen das Wort erfunden haben. Anfangs wurde ich bewundert. Dann wurde ich gefürchtet. Nun bin ich vergessen. Merkwürdig. Ich kann mich nicht erinnern, ob ich schlafe oder wach bin oder worin sich das überhaupt unterscheidet.« Sein Blick wanderte nach unten und wurde klarer, als er begann zu begreifen. Meine Muskeln erstarrten und ich musste dem Drang widerstehen, wie ein Kaninchen vor einem herunterstürzenden Falken zu fliehen. »Eines Tages kam ich, um ein sterbliches Mädchen namens Isobel zu bestrafen und einen Prinzen namens Rook, die das Geltende Gesetz gebrochen hatten.«

»Ja«, erwiderte ich, meine Kehle war staubtrocken. »Dieser Tag ist heute, Eure Majestät. Doch vorher möchte ich Euch, wie die Sterblichen vor mir, ein Geschenk überreichen.«

Ich hielt das Porträt hoch. Er musterte es eine Weile. Ich hatte Angst. Er betrachtete mein Werk, ohne sich wiederzuerkennen, als sagte es ihm nichts – ich hätte ebenso gut ein Porträt von Rook oder Gadfly hochhalten können oder sogar eine leere Leinwand. Doch dann stieß er einen langsamen, bedächtigen Atemzug aus, es klang wie das letzte Röcheln eines sterbenden Mannes, und plötzlich ging ein Luftzug durch meine Stube. Das übernatürliche Sonnenlicht, das seine Schultern vergoldet hatte, verblasste hinter Wolken, die Schatten auf sein Gesicht warfen. Noch einmal wurde er der alte Mann in der Audienzhalle. Auf seinen Zügen lag noch immer Staub. Durch den Schatten wurde ein Spinnennetz zwischen zwei Sprossen seiner Geweihkrone sichtbar. »Was ist das?«, fragte er mit tiefer, rauer Stimme.

»Das seid Ihr, Majestät.«

Er betrachtete sich. Er sah sein eigenes Gesicht, wie es nicht war und doch war: ein Herrscher, der unzählige Jahrtausende auf dem Thron gesessen hatte, aber jeden großen und kleinen Verlust gespürt, jede Last seines endlosen Lebens ertragen hatte. Ein Geschöpf, das einst geliebt hatte, und dessen Liebe vielleicht sogar erwidert worden war. Sein Mund zitterte. Eine Träne hinterließ eine glänzende Spur auf seiner staubigen Wange.

»Ihr erwähntet, dass Ihr geträumt habt, Eure Majestät. Ihr erwähntet, dass Ihr Euch etwas wünscht. Was ist es?« Ich umklammerte die Leinwand fester. Metall, von meinem Körper angewärmt, rieb an meiner Handfläche.

Sein Gesicht verzog sich. »Wie könnt Ihr es wagen … Wie könnt Ihr es wagen, mir dies hier zu zeigen?« Seine Worte wurden immer lauter, bis er schließlich mit gebrochener Stimme brüllte wie ein Sturm, der durch die Bäume heult. Die Wände bebten und Zweige peitschten gegen das Haus. »Ich träume nicht. Ich kümmere mich nicht um Nichtigkeiten, um diesen Staub, den Ihr Kunst nennt.« Er hob die Hand und holte nach mir aus. Aber trotz allem konnte er den Blick nicht von dem Porträt abwenden.

Jetzt. Ich stürzte vor. Der Erlkönig erkannte die Gefahr nicht, die ein sterbliches Mädchen darstellte, das sich – mit nichts weiter bewaffnet als einer Leinwand und feuchter Farbe – gegen ihn warf. Was er nicht sah, wurde ihm zum Verhängnis. Mit der vollen Wucht meines Gewichts glitt der Eisendolch durch das Gemälde, zwischen seine Rippen und durchbohrte sein Herz.

Als der Erlkönig in die Knie ging, flüchtete ich mich wieder in Rooks offene Arme. Das Porträt zerriss und zerfiel – die beste Arbeit meines Lebens war nur noch ein Haufen aus verbogenem Keilrahmen, zerfetztem Stoff und auf dem Boden verschmierter Farbe. Als ich mir vorstellte, er könne den Dolch aus seiner Brust ziehen und unverletzt aufstehen, pochte mein Herz wie ein auf einen Amboss einschlagender Hammer. Doch er legte bloß die Hand auf seinen mit gelber Farbe beschmutzten Waffenrock, als überraschte ihn diese mehr als sein eigenes Blut. Sein Glimmer blätterte ab, und als ich sah, was darunter war, stieß ich einen erstickten Schrei aus.

Er war immer noch groß, doch hager und ausgemergelt

wie ein Leichnam, sein mottenzerfressenes Gewand schlotterte um seinen verdorrten Körper. Seine Augen lagen tief in den Höhlen und seine farblose Haut hatte dieselbe weiche zerschlissene Beschaffenheit wie verrotteter Mull. Die Geweihkrone wurde schwarz und stumpf und an den Stellen, an denen im Laufe der Zeit Stücke abgebrochen waren, abscheulich stachlig, ihr Rand war in das Fleisch auf seiner Stirn eingewachsen. Er verströmte einen Übelkeit erregenden Gestank. Als er umkippte, krabbelte ein Aaskäfer aus seinem Ohr und verschwand in seinem Bart.

Seine Lippen bewegten sich. »Ich habe Angst«, flüsterte er, seine Stimme wurde immer erstaunter. »Ich fühle ...«

Seine Augen fielen zu. Vom Teppich schäumte Moos auf und umhüllte ihn. *Er wird den Boden ruinieren,* dachte ich eigenartig pragmatisch. *Wir sollten den Leichnam wegräumen.* Doch im gleichen Moment, in dem mir der Gedanke durch den Kopf ging, stieß mich Rook zur Seite und warf sich schützend über mich. Die Welt hob und senkte sich. Eine Wurzel, dick wie ein Fass, quoll aus den Dielen unter mir hervor und zersplitterte wie eine Axt das Holz. Blumen ergossen sich über den Teppich und die Staffelei und die Chaiselongue, über Rook und mich und brandeten schließlich wie eine Welle an die Wand gegenüber. Glas zersplitterte. Zweige kratzten an der Decke. Nägel knarrten und lösten sich unter dem Druck, schließlich erbebte das Haus mit einem heftigen Krachen und rings um uns prasselten lose Schindeln herunter. Blendend grelles Licht brach durch die Verwüstung.

Das war wohl das Ende. Rook blieb noch einen Moment auf mir liegen, dann warf er einen Blick über die Schulter, aus seinen Haaren fiel Putz und rollte davon. Er half mir auf die Füße. Meine verwüstete Stube war nun eher ein Wald als eine Stube: In der Mitte war eine riesige Erle gewachsen, die auf einer Seite das Dach durchbrach und die Südwand zum Einsturz brachte. Auf einem Dickicht aus Moos und Farn und Blumen, das bis auf einige seltsame Auswölbungen keinen Hinweis auf die Möbel darunter gab, schimmerte sanftes Licht. Wir hatten gewonnen, doch im ersten Moment fühlte ich nichts. Es war merkwürdig, in meiner Stube zu stehen und durch die durchhängenden Überreste von Rooks Dornenbarrikade auf das Weizenfeld zu blicken. In der Ferne flohen Gestalten in den Wald – schneller als jeder Mensch, manche von ihnen auf allen vieren.

Eine Windböe traf uns. Rook bewegte sich, unter seinem Stiefel schabte eine Schindel. Plötzlich stolperte er und stürzte. Mich überkam Panik. Ich hatte ein Bild vor Augen, wie sich ein Holzsplitter in seinen Rücken bohrte, während er mich mit seinem Körper schützte. Ich ließ mich neben ihn fallen und nahm seinen Arm. Konnte er eine ernste Wunde ohne seine Zauberkraft überleben?

Doch er sah eher verblüfft als verwundet aus, und während ich ihn abtastete und nach Anzeichen einer Verletzung suchte, legte sich sein Glimmer wieder über ihn. Er hielt meine Hand fest. »Dort«, sagte er, aber es war eher sein Gesichtsausdruck, der dafür sorgte, dass ich mich umdrehte.

Ein Wind fegte über das Feld und bog den Weizen zu schimmernden Wellen. Dahinter veränderten sich die Farben. Die Blätter an den Bäumen färbten sich golden und scharlachrot und leuchtend orange. Bald ließ die Veränderung den ganzen Wald erstrahlen. Bis weit in die Ferne waren die Grünstreifen um die Felder und eine Handvoll vereinzelter hoher Kiefern, die aus dem Blätterdach herausragten, das einzige Grün weit und breit. Ich lachte laut auf, als ich mir vorstellte, wie bestürzt die Menschen in Whimsy sein mussten – Mrs. Firth, die entsetzt aus ihrem Laden gerannt käme; Phineas, der das Bild neben der Tür betrachten würde. Ein einzelnes rotes Blatt schwebte von der Kücheneiche.

»Es ist so still«, staunte ich. Die Brise plusterte mein Kleid auf, die süße, ersehnte Kühle erzeugte Gänsehaut auf meinen Armen. Vögel zwitscherten lieblich in den Bäumen. Vom Waldrand zirpten Grillen eine einschmeichelnde Melodie. Die Heuschrecken waren verstummt.

Eine einzelne Männergestalt erhob sich aus dem zerstörten Garten und betrachtete sorgfältig die Dornen, die verstreut auf der Erde lagen. Sein blondes Haar schimmerte silbrig in der Sonne und er hatte sich seit unserer letzten Begegnung umgezogen – nun trug er einen blassblauen Gehrock und ein makelloses, frisch gebundenes Halstuch.

Mein Magen zog sich zusammen. Irgendwo in der Stube vergraben hatte ich noch immer einen Eisendolch.

Gadfly rief uns mit sanfter, freundlicher Stimme zu: »Und so wurde die Herrschaft des Sommers beendet und der Herbst hat Einzug gehalten in Whimsy. Bedauerlicherweise ist der Frühling noch fern, aber so ist es nun mal mit der Welt, ich vertraue darauf, dass sich die Jahreszeit eines Tages wieder ändern wird. Einen schönen Nachmittag. Rook. Isobel.« Er blieb einige Meter entfernt stehen und verbeugte sich.

Rook erwiderte die Höflichkeitsbezeugung mit einem Stirnrunzeln. Ich war an keine solche Pflicht gebunden und sah ihn böse an.

»Welch freudige Begrüßung«, sagte Gadfly. »Ich wollte Euch beiden nur zur gelungenen Tat gratulieren.« Sein Blick wanderte zu mir, und er lächelte, ein warmes liebenswürdiges Lächeln, bei dem sich Augenfältchen bildeten, das aber ansonsten undurchsichtig war. »Ihr habt in allem die richtige Wahl getroffen. Wie wundervoll. Wie einzigartig. In dem Moment, in dem Ihr den Erlkönig getötet habt, habt Ihr jedes Gesetz ausgelöscht, das er je erlassen hat. Rook und Euch steht es frei zu leben, wie es Euch gefällt, unbelastet vom Geltenden Gesetz. Die Elfenhöfe werden nie wieder sein, wie sie waren.«

Irgendwie fand ich meine Stimme wieder. »Aber Ihr … Ihr wolltet …«

Was *hatte* er gewollt? Mit einem Mal fiel es mir wie Schuppen von den Augen.

Er hatte sein Komplott schon geschmiedet, bevor ich vor all den Jahren meinen ersten Handel mit ihm schloss, vielleicht sogar schon vor meiner Geburt. Hatte, um mein Vertrauen zu gewinnen und sicherzustellen, dass mir nichts zustieß, bevor sein Plan seinen Lauf nahm, mein Zuhause mit einem mächtigen Zauber belegt. Er hatte Rooks Porträt arrangiert. Uns zum Grünen Brunnen gebracht. Den Eisendolch untergeschoben, der nie für Rook bestimmt gewesen war, sondern von Anfang an für den Erlkönig. Und schlimmer noch – er hatte genau gewusst, was er sagen musste, um zu meinem erbitterten Erzfeind zu werden und mich dazu zu bringen, durch den Wald zu stürmen, meinen vorgezeichneten Weg zu verlassen mit dem unvorstellbaren Ziel, den Erlkönig zu vernichten. Ich war ebenso erstaunt wie wütend. Meine Stimme wurde hart, die widerstreitenden Gefühle ließen sie erstickt klingen. »Ich schätze es nicht, Sir, in Eurem Spiel als Schachfigur eingesetzt zu werden.«

Er sah mich eine ganze Weile schweigend an. »Soso, aber Ihr wart keine Schachfigur. Ihr wart immer die Königin.«

Ich holte Luft. Sein Tonfall war mit einem geheimen Sinn aufgeladen, doch mir fehlte die Geduld, ihn herauszufinden. »Und Ihr seid heimtückisch, ganz gleich, was am Ende herausgekommen ist, ich werde nie die Schmerzen vergessen, die wir Euretwegen erleiden mussten.«

»Gesprochen, wenn ich das so sagen darf, wie eine wahre Monarchin.« Er lächelte wieder. Doch ein Schatten huschte über sein Gesicht und dieses Mal bildeten sich keine Fältchen um seine Augen. Ungebeten kam mir sein Porträtzimmer in den Sinn. All diese Jahrhunderte, in denen er geduldig Porträts gesammelt hatte – nicht, weil es ihn danach verlangt hatte, sondern weil er auf mich gewartet hatte, auf meine Kunst. Wie eine Spinne saß er inmitten eines riesigen Netzes, das er in Hunderten Jahren Einsamkeit gesponnen hatte.

»Ich glaube, es war zu Eurem Besten«, fuhr er fort und musterte mich dabei eindringlich. »Unsereinem zu vertrauen ist schon genug Torheit für ein ganzes Leben. Sterbliche sollten besser nie vergessen, was wir sind und dass wir immer nur an uns selbst denken.«

»Gadfly«, sagte Rook in einem Ton, der dem Frühlingsprinzen klarmachen sollte, dass er unsere Gastfreundschaft gerade überstrapazierte.

»Nur noch eine letzte Sache, wenn es gestattet ist.« Gadfly rieb irgendwelchen imaginären Staub vom Ärmel und musterte Rook mit hochgezogenen Augenbrauen. »Ich nehme an, es ist Euch bewusst, dass Ihr noch nicht zum König ernannt seid? Dass es da ein bestimmtes Etwas gibt, das Ihr ...«

»Ja, ich weiß!«, fiel ihm Rook ungehalten ins Wort.

Ich sah ihn neugierig an und stellte fest, dass er meinem Blick auswich. Er schien erleichtert, als zaghafte Schritte im Haus zu hören waren, die ihn von der Last befreiten, mir dieses »bestimmte Etwas« erklären zu müssen, und für den Moment war ich auch ganz zufrieden, die ganze Angelegenheit zu vergessen.

»Emma!«, rief ich. »Wir sind in Sicherheit! Wir sind in der ... Stube.«

»Das sehe ich«, antwortete Emma ruhig und bahnte sich, die sich festklammernden Zwillinge an den Händen, den Weg durch den Raum. »In den Wänden sind schließlich Löcher. March, was immer du da gerade gefunden hast, iss es nicht.«

»Zu spät«, erwiderte May.

Emma schüttelte den Kopf. Sie ließ den Blick durch die Stube wandern, dann den Garten. Als sie Gadfly dort stehen sah, kniff sie abschätzend die Augen zusammen. »Und wer wird das ganze Durcheinander nun aufräumen?«

»Ach du meine Güte«, sagte Gadfly. »Ich fürchte, ich muss gehen.«

Epilog

Ich wickelte den Verband ordentlich um Rooks verletzte Hand und freute mich, dass er sein Zusammenzucken dieses Mal nicht zu verstecken versuchte. Wir saßen unter dem schwankenden amethystfarbenen Schimmern seines Irrlichts am Küchentisch, das trotz der zwei Dutzend Zauber, mit denen er die Handwerker, die die Stube wiederhergerichtet hatten, bezahlt hatte, noch immer hell leuchtete. Es entging mir nicht, dass er nach wie vor nicht über seine Rückkehr in den Wald sprach oder dass er die Rolle des Königs einnehmen werde; und so konnte ich mir, als er anfing unruhig auf seinem Stuhl hin und her zu rutschen, ungefähr vorstellen, worauf er hinarbeitete.

»Ich«, sagte er, »habe dir doch einmal erzählt, wie es bei uns mit der Nachfolge funktioniert. Wie ein Prinz durch einen anderen abgelöst wird. Zumindest habe ich dir erzählt, wie es früher gelaufen ist – die Regel kann sich geändert haben.«

»Ja, und es ist schrecklich«, sagte ich mitfühlend. »Sich gegenseitig umzubringen wie … Oh.«

Rook war nicht darauf gefasst, dass ich von selbst darauf kommen würde. Er erblasste und redete schnell weiter. »*Genau* genommen hast ja du den Erlkönig besiegt, deshalb bist du nun – na ja – die Königin der Elfenhöfe. Und ich …«

Ich hatte Mitleid mit ihm. Er wurde schon ganz grün. »Rook, ich würde dich sehr gern heiraten und zum König machen. Aber zuerst verlange ich noch etwas. Es ist äußerst wichtig.«

Ich konnte nicht sagen, ob er eher erleichtert oder eher verängstigt aussah. »Was ist es denn, Liebste?«

»Ich möchte bitte noch eine Erklärung.«

»Isobel.« Er fiel auf die Knie und küsste unter hingebungsvollen Blicken meine Hand. »Ich liebe dich mehr als die Sterne am Himmel. Ich liebe dich mehr, als Lark Kleider liebt.«

Mein kreischendes Lachen erschreckte mich selbst

»Ich liebe dich mehr, als Gadfly es liebt, in den Spiegel zu schauen«, fuhr er fort.

»Das gibt es nicht!«

Unser Gelächter hallte über den dunklen Garten, am Hühnerstall mit den schlafenden Hennen vorbei und an der rotblättrigen Eiche und dem Herbstweizen, der auf dem Feld flüsterte, schon fast reif für die Ernte. Der wilde Wind trug unsere Stimmen bis zum Wald, wo die Grillen der Mondsichel ein neues Lied zirpten. Irgendwo feierten die Elfen ein Fest. Andere drehten sich auf einem Ball. Noch andere fuhren mit dem Finger über ein Rindenstück und betrachteten still und versonnen ihre Porträts. Eine schmale sterbliche Frau packte ihre Bücher zusammen, ein Mädchen mit spitzen Zähnen und ein gut gekleideter Mann mit silberblonden Haaren halfen ihr dabei. Doch ganz gleich, was sie taten, jeder im Wald wartete mit angehaltenem Atem, wartete auf den Geschmack des Herbstes, den Geruch der Veränderung, die ersten Neuigkeiten über einen König und eine Königin, wie sie die Welt noch nie gekannt hatte.

Wir würden nicht glücklich sein bis an unser Lebensende, denn an solchen Unfug glaubte ich nicht, doch wir hatten ein langes, mutiges Abenteuer vor uns und endlich eine ganze Menge, worauf wir uns freuen konnten.

Danksagung

Hätte meine Familie nicht an mich geglaubt, hätte ich nie den Mut aufgebracht, dieses Buch zu veröffentlichen. Danke, Mom und Dad, für euren unerschütterlichen Zuspruch und eure Unterstützung. Ihr hattet Vertrauen in mich, als viele den Wert meiner Träume anzweifelten – ich selbst eingeschlossen –, ohne euch hätte ich es nicht gekonnt. Übrigens, ich habe euch meistens unendlich lieb.

Meine Agentin, Sara Megibow, ist eine Superheldin, ich kann mir nicht vorstellen, wie dieser Trip ohne sie verlaufen wäre, wahrscheinlich hätte er größtenteils einfach nicht stattgefunden. Dankbarkeit allein genügt nicht – Sara, du verdienst einen 8000-Dollar-Ring aus einem Dutzend winziger Fabergé-Eier und außerdem noch eine Insel ganz für dich allein. Ich arbeite dran.

Mit meiner Lektorin, Karen Wojtyla, zu arbeiten, ist nicht nur eine Freude, sie versteht mein Schreiben auch in einem Maß, das mich immer wieder überrascht und glücklich macht. Karen, es ist ein Privileg, mit dir zu arbeiten, auch wenn du mich gezwungen hast, sämtliche Taschen aus

Isobels Firth & Maester's-Kleidern zu entfernen (du hattest natürlich recht, wie immer). Danke, dass du an dieses Buch geglaubt hast.

Des Weiteren möchte ich allen bei Simon & Schuster und Annie Nybo, Bridget Madsen, Sonia Chaghatzbanian, Elizabeth Blake-Linn und Barbara Perris für ihre Hilfe und harte Arbeit danken.

Ein Dankeschön auch an meinen Bruder, Jon Rogerson, und auch an Kate Frasca, die mir Obdach gewährt und mich gefüttert und mir die überkuscheligste Jogginghose gekauft haben.

Ohne meine Freundinnen Rachel Boughton und Jessica Stoops wäre ich nicht, wer ich bin. Ich bin euch unendlich dankbar, dass ihr nie weiter als eine Nachricht weit weg seid, dass ihr mich besser kennt als jeder andere und dass ihr über die Jahre etliche, wirklich fragwürdige Schreibversuche ertragen habt. Ich habe euch nicht verdient. Schreibt eure Bücher.

Kristi Rudie, danke, dass du mich für Fernsehmarathons aus dem Haus geschleppt hast. Sie waren hilfreicher, als du dir überhaupt vorstellen kannst.

Danke an die Swanky Seventeens, eine Community, die mich auf der Reise zur Veröffentlichung auf unschätzbare Art unterstützt und mit meinen Freundinnen Katherine Arden und Heather Fawcett zusammengebracht hat. Ihr seid eine unerschöpfliche Quelle der Inspiration und Unterstützung. Auf viele richtig, richtig lange E-Mail-Kettenbriefe.

Nicole Stamper, Liz Fiacco, Jessica Kerman, Jamie Brinkman, Katy Kania, Desiree Wilson – danke, dass ihr meine Komplizinnen wart.

Danke, Jessica Cluess, für deinen Rat, selbst als ich noch im Fangirl-Delirium war.

Danke, Allison, dass du dieses Buch »feucht« genannt hast. Du weißt, warum.

Und schließlich noch ein großes Dankeschön an Charlie Bowater, die das absolut fantastische Umschlagbild entworfen hat.

© Alice Stallcup

Autorin

Wenn Margaret Rogerson nicht gerade schreibt, trifft man sie beim Malen, Lesen, Gaming, Puddingkochen oder auf der Suche nach Kröten und Pilzen im Wald an. Zu ihren Hobbys zählen außerdem das Sammeln seltsamer Schals und der Konsum von mehr Dokumentationen als sozial akzeptabel wäre (das behaupten zumindest einige). Derzeit lebt sie im Norden von Cincinnati, Ohio, ihr Traum ist es aber, eines Tages neben einem Wald zu wohnen, der nachts dunkler wird, als er sollte, und aus dem zur Geisterstunde seltsame Geräusche zu hören sind. Im Großen und Ganzen liebt Margaret Rogerson alles, was seltsam und leicht beunruhigend ist.

Von Margaret Rogerson sind bei cbj erschienen:
Der dunkelste aller Zauber (31333)

© Verve Photography, Frauke Witzler

Übersetzerin

Claudia Max studierte an der Heinrich-Heine-Universität Düsseldorf Literaturübersetzen mit dem Schwerpunkt Anglistik/Amerikanistik. Seit 2008 ist sie freiberufliche Literaturübersetzerin. Sie lebt in Berlin und arbeitet überall. Am Übersetzen liebt sie den Wechsel der Welten und Genres; besonders am Herzen liegen ihr Bücher, die sich für Diversität und eine offene Gesellschaft einsetzen.

Mehr über cbj auf Instagram unter @hey_reader